소재(歗齋) 변종운(卞鍾運) 문학 연구

亚洲地区汉字文化研究丛书 ②

소재(歗齋) 변종운(卞鍾運) 문학 연구

김홍매 지음

국학자료원

서문

첫 연구서를 낸다. 하지만 가슴 벅차게 기쁜 마음 보다는 최종원고를 보내는 이 순간까지도 마음이 다소 복잡하다. 딴에는 열심히 노력한다고 했으나, 내가 과연 한 시대와 그 시대를 살아간 한 역관(譯官)의 문학을 제대로 조명했을까 하는 걱정과 불안감을 지울 수 없다. 그럼에도 이 책을 통해 소재(歗齋) 변종운(卞鍾運)이라는 이름이 좀 더 많은 사람들에게 알려지기를 바라는 마음에 용기를 낸다.

소재 변종운(1790~1866)은 조선 후기 유명한 역관 문인이다. 역관 명문인 밀양 변씨 가문에서 태어나 시와 문장으로 이름을 날렸고 종2품인 가선대부(嘉善大夫)의 품계에까지 올랐다. 역관으로서는 상당히 출세한 셈이었으나 사실 그는 불우한 사람이었다. 중인(中人)이라는 신분 때문에 청요직에 진출할 수 있는 길이 아예 막혀 있었을 뿐더러 국가대사에 대한 관심도 함부로 표출하기 어려웠기 때문이다.

그래서 나는 이 책에서 변종운이 말하지 못했던 이야기들에 최대한 주목하고자 했다. 그가 조선 초기 유명한 문인이었던 변계량(卞季良, 1369~1430)의 후손이었다는 점에 주목하여 그가 실제로 자신을 '사(士)'라고 생각하였음을 밝혔다. 또 역사에 대한 논평, 사대부들에게 준 편지 등 글에 대한 분석을 통해 국가대사에 대한 관심과, 그가 생각했던 이상적인 사회상을 구현하고자 했다. 다음으로, 현실에서의 좌절감에서 비롯된 비극적 인식, 그 비극적 인식을 해소하기 위한 다양한 인식들을 함께 살펴보고자 하였다. 이 글을 통해 변종운의 '사' 의식의 적극적인 표현 양상과 좌절, 극복과 승화 과정을 살피고 그것을 통해 조선후기 한 역관의 의식 세계를 조명하려고 노력하였다. 변종운이 살았던 시대와 그의 삶, 그리고 의식 세계를 부분적이라도 드러낼 수 있기를 바랐다.

이 책은 박사학위논문을 수정, 보완한 것이다. 책이 나오기까지 많은 분들의 도움이 있었다. 큰 틀을 세우는 일부터 아주 세부적인 살을 붙이는 작업까지 하나하나 지도해 주신 이종묵 선생님, 느림보 제자에게 나아갈 방향을 알려 주시느라 머리카락이 더 하얘지셨다. 정말 몇 줄의 글로는 갚을 수 없는 감사함이겠다. 중인문학을 보는 시각과 글의 형식에 대해 가르침을 주시면서도 늘 격려를 아끼지 않으셨던 박희병 선생님께도 감사를 드린다. 이 글의 내용과 형식이 더 탄탄해지도록 많은 가르침과 조언을 주셨던 김명호 선생님, 황재문 선생님, 이춘희 선생님께도 깊이 감사드린다.

또 일본에서 가져오신 소중한 사료를 선뜻 제공해 주신 김영진 선생님, 작품 검토를 함께 해 주신 김영죽 선생님, 초고에서부터 최종 원고가 나오기까지 함께 봐주신 선생님들, 동학들에게도 깊이 감사드린다. 너무 많은 분들께 도움을 받아서 일일이 성함을 열거하지 못하는 점 정말 죄송하게 생각한다. 이 책의 출판을 흔쾌히 허락해 주신 정구형 대표님과 <국학자료원>의 사람들께도 감사드린다. 오랜 기간 많은 분들의 도움을 받으며 써 온 글이 세상과 대면할 수 있도록 문을 열어 주셨다. 글을 쓰는 내내 가사와 육아를 도와주신 부모님께는 감사한 마음 한편 죄송하다. 지치고 힘든 순간마다 든든한 버팀목이 되어준 남편과 늘 바빴던 엄마를 잘 따라준 아들에게도 고맙다.

　도움을 받은 분들께 보답하는 일은 보다 나은 연구 성과로 한층 더 성장하는 제자, 학자로서의 모습을 보여드리는 일 뿐이리라 생각한다. 이 책의 출판으로 많은 독자들과 글로 소통하고 또 다른 가르침을 얻게 되기를 희망한다.

2020년 3월

김홍매

목차

서론

변종운(卞鍾運, 1790~1866)은 19세기 전반에 활동한 저명한 역관출신 문인이다. 문집으로 1890년에 간행된『소재집(歗齋集)』이 있으며, 그의 작품은 많은 수가『대동시선(大東詩選)』과『우선추재시(藕船秋齋詩)』,『조야시선(朝野詩選)』등의 선집(選集)에 수록되어 있다. 시 372수, 文 77편이 남아 있어[1] 분량이 적지 않을 뿐 아니라, 여타 중인작가들이 남긴 문집과 비교해보더라도 작품의 장르가 비교적 다양한 편임을 알 수 있다.

　　지금까지 19세기 중인문학은 조수삼(趙秀三, 1762~1849)과 이상적(李尙迪, 1804~1865)을 중심으로 연구되어 왔다. 조수삼에 대한 연구는 현실에 대한 비판의식을 드러내는 작품을 위주로 진행되다가, 근래에 생애와 문집에 대한 서지적 연구와 시세계 전반에 대한 고찰이 이루어졌다. 이상적에 대해서는 그의 문학이론에 대한 연구와 생애, 교유관계에 대한 연구가 진행되었다.[2] 이들 연구는 중인들의 생활상, 문학세계를 조명함

---

1) 작품의 편수는『歗齋集』에 수록된 시 252수와 文 59편에,『歗齋集』에는 없지만『藕船秋齋詩』와 醉香山樓 選錄『歗齋集』,『丙辰帖』,『熙朝逸事』등 문헌 자료에 수록된 작품들을 합하여 계산한 것이다. 醉香山樓 選錄『歗齋集』에 수록된「澄海樓三大白說」은 일부가 연활자본『歗齋集』에「長城說」이라는 제목으로 실려 있지만 편수에 넣었다. 연활자본『歗齋集』에 수록된 작품과 같은 작품이지만 제목이나 내용에서 일부 차이를 보이는 작품은 편수에 넣지 않았다. 변종운의 작품 목록은 논문 말미에 부록으로 부기되었다.

2) 윤재민,「朝鮮後期 中人層 漢文學의 硏究」, 고려대학교 박사학위논문, 1999; 김영죽,「秋齋 趙秀三의 燕行詩와 外夷竹枝詞」, 성균관대학교 박사학위논문, 2008; 이수

으로써 19세기 문학사의 다양한 면모를 보여주는 데 큰 기여를 했다고 생각된다. 조수삼의 문학은 현실비판의 성취 면에서 19세기 중인문학의 가장 큰 성과를 보여주었다는 평가를 받기도 했으며 이상적은 19세기 한ㆍ중 문학교류에 중요한 역할을 한 것으로 평가되었다.[3] 따라서 이들 두 사람에 대한 연구는 19세기 중인문학의 성과를 확인하는 데 큰 의의가 있다고 생각된다.

하지만 그렇다고 해서 이들의 문학이 19세기 중인문학의 일반적인 특징을 보여줄 수 있는 것은 아니다. 실제로 조수삼과 이상적에게는 일반적인 중인들과 달리 특별한 배경이 작용하였다. 예컨대, 조수삼은 풍양 조씨 세도가, 이상적은 추사 김정희와의 밀착된 관계 속에서 경화세족과 비슷한 문예적 취향을 향유하였는데, 이는 일반적인 중인은 누릴 수 없었던 일종의 특권이었다. 문학적인 면에서도 조수삼은 풍속세태를 반영한 작품을 많이 창작하였고 이상적은 교유와 관련된 작품이 다수이다. 그러므로 조수삼이나 이상적과 같은 작가들의 문학을 통해 19세기 중인문학의 전체적인 면모를 파악하기는 어렵다. 따라서 19세기 중인문학의 특징적 면모를 규명하기 위해서는 두 사람과 비슷한 문학적 비중을 지니면서도 제대로 조명되지 못했던 작가를 주목할 필요가 있겠는데, 그 주요한 사례로 변종운을 들 만하다.

변종운은 1948년 구자균의 『조선평민문학사(朝鮮平民文學史)』에서 처음 언급되었다. 구자균은 변종운과 이유원(李裕元), 윤정현(尹定鉉), 남공철

진, 「秋齋 趙秀三의 詩文學 硏究」, 선문대학교 박사학위논문, 2009; 김진생, 「藕船 李尙迪 詩 硏究 : 詩理論을 중심으로」, 성균관대학교 석사학위논문, 1985; 정후수, 『(朝鮮後期)中人文學硏究』, 깊은샘, 1990; 이춘희, 「藕船 李尙迪의 中國體驗 漢詩硏 究」, 강원대학교 석사학위논문, 1999; 이춘희, 『藕船 李尙迪과 晚淸 文人의 文學交 流 硏究』, 서울대학교 박사학위논문, 2005.

3) 강명관, 『조선후기 여항문학 연구』, 창작과 비평사, 1997, 343면; 이춘희, 앞의 논문, 243~244면.

(南公轍) 등 사대부 문인의 교유에 주목하였으며, 변종운 문학의 특징을 '도학풍의 생활'과 '문예적 아취'로 요약하였다. 또 변종운의 「안현의 느릅나무 이야기(鞍峴黃楡樹記)」에 대해서는 사회제도에 대한 불평을 보여준 작품으로 해석하기도 하였다.[4] 구자균은 처음으로 중인문학사에서 변종운의 위상을 주목하였고, 사대부들과의 교유와 변종운 문학의 특징을 개괄함으로써 이후의 연구에 기초를 닦았다.

변종운의 문학에 대한 연구가 다시 이루어진 것은 중인문학 전반에 대한 관심이 높아진 1980년대 이후이다. 정옥자는 변종운의 글은 온건함 속에 부조리에 대한 반감이 내재되어 있다고 보았고,[5] 윤재민은 변종운의 작품이 지배계급의 사상에 포섭·감염되는 상층지향적인 보수성을 보여주고 있다고 하였으며,[6] 민병수는 불우한 처지에 대한 울분을 드러낸 시의 한 예로 변종운의 작품을 거론하였다.[7] 이 시기에는 개별 작품에 대한 관심과 분석이 보다 폭넓게 나타났으므로, 개괄에 그친 구자균의 연구를 넘어섰다고 할 수 있다.

한편 변종운의 개별 작품이 문학사적 관점에서 주목받기도 했는데, 그 대표적인 사례는 전(傳)에 대한 연구에서 찾아볼 수 있다. 박희병은 조선후기 전(傳)의 소설적 성향을 논하면서 변종운의 「씨름꾼 소년의 전기(角觝少年傳)」를 소설적 요소가 압도적으로 강한 작품의 사례로 다루었다.[8]

---

4) 구자균, 『朝鮮平民文學史』, 文潮社, 1948, 103~104면.
5) 정옥자, 『朝鮮後期文化運動史』, 一潮閣, 1988, 247면.
6) 윤재민, 「朝鮮後期 中人層 漢文學의 硏究」, 고려대학교 박사학위논문, 1990, 206~227면.
7) 민병수, 「朝鮮後期 中人層의 漢詩 硏究」, 『東洋學』 21, 단국대학교 동양학연구소, 1991, 159면.
8) 박희병, 「朝鮮後期 傳의 小說的 性向 硏究」, 서울대학교 박사학위논문, 1991. 박희병의 연구 이후 「씨름꾼 소년의 전기(角觝少年傳)」는 많은 학자들에게 주목되어 적지 않은 연구 성과가 출현하였다. 정병호, 「卞鍾運의 傳과 小說」, 『大東漢文學』 10, 대동한문학회, 1998; 유권석, 「嘯齋 卞鍾運의 <角觝少年傳>에 대한 文藝的 考察」, 『우리文學硏究』 19, 우리문학연구회, 2006; 신해진, 「<角觝少年傳> 해제 및 역주」,

이후 이 작품은 여러 연구자들에게 주목받았다. 정병호는 변종운의 전(傳) 전체를 분석하며 특징을 지적하기도 했는데, 양반으로의 신분상승 의식과 체제 내적 개량의식을 보여주고 있다는 것이 그의 결론이었다.[9]

2000년대에 들어와서 변종운의 문학에 대한 보다 종합적인 연구가 이루어졌다. 김수현은 변종운 개인에 대한 연구를 처음 시도하여, 생애와 교유, 문집에 대한 간략한 고찰을 진행하고 변종운 시의 정서를 '위항인의 비애와 현실에 대한 강개'로, 창작 특징을 '서정적 표현과 감성적 필치'로 파악하였다.[10] 이수진은 변종운의 문집인 『소재집(歗齋集)』의 편차와 간행연도에 대해 소개하고 이유원, 윤정현, 남공철 등 몇몇 인물들과의 교유를 살핀 뒤 변종운의 시를 '사행의 여정과 회포', '현실에 대한 불평과 체념의 내재', '자연의 미감과 인정의 시적 형상화' 등의 세 가지로 나누어 분석하였다.[11] 이대형은 변종운의 산문을 고찰하고 주제의식을 '현실의 비판적 인식'과 '지기(知己)에 대한 갈망'으로 보았다.[12] 이 시기의 연구에서는 변종운의 문학과 관련하여 생애가 조명되고 여러 갈래의 종합적 분석이 이루어졌으므로, 연구의 폭이 보다 진전된 면이 있다 할 것이다.

이상과 같이 선행연구들을 통해 변종운 문학의 면모가 일부 드러났지만 아직도 미흡한 점이 있다. 우선 작품 전체를 총괄적으로 다루지 못했다는 점을 들 수 있다. 대다수 연구자들이 변종운의 문집인 연활자본 『소재집(歗齋集)』만을 연구대상으로 하였고 그 중에서도 특히 일부 작품만

『韓國文學論叢』 46, 한국문학회, 2007; 박희병 · 정길수 편역, 『기인과 협객』, 돌베개 2010; 김수영, 「角觝少年傳의 敍事 淵源과 주제의식」, 『古典文學研究』 47, 한국고전문학회, 2015. 변종운의 작품은 「角觝少年傳」이 박희병과 정길수에 의해 번역이 된 외 이종묵에 의해 「西湖泛舟記」와 「鞍峴黃楡樹記」의 번역이 이루어졌다. 이종묵 편역, 『누워서 노니는 산수』, 태학사, 2002; 이종묵, 『글로 세상을 호령하다』, 김영사, 2010.
9) 정병호, 앞의 논문, 163면.
10) 김수현, 「卞鍾運의 삶과 詩世界」, 『청계논총』 4, 한국학중앙연구원, 2002.
11) 이수진, 「歗齋 卞鍾運의 詩世界」, 『한국어문학연구』 45, 한국어문학연구학회, 2005.
12) 이대형, 「卞鍾運의 산문 연구」, 『동양한문학연구』 23, 동양한문학회, 2006.

을 논한 경우가 많다. 중인 작가의 작품 연구에서는 사대부와 구별되는 중인의식을 추출하려는 의도가 앞서, 몇몇 작품에만 관심이 집중되거나 특정한 면모를 강조하는 경향이 있었던 것이다. 변종운의 작품 중 「안현의 느릅나무 이야기(鞍峴黃楡樹記)」가 선행연구에서 특별히 주목을 받은 것은 이런 사정과 무관하지 않다. 하지만 그 결과 변종운의 문학과 사상의 전반적 면모는 밝힐 수 없었다. 따라서 변종운 문학의 성격을 살피기 위해서는 작품 전반에 대한 고찰이 이루어져야 한다.

필자의 조사에 의하면 변종운의 작품은 총 11종의 문헌에 실려 있는데, 그 중에는 연활자본 『소재집』[13]에 없는 작품도 상당수 있다. 그 중 『우선추재시(藕船秋齋詩)』[14]는 특히 중요한 자료로, 『소재집』에 수록되지 않은 시가 100여 수나 실려 있다. 『소재집』에 수록된 시가 총 252수라는 점을 감안하면 『우선추재시』는 변종운 문학 연구에서 빼놓을 수 없는 중요한 자료임을 알 수 있다. 뿐만 아니라 『우선추재시』에는 사행과 교유를 비롯하여 『소재집』에 없는 변종운에 대한 중요한 정보들이 적지 않게 포함되어 있다.

일본 천리대 도서관에 소장되어 있는 필사본 『소재집』 역시 중요한 자료이다. 이 책에는 다수의 시와 28편의 文이 수록되어 있는데, 그 중 4편의 시와 16편의 文이 다른 문헌들에는 수록되지 않은 것이다. 이 자료들도 변종운의 생애와 교유관계를 확인할 수 있는 중요한 정보를 적지 않게 포함하고 있다. 결국 변종운 문학의 연구를 위해서는 그 저작의 현전(現傳) 상황에 대한 검토가 선행될 필요가 있다.

두 번째로, 선행연구에서는 변종운에 대한 기초연구가 충실하게 진행

---

13) 1890년에 변종운의 장손인 卞春植이 廣印社에서 간행한 연활자본 문집이다. 서울대 규장각, 국립중앙도서관 등에 소장되어 있으며 『한국문집총간』 303에 수록되어 있다.

14) 규장각에 소장되어 있는 필사본 시선집이다. 李尙迪, 卞鍾運, 趙秀三 등 세 사람의 시가 실려 있다.

되지 못했다는 점을 들 수 있다. 선행연구에서는 변종운의 생애를 정밀하게 재구성하지는 못했는데, 이 부분은 문집과『우선추재시』등 관련 자료들을 활용하면 진전될만한 여지가 있다. 이를 위해서는 밀양 변씨(密陽卞氏)의 족보와 변종운의 외가인 우봉 김씨(牛峯 金氏)의 족보,『잡과방목(雜科榜目)』,『통문관지(通文館志)』,『교회선생안(敎誨先生案)』,『일성록(日省錄)』등의 자료들도 좀 더 구체적으로 활용할 필요가 있다. 또 그의 폭넓은 교유관계로 볼 때 적지 않은 사대부와 중인들의 문집에 변종운과 관련된 정보가 남아 있을 가능성이 있으므로, 이 역시 정밀하게 살펴볼 필요가 있다.

본고에서는 우선 변종운의 저작에 대한 기본적인 서지정보를 확인하고 관련 자료들의 작성시기와 상호 관계, 수록된 작품들의 관계를 분석하여 변종운의 문학을 종합적으로 고찰할 수 있는 기반을 마련하고자 한다. 자료를 수집하고 작품 목록을 완성해서 변종운 작품의 현전 양상을 밝히고 이를 통해 변종운 문학의 전체적인 면모를 살필 것이다.

본고의 논의 순서는 다음과 같다. 우선 변종운의 작품이 수록된 문헌 자료들을 조사하고 연활자본『소재집』에 수록되지 않은 작품들을 수합하여 변종운의 문학 전반을 살펴보기 위한 기반을 마련할 것이다. 제1장에서는 변종운의 작품과 역사 기록, 족보 등에 근거하여 변종운의 가계를 살피고 생애를 재구하며 그에 대한 당대인의 평가를 살필 것이다. 이어 변종운과 당대 조선, 중국 문인과의 교유관계를 고찰할 것이다. 변종운이 교유했던 국내 문인들은 사대부에서 중인, 화가, 승려 등에 이르기까지 다양하며 확인되는 인원도 매우 많다. 본고에서는 변종운과 교유했던 인물들을 국내와 중국 두 부분으로 나누어 살펴보되, 교유한 인물들의 자세한 정보에 대해서는 부록에서 표로 제시하고 여기서는 교유 양상을 중심으로 살펴보기로 한다.

제2장에서는 '사(士)'라는 어휘를 단서로 삼아 변종운의 자기의식과 학문적 경향에 대해 살필 것이다. 변종운은 국가의 정사에는 참여할 수 없는 중인의 신분이었으나, 그의 작품에는 의외로 국가대사에 관한 논의가 자주 눈에 띤다. 이런 현상이 나타난 이유를 분석하기 위해서는 변종운이 자신의 신분과 역할에 대해 어떻게 인식하고 있었는지, 어떤 삶을 살고자 했는지에 대해 살펴야 할 것이다. 이 부분의 분석을 통해 변종운의 문학의 지향점을 본격적으로 살필 수 있는 조건이 마련될 것이라고 생각된다.

　제3장에서는 변종운의 역사비평과 현실인식에 대해 살펴볼 것이다. 변종운의 경세적 관심은 크게 바람직한 군신상(君臣像)에 관한 것, 무비(武備)와 지방관의 행정에 관한 것 두 가지로 크게 분류할 수 있다. 군주와 신하의 문제에 대한 관점은 주로 진(秦)의 멸망과 한(漢)의 흥기에 대한 논평을 통해 드러난다. 본고에서는 이런 역사 사건과 인물에 대한 견해가 조선의 현실에 대한 관심과 어떻게 연결되는지를 살필 것이다. 이어 조선의 무비와 지방의 행정에 대해 어떤 생각을 갖고 있었고, 그것이 어떤 의의를 가지는지 살펴볼 것이다.

　제4장에서는 변종운의 의식 세계의 다른 한 면인 중인의식과 그 표현 양상을 살펴보려고 한다. 앞에서 논한 '사(士)'의식과 경세의식, 그리고 이 장에서 논할 중인의식은 변종운의 의식의 양면인데 이들이 어떤 관계에 놓이는지 살펴볼 것이다. 제5장에서는 19세기 중인문학 전반에서 변종운의 문학이 차지하는 위상과 의의에 대해 평가하려고 한다.

변종운의 문집인 『소재집(歗齋集)』은 7권 2책으로 이루어진 연활자본으로, 1890년에 변종운의 손자 변춘식(卞春植, 1831~?)이 광인사(廣印社)[15]에서 간행하였다.[16] 『소재집』은 『소재시초(歗齋詩鈔)』와 『소재문초(歗齋文鈔)』 두 책으로 나뉘어 있으며 『소재시초』는 4권, 『소재문초』는 3권이다. 『소재시초』는 시체별로 되어 있고 『소재문초』는 문체별로 되어 있다. 『소재시초』는 권1은 고체시, 권2는 절구, 권3과 권4는 율시로 총 252수의 시가 수록되어 있다. 『소재문초』는 권1은 서(序), 기(記), 제(題), 권2는 설(說), 전(傳), 논(論), 권3은 변(辯), 해(解), 제문(祭文), 묘갈명(墓碣銘), 신도비명(神道碑銘), 명(銘), 상량문(上樑文), 찬(贊), 독서수필(讀書隨筆)을 수록하고 있다. 『소재문초』에 실린 작품은 총 59편이다.

같은 변씨 집안 역관인 변원규(卞元圭, 1837~1896)는 『소재집』의 서문에서 그 편찬과 간행 경위를 다음과 같이 소개하고 있다.

우리 집안 소재(歗齋) 노인은 타고난 자질이 높고 예스러워 초연하게 속세[塵世]를 벗어날 뜻이 있었는데 공부하기 좋아하는 것은 그의 타고난 성격이었다. 말년에 예전에 썼던 글들을 베껴 열 권으로 모았는데, 침계(梣溪) 윤정현(尹定鉉) 선생께서 가리고 교정하여 세 권으로 만들고 서문을 쓰셨다. 나는 가르침을 받는 여가에 일찍이 한 번 읽은 적이 있었는데 스승님께서 정중히 칭찬하신 것을 볼 수 있었다. 하지만 채 탈고하기 전에 스승님께서 세상을 뜨셨고 지금 그 집에는 선본(繕本)이 남아있지 않은데다가 나 또한 기억이 나지 않는다.

애석하구나, 소재옹[歗翁]이여, 문인으로 자부하고 명예와 이익을 탐하지 않았구나! 그의 손자 춘식(春植)의 대에 이르러서는 뼛속까지 가난하였으나 윗사람에게 효도하고 자기 몸을 단속하며 유훈을 지키

---

15) 廣印社는 1880년대 초에 설립된 출판사 겸 인쇄소로, 한국 최초의 근대식 판간인 쇄소이다. 1884년 일본 납활자를 들여왔으며, 姜瑋의 『古歡堂收艸』가 이곳에서 간행되었다.

16) 韓敬重, 「歗齋集跋」, 『歗齋集』, 『한국문집총간』 303, 74면, "今於幾十年之後, 適聞先生之孫春植甫刊遺藁于廣印社云."

고 하나하나 기록하여 불후의 계책으로 삼으려 하였다. 나에게 말하기를, 그의 조부를 나처럼 아는 자가 없으며 조부의 시와 문에 대해서도 마찬가지라고 하면서, 내게 교정하고 서문을 써달라고 했다. 나는 사양하였으나 받아들여지지 않아 스승께서 만든 정본에서 또 그 반을 산삭(刪削)하여 시와 고문 상하 두 권을 만들었다.[17)]

변원규의 서문에 따르면, 변종운은 만년에 자신이 썼던 글을 베껴서 열권으로 만들었고, 침계(梣溪) 윤정현(尹定鉉, 1793~1874)이 그것을 가려뽑아 세 권으로 만들고 서문을 쓴 것이 된다. 변종운과 윤정현의 몰년이각각 1866년과 1874년이므로 변종운이 직접 베낀 자필본 문집은 1866년이전에 존재했고, 또 문집을 간행하기 위한 첫 번째 시도는 1874년 이전에 있었음을 알 수 있다. 그러나 윤정현은 서문을 채 쓰지 못하고 세상을떴고 변종운이 직접 베꼈던 문집도 없어져 버렸다. 현재 남아있는『소재집』은 윤정현이 선정한 작품에서 변원규가 다시 반을 가려 뽑아 두 권으로 만든 것이다. 그러므로『소재집』은 변종운 본인이 베껴서 만든 자필본(10권)과 윤정현이 뽑아서 만든 필사본(3권), 변원규가 다시 작품을 선정하여 엮은 간행본(2권)이라는 세 단계를 거친 것이다. 그런데 지금 볼 수있는『소재집』은 시를 엮은『소재시초』1책과 산문만 수록한『소재문초』1책으로 총 7권 2책으로 되어 있다. 변원규가 말한 '권(卷)'을 '책'으로 이해한다면, 앞에서 말한 '권'도 모두 '책'을 가리키는 것으로 짐작할 수 있다. 즉 변종운이 베낀 필사본은 10책, 윤정현이 뽑은 것은 3책이었으며, 변원규가 다시 산삭(刪削)하여 만든 2책본이 바로 지금의『소재집』이 된다.

---

17) 卞元圭,「歠齋集序」,『歠齋集』,『한국문집총간』303, 6면, "吾宗歠齋老人, 天分高古. 瀟然有出塵之想. 而好學卽其性也. 晚年手鈔舊著, 彙爲十卷. 尹梣溪師選訂三卷而序之. 元立雪之暇, 嘗讀一過, 見其獎詡鄭重. 稿未脫稿, 而先師捐館. 今其家無繕本. 元亦不能記焉. 惜哉歠翁! 文人自命, 不干榮利. 迨哲孫春植甫, 一貧到骨, 乃能孝悌飭躬, 克繩遺訓, 銖銖經記, 爲不朽計. 謂知其王考者莫如余, 謂知其王考之詩文者, 亦莫如余. 要余讎校之弁卷之. 辭不獲已. 遂就先師所定本, 又刪其半, 詩古文総上下二卷."

『소재집』에는 이유원(李裕元, 1814~1888), 홍현보(洪顯普, 1815~?), 이재원(李載元, 1831~1891), 변원규 네 사람의 서문이 실려 있는데 이유원이 서문을 쓴 시기는 1877년, 홍현보와 이재원이 서문을 쓴 시기는 1889년, 변원규가 서문을 쓴 때는 1890년이다. 그런데 이유원은 서문에서 현재 전하는『소재집』에 실려 있지 않은 작품을 언급하고 있어서 주목된다.

> 소재는 죽지 않았구나! 형체는 저승으로 갔으나 정화는 이승에 남아 있으니, 10분의 1을 묶어서 7권으로 엮은 것을 보면 시는 높고 예스러우며, 궁벽한 것을 피하였고, 문장은 박식하고 넓으면서도 험한 것을 경계했다. 「동리자(東里子)」편은 사람을 즐겁게 하기도 하고 노하게 하기도 하며 울게도 하고 노래부르게도 하니 마치 莊子의 나비가 바람을 타고 구름 위로 날아다니는 것 같았다. 나는 일찍이 「창백자(傖白子)」를 지은 적이 있으나 어찌 그에 견줄 수 있었겠는가?18)

이유원은 「동리자(東里子)」에 대해 특별히 언급하면서 높이 평가하였으나 연활자본『소재집』과 필자가 조사한 문헌 자료들에는 이 작품이 들어있지 않다. 이를 통해 변종운의 작품은 원래 상당히 많았으나 현재 문집에 전하는 것은 그 일부임을 알 수 있다. 변종운의 작품이 다른 곳에 남아 있을 가능성도 있다.

필자가 조사한 바에 의하면 변종운의 작품이 실려 있는 문헌 자료는 문집인 연활자본『소재집』을 제외하고도 10종이 있다. 그 중 성격이 다른 2종을 제외하고 변종운의 작품이 다른 문헌에 실린 경우를 표로 제시하면 다음과 같다.19)

---

18) 李裕元, 「歡齋集序」, 『歡齋集』, 『한국문집총간』303, 3면, "歡齋不死矣. 形骸歸彼, 精華在此. 編十一卷七. 其詩高古避僻, 其文灝疆戒險. 至於「東里子」一篇, 使人可喜可怒, 可哭可歌. 恭園之蝶, 乘風飄飄往來於凌雲之間. 余曾作「傖白子」, 何能跂及."
19) 성격이 다른 2종의 자료는『丙辰帖』과『熙朝逸事』이다.『병진첩』은 趙斗淳의 환갑에 당시 명사들이 올린 축수문을 묶은 것이고『희조일사』는 李慶民이 편집한 것

	서 명	형 태	간행연대	소장처	비 고
①	소재시 (歗齋詩)	1책 필사본	1890년 12월	규장각	『소재집(歗齋集)』의 시 일부 수록. 필사자 金凌雲.
②	제가시수 (諸家詩髓)	1책 필사본	1895년 8월 20일	국회도서관	이상적과 변종운의 7언율시. 『소재집(歗齋集)』의 7언율시가 모두 수록되어 있음.
③	조야시선 (朝野詩選)	4권 2책 필사본	1940년 이후	규장각	『소재집(歗齋集)』의 시 15수 수록. 이기(李琦)가 편찬하고 오세창(吳世昌)이 교감한 시선집.
④	대동시선 (大東詩選)	12권 6책 간행본	19세기 말~ 20세기 초	규장각 등	「양화나루(楊子津)」, 「학을 풀어주다(放鶴)」, 「객이 근황을 묻다(客問余近況)」, 「양담에게 주다(贈楊潭)」 등 4수 수록. 『소재집(歗齋集)』에 있는 작품. 장지연(張志淵)이 편찬한 시선집.
⑤	화동창수집 (華東唱酬集)	필사본	1873~ 1880년	일본 동양문고	시 한 수 수록. 文 여섯 편의 제목이 수록되어 있음.
⑥	우선추재시 (藕船秋齋詩)	1책 필사본	미상	규장각	변종운의 시 178수 수록. 그 중 『소재집(歗齋集)』에 없는 시 111수.[20]
⑦	은송당집초 (恩誦堂集鈔)	1책 필사본	미상	규장각	변종운의 시 23수 수록. 그 중 다른 자료에 없는 시 6수.
⑧	취향산루 (醉香山樓) 선록(選錄) 『소재집 (歗齋集)』	1책 필사본	미상	일본 천리대 부속도서관	시 41수와 文 28편 수록. 다른 문헌에 없는 시 4수와 文 16편이 수록되어 있음. 김병선(金秉善) 선록(選錄).

이 눈에 띄기 때문에 앞의 8종과는 성격이 다르다고 여겨 표에는 넣지 않았다.

이 중에서 ①~④는 연활자본『소재시초(穌齋詩鈔)』의 파생본이라 할 수 있는 자료들이다. ①은『소재시초』의 일부를 베낀 필사본이고 ②, ③과 ④는『소재시초』이후에 간행된 시선집인데, 모두『소재시초』에 실린 작품을 수록하고 있다. 반면에 ⑤~⑦은 연활자본『소재집』에 없는 작품들을 수록하고 있어서『소재집』이 편찬되기 전의 문집에서 작품을 뽑아 수록한 것으로 추정된다. 자료별로 세부적인 사항을 살펴보면 다음과 같다.

① 필사본『소재시(穌齋詩)』

『소재시(穌齋詩)』는 현재 규장각에 소장되어 있는데 1890년에 김능운(金凌雲)이라는 사람이 연활자본『소재집』을 필사한 것이다.[21] 책의 앞표지에는 가운데 "경인년 섣달에 재현(齋峴)의 여관(旅館)에서 옮겨 쓰다."라고[22] 쓰여 있고 양쪽에 좀 옅은 글씨로 "그날 날씨는 예전에 비할 바 없이 추웠다. 참판 댁 작은 사랑채에서 언 손으로 어렵게 옮겨 썼다."고[23] 쓰여 있다. 뒤표지에는 좀 더 자세한 필사 경위가 기록되어 있다. "나는 재동(齋洞)에 있는 참판(參判)의 큰 저택에서 이『소재집』을 발견하여 옮겨 써 가지고 올 수 있었다. 언 손으로 어렵게 필사했다. 때는 경인년(庚寅年) 섣달이었다. 그저 오래도록 전할 수 있기를 바랄 뿐이다. 김능운(金凌雲)이 쓰다."[24] 가운데는 또 "바람과 비가 집 안에 일어나도 온 집

---

20) 이외『藕船秋齋詩』에「憶燕都容瀾止. 容照, 開國功臣阿克敦曾孫, 大學士阿桂孫. 世襲公爵, 出將入相. 今爲大理寺卿. 瀾止, 其字也. 家在燕京金魚衚衕.」이라는 제목으로 실려 있는 시는『穌齋集』에는 제목이「寄容少卿照」로 되어 있으며 시만 수록하고 있을 뿐 容照의 신상에 관한 정보가 들어 있지 않다.
21)『穌齋詩』가 규장각에 소장되어 있다는 것은 규장각 한국학연구원의 황재문 선생님께서 알려 주셨다. 감사드린다.
22)『穌齋詩』앞표지, "庚寅臘月日, 齋峴旅館騰."
23)『穌齋詩』앞표지, "時日寒無前也. 參判宅小舍廊, 凍手艱草."
24)『穌齋詩』뒤표지, "余留齋洞參判大宅, 覓此穌齋集. 則可以抄出故凍手艱草矣. 時則庚寅年臘月也. 惟希永傳. 金凌雲書."

사람들이 취해서 알지 못하네."25)라는 시구가 적혀 있고 왼쪽에는 "'남북으로 오고 가노라니 사람은 절로 늙네.'라는 시구는 보통 깨달음이라고 할 수 없다. 나 역시 10여년을 헛되이 세월을 허비했으나 하나도 뜻에 맞는 것이 없으니 한 번 웃을 만하다."26)고 쓰여 있다.

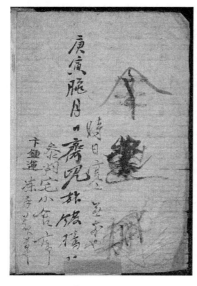 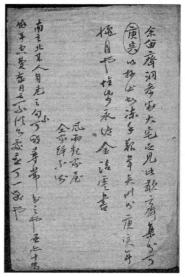

<사진 1> 『소재시(歗齋詩)』 앞표지　　　　<사진 2> 『소재시(歗齋詩)』 뒤표지

『소재시』의 첫 페이지에서는 문집에는 서(序)가 많았으나 모두 생략했음을 밝혔다. 시는 처음에는 문집에 수록된 것을 그대로 베꼈으나 그 이후에는 한두 수씩 건너뛰다가 뒤로 갈수록 생략하는 시가 점점 많아진다. 김능운이 어떤 사람인지는 정확하게 알 수 없지만 변종운의 시를 매우 좋아해서 추운 날씨에도 불구하고 언 손으로 필사했음을 알 수 있다.

---

25) 『歗齋詩』 뒤표지, "風雨起家屋, 全家醉不知."
26) 『歗齋詩』 뒤표지, "'南去北來人自老'之句, 不可謂尋常知之也. 吾亦十餘年, 空費歲月, 而一不從心處, 還可一笑也."

② 필사본 『제가시수(諸家詩髓)』

국회도서관에 소장되어 있는 필사본 『제가시수(諸家詩髓)』는 변종운과 이상적의 7언율시를 필사한 것이다. 이상적의 시 앞에는 '은송당집시(恩誦堂集詩)'라고 쓰고 변종운의 시 앞에는 '소재집시(歗齋集詩)'라고 썼다. 변종운의 작품은 연활자본 『소재집』에 실린 7언율시 전부가 필사되어 있는데 일부 오탈자가 발견되기는 하지만 내용은 연활자본 『소재집』과 거의 같다. 다만 서문이나 자주(自註)는 생략되었고 「설미상인의 초상화에 제하다(題雪眉上人小像)」는 제목이 「상인의 초상화에 제하다(題上人小像)」로, 「용소경 조에게 부치다(寄容少卿照)」는 「용소경에게 부치다(寄容少卿)」로 적는 등 간략하게 처리되었다. 이외에도 「가을밤(秋夜)」과 「설옹을 배웅하며(送雪翁)」 두 시의 순서가 바뀌는 등 사소한 문제를 제외한다면 작품 순서까지 문집과 거의 일치하다. 1면당 10줄로 정사(淨寫)되었으며, 처음부터 마지막까지 동일인의 글씨로 쓰여 있다. 필사자가 누구인지는 알 수 없고 뒷부분에 "을미(1895)년 8월 20일에 필사를 마치다(乙未八月二十日終)."라고만 기록되어 있다.

③ 필사본 『조야시선(朝野詩選)』

필사본 『조야시선(朝野詩選)』에는 『소재집』에 수록된 시 15수가 실려 있다. 『조야시선』은 이기(李琦, 1857~1935)가 편집하고 오세창(吳世昌, 1864~1953)이 교감한 시선집이다. 18세기 후반부터 20세기 초까지의 시인들의 시가 수록되어 있다. 책의 앞에는 정만조(鄭萬朝)가 임술(壬戌, 1922)년에 쓴 서문이 실려 있다. 변종운에 대해서는 "자가 붕칠(朋七)이고 호가 소재(歗齋)이며, 밀양(密陽) 사람이다. 『소재시초(歗齋詩鈔)』를 썼다."[27]라고 소개하였다. 실려 있는 시가 『소재시초』에 수록된 작품과

---

27) 李琦 編 · 吳世昌 校, 『朝野詩選』, "卞鍾運, 字朋七, 號歗齋. 密陽人. 著有 『歗齋詩鈔』."

중복되고『소재시초』를 언급한 것으로 보아『소재집』에서 시를 선정하였음을 알 수 있다.

④ 장지연(張志淵)의『대동시선(大東詩選)』

장지연(張志淵)의『대동시선(大東詩選)』에는「양화나루(楊子津)」,「학을 풀어주다(放鶴)」,「객이 근황을 묻다(客問余近況)」,「양담에게 주다(贈楊潭)」등 네 수의 시가 실려 있다. 이 작품들도 연활자본『소재집』에서 뽑은 것으로 보이나「양화나루(楊子津)」는 글자의 출입이 있다.

⑤ 필사본『화동창수집(華東唱酬集)』

일본 동양문고에 소장되어 있는『화동창수집(華東唱酬集)』에도 변종운의 시가 수록되어 있다.『화동창수집』은 역관 김병선(金秉善)이 1873년부터 1880년 사이에 편찬한 것으로, 현재 간송미술관과 일본 동양문고, 천리대 도서관에 나뉘어 소장되어 있다.[28]『화동창수집』의 동편(東編) 18의 목록에는 변종운의 이름이 기록되어 있다. 이름 밑에 시 6수, 文 3편이 수록되어 있다는 내용이 적혀 있으나, 현전하는『화동창수집』에는 변종운이 작품이 한 수밖에 수록되어 있지 않다. 수록된 작품은 변종운이 중국인 진용광(陳用光)의「영평부(永平府)」에 차운한 시이다.[29] '시 6수(詩六首)'라는 글 밑에는 '진용광의 시에 차운한 시 한 수와 길에서 지은 시 다섯 수(和陳用光詩一沿途詩五)'라고 씌어져 있다.

---

28) 김영진,「'華東唱酬集' 연구」,『한국학논집』53, 계명대학교 한국학연구소, 2013, 320면; 송호빈,「『華東唱酬集』成册과 再生의 一面」,『진단학보』123, 2015, 83면.
29) 이 시는 연활자본『歗齋集』에 다른 제목으로 실려 있다. 동양문고 소장『華東唱酬集』에는「陳侍郎用光示其永平府之作. 和之者卓海帆秉恬, 郭羽可耋, 黃樹齋爵滋. 皆海內之宗匠也. 卽和其韻」이라는 제목으로 실려 있으나 연활자본『소재집』에는 제목이「和陳侍郎用光永平府韵幷引」으로 되어 있다.

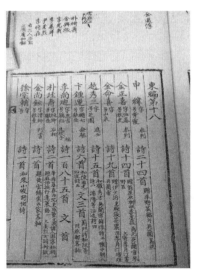
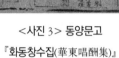

<사진 3> 동양문고
『화동창수집(華東唱酬集)』

<사진 4> 동양문고
『화동창수집(華東唱酬集)』

사진 4에 보이는 변종운 시 위의 여백에는 "「요동관밀사(遼東管寧祠)」,
「끝이로구나(而已矣)」, 「요동에서 읊다(遼東□占)」, 「아침에 옥하관에서
떠나며(早發玉河館)」, 「악충무공의 묘(岳忠武廟)」, 시 도합 6수"라는 글과
「'계문평수아집축'의 발(薊門萍水雅懷軸跋)」, 「징해루에서 큰 술잔으로
술을 세 번 마시다(澄海樓三大白說)」, 「호타하설(滹沱河說)」, 「사호석명
(射虎石銘)」, 「연경의 여관에서 나눈 대화, 사매상이 묻다(燕都客話梅裳
問)」라는 문(文)의 제목이 적혀 있다. 여기서 제목을 기록한 다섯 수의 시
는 사진 3의 목록에서 말한 '길에서 지은 시(沿途詩)'인 것으로 보인다. 여
백에 제목이 기록되어 있는 작품은 현재 천리대 도서관에 소장되어 있는
『소재집』에 모두 보인다. 아마 김병선은 『화동창수집』에 이 시들을 넣을
생각이었으나 실행하지 못했던 것으로 생각된다. 변종운의 이름 밑에는
"'소재필기(歗齋筆記)'에 '사매상(史梅裳)은 자가 곤령(袞齡)인데, 해내(海
內)의 아름다운 선비[佳士]이다. 일찍 진시랑(陳侍郎) 숭경(崇慶)의 집에서

벗을 맺었다.'라고 하였다."30)라고 기록하였고 시의 뒤에는 "이상의 내용
은 또『소재시문초(穌齋詩文鈔)』에도 보인다(以上益見穌齋詩文鈔)."라고
적어 놓았다. 그런데 현재 볼 수 있는 연활자본『소재집』에는 이 내용이
들어있지 않다. 김병선이 말한『소재시문초』는 아마 변원규가 산삭(刪削)
하기 전의 문집이었을 가능성이 크다. 또『소재집』외에도 '소재필기(穌
齋筆記)'라는 자료가 있었고, 김병선이 그것을 읽었을 것으로 추정해 볼
수 있다.

⑥ 필사본『우선추재시(藕船秋齋詩)』

규장각에 소장되어 있는 필사본『우선추재시(藕船秋齋詩)』는 이상적,
변종운, 조수삼31) 세 사람의 시를 필사한 것인데 변종운의 시 앞에는 '변
소재(卞穌齋) 종운(鍾運) 붕칠(朋七)'이라고 밝혔다. 여기에는 변종운의 시
178수가 수록되어 있는데 그중 111수가 연활자본『소재집』에 없는 것이
어서 자료적 가치가 매우 크다. 또한『우선추재시』에는 연활자본『소재
집』에 없는 중요한 정보들이 적지 않게 들어있다. 예를 들면「동짓달에
압록강을 건너려던 차에 국상의 소식을 듣고 바삐 상복을 지어입고 북쪽
을 향해 더욱 애통하게 통곡하였다(仲冬將渡鴨綠. 聞國恤之報, 匆匆成服,
仍向北隔號益切)」는 연활자본『소재집』이나 기타 자료들에 실려 있지 않
은 시이다. 시의 내용을 통해 이 시가 1834년 11월에 쓴 것임을 알 수 있
고 따라서 변종운이 그해 10월에 출발한 동지겸사은사(冬至兼謝恩使)의 일

---

30) 金秉善,『海東唱酬集』, "'穌齋筆記'云, 史梅裳字衰齡, 海內之佳士也. 嘗於陳侍郎崇
慶宅結交."
31) 조수삼에 대해서는 '趙秋齋 景胤'이라고 기록했다. 조수삼의 초명은 趙景濂이니,
'景胤'은 '景濂'의 誤記일 가능성도 있다. 조수삼의 이름이 잘못 기록된 경우는 다른
데서도 보이는데, '趙景裕' 혹은 '趙景裕'로 오기된 사례를 확인할 수 있다. 이와 관
련한 사항은 김영죽,「秋齋 趙秀三의 燕行詩와 外夷竹枝詞」, 성균관대학교 박사학
위논문, 2008, 31면을 참조하였다.

원이었음을 확정할 수 있다. 이외에도 『우선추재시』에는 변종운의 교유, 사행, 문학의식 등에 관한 중요한 정보가 적지 않게 수록되어 있다.

⑦ 필사본 『은송당집초(恩誦堂集鈔)』

규장각 소장 필사본 『은송당집초(恩誦堂集鈔)』는 이상적(李尙迪)·이정주(李廷柱)·변종운·김조순(金祖淳) 네 사람의 시를 필사한 것이다. 『은송당집초』는 '은송당집초(恩誦堂集鈔)', '몽관재시초(夢觀齋詩鈔)', '소재집초(歗齋集鈔)', '풍고집초(楓皐集鈔)'의 순으로 소제목이 붙어 있으며, 이상적의 시가 반 이상의 분량을 차지하고, 다음으로 이정주의 시가 많다. 변종운의 시는 상대적으로 분량이 적은데 총 17제 23수가 실려 있으며 김조순의 시는 분량이 한 장 반밖에 안 된다. 변종운의 시를 필사한 종이와 이상적의 시를 필사한 종이 한 장이 뒤바뀌어 장정(裝幀)되어 있는데 처음부터 끝까지 한 사람의 글씨로 깨끗하게 정사(淨書)되어 있으며 김조순을 제외한 앞 세 사람의 시에는 다 비점(批點)이 쳐져 있다. 변종운의 시 23수 중 17수는 『소재집』에 수록된 작품이고, 「떨어진 꽃잎(落花)」이라는 제목의 시 7수 중 6수는 다른 자료들에 없는 것이다.

⑧ 취향산루(醉香山樓) 선록(選錄) 『소재집(歗齋集)』

일본 천리대에도 『소재집(歗齋集)』이 소장되어 있는데 이 문집은 역관 김병선(金秉善)이 필사한 것이다. 이 책은 표지에는 『화동창수집(華東唱酬集)』의 동편(東編)이라고 표기되어 있고 그 옆에 '소재집(歗齋集)'이라는 제목과 변종운의 이름이 부기되어 있다. 본고에서는 이 문집에 있는 편찬자의 정보에 근거하여 이 문집을 취향산루(醉香山樓) 선록(選錄) 『소재집(歗齋集)』으로 부르기로 한다.[32]

32) 일본 천리대 도서관에 醉香山樓 選錄 『歗齋集』이 소장되어 있다는 정보는 성균관

<사진 5> 醉香山樓 選錄 『獻齋集』　　　<사진 6> 醉香山樓 選錄 『獻齋集』

취향산루 선록『소재집』에는 시 41수와 문 28편이 수록되어 있는데, 그 중 다른 자료들에 없는 작품으로 시 4수와 문 16편을 확인할 수 있다. 이 중에는 남공철의 요구에 응해 지은 시가 한 수 있으며, 홍선대원군 이하응(李昰應)에게 보낸 편지, 계문(薊門)에서 만난 세 명의 중국인들과의 교유에 대해 쓴 문장, 중국인 사매상(史梅裳)과의 대화를 수록한 글 등이 수록되어 있어 변종운의 교유관계에 관한 중요한 정보들이 적지 않게 포함되어 있다. 또 용인 수령 김명근(金命根)에게 보낸 편지가 여러 통 들어 있는데 그 내용을 통해 지방 행정에 대한 깊은 관심을 읽을 수 있다. 이외에도 일부 글을 통해 경학에 대한 관심과 이해의 깊이를 엿볼 수 있다.

뒤의 교유관계에서 언급하겠지만 김병선은 변종운의 제자인 동시에 사돈이다.[33] 이를 고려하면 김병선은 변종운의 생전에 여러 작품들을 직접 열람하였을 가능성이 크다. 취향산루 선록『소재집』에 실려 있는 시들

대학교 김영진 선생님께서 알려 주셨고 시 자료와 산문의 목차도 제공해 주셨다. '醉香山樓 選錄『獻齋集』'이라는 명칭도 김영진 선생님의 견해를 따른 것이다. 厚意에 감사를 드린다. 본고에서 다루는 산문 자료는 필자가 천리대 도서관을 방문, 조사하여 분석한 것이다.

33) 변종운의 孫壻인 崔性孝는 김병선의 처남이다.

의 수록 순서는 연활자본 『소재집』과 거의 일치하는데, 이로 보아 김병선은 변종운이 직접 필사한 『소재집』 혹은 윤정현이 편집한 『소재집』을 참조하였을 가능성이 있다.

⑨ 친필본 『병진첩(丙辰帖)』

<사진 7> 『丙辰帖』 土冊
표지

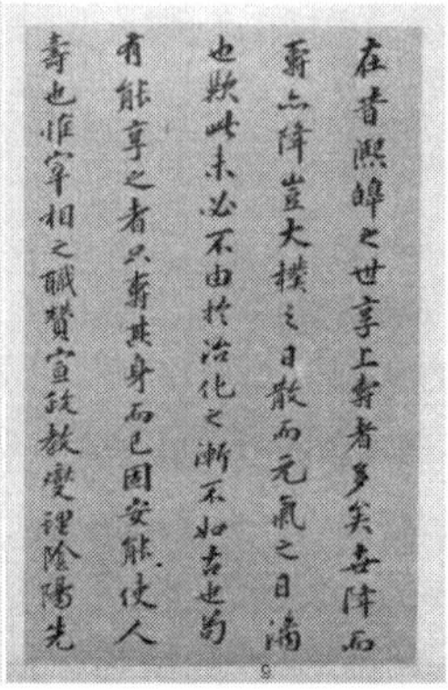

<사진 8> 『丙辰帖』 土冊
변종운 친필문

<사진 9> 『丙辰帖』 土冊
변종운 친필문

『병진첩』은 병진(丙辰, 1856)년 조두순(趙斗淳, 1796~1870)의 환갑시 당시 명사들의 송축시(頌祝詩) 및 송축서(頌祝序) 등을 모은 자료이다. 매 편마다 필체가 다른 것으로 보아, 당시 쓴 글의 원본을 모은 것임을 알 수 있다. 이 책은 현재 미국의회도서관에 소장되어 있는데 금(金)·석(石)·사(絲)·죽(竹)·토(土)·포(匏)·혁(革)·목(木) 등 8책으로 되어 있다. 토(土)책에는 강진(姜溍, 1807~1858)·이상적·변종운 등의 순으로 아홉 사람의 글이 실려 있다. 변종운은 송축서에서 자신을 문하생이라고 칭하였다. 이 글은 연활자본 『소재집』에는 수록되어 있지 않다. 변종운의 작품이 수록된 다른 자료들에는 조두순의 이름이 나오지 않지만 『병진첩』을 통해 변종운이 조두순과 가까운 사이었음을 알 수 있었다.

⑩ 이경민(李慶民)의 『회조일사(熙朝逸事)』

『회조일사(熙朝逸事)』는 1866년에 이경민(李慶民)이 간행한 책으로, 일사(逸士), 효자, 처사(處士), 문학가, 서예가, 의원과 점술사[醫卜], 절부(節婦) 등 사람들에 관한 기록을 모은 것이다. 의과 중인인 홍현보(洪顯普)가 남병길(南秉吉)을 대신하여 서문을 썼으며 윤정현(尹定鉉)이 발문을 썼다. 『회조일사』 권1에 변종운이 쓴 「이최준(李最濬)」이 수록되어 있는데 이 작품은 연활자본 『소재집』이나 기타 문헌 자료에는 없는 것이다. 『회조일사』의 서두에 있는 인용서목에는 '歗齋集'이라고 기록되어 있으나 「이최준」의 작품 말미에는 '소재고(歗齋稿)'라고 출처가 밝혀져 있다. 변종운의 몰년이 1866년이므로 이 『소재고』는 그가 생전에 자신의 작품을 베껴서 만든 초고본일 가능성을 배제할 수 없다.

위의 자료에 대한 조사를 통해 변종운 작품의 수록 양상을 고찰할 수 있었다. 변종운은 말년(1866년 이전)에 손수 자신이 쓴 글을 베껴 10책본 문집을 만들었고 그것을 윤정현이 말년(1874년 이전)에 가려 뽑아 3책으로 만들고 서문을 썼으며 변원규가 다시 반을 추려서 2책본 『소재집』을 만들었다. 『소재집』은 1890년에 변종운의 손자 변춘식에 의해 광인사(廣印社)에서 연활자로 간행되었다.

그러나 변종운의 작품은 간행되기 전에 이미 당시 사람들에게 많이 읽혔고 필사되었던 것으로 보인다. 필사본 『우선추재시(藕船秋齋詩)』나 취향산루 선록 『소재집』, 『은송당집초(恩誦堂集鈔)』 등에는 연활자본 『소재집』에 수록되지 않은 작품이 상당수 실려 있다. 또 변종운이 1856년에 조두순의 환갑을 축하하기 위해 쓴 글이 『병진첩(丙辰帖)』에 친필본의 형태로 들어있으며, 「이최준(李最濬)」이라는 글이 1866년에 간행된 『회조일사(熙朝逸事)』에 수록되어 있다.

또 연활자본『소재집』이 간행되기 전에 '소재필기(穌齋筆記)'와 '소재고 (穌齋稿)'라고 불리는 자료가 자필본이나 필사본의 형태로 다른 사람들에게 읽혔음을 확인할 수 있다. 연활자본『소재집』이 간행된 후에도 변종운의 작품은 일부 사람들에 의해 필사되었는데 1890년에 필사된『소재시(穌齋詩)』 와 1895년에 필사된『제가시수(諸家詩髓)』가 바로 그 예이다.

제1장. 생애와 교유

1. 생애와 당대의 평가

변종운의 가계와 생애에 대해서는 지금까지 밝혀진 것이 별로 없고, 『한국문집총간』의 해제에 연활자본의 내용에 근거하여 작성된 간략한 연보가 있을 뿐이다. 그렇지만 여러 자료에서 확인되는 변종운의 시문과 『밀양변씨효량공파보(密陽卞氏孝亮公派譜)』 및 역사 기록들을 검토하면 가계와 생애에 대해 보다 가까이 접근할 수 있다.

변종운은 1790년 음력(이하 동일) 1월 9일 밀양(密陽) 변씨(卞氏) 변득규(卞得圭)와 우봉(牛峰) 김씨(金氏) 사이에서 태어났다. 자는 붕칠(朋七)이고 호는 소재(歗齋)이다. 현감을 지낸 한택조(韓宅祚)의 딸과 혼인하였고 20세인 1809년에는 한학으로 역과 증광시(增廣試)에 급제하였다.[1]

밀양 변씨와 우봉 김씨는 모두 조선 시대 역관 대족이다. 밀양 변씨는 초계(草溪) 변씨에서 갈라져 나왔다. 밀양 변씨는 원래 사족(士族)이었는데 시조는 변고적(卞高迪)이다. 고려 말 문신인 변중량(卞仲良)과 변계량(卞季良)은 밀양 변씨 7세이며, 변종운은 변계량의 후손으로 밀양 변씨 24세이다. 밀양 변씨 중 『잡과방목(雜科榜目)』에 기록된 첫 역과 합격자는 16세인 변응성(卞應星, 1574~?)이다. 그 이후 밀양 변씨는 총 106명의 역

---

1) 『雜科榜目』, 역과 純祖 09 己巳 增廣試 기록 참조.

과 합격자를 배출하여 역관 대족으로 자리를 잡았으며, 조선시대 가장 많은 당상역관(堂上譯官)을 배출한 가문이 되었다.[2]

밀양 변씨의 족보는 여러 가지가 있으나 대부분의 것은 변종운의 4대조인 변시화(卞時和, 1675~?)까지만 기록되어 있고 그의 후손에 관한 정보는 실려 있지 않다.[3] 변시화의 후손에 관한 기록은 2011년에 간행된 『밀양변씨효량공파보(密陽卞氏孝亮公派譜)』[4]를 통해서 찾을 수 있다. 『밀양변씨효량공파보』에 근거하면 밀양 변씨는 12대부터 거주지가 달라지면서 파가 갈리는데 변종운은 변효량(卞孝亮)의 후손으로 '효량공파'에 속한다. 『밀양변씨효량공파보』의 변효량 이름 옆에 '양주(楊州)'라고 기록되어 있는 것으로 보아 변효량의 대에 이르러 양주로 거주지를 옮겼고 그 이후 후손들은 대부분 양주에서 살게 되었던 것으로 보인다.[5] 『소재집』에는 「미음에 있는 선영에 절하고(拜渼陰先塋)」라는 시가 있어서[6] 변종운의 선영이 미음에 있었음을 알 수 있다. 미음은 지금의 남양주시 수석1동의 서원마을이라 불리는 곳인데 미호(渼湖)의 북쪽에 있다고 해서 미음이라고 불렀다.[7] 변종운은 시에서 4대가 미음에서 잠들었다고 하였는데, 이 4대는 변시화(卞時和), 변태익(卞泰翊), 변광신(卞光藎), 변득규(卞得圭)를 가리킨다. 변

---

2) 김양수, 『조선후기의 譯官身分에 관한 연구』, 연세대학교 박사학위논문, 1987.
3) 『草溪密陽卞氏大同譜』는 변시화의 형제 중 변진화, 변필화 세 명만 수록하고 변시화와 변진화의 후손에 대해서는 기록하지 않았다. 밀양 변씨는 12세부터 거주지가 달라지고 파가 갈리는데 다른 곳에 거주하는 후손들의 정보를 제대로 알기 어려워 수록하지 못했던 것으로 보인다. 卞益洙 편, 『草溪密陽卞氏大同譜』, 草溪密陽卞氏大宗會, 1987, 28면.
4) 변상철·변복연 편집 겸 발행, 『密陽卞氏孝亮公派譜』, 밀양변씨효량공파파보간행회, 엔코리안, 2011.
5) 『밀양변씨효량공파보』는 이들의 葬地를 일부만 밝히고 있어서 구체적인 상황을 알기 어렵지만 『초계밀양변씨대동보』에 따르면 변시화의 동생인 卞必和(1695~?)의 묘는 楊州 金尾村에, 부친인 卞三錫과 조부인 卞爾瑛의 묘는 忘憂里 先塋에 있었다. 卞益洙 편, 앞의 책, 28면.
6) 『歗齋詩鈔』 권3, 「拜渼陰先塋」, 『한국문집총간』 303, 20면, "四世衣冠閟, 牛眠渼水潯. 溪山交得勢, 松檜自成陰. 孤露雙行淚, 終天永慕心. 樵童亦人子, 莫近墓前林."
7) 이종묵, 『조선의 문화공간』 3, 휴머니스트, 2006, 185면.

종운의 4대조인 변시화로부터 변종운의 손자에 이르는 가계를 보이면 다
음과 같다.

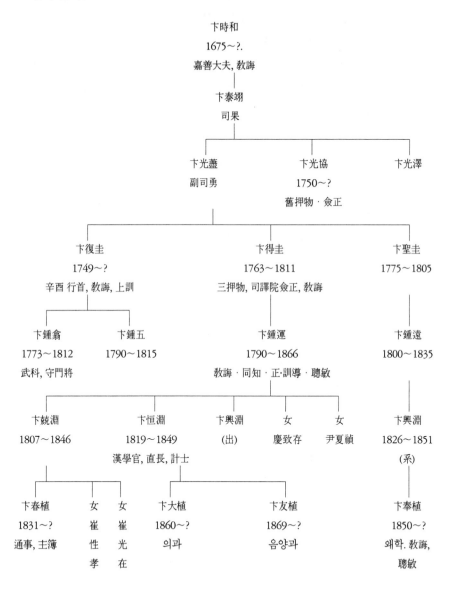

위의 가계도를 보면 변종운의 조부 변광신(卞光藎)은 변복규(卞復圭)와 변득규(卞得圭), 변성규(卞聖圭) 세 아들을 두었다. 장자 변복규(1749~1816)는 1768년에 역과에 급제하여 사역원 교회(教誨)와 상훈(上訓)을 지냈으며, 변종운이 37세 때 사망하였다. 그는 변종흡(卞鍾翕, 1773~1812)과 변종오(卞鍾五, 1790~1815) 두 아들과 함께 딸 둘을 두었다. 변종흡과 변종오는 모두 무과 출신 집안과 혼인하였으며, 변종흡은 무과에 급제하여 수문장을 지냈으나 변종운이 23세 때 사망하였다. 변종오는 변종운과 동갑으로, 26세 때 사망하였다. 변종운은 어려서 무예를 배웠다고 했고 군사나 국방 등에도 각별한 관심을 보였는데 이것은 집안에 무과 급제자가 있었던 것과도 관련이 있어 보인다.

숙부 변성규(卞聖圭, 1775~1805)는 변종운이 여섯 살 때 사망하였고, 그 아들 변종원(卞鍾遠, 1800~1835)은 변종운보다 10살 아래로, 변종운이 46세 때 사망하였다. 변성규와 변종원의 과거급제 기록은 확인되지 않는다. 변종원은 자식이 없어 변종운의 셋째 아들인 변흥연(卞興淵, 1826~1851)이 출계하여 대를 이었다.

변종운의 부친 변득규(1763~1811)는 항렬로 둘째인데, 1783년에 한학으로 역과 식년시에 급제하여 삼압물(三押物), 사역원첨정(司譯院僉正), 사역원 교회 등을 지냈다. 변득규는 변종운이 22세 때 사망하였으며 처 우봉 김씨는 변종운이 38세 때 사망하였다. 변종운은 변긍연(卞兢淵, 1807~1846), 변항연(卞恒淵), 변흥연(卞興淵) 세 아들과 딸 둘을 두었다. 장자 변긍연(1807~1846)은 변종운이 18세 때 태어났으며, 아들 하나와 딸 둘을 두었다. 변긍연은 40세 때 사망하였으므로 당시 16세였던 장손 변춘식(卞春植, 1831~?)과 두 손녀는 이때부터 변종운 내외가 키웠을 것으로 짐작된다. 변종운의 문집인 『소재집』은 변춘식에 의해 간행되었는데, 그가 어려운 형편에도 조부의 문집을 간행하려고 백방으로 노력한 것은 이런 각별한 조손 관계와도 관련이 있었을 것이다.

변긍연의 두 딸 중 한 명은 왜학 역관 최성효(崔性孝, 1826~?)와 혼인하였고 한 명은 주학별제(籌學別提)를 지낸 최필문(崔必聞, 1790~?)의 아들 최광재(崔光在)와 혼인하였다. 최성효는 자가 문백(文伯)이고, 호가 금계(錦溪)이며 왜학 역관 최면식(崔勉植, 1811~?)의 아들이다. 형제로는 한학 역관 최성학(崔性學, 1842~?)이 있다. 최성효는 변종운의 문하에서 수학하였으며[8] 1848년에 역과에 급제하였다. 최광재의 부친 최필문은 중인통청운동의 중요한 인물 중 한 명인데 변종운과는 함께 중인들의 속수계(續修契) 모임에 참여하는 등 교유가 있었다. 최필문에 대해서는 뒤의 교유관계 부분에서 논하기로 한다.

변종운의 둘째아들 변항연(1819~1849)은 1846년에 한학으로 역과에 급제하여 한학관(漢學官), 직장(直長), 계사(計士) 등 벼슬을 지냈다. 처부는 한학 교회 이숙(李塾)이다. 셋째아들 변홍연(1826~1851)은 역관인 홍명우(洪名宇)의 딸과 혼인하였다.[9] 홍명우는 남양 홍씨로, 『소재집』의 서문을 쓴 의관 홍현보(洪顯普)의 부친이다. 변종운의 두 딸은 각각 경치존(慶致存, 1807~?), 윤하정(尹夏禎)과 혼인하였다. 경치존은 순조 28년(1828)에 주학(籌學)에 뽑혔으며 부친 경경집(慶慶輯), 조부 경성운(慶成運), 증조 경경현(慶慶絢)은 모두 내의(內醫)였다. 윤하정(1827~?)은 주학훈도(籌學訓導) 윤덕원(尹得源)의 아들로, 철종 경술년(1850) 증광시 역과

<hr />

8) 金秉善, 『海客詩抄』, 「感舊詩八首」, '崔錦溪性孝', "我愛錦溪才, 飛騰神驥足. 菽水甞憂貧, 宦遊滄海曲. 嘯翁亟稱詡, 新詩唾珠玉. 同學曾幾年, 傷心墓草綠." 제5구의 옆에는 "君爲嘯齋先生孫婿, 嘗受學."라고 주석을 달았다.

9) 『밀양변씨효량공파보』와 『우봉김씨세보』에는 변홍연의 처부가 남양 홍씨 '名宇'라고 기록되어 있으나 변홍연의 아들 卞奉植의 『잡과방목』 과거급제 기록에는 외조가 洪顯普(1815~?)로 기록되어 있다. 『잡과방목』에 따르면 변홍연의 처부가 홍현보가 되는 것이다. 홍현보는 변종운의 문하이며 『歡齋集』에 서문을 쓴 사람 중의 한 명이기도 하다. 洪名宇는 홍현보의 부친이다. 『밀양변씨효량공파보』에 따르면 변홍연의 妻는 생년이 1827년이므로 홍현보의 딸이 아니라 누이동생이었을 것이다. 따라서 변홍연의 혼인상황에 대한 기록은 족보의 것이 맞다.

에 급제하였고, 철종 정사년(1857)에는 주학(籌學)에 뽑혔다.

변종운의 모친은 조선 후기에 역관을 가장 많이 배출한 우봉 김씨 집안 김항서(金恒瑞)의 딸로, 백두산정계비를 세울 때 큰 역할을 했던 역관 김지남(金指南)의 후손이다. 우봉 김씨는 많은 역관을 배출했을 뿐 아니라, 중요한 저술을 남긴 인물을 다수 배출했다. 김지남은『동사일록(東槎日錄)』을 썼고, 큰아들 김경문과 함께『통문관지(通文館志)』를 펴냈다. 김지남의 둘째아들 김현문은『동추록(東楸錄)』을 썼다. 김지남은 숙종 16년(1690)에는 신이행(愼以行), 김경준(金敬俊)과 함께 중한대역사전(中韓對譯辭典)인『역어유해(譯語類解)』2권을 지었는데 손자인 김홍철(金弘喆)은 이 책을 보충하여『역어유해보(譯語類解補)』1권을 지었고 정조 19년(1795)에는 이수(李洙), 장염(張濂)과 김지남의 증손인 김윤서(金倫瑞) 등이『중간노걸대(重刊老乞大)』1권을 엮었다. 정조 20년(1796)에는 김건서(金健瑞, 1743~1807)가『첩해신어(捷解新語)』를 새로 12권으로 발행하였다.10) 김윤서와 김건서는 변종운의 외조부인 김항서의 6촌이다.

우봉 김씨는 외교에서도 큰 역할을 하였다. 김지남은 백두산정계비를 세울 때 중요한 역할을 하였으며 중국에서 화약 만드는 법을 익혀『신전자초방(新傳煮硝方)』을 기술하였다. 김지남이 쓴『신전자초방』은 1796년에 다시 간행, 반포되었다. 앞에서 언급한 김건서와 김윤서의 저서도 모두 이 무렵에 간행되었는데 외가의 활발한 저술과 외교 활동은 변종운에게 적지 않은 영향을 미쳤으리라고 생각된다. 아래 변종운의 외증조인 김홍조(金弘祖)로부터 외사촌동생인 김학면(金學勉)에 이르는 외가의 가계를 보이면 다음과 같다.11)

---

10) 김양수, 앞의 논문, 123면.
11) 가계도는 우봉김씨세보편찬위원회, 『牛峰金氏世譜』, 우봉김씨세보편찬위원회, 1990; 김양수, 「朝鮮後期譯官家門의 硏究 : 金指南·金慶門 등 牛峰金氏家系를 中心으로」, 『白山學報』32, 백산학회, 1985; 동방미디어, 『잡과방목』을 참조하였다. 기록이 다를 경우에는『우봉김씨세보』를 따랐다.

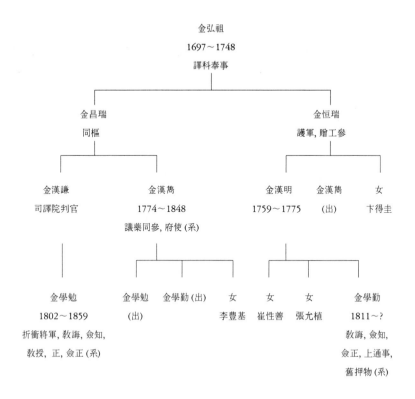

여기서 변종운에 대한 직접적인 영향관계가 확인되는 인물은 외삼촌인 김학준(金漢雋, 1774~1848)이다. 변종운은 「『유유집』의 서(幼幼集成序)」에서 외삼촌인 남양재(南陽宰) 김공이 근세의 의원들에 대해 논하는 것을 들어서 어려서부터 이정즙(李挺楫)의 의술이 정밀한 것을 알고 있었다고 했는데[12] 이 남양재 김공은 곧 의약동참을 지냈던 김한준이다. 변종운은 어려서부터 외삼촌의 영향으로 당대의 의술에 대해 일정한 지식을 갖추게 되었던 것으로 보인다. 그가 나중에 『유유집(幼幼集)』이라는 의서에 서문을 쓰게 된 것도 의학에 대한 관심이 계기가 되었을 가능성이 있다.

---

12) 『歗齋文鈔』 권1, 「幼幼集成序」, 『한국문집총간』 303, 36면, "內舅南陽宰金公嘗論近世醫家, 輒稱公古之人. 惟公之術之精, 余固不待是書而知矣."

김한준의 아들인 김학면(金學勉, 1802~1859)도 변종운과 각별한 사이였던 것으로 보인다. 김학면은 자가 백강(伯强)이고, 순조 19년(1816)에 역과 식년시에 급제하였으며 품계는 절충장군에 이르렀고 사역원 교회(敎誨)를 지냈다.13) 『우선추재시(藕船秋齋詩)』에는 변종운이 사행을 가는 김학면을 전송하면서 쓴 시가 한 수 실려 있다.

悲歌慷忱古稱燕　　비장한 노래 강개한 옛적의 燕나라 땅이라
每送行人一愴然　　가는 사람 전송할 때마다 마음이 처연해지네.
左海猶懸明日月　　조선에는 여전히 명나라의 일월 걸려 있는데
中原不改漢山川　　중원에도 한나라의 산천이 그대로구나.
才優辭命詩三百　　재주는 辭命에 뛰어나니 시 삼백 수 지을 것이요
身許驅馳路幾千　　몸은 말에 맡겼으니 가는 길 몇 천 리런가.
此去金坮秋草裏　　알고 있네, 이번 길 黃金坮의 가을 풀 속에서
知君酩酊駐征鞭　　그대가 얼큰히 취해서 가던 길 멈추리라는 것을.
　　　　　　　　　―「외사촌동생 金伯强이 사신으로 燕京으로 가는 것을
　　　　　　　　　　배웅하며(送內弟金伯强專對赴燕)」,『藕船秋齋詩』

'비장한 노래'와 '강개' 등은 청나라로 사행을 가는 사람들에게 주는 송별시에서 자주 나오는 어휘인데 형가(荊軻)와 고점리(高漸離)가 진시황을 암살하려고 했던 전고를 암시하여 반청복명(反淸復明)의 염원을 표현하는 경우가 많다. 3구에서 말한 '좌해(左海)'는 해동(海東), 즉 조선을 가리킨다. 조선에 여전히 명나라의 일월이 걸려 있다고 하여 조선이 명나라의 문명을 지키고 있음을 말하였다. 앞의 4구는 명나라의 문명을 지키고 있는 조선에 대한 자부심과 만주족의 차지가 된 중국에 대한 슬픔을 드러낸 것이다. 뒤의 4구에서는 김학면의 뛰어난 재주를 말하면서 중국에 가서 그 시재(詩才)를 마음껏 발휘할 것을 기대하였다. 이 시는 변종운과 우봉

───────────────

13) 미국의회도서관 소장 『敎誨先生案』의 기록 참조.

김씨 일가의 긴밀한 관계를 보여주는 동시에 그들이 당시 사대부들과 마찬가지로 존명배청(尊明排淸) 사상을 갖고 있었음을 보여준다.

본고에서 변종운의 가계에 대해 주목하는 이유는 이것이 그의 사유나 활동을 설명하는 근거가 될 가능성이 있기 때문이다. 이러한 관점에서 두 가지 사실에 유의할 필요가 있다. 하나는 밀양 변씨가 원래는 사족(士族)이었으며, 변종운은 조선 초의 뛰어난 문인인 변중량의 후손이었다는 점이다. 변종운 자신은 비록 기술직 중인인 역관이었지만 사족(士族)의 후예라는 사실은 그에게 남다른 자부심과 '사(士)'로서의 자각을 가지게 했던 것으로 보인다. 다른 하나는 밀양 변씨와 우봉 김씨가 모두 조선 후기 역관 명문이었다는 점이다. 특히 우봉 김씨는 외교와 저술에서 활약상이 두드러지는데, 이는 변종운에게 역관도 국가의 대사에 큰 역할을 할 수 있다는 자신감을 심어주었을 가능성이 있다.

변종운은 자신의 생애에 대해 "불행하게도 오만하고 강직하여 아부할 줄을 몰랐다. 또 불행하게도 헛되이 명성을 얻었으며 글을 아는 것이 우환(憂患)이 되었다. 반생(半生)을 불우하게 지내 문을 나서면 갈 곳이 없었다."[14]라고 서술하였다. 이는 자신이 아부를 못하는 고지식한 성격임을 밝히고, 젊어서 명성을 얻었으며 글을 읽고 천하의 대사를 근심했으나 불우하여 이룬 것이 없다고 평가한 것이다.

변종운은 젊은 시절부터 천하의 대사에 큰 관심을 가지고 글을 읽고 무예를 익혔다. 변종운은 자신이 젊은 시절에 홍영(洪伶)이라는 벗과 함께 천고의 영웅들의 성패를 논하면서 웃기도 하고 탄식하기도 했다고 하였는데[15] 이는 그가 국가대사에 비상한 관심을 가졌음을 보여준다. 홍영은

---

14) 醉香山樓 選錄 『歗齋集』, 「答金松右書」, "不幸而傲骨崚嶒, 不解諂笑, 又不幸而浪得虛名, 識字憂患. 半生落拓, 出門靡所適."
15) 『歗齋詩鈔』 권3, 『한국문집총간』 303, 19면, 「九龍山逢洪醉可幷序」, "促膝相對, 論千古英雄得失成敗之蹟, 或笑或歎, 宛然若當日事."

어려서부터 백가의 책을 읽고 격검(擊劍)을 배웠는데 변종운도 자신도 어려서 글을 읽고 검을 배웠다고 한 것으로 보아16) 홍영과 비슷한 기질을 보였을 것으로 추측할 수 있다.

변종운은 관리의 책무에 대해서도 깊은 관심을 보였다. 1811년에 홍경래의 난이 일어나자 백성들이 굶주림과 추위를 참지 못해서 교화(敎化)의 깊음을 잊어버렸기 때문에 민란을 일으켰다고 하였으나 민란 자체에 대해서는 '요사한 재앙[妖禖]'이라고 하였다.17) 민란으로 인해 텅 빈 집이 도처에 보이고 산전(山田)은 황폐해졌다고 하여 민란의 원인보다는 민란이 가져다 준 피해에 더 주목하였으며 반군에 굴복하지 않고 저항하다가 죽은 가산군수(嘉山郡守) 정시(鄭蓍, 1768~1811)에 대해서는 죽어서 오히려 영예로웠다고 찬양하였다.18) 다음해 홍경래의 난이 진압되자 변종운은 「관서에서 도적을 평정하다(關西剿匪)」를 지어 관군의 공로를 찬양하고 민란이 진압된 것에 대한 기쁜 마음을 표현하였다.19)

30세가 되던 1819년 7월 16일에는 유한지(兪漢芝), 임희지(林熙之), 황기천(黃基天)과 함께 한강 서호에서 소동파의 적벽에서의 놀이를 모방한 뱃놀이를 즐긴 일이 확인된다.20) 이들은 모두 뛰어난 재능을 지녔으나 당시 불우한 나날을 보내고 있었다. 변종운은 유한지, 임희지와 황기천이 당대 최고의 예술가임을 강조하면서 자신도 이들과 같은 부류라는 자부심을 드러내었다. 또 유배 시절의 소동파에 자신들을 비교함으로써 자신을 불우한 문인으로 규정하였다.

---

16) 『歗齋詩鈔』권1, 『한국문집총간』303, 13면, 「自笑」, "學書學劍俱無成, 天質自慚愚且魯."
17) 『藕船秋齋詩』, 「草寇起關西」, "不忍飢寒苦, 便忘敎化深. 彗星秋示兆, 天意警妖禖."
18) 『藕船秋齋詩』, 「賊久未平」, "朝廷武臣足, 草寇尙橫行. 京落多空宅, 山田半不耕. 纔聞連破賊, 旋見又徵兵. 一介嘉陵守, 臨危死亦榮."
19) 『歗齋詩鈔』권3, 『한국문집총간』303, 19면, 「關西剿匪」.
20) 『歗齋文鈔』권1, 『한국문집총간』303, 41면, 「西湖泛舟記」, "己卯七月之望, 與綺園兪公, 凌山黃公, 泛舟於抱淸樓下."

1827년 38세의 나이로 사역원 교회(教誨)가 되었고[21] 1834년에는 연행을 나섰다. 변종운은 「백이숙제의 사당(夷齊廟)」의 서문에서 "십 년 사이에 백이숙제의 묘에 세 번 이르렀다"[22]라고 하였는데 이로 보아 3회 이상 연행에 참여했음을 알 수 있다. 현재 확인할 수 있는 변종운의 연행시기는 1834년 2월과 10월, 1843년 10월 총 3회이다. 이 외에도 연행이 더 있었을 것으로 추측되지만 정확한 시기는 알기 어렵다.

1834년 2월의 연행은 진하겸사은사(陳賀兼謝恩使)로, 정사는 홍경모(洪敬謨), 부사는 이광정(李光正), 서장관은 김정집(金鼎集)이었으며 수역은 김상순(金相淳)이었다.[23] 홍경모의 기록에 따르면 일행은 2월 12일에 출발하였고, 5월 3일에 연경을 떠나 조선으로 향했다.[24] 4월 1일에 변종운은 성재시(成載詩)와 함께 산해관(山海關) 징해루(澄海樓)에 올라 술을 마시고 함께 홍화점(紅花店)에서 잠을 잤다. 이때 나눈 이야기를 수록한 글이 취향산루선록『소재집』에 「징해루에서 큰 술잔으로 술을 세 번 마시다(澄海樓三大白說)」라는 제목으로 수록되어 있고, 그 중 일부가 「장성설(長城說)」이라는 제목으로 연활자본『소재집』에 수록되어 있다. 돌아오는 길에는 우연히 한나라 명장인 이광(李廣)의 유적이 남아있는 사호석(射虎石)을 발견하고 명(銘)을 지었다.[25] 삼차하(三叉河)에 이르러 비에 막히자 성재시가 답답함을 달래기 위해 지은 시를 보여주어 그 시에 차운하기도 하였다.[26]

사행에서 돌아온 지 몇 달 안 되어 10월에 변종운은 또 연행에 나섰다.

---

21) 『教誨先生案』, '卞鍾運', "丁亥陞".
22) 『藕船秋齋詩』, 「夷齊廟」, "十年之間凡三到夷齊廟."
23) 『日省錄』, 純祖 34년(1834) 7월 7일, 「召見回還謝恩使于興政堂」.
24) 이군선, 「冠巖 洪敬謨의 中國文人과의 交遊와 그 樣相 : 2차 연행을 중심으로」, 『퇴계학과 한국문화』 33, 경북대학교 퇴계연구소, 2008, 236면.
25) 『歗齋文鈔』 권3, 『한국문집총간』 303, 67면, 「射虎石銘幷序」.
26) 『歗齋文鈔』 권3, 『한국문집총간』 303, 20면, 「歸到三叉河滯雨. 成劒橋載詩示排悶詩. 仍次其韵」

이번 연행은 동지겸사은사(冬至兼謝恩使) 일행이었는데 정사는 이익회 (李翊會)였고, 부사는 박제문(朴齊聞), 서장관은 황협(黃秧)이었으며 수역 은 유운길(劉運吉)이었다.27) 변종운이 이 연행에 참여했음은 『우선추재 시(藕船秋齋詩)』에 수록된 시의 내용을 통해 확인할 수 있다.

陛辭曾幾日　　대궐에서 하직인사 올린 지 며칠인가?
巷哭達邊庭　　거리에서 곡하는 소리 변방까지 들려오네.
遺澤浹三紀　　은택이 삼십여 년을 두루 미쳤는데
嗣君纔八齡　　세자의 나이는 겨우 여덟 살이라.
臣心猶夢寐　　신하된 마음은 오매불망이요,
天理忽幽冥　　天理는 갑자기 어두워졌구나.
東望無窮淚　　동쪽 바라보니 끝없이 눈물 쏟아지는데
星軺去莫停　　사신의 수레는 쉬지 않고 가는구나.
　　　－「동짓달에 압록강을 건너려던 차에 국상의 소식을 듣고
　　　　바삐 상복을 지어입고 그대로 북경을 향해 가면서
　　　　　　더욱 애통하게 통곡하였다
　　(仲冬將渡鴨綠, 聞國恤之報, 匆匆成服, 仍向北, 隕號益切)」,
　　　　　　　　　　　　　　　　　　　　　『藕船秋齋詩』

이 시는 변종운이 1834년 10월의 동지겸사은사 일행에 참여했음을 알 려주는 유일한 자료이다. '거리에서 곡하다(巷哭)'는 원래 관리가 생전에 선정(善政)을 베풀었음을 형용하는 말인데 여기서는 백성들이 임금의 덕 택을 생각해 통곡한다는 의미로 쓰였다. 은택이 30여 년을 두루 미쳤다는 것과 세자의 나이가 여덟 살이라는 내용을 통해 이때 붕어한 임금은 순조 (1790~1834)라는 것을 알 수 있다. 사신 일행은 이 무렵 압록강을 건너 려고 준비하고 있다가 국상(國喪)이 발생했다는 전갈을 받고 급히 상복을

---

27) 임기중, 앞의 책, 21면; 『일성록』, 憲宗 원년(1835) 음력 3월 15일, 「冬至書狀官黃 秧, 首譯劉運吉進聞見別單」 참조.

지어 입고 곡을 하였던 것으로 보인다.

1939년 변종운은 정3품 당상역관이 되었다.[28) 역과에 합격한지 30년, 사역원 교회가 된지 12년만의 일이다. 1843년 10월에는 수역(首譯)의 자격으로 고부사(告訃使) 사행에 나서게 된다. 이번 사행은 효현왕후(孝顯王后)의 죽음을 알리기 위한 것이었는데 정사는 심의승(沈宜升), 서장관은 서상교(徐相敎)였다. 심의승의 기록에 따르면 이들 고부사 일행은 12월 3일에 북경에 도착해서 8일에 황제를 알현했다.[29) 이번 사행 길에 변종운은 「호타하설(滹沱河說)」, 「갑신년(1844－역자) 정월 대보름에 의주로 돌아오다(甲辰上元, 回到灣上)」 등의 작품을 지었다. 일행이 서울로 돌아온 것은 1844년 2월이었다. 정사와 서장관, 수역은 그해 2월 2일에 임금을 알현하고 서장관과 수역은 각각 서장관별단과 수역별단을 바쳤다.

서장관별단은 여섯 가지 내용을, 수역별단은 다섯 가지 내용을 아뢰고 있다. 서장관이 아뢴 첫 번째 내용은 영국의 동향과 관련한 것이었다. 서상교는 영국은 원래 광동(廣東) 한 곳에서만 교역을 하게 되어 있었으나 아편전쟁 이후에는 동남연해 지방에서도 소동을 일으켜서 복건(福建), 절강(浙江)과 강소(江蘇)의 상해현(上海縣)에서도 교역을 허락한 결과 그들이 조용해졌다고 했다. 다음은 황하의 수리시설 공사에 관한 것인데 4, 5년의 공사를 거쳐 하남(河南) 일대는 거의 성공했으나 하류지대에 위치한 산동(山東) 제녕부(濟寧府) 일대의 공사는 완공되지 않았으니 그 공사의 거대함을 알 수 있다고 한 내용이다. 세 번째는 책문 밖으로부터 심양 서쪽까지 눈이 한 자 넘게 쌓였으나 산해관 안쪽에는 눈이 내리지 않아 황제가 눈이 내리기를 빌었다는 내용이다. 네 번째는 청나라 황실 내명부의 사정에 관한 것이고, 다섯 번째는 미얀마[緬甸國]의 사신들 상황과 풍속에 관한 것이다. 마지막은 상으로 받는 물목[領賞物目]을 제대로 받지 못

---

28) 『敎誨先生案』, '卞鍾運', "己亥堂上".
29) 『日省錄』 헌종 10년(1844) 음력 1월 18일 「告訃使沈宜升以自燕離發馳啓」.

하여 그것을 해결하는 과정에서 있었던 일들을 보고한 것이다.

한편 수역별단의 내용을 살펴보면 황제가 눈 내리기를 빌었다는 것과 영국의 동태에 관한 것, 미얀마[緬甸國] 사신들의 상황에 대해 보고한 것에는 서장관별단과 큰 차이가 없다. 하지만 영국과 미얀마 사신들을 보는 시각은 좀 다르다. 변종운은 영국인들에 대해 '미친 오랑캐[狂虜]'라고 불러 그들에 대한 적개심을 보이고 있으며, 상반신을 드러낸 미얀마 사신들의 복색에 대해 자세히 소개하고 그들이 무더운 곳에서 살아서 몸을 드러내는 습관이 생겼을 것이라고 추정하였다. 이외 수역별단은 서장관별단에 없는 두 가지 내용을 더 보고하고 있다. 변종운은 신무문(神武門) 기영일(祇迎日)에 황제의 의장(儀仗)을 보니 누른색 일산이 빛바래고 채금(彩金)이 떨어져 있어서 그 검소한 덕을 알 수 있다고 했다. 마지막 내용은 일식과 월식, 그리고 황도(黃道)와 적도(赤道) 간의 거리의 측정에 관한 것이다. 변종운은 이 부분에 대한 확인이 20여 년간 진행되지 못했다고 하였다. 그러나 지금 북경으로 들어오는 서양인이 없고, 중국에 천문역법을 아는 사람은 몇 십 명이 넘지만 서로 의견이 맞지 않아, 경세(經歲)를 아직 수정하지 못했다고 하였다.[30]

당시 중국의 상황을 보면 1843년 1월에는 위원(魏源)이 저술한 『해국도지(海國圖志)』가 출판되었고 6월에는 홍수전(洪秀全)의 배상제회(拜上帝會)가 창립되었다. 8월에 청나라는 영국과 '호문조약(虎門條約)'을 체결하였고 11월에는 하문(廈門)과 상해를 잇달아 개방했다. 중국의 상황은 불안정하였고 중국 지식인들의 위기의식도 매우 심각하였다. 당시 조선에서도 아편전쟁이 일어난 이후 영국과 주변의 다른 나라들의 동태를 살피는 것을 매우 중요한 일로 인식했던 것으로 보이는데, 서장관과 수역이 영국의 동태뿐만 아니라 미얀마 사신들의 행적과 의복 등에 대해서까지

---

30) 『日省錄』, 음력 1844년 2월 6일, 「書狀官徐相敎 · 首譯卜鍾運進聞見別單」.

자세히 보고하고 있는 데서 이를 짐작할 수 있다. 또 천체 측정 상황에 대한 언급에서 알 수 있듯이 청대 중국의 천문역법은 서양 선교사의 지식에 많이 의존하고 있었다. 중국에 수많은 전문가가 있음에도 불구하고 서양의 정보를 얻지 못해서 경세(經歲)를 수정하지 못하고 있다는 것은 서양의 천문 지식이 중국보다 훨씬 앞서 있다는 것을 말해 준다. 문견별단에 이 내용을 언급한 것은 한편으로 변종운이 서양 과학의 우월성을 이미 인지하고 있었음을 보여주는 것이기도 하다.

1839년에 봄 변종운은 함경도 북청(北青)의 거산역(居山驛)을 지났다.[31] 변종운은 이곳에서 역승 유종근(柳宗謹)이 본인의 돈으로 성벽을 보수한 일을 알고 이 사실을 글로 기록하였다. 1840년에 김정희(金正喜)가 제주도로 유배를 가게 되자 변종운은 바닷가로 나가 배웅하였다.[32]

61세가 되는 1850년부터 1852년까지는 표인(漂人)과 관련된 일을 주로 맡았던 것으로 보인다. 1850년에 변종운은 부사직(副司直)의 직함을 가지고 조선으로 표류해 온 청나라 사람들을 육로로 요동(遼東) 봉황성(鳳凰城)까지 압송하였고[33] 1851년 3월과 12월에는 재자관(齎咨官)의 직함을 가지고 청나라에 표류한 조선인들을 데리고 왔다.[34]

---

31) 변종운이 이때 거산역을 지난 것은 會寧과 慶源에서 열리는 北關開市 때문일 것으로 추정된다. 북관개시는 北青府使가 주관하였는데, 開市 때마다 역관들은 파견된 監市御史를 수행하였다.

32) 『歡齋詩鈔』권3, 『한국문집총간』303, 21면, 「送秋史金侍郎正喜謫耽羅」.

33) 『通文館志』, 「哲宗大王 元年 庚戌」, "奉天府琇陽城人孫連魁等八人, 鳳凰城人召允成等七人, 漂到平安道宣川府. 關東省厚山縣人許所畫等二人, 漂到黃海道豐川府. 願從旱路. 專差副司直卞鍾運押付鳳城, 咨報如例."

34) 『日省錄』, 철종 2년(1851) 음력 3월 12일, "承文院啓言, 卽見盛京禮部咨文, 出來者以爲宣川府大小化島及宣沙鎮, 椒島鎮漂到大國人等領去. 齎咨官卞鍾運例賞銀兩, 咨行戶部以便領發云矣. 回咨依例撰出安寶定, 禁撥下送灣府. 請轉致盛京. 允之."; 『日省錄』, 철종 2년(1851) 음력 12월 30일, "承文院啓言, 卽見盛京禮部咨文, 以爲漂人領去. 齎咨官卞鍾運例賞銀三十兩, 交付於今番曆咨官李野回便云. 回咨依例撰出定, 禁撥下送于灣府, 請轉致盛京. 允之."

1865년 윤 5월 21일, 변종운은 왜관(倭館)의 동쪽 대청과 서쪽 행랑을 수리한 공로로 가자(加資)되었다.35) 그해 10월 24일에는 오위장(五衛將)에 단부(單付)되었으나, 11월 1일에 병으로 직임을 수행하기 어렵다고 체직을 청하여 개차(改差)되었다.36) 1866년에 76세의 나이로 별세하였다.

이외 변종운에 대한 동시대 사람들의 발언도 남아있는데, 이를 통해 그의 생애에 접근해볼 수도 있다. 그들은 변종운이 몸이 학처럼 말랐고,37) 호방한 성격에 술을 잘 마셨으며,38) 경서에 조예가 깊었고 거벽(巨擘)이 될 자질을 갖췄다고39) 말했다. 제자이자 사돈인 후배 역관 김병선(金秉善)의 평가부터 살펴보자.

士皆趨俗學	선비들은 모두 속된 학문을 쫓아가는데
夫子其眞儒	스승님은 참으로 진정한 유학자셨네.
下帷硏經義	휘장을 내리고 경서를 궁구하면
庶幾董仲舒	마치 한나라 학자 동중서와 같았지.
處貧終憂道	가난하지만 끝내 도를 근심하셨고
冥心復厥初	명심으로 초심을 회복하셨지.
訇然歡齋集	굉장하구나, 『소재집』 나오니

---

35) 『承政院日記』, 고종 2년(1865) 윤 5월 21일, "又以司譯院都提調 · 提調意啓曰, 因倭館東大廳西行廊修理請賞啓本, 有令該院稟處之命矣. 旣有已例, 監董譯官金繼運加資, 訓導李本修資歷未備, 自本院施賞, 將校嘉善文進烈, 右職調用. 尹持壽 · 金華鎰, 帖加. 漢學譯官李執、卞鍾運、尹夏楨, 倭學譯官李漢紀、吳致默、李熙聞, 金鼎九、尹相協, 係是久次之人, 一體加資, 何如? 傳曰, 允."

36) 『承政院日記』, 고종 2년(1865) 11월 1일, "又啓曰, 內禁將具性喜, 五衛將李一兢、李載, 沈純錫、鍾運、朴宗烟, 忠壯將李始遇, 景福將高時恒, 慶熙將金錫龜、金大復, 文兼宣傳官蔡東述, 俱以病難供職, 呈狀乞遞, 竝改差, 何如? 傳曰, 允."

37) 韓致元, 『冬郞集』권1, 53면, 「偶往西隣, 薄暮而歸. 是日, 卞嘯翁朋七來舍仲家, 尋余不見, 與諸詩人賦詩而還矣. 仍次原韻」, "氣味憐君如鶴瘦, 功名愧我使烏號."

38) 尹廷琦, 『舫山遺稿』권2, 「歡翁善飮善詩. 走筆以示」, "歡翁善其飮, 如鯨倒吸水."

39) 卞元圭, 『歡齋集』, 「歡齋集序」, 『한국문집총간』 303, 3면, "昔先師謂元曰, '歡齋窮經篤學. 抱巨擘之質.'"

世人比璠璵   세상 사람들 번여옥에 비겼네.

－金秉善, '소재 변종운(卜斲齋鍾運)', 「感舊詩八首」, 『海客詩鈔』

위의 시에서 김병선은 변종운이 속된 학문을 쫓아가는 일반 선비들과
달리 道에 뜻을 둔 진정한 학자였다고 평가하였다. '속된 학문[俗學]'은 세
속에서 유행하는 학문을 가리키는 것으로, 장자는 일찍 "속된 학문으로
본성을 닦아 처음의 본성으로 돌아가려 하고, 속된 생각으로 욕망을 다스
려 그 밝은 지혜를 얻으려 하는 사람들을 눈이 어두운, 몽매한 백성이라
고 한다."[40]라고 하였다. '명심(冥心)'은 『위서(魏書)』의 「『일사전』의 서
(逸士傳序)」에 나온 말로, 속념을 없애고 고요한 마음을 유지하는 것을 말
한다. 김병선은 변종운이 가난하면서도 끝까지 도를 근심하였고, 태어날
때의 선함을 회복하였다고 하였는데 이는 속된 학문을 쫓는 선비들이 이
룰 수 없는 것이다.

김병선은 또 변종운을 한나라 때 유학자인 동중서(董仲舒, BC 179~
104)에 비겼다. '휘장을 내리다(下帷)'는 사마천(司馬遷)이 『사기(史記)』 「유
림열전(儒林列傳)」에서 동중서에 대해 쓴 말인데, 글을 가르친다는 것과
열심히 독서한다는 의미를 갖고 있다. 사마천은 동중서에 대해 "휘장을
내리고 강론을 하였으며, 제자들은 서열에 따라 선배한테서 학업을 전수
받았기에 3년 동안 스승의 얼굴을 보지 못한 자도 있었다."[41]라고 했다.
동중서는 제자가 너무 많아 이루 다 가르칠 수 없었기 때문에 수준이 높
은 제자가 학식이 낮은 제자를 가르치게 했으며 출중한 제자만이 직접 동
중서의 지도를 받을 수 있었다고 한다. 동중서는 또 『춘추(春秋)』를 읽는
데 심취하여 3년 동안 뜰을 내다보지 않은 것으로도 유명하다. 김병선은
변종운을 동중서에 비겨 그가 학문을 궁구하는 진정한 학자였음을 부각

---

40) 『莊子』, 「繕性」, "繕性於俗學, 以求復其初, 滑欲於俗思, 以求致其明, 謂之蔽蒙之民."
41) 司馬遷, 『史記』, 「儒林列傳」, "下帷講誦, 弟子傳以久次相授業, 或莫見其面, 蓋三年."

시키고 끝까지 도를 근심하였다고 하였다. 끝까지 도를 근심하였다고 한 것은 천하대사에 대한 관심을 가리키는 것으로 추정되는데, 이는 변종운의 학문에 경세적인 면모가 있음을 말한 것이라고 생각된다.

마지막 두 구는 『소재집』이 출판된 뒤 높은 평가를 받았음을 말한 것이다. 번여(璠璵)는 노(魯)나라의 귀중한 옥인데 공자가 일찍이 아름답다고 칭찬한 바 있다.[42] 앞의 자료개관 부분에서 『소재집』이 출판된 뒤 그것을 베낀 필사본이 여러 종 출현하였음을 밝힌 바 있는데, 이는 『소재집』이 세상에서 받은 호응을 입증하는 근거가 될 수도 있을 것이다.

변종운의 벗이자 사돈인 최필문(崔必聞)은 변종운이 별세한 뒤 칠언율시 「소재를 곡하다(哭獻齋)」를 지어 변종운에 대해 평가하고 그를 잃은 슬픔을 토로하였다.

長慟非爲瓜葛親	길이 통곡하는 것 인척이어서가 아니라
回看一世罕斯人	돌이켜보니 일세에 이런 사람 드물기 때문.
甲兵未展胸中蘊	가슴 속 甲兵의 계책 펼치지도 못하였고
琚佩空傳席上珍	지어준 글은 헛되이 자리 위의 보배를 전하네.
餘事文章來左馬	餘事인 문장은 左丘明과 司馬遷에게서 나왔고
有時談謔激莊荀	가끔 하는 해학은 莊子와 荀子처럼 격렬했지.
同庚近日如星落	동갑내기들 최근에 별 떨어지듯 스러지는데
怪我尙存雌甲辰	나만 아직 쇠약한 몸 살아있는 것 한스럽구나.

－崔必聞, 「獻齋를 곡하다(哭獻齋)」, 『朝野詩選』, 206면

최필문은 자신이 변종운의 죽음을 슬퍼하는 까닭은 일세에 드문 인재를 잃었기 때문이라고 하였다. '거패(琚佩)'는 '경거패(瓊琚佩)'를 줄인 것인데 아름다운 패옥이란 뜻으로 뛰어난 시문(詩文)을 가리키고, '자리 위

---

42) 『初學記』 권2에 『逸論語』의 내용을 인용하여 다음과 같이 말하였다. "璠璵, 魯之 寶玉也. 孔子曰, '美哉璠璵, 遠而望之, 煥若也. 近而視之, 瑟若也.'"

의 보배'란 공자가 "유자(儒者)는 자리 위의 보배를 가지고 초빙해 주기를 기다린다."[43]라고 한 말에서 온 것이다. 변종운이 가슴 속 갑병(甲兵)의 계책을 펼치지 못했다고 한 것은 그가 군사적 재능이 있었으나 펼 길이 없었음을 말한 것이라고 짐작된다. 변종운은 조선의 군사와 무비에 대해 논한 글을 여러 편 남겼는데, '갑병의 계책'은 이 글들에서 어느 정도 엿볼 수 있을 듯하다.

5구와 6구는 변종운의 문장이 좌구명(左丘明)과 사마천(司馬遷), 장자(莊子)와 순자(荀子)의 영향을 받았음을 밝혔다. 좌구명과 사마천의 영향을 받았다는 것은 역사 사건에 대한 기술과 논평에 능하였음을 말한 것이다. 변원규(卞元圭)의 말에 의하면 윤정현(尹定鉉)은 일찍이 변종운의 문장에 대해 "고금의 치란(治亂)의 시기에 대해 명칭과 도리를 분석하고 필법이 호탕하여 홀로 진지한 경지에 도달하였다."[44]라고 평가하였다고 한다. 장자와 순자의 영향은 주로 해학적인 표현수법을 두고 말한 것으로 짐작된다. 최필문은 변종운이 군사적 재능과 뛰어난 재능을 갖고 있었으나 그것을 펼치지 못했음을 매우 안타까워한 것이다.

다음은 후배역관 김석준(金奭準)의 『회인시록(懷人詩錄)』에 수록되어 있는 「소재 변종운(卞歗齋鍾運)」이라는 시이다.

傲骨嶙嶒八十秋　　　고고한 기골 우뚝하여 80년 세월
窮經老屋世難儔　　　낡은 집에서 경서 궁구해 짝할 이 드물었네.
文追兩漢雄豪法　　　문장은 양한의 웅장하고 호탕한 기법 따랐으니
刻楮雕蟲摠下流　　　공교하게 꾸미고 수식하는 것은 모두 하류지.
　　　　　　　　　　　－金奭準, 「소재 변종운(卞歗齋鍾運)」, 『懷人詩錄』

---

43) 『禮記』, 「儒行」, "儒有席上之珍以待聘."
44) 卞元圭, 『歗齋集』, 「歗齋集序」, 『한국문집총간』 303, 3면, "而古今治亂之會, 剖析名理, 放筆浩瀚, 獨造眞摯之境."

김석준은 변종운이 경서를 궁구했음을 높이 평가하면서 세상에 짝할 자가 드물다고 하였는데 이 말은 앞에서 살펴본 김병선의 평가와도 일치한다. '양한(兩漢)의 웅장하고 호탕한 기법'이라는 것은 사마천(司馬遷), 가의(賈誼), 사마상여(司馬相如) 등으로 대표되는 양한 산문가들의 호탕하고 정론(政論) 색채가 강한 필법을 가리킨다. '닥나무 잎을 새기다[刻楮]'는 『한비자(韓非子)』에 나오는 이야기를 가리키는데, 어떤 사람이 3년이라는 시간을 들여 상아로 닥나무 잎을 만들었는데 모양은 진짜와 똑같았으나 쓸모가 없었다고 한다. '조충(雕蟲)'은 원래 '충서(蟲書)'라고 불리는 글자체를 익힌다는 뜻이었으나 후에는 사소한 기예를 가리키는 말로 쓰였다. 3구와 4구는 변종운의 문장이 강한 기세를 갖추었고 억지로 자구를 꾸미려고 애쓰지 않아 매우 자연스러운 풍격을 갖추었음을 말한 것이다.[45]

　다음은 정약용의 외손자인 윤정기(尹廷琦)의 평가이다. 윤정기는 1855년 무렵에 변종운과 교유하였는데, 한 번 만남에 변종운을 지기로 여겼고 자주 찾아가 술을 마셨다고 한다.

歊翁善其飲	歊翁은 술을 잘 마셔
如鯨倒吸水	고래가 물을 들이키는 것 같네.
飲趣寓之詩	술 취미를 시에 기탁하니
磊落垂暮齒	늘그막에도 호방하였네.
三杯能散悶	세 잔에 답답함을 풀 수 있고
一石方消鄙	한 섬을 마셔야 비루함을 씻는다.
醉後秀句發	취한 뒤 빼어난 시 펼쳐내서
濁世掃糠粃	혼탁한 세상 쭉정이를 쓸어버리네.

---

45) 이 말은 洪顯普의 평가와도 부합된다. 홍현보는 『歊齋集』의 序에서 변종운의 문장에 대해 "원기가 호탕하게 흘러 장강의 기세가 다하지 않는 것과 같았으며", "문장을 따와 수식하고 미사여구에 힘쓰는 말세의 습성이 조금도 없었다."라고 평가한 바 있다. 洪顯普, 「歊齋集」, 『한국문집총간』 303, 4면, "故發筆寫懷, 元氣淋漓浩浩, 如長江不窮之勢, 少無叔世尋摘點綴絺章繪句之習."

雄健怒獅然	웅건한 기상은 노한 사자와 같고
迸瀉建似瓴	쏟아지는 기세는 병을 거꾸로 기울인 듯.
通道而自然	통달하고 자연스럽게
遇境詩能以	좋은 경치 보면 시로 드러내네.
我觀觴而詠	내 보니 술잔 들고 시를 읊조리니
詩腸淨些滓	詩心이 깨끗해져 찌꺼기 없구나.
迭宕爲上乘	질탕한 것은 상승의 경지요,
拘束乃末技	구애됨은 말단의 기예라.
一斗而百篇	술 한 말에 시 백 편을 지으니
所以謫仙李	그래서 이태백이라 부르는 거지.
草書劍舞可	초서는 검무에 비김이 합당하니
養生庖丁似	『莊子』「養生主」의 庖丁과 비슷하네.
爲我說眞諦	나를 위해 진실한 비결을 말해주길
上頓聊複爾	술만 많이 마시면 된다고 하네.

　　　　　　　　　　　－「歡翁은 술을 잘 마시고 시를 잘 지었다.
走筆로 써서 보여주었다(歡翁善飮善詩. 走筆以示)」,
『舫山遺稿』권2

　　변종운이 윤정기와 교유한 것은 66세 무렵이었다. 윤정기는 변종운이
늘그막에도 호방하였고, 술을 마시고 빼어난 시를 펼쳐낸다고 하였다.
"통달하고 자연스럽다"라고 한 것은 만년의 생활 태도와 운치를 그려낸
것이다.

2. 국내외의 교유 활동

1) 국내 교유관계

(1) 사대부

변종운의 교유관계 중에서 비교적 젊은 시절의 것으로 확인되는 것은 1819년 30세 때 유한지(兪漢芝, 1760~?), 황기천(黃基天, 1760~1821), 임희지(林熙之)와 함께 한강의 서호에서 배를 띄우고 소동파의 적벽에서의 놀이를 모방한 일이다.

유한지는 자가 덕휘(德輝)이고 호는 기원(綺園)인데, 형조참의를 지낸 유한준(兪漢雋, 1732~1811)의 사촌동생이다. 유한지는 전서와 예서를 잘 써서 이름이 높았으나 늦게야 음직으로 영춘현감(永春縣監)을 지냈다.

황기천은 자가 희도(羲圖)이고 호는 능산(菱山)·후환(后晥)인데, 여섯 살 때 벌써 시를 잘 지어 신동이라 불렸다고 한다. 그는 1792년에 식년문과에 급제한 뒤 정조에게 뛰어난 인재라는 칭찬을 받았고[46] 정조의 특별한 총애로 청환직(淸宦職)을 거치지 않고 이조좌랑이 되었다. 그러나 1806년 장령으로 있을 때 우의정 김달순(金達淳)을 탄핵하는 합계(合啓)에 참석하지 않아 용천에 유배되었다. 그 뒤 고금도(古今島)로 이배(移配)되었으나 1809년에 사면됐다. 황기천은 문장이 뛰어났고 서법에 능했으며 경서(經史)에도 통달했던 것으로 전한다.

---

46) 安鐘和, 『國朝人物志』 v3, 「黃基天」, "字義圖, 號菱山. 昌原人. 左參贊一夏玄孫. 朗慧成性, 六歲作古詩. 有'鳳皇飛長天, 麒麟游野邊. 夫子生尼丘, 古今稱聖賢.'之句, 時稱神童. 戊子司馬應製, 被選. 上曰,'爾是武家子, 能文乃爾.' 其特賜酒滿酌. 癸丑文科, 被文臣抄啓. 冬命進百句賦, 禁漏未數點而就. 上批曰, '一院咸聳, 衆膝齊屈, 如許奇才!' 設選. 後初見, 歷正言, 持平. 官至宗簿寺正."

변종운과 함께 서호에서 뱃놀이를 할 당시 유한지와 황기천은 모두 60세였다. 곧 이때는 유한지가 아직 영춘 현감이 되기 전이었고, 황기천 역시 사면된 이후로 벼슬을 하지 않았던 시기였다. 두 사람은 변종운, 임회지와 더불어 뱃놀이를 즐기면서 소동파에 자신들을 비김으로써 자신들의 재능에 대한 높은 자부심과 불우한 처지에 대한 우울한 심사를 공유하였다.

그러나 변종운과 교유했던 사대부들 중에는 당시 권력부의 핵심에 있었던 인사들도 적지 않다. 윤정현(尹定鉉), 이유원(李裕元), 남공철(南公轍)과의 교유는 선행 연구에서 이미 주목한 바 있다.[47] 윤정현과 이유원은『소재집』의 간행에 도움을 준 사람들이다. 윤정현은 정조의 총신인 윤행임(尹行恁)의 아들로, 성균관 대사성, 이조참의, 황해도관찰사, 예조판서 등을 역임하였으며[48]『풍요삼선(風謠三選)』의 서문을 쓰는 등 여항인들의 문학에 많은 관심을 보인 것으로 알려져 있다. 변종운은 1848년에 윤정현이 황해도관찰사로 나갈 때「침계 윤정현 시랑께서 황해도관찰사로 나가는 것을 송별하는 序(送梣溪尹侍郞定鉉出按海西序)」를 써서 바쳤다. 이 글에서 윤정현에게 관리들이 외직을 치부의 수단으로 생각하는 병폐에 대해 언급하면서 훌륭한 관리가 될 것을 기대하였다.

윤정현과 변종운의 관계에서 특히 주목되는 것은 윤정현이『소재집』의 편찬에 큰 역할을 한 점인데, 이 부분에 대해서는 앞에서『소재집』의 간행 경위를 서술하면서 언급한 바 있다. 윤정현은 변종운에 대해 "경서를 궁구하고 독실하게 책을 읽었으며 거벽(巨擘)의 자질을 갖췄으나 기이

---

47) 구자균은 변종운이 이들 세 사람과 忘形之交를 이루었고 그들이 사행할 때는 반드시 수행하였다고 하였다. 그러나 세 사람이 사행할 때 변종운이 수행했다는 증거 자료는 제시하지 않았다. 구자균, 앞의 책, 103-104면.

48) 윤정현의 활동에 대해서는 김용태,「침계 윤정현의 문학활동 : 여항·서얼·서북지역 문인과의 교유를 중심으로」,『한국한문학연구』30, 한국한문학회, 2002, 440면 참조.

함을 추구하고 화려함을 다투어서 명예를 얻으려고 하지 않았다."49)라고
평가하였다. 거벽(巨擘)이란 원래 엄지손가락이라는 뜻으로, 뛰어난 인물
을 가리킨다. 역관인 변종운에 대해 "거벽의 자질을 갖추었다"라고 한 것
은 매우 높은 찬사라고 보아야 할 것이다.

이유원(李裕元, 1814~1888)은 고종 초에 함경도관찰사를 거쳐 좌의정
이 되었고 1873년에는 영의정을 지냈다. 1845년에는 동지사의 서장관으
로 청나라에 다녀왔다. 이유원은 『소재집』의 서문에서 자신과 변종운의
교유관계에 대해 다음과 같이 서술했다.

> 나는 젊었을 때 변군 소재와 사귀게 되자 스스로 기뻐하여 말하기를,
> "나는 지금 고사(高士)와 인연을 맺게 되었다."라고 하였다. 그때로부터
> 서신이 30년 동안 끊이지 않았다. 내가 고향으로 물러나 거처하게 되었
> 을 때 그의 손자 춘식이 『소재집』을 가지고 와 나에게 서문을 써달라고
> 하자 나는 또 기뻐하여 말하기를, "이 문집의 서문을 나에게 부탁한 것
> 은 내가 실로 높기 때문이다."라고 하였다. (중략) 소재는 한을 품은 사
> 람이었다. 붓끝에서 자연히 흘러나오는 기운이 있었다. 나와 마음이 통
> 했으나 행적이 달랐고 성정이 같았으나 행동은 맞지 않았다.50)

이유원은 위의 글에서 자신이 변종운과 "서신이 30년 동안 끊이지 않
았다."라고 하였는데 변종운의 몰년(沒年)이 1866년이므로 두 사람의 교
유는 늦어도 1836년 이전에 시작되었음을 짐작할 수 있다. 1836년이면

---

49) 卞元圭, 『歗齋集』, 「歗齋集序」, 『한국문집총간』 303, 3면, "昔先師謂元曰, <u>歗齋窮</u>
經篤學. 抱巨擘之質, 而猶不屑聘奇鬥艷, 以沽名譽. 盖深許之也."

50) 李裕元, 『歗齋集』, 「歗齋集序」, 『한국문집총간』 303, 3면; 『嘉梧藁略』 책12, 『한국
문집총간』 315, 516면, "余少時, 與<u>卞君歗齋</u>交. 自喜曰, '我今與高士契矣.' 自是書牘
三十年不斷. 及余退居鄉山, 其孫春植, 以歗齋集序告余. 又喜之曰, '此文之屬於余, 余
實高矣.' (중략) 盖<u>歗齋</u>恨人也. 筆端自然有流出之氣. 與余心契而跡不同, 性同而行不
契." 『嘉梧藁略』에 실려 있는 「歗齋集序」에는 '高士'가 '文士'로, '歗齋'가 '朋七'로
되어 있다.

이유원은 22세, 변종운은 47세이다. 하지만 이유원이 '젊었을 때[少時]' 변종운과 인연을 맺었다는 것으로 보아 두 사람은 그보다 더 일찍 알게 되었을 가능성이 있다.

앞에서 이유원이 변종운이 쓴 「동리자(東里子)」를 높이 평가하면서 자신이 「창백자(蒼白子)」를 지었으나 어찌 그에 미칠 수 있었겠냐고 하였음을 서술한 바 있다.51) 이유원이 쓴 「창백자」는 『가오고략(嘉梧藁略)』에 수록되어 있는데 여러 편의 우언(寓言)으로 이루어진 이야기이다. 변종운의 「동리자」도 비슷한 형식의 글이었을 것으로 보인다. 「창백자」는 이유원이 「동리자」를 읽고 그 형식을 본떠서 지은 것으로 짐작되기 때문이다. 이로 보아 이유원은 변종운의 글을 읽거나 비슷한 형식의 글을 창작하는 등의 방식으로 문학적 교류가 이루어졌음을 알 수 있다.

남공철(南公轍, 1760~1840)은 우의정과 영의정을 지냈으며 당대의 뛰어난 문장가였다. 변종운과 남공철과의 교유는 1833년에 쓴 것으로 추정되는 「금릉 남공철 상국의 생신을 삼가 축하하는 서(敬壽金陵南相國公轍序)」에서 확인할 수 있다. 이 글은 변종운이 남공철의 귀은당(歸恩堂)을 방문했다가 남공철의 요구에 응해 지은 것이다. 이 글에 따르면 남공철은 자신이 변종운의 글을 좋아한다고 하면서 글을 써 줄 것을 요구했다고 한다. 취향산루 선록 『소재집』에는 또 「금릉 남상공의 버들눈 시에 화답하다(柳眼奉和金陵南相國)」라는 시가 수록되어 있어 두 사람의 교유가 일회적인 것이 아니었음을 알 수 있게 한다. 남공철은 변종운의 문학적 재능을 매우 긍정적으로 평가하였으며 적지 않은 문학적 교류가 있었던 것으로 생각된다.

변종운은 김정희(金正喜, 1786~1856) 및 그 주변의 인물들과도 적지 않

---

51) 李裕元, 「獻齋集序」, 『獻齋集』, 『한국문집총간』 303, 3면, "至於「東里子」一篇, 使人可喜可怒, 可哭可歌. 㤭園之蝶, 乘風飄飄往來於凌雲之間. 余曾作「傖白子」, 何能跂及."

은 관계를 맺고 있었다. 변종운은 1840년 김정희가 제주도로 유배 갈 때 바닷가로 가서 그를 배웅하며 송별시를 지었다.[52] 두 사람의 친분이 깊었음을 짐작할 수 있는 것이다. 전날에는 김정희의 유배 길에 동행하는 정문교(鄭文敎)와 함께 자신의 집인 비파서옥(琵琶書屋)에서 술을 마셨는데, 정문교를 평가하면서 지기(知己)를 위해 사지로 가는 것을 마다하지 않는 의인이라 하였다.[53] 앞의 가계 부분에서 언급했던 홍현보(洪顯普)는 변종운의 제자이자 사돈인데, 김석준(金奭準)은 그를 '추사(秋史) 문하(門下)의 제1인'이라고 하였다. 홍현보는 김정희가 제주도로 유배 갔을 때 여러 차례 서신을 주고받았고 물건을 보내 주기도 하였는데 그 역시 김정희와 매우 가까운 관계였음을 알 수 있다.

고종의 종형인 이재원(李載元)은 『소재집』의 서문에서 "나는 약관(弱冠) 시절에 종제(從弟) 무경(武卿)과 함께 소재(歗齋) 변공(卞公)에게서 수학하였다."[54]라고 하였다. 이재원은 1853년(철종 4년)에 정시문과(庭試文科)에 급제하여 삼사와 성균관 대사성을 지냈고 고종 즉위 후 도승지, 대사헌, 이조참판, 예조와 형조의 판서 등을 역임했다. '약관 시절'이라고 한 것으로 보아 이재원이 변종운에게서 수학한 것은 그가 과거시험에 급제하기 전인 1851년 무렵이었음을 알 수 있다. 무경(武卿)은 고종의 친형인 이재면을 가리킨다. 이재면은 이때 7세 정도 되었을 것이다. 이외 『소재집』에는 「소석 이재면 학사와 함께 삼막사를 노닐다(同李少石學士載元游三幕寺)」라는 시가 한 수 실려 있어 두 사람이 함께 三幕寺로 가기도 하는 등 개인적으로도 꽤 친분이 있었음을 알 수 있다.

그런데 변종운이 이재원과 이재면에게 글을 가르친 것은 흥선대원군

---

52) 『歗齋詩鈔』 권3, 『한국문집총간』 303, 21면, 「送秋史金侍郎正喜謫耽羅」.
53) 『歗齋詩鈔』 권3, 『한국문집총간』 303, 31면, 「送鄭君文敎之耽羅幷序」.
54) 李載元, 『歗齋集』, 「歗齋集序」, 『한국문집총간』 303, 5면, "余在弱冠時, 與從弟武卿, 受業於歗齋卞公."

이하응(李昰應)과의 친분에 원인을 두고 있을 가능성이 크다. 취향산루 선록『소재집』에는 변종운이 흥선대원군 이하응에게 보낸 편지가 한 통 들어 있는데,[55] 이 편지를 쓴 시기는 정확히 알 수 없지만 이하응이 정치적으로 여의치 않은 상황에 처해 있었던 시기에 쓴 것으로 생각된다. 편지에서 변종운은 이하응의 건강을 염려하는 한편 마음을 비우고 영욕(榮辱)에 연연하지 않는 삶을 사는 것이 좋다는 내용을 길게 서술하고 있기 때문이다.

우의정과 좌의정, 영의정 벼슬을 지냈던 조두순(趙斗淳, 1796~1870)도 변종운과 교유가 있었다. 변종운은 그의 환갑에 축수문을 지어 올렸는데[56] 이 글에서 자신을 '문하생'이라고 칭하고 있어서 주목된다. 조두순은 사역원(司譯院) 도제조(都提調)를 지낸 적 있는데 두 사람의 교유는 이때 시작되었을 가능성이 크다. 조두순은 영의정으로서 경복궁 영건도감 도제도(都提調)를 맡아 경복궁의 재건을 주도하였고「경복궁영건가(景福宮營建歌)」와 경복궁의 상량문을 지었다. 후술하겠지만 변종운은 왕권 강화를 주장하는 입장이었고, 왕의 권위를 높이기 위한 토목공사에 긍정적이었다. 이런 태도는 경복궁의 재건에 적극적이었던 조두순의 태도와 통하는 점이 있다.

변종운과 교유했던 인물들 중에는 안동 김씨 세력의 핵심 인물인 김흥근(金興根, 1796~1870)도 있다. 김흥근은 좌의정을 지낸 김홍근(金弘根, 1788~1842)의 동생인데, 변종운은 1848년에 김흥근이 광양으로 좌천될 때 송별서를 썼을 뿐 아니라 1856년 김흥근의 환갑 때도 축수문을 썼다.[57]

안동 김씨인 김명근(金命根, 1808~?)과도 매우 특별한 사이였다. 김명근의 자는 성원(性源)이고 호는 송우(松右)인데, 1854년에 용인 수령으로

---

55) 醉香山樓 選錄『巘齋集』,「上石坡閣下」.
56) 『丙辰帖』土,「在夕熙皥之世」.
57) 『巘齋文鈔』권1,「謹賀遊觀金相國周甲序」,『한국문집총간』303, 39면;『巘齋文鈔』권3,「楊花渡送游觀金尙書興根謫光陽」,『한국문집총간』303, 22면.

임명되었다. 변종운은 김명근이 자신의 말을 항상 들어주었으며58) 자신을 처음 만났을 때부터 오래된 벗을 대하듯 했다고 하였다. 또 자신을 주제넘게 거만하다고 여기지 않고 세상 물정에 어둡다고 여기지 않았으며 사랑하고 헤아려 주었다고 하였다.59) 변종운은 김명근이 용인 수령으로 부임할 때 써 준 송별서에서 어진 지방관이 되라고 권면하였으며 김명근이 용인을 잘 다스리고 있다는 소식을 전해 듣고 기뻐하면서 칭송의 글을 보냈다. 김명근이 백천(白川)에 있을 때 보낸 서찰에서는 절절한 그리움을 토로하였다. 변종운은 또 그를 통해 만포(晚圃) 황석영(黃錫永)을 만나 바로 지기가 되었다. 황석영이 고향으로 돌아가게 되자 변종운은 김명근과 함께 황석영의 옆으로 가서 여생을 함께 보내고 싶다는 뜻을 드러내기도 하였다.60)

변종운은 또 김명근의 처소에서 정약용의 외손자인 윤정기(尹廷琦, 1814~1879)와 더불어 셋이서 술을 마시면서 시를 지었다. 「질광설(質狂說)」에는 변종운이 윤정기를 만난 시기가 '기묘년 봄'이라고 되어있으나, 이는 문집을 베끼는 과정에서 발생한 오류인 것으로 보인다. 기묘년은 1819년으로, 이때 변종운은 30세, 윤정기는 5세에 불과하였으므로, 두 사람이 만나서 술을 마셨다는 내용이나 변종운이 윤정기를 '옹(翁)'으로 불렀던 상황과는 맞지 않기 때문이다. 두 사람의 정확한 교유 시기는 윤정기의 『방

---

58) 醉香山樓 選錄 『歔齋集』, 「答金松右書」1, "惟歔齋生能言之, 惟松右公能廳之." 여기서 제목 뒤의 숫자는 필자가 붙인 것이다. 醉香山樓 選錄 『歔齋集』에는 「答金松右書」라는 제목으로 된 글이 두 편 있기 때문에 제목 뒤에 숫자를 붙여 구분하였다.

59) 醉香山樓 選錄 『歔齋集』, 「答金松右書」2, "忽得執事一見如故, 不我狂焉, 不我迂焉. 俯而憐之, 曲而恕之."

60) 『歔齋文鈔』 권1, 「黃晚圃錫永卜居記」, 『한국문집총간』 303, 46면, "余亦非無晚圃之志也. 促促常道幾七十年. 愧未能如晚圃之決然也. 幸而覽晚圃之箋, 自不覺心醉而神飛, 將欲膏車秣馬, 從晚圃山之中, 終吾生徜徉. 未知晚圃果能不我棄也, 分我華山一半也歟? 斯時也, 又不可不須我松右焉. 松右之有志, 亦已久矣. 白首同歸, 不孤而有隣. 在晚圃, 不亦樂乎? 苟松右之首肯余也, 先以此轉報於晚圃也."

산유고(舫山遺稿)』에 실려 있는 「용인 수령 김송우(金松右)의 숙소에서 소재 변종운과 함께 운을 나누어 회(會)자를 얻다 (金龍仁松右館共卞歠翁 鍾運韻得會字)」, 「소재옹은 술을 잘 마시고 시를 잘 지었다. 주필로 써서 보여주었다(歠翁善飮善詩走筆以示)」를 통해 추측할 수 있다. '용인 수령 김송우'는 1854년에 용인 수령으로 임명된 김명근(金命根)을 가리키므로, 이 시를 쓴 시기가 1854년 이후였음을 알 수 있다. 따라서 '기묘(己卯)'의 '기(己)'는 아무래도 형태가 비슷한 '을(乙)'의 오류였을 것으로 추정된다. 을묘(乙卯)는 1855년인데, 이때 변종운은 66세였고 윤정기는 42세였다. 변종운과 윤정기가 만난 시기가 1855년이라면 두 사람 모두 '옹(翁)'으로 칭할 수 있는 나이인 데다가, 이때는 김명근이 용인 수령으로 부임한 다음 해이기 때문에 두 사람이 김명근의 숙소에서 만난 상황과도 부합된다. 윤정기는 자신을 미불(米芾)에, 변종운을 소동파에 비겼는데 이를 통해 그가 변종운을 매우 높이 평가했음을 알 수 있다.

변종운이 자주 만나서 함께 시를 지었던 사람들 중에는 서얼 문인과 무과 출신들도 있었다. 초림체(椒林體)로 유명한 이봉환(李鳳煥)의 손자 이만용(李晩用, 1792~1863)과 무인(武人)인 한치원(韓致元, 1821~1881) 은 모두 변종운과 가깝게 교유하면서 함께 시를 지었던 사이였다. 이만용 은 자가 여성(汝成)이고 호가 동번(東樊)인데, 이만용의 집안은 6대조인 이수장(李壽長) 때부터 서파(庶派)가 되었다. 이만용은 당시 유명한 사대 부들과 광범한 교유관계를 맺고 있었는데 변종운과 교유 관계가 확인되 는 김정희(金正喜), 홍현주(洪顯周), 윤정진(尹正鎭), 윤정현(尹定鉉), 조두 순(趙斗淳) 등과도 모두 교유가 있었다.[61] 이들의 교유는 변종운의 만년 까지 지속되었던 것으로 보인다.[62] 이만용은 변종운의 집 근처로 찾아오

61) 이현일, 「東樊 李晩用 詩 硏究 : 『東樊集』所載 七言律詩를 중심으로」, 『한국한문 학연구』 52, 한국한문학회, 2013, 307-341면.
62) 이만용과 변종운의 교유는 『소재집』에 실린 관련 작품의 순서에 근거하여 대체적

기도 하였고 변종운과 함께 시를 짓기도 하였던 것으로 보아 두 사람은 가까운 시우(詩友)였던 것으로 생각된다.

한치원(韓致元)은 자와 호가 모두 동랑(冬郞)이며 무관으로, 부호군을 지냈다. 부친 한익상(韓益相, 1767~1846)는 신위(申緯)의 외손자로, 병조참판을 지냈다. 한치원은 변종운과 함께 시사 활동을 하였던 것으로 보인다. 한치원의 문집인 『동랑집(冬郞集)』에는 변종운에게 쓴 시가 한 수 실려 있어서 두 사람의 교유 관계를 짐작할 수 있다.

匠心到老不知勞	시를 다듬는 정성은 늙어도 지칠 줄 몰라
萬首詩成格更高	시 만 수를 쓰니 격조는 더욱 높아졌네.
氣味憐君如鶴瘦	학처럼 마른 그대 기상이 사랑스러운데
功名愧我使烏號	烏號의 활로 공명을 좇는 내가 부끄럽네.
壺中有酒眞紅玉	단지에 든 술은 진정 紅玉酒이고
欄外開花是紫袍	울타리에 핀 꽃은 紫袍로구나.
已遣靈犀通一點	두 마음 이미 하나로 서로 통했으니
相逢何必贈腰刀	만나서 뭣 하러 腰刀를 선물하리오!

－韓致元, 「우연하게 서쪽 이웃에 갔다가 저물녘에 돌아왔다. 이날 변소옹 붕칠이 숨仲의 집에 왔다가 나를 찾지 못하자 여러 시인들과 함께 시를 짓고 돌아갔다. 인하여 그 운에 차운하다 (偶往西隣. 薄暮而歸. 是日, 卞嘯翁朋七[63])來舍仲家, 尋余不見, 與諸詩人賦詩而還矣. 仍次原韻)」, 『冬郞集』 권1, 53면

인 시기를 추측할 수 있다. 「무계동의 집에 동번 이만용이 찾아오다(武溪洞寅舍, 李東樊晚用來訪)」는 1834년 이후에 쓴 것으로 보이고 「섣달 20일에 동번 이만용과 함께 운을 나누어 시를 짓다(臘月卄夜, 同東樊分韻)」는 1840년에서 1853년 사이에 지었을 것으로 짐작된다. 연활자본 『소재집』은 변종운이 생전에 베낀 문집을 윤정현과 변원규 두 사람이 선후로 刪削한 것이므로 같은 문체 안에서의 작품 배열 순서는 대체적으로 창작 시기를 따랐으리라고 생각된다.

63) 『동랑집』에는 변종운의 자가 '鵬七'로 되어 있는데 이는 '朋七'의 오류이므로 바로 잡았다.

한치원은 시의 제목에서 변종운이 여러 시인들과 함께 자신을 찾았지만 만나지 못하고 돌아갔다고 하였다. 변종운이 여러 사람과 동행했다는 점으로 보아 그들이 동일한 시사에서 활동했음을 알 수 있다. '장심(匠心)'은 문학이나 예술 작품을 열심히 다듬는 태도를 가리키는데, 한치원은 변종운이 늙었어도 시를 다듬는 정성은 지칠 줄 몰라 그 격조가 더욱 높아졌다고 하였다. 3구에서는 변종운의 형상을 속세를 벗어난 학에 비기면서 모습이 사랑스럽다고 하였고, 4구에서는 그와는 달리 공명을 좇는 자신의 삶이 부끄럽다고 하였다. '오호(烏號)'는 뽕나무 가지로 만든 활로, 아주 좋은 활을 뜻한다. 자신이 오호의 활을 사용한다는 것은 무인(武人)으로서 관직 생활을 하고 있음을 표현한 것이다.

5구와 6구는 한치원과 변종운이 함께 술을 마시면서 속세를 벗어난 정취를 즐기는 모습을 그린 것이다. 홍옥(紅玉)은 술의 종류이고, 자포(紫袍)는 국화의 일종이다. 울타리 밖에 핀 국화를 감상하면서 함께 술을 마시는 모습을 그려 두 사람이 도연명을 연상시키는 탈속적인 정취를 공유하였음을 밝혔다. 이어 7, 8구에서는 자신이 변종운과 이미 뜻이 통했음을 천명하며 굳이 허리에 찬 칼을 선물할 필요가 없다고 하였다. 전체적으로 보면 한치원은 변종운을 속세를 벗어난 뜻을 가진 뛰어난 시인으로 그렸으며, 자신이 그와 같은 뜻을 공유한 벗임을 천명하고 있다.

두 사람이 마음이 통하는 벗이라는 점은 『소재집』과 『동랑집』에 실린 작품을 통해서도 알 수 있다. 두 사람의 문집에는 모두 「실수로 부거(副車)를 맞추다(誤中副車)」라는 제목의 글이 실려 있는데, 제목이 같을 뿐 아니라 그 논지도 완전히 일치해서 매우 흥미롭다. 글의 내용은 장량(張良)이 진시황의 암살에 실패한 원인을 분석한 것인데, 두 사람 모두 장량의 실패 원인은 계획이 주밀하지 못해서가 아니라 하늘의 뜻이 그러했기 때문이라고 주장하고 있다. 장량의 암살계획이 성공했더라면 진시황의 장자(長子)인 부소(扶

蘇)가 왕위를 이었을 것이며, 그렇게 되면 진나라를 멸망하게 할 수 없었을 것이기 때문에 잠시 진시황의 목숨을 살려준 것이라는 논지다. 두 사람의 견해가 일치하고 글의 제목까지 똑같은 것으로 보아 두 사람이 이 사건에 대해 토론하였고 그 결과를 각자 글로 남겼을 가능성도 있다.

변종운과 교유했던 사대부들 중에는 사행을 통해 인연을 맺은 사람도 여러 명 있는데 특히 홍경모(洪敬謨, 1774~1851)와 홍현주(洪顯周, 1793~1865), 성재시(成載詩, 1804~1843) 세 사람과의 인연은 주목할 만하다. 이들과의 교유는 모두 1834년 2월의 사행과 관련이 있다.

홍경모는 중국에 두 번 사신으로 갔는데, 1830년 10월에는 사은겸동지사(謝恩兼冬至使)의 부사로, 1834년 2월에는 진하겸사은사(進賀兼謝恩使)의 정사로 청나라에 다녀왔다. 홍경모가 정사로 간 1834년의 사행에 변종운도 참여하였다. 이 사행에서 홍경모는 청나라 문인인 섭지선(葉志詵)과 교유를 맺었는데 변종운이 그 사이에서 편지를 전달한 것으로 보인다. 홍경모는 사행에서 돌아온 뒤 또 변종운을 통해 기수유(紀樹蕤)에게 편지를 전하였다. 기수유는 홍경모에게 보낸 답장에서 변종운에 대해 '귀급문(貴及門)', '인형의 고족(仁兄高足)'이라고 칭하여 홍경모나 변종운이 자신들을 사제(師弟) 관계라고 소개했음을 추측할 수 있다.[64] 또 홍경모가 사행에서 돌아와 지은 「장성기(長城記)」와 변종운이 이번 사행에서 지은 「장성설(長城說)」은 그 논리가 일치하여 두 사람 사이에 만리장성의 축조에 관한 의견 교류가 있었을 가능성을 배제할 수 없다.

이 사행에서 변종운은 숙선옹주의 남편인 홍현주(洪顯周)의 서찰을 중국 문인들한테 전달하기도 했다. 홍현주는 정병염(卓秉恬, 1782~1855), 기윤(紀昀)의 제자인 추음(秋吟) 장시(蔣詩), 옹방강의 아들인 옹수곤(翁樹崑) 등과 서신을 통해 교유하였는데[65] 이들에게 보내는 편지 중 일부는

---

64) 편지의 내용에 대해서는 뒷부분의 紀樹蕤와의 교유 부분 참조.

65) 옹수곤과는 1813년에 紫霞 申緯(1769~1845)를 통해 교유를 맺게 되었고 탁병염

변종운을 통해 전달된 것으로 보인다. 홍현주는 변종운이 사행을 떠날 때 송별시를 지어 주기도 했다.[66]

送君二月入中國	2월에 중국 들어가는 그대를 배웅하니
城裏輕寒尙惻惻	성 안은 아직 추위 날씨가 쌀쌀하구나.
我心悄悄愁獨居	내 마음 쓸쓸히 홀로 지낼 것 걱정하는데
君馬蕭蕭鳴不息	그대 말은 처량하게 울음을 그치지 않네.
願把一言欲贈之	말 한 마디 선물로 주려고 하니
行者有贐替相憶	그리는 마음 대신 가는 이에게 글을 주노라.
人觀中州各不同	사람들이 중국을 본 것 서로 같지 않아
歸詫鄕里紛相式	돌아와서 자랑하는 것 어지럽게 다르니
彼細心法宏規模	저 細心法과 大規模를 주장한
洪湛軒說眞知得	洪湛軒의 說이 진정한 깨달음이지.
知君平日好讀書	그대 평소 독서 좋아하는 것 내 아니
山川人物應多識	山川과 人物을 마땅히 많이 알리라.
見聞前人所未經	앞사람이 겪지 못한 바를 보고 듣고 오면
吾欲廳之兩耳側	내 두 귀 기울이고 자세히 듣고자 하노라.
燕士逞逞知我名	북경의 호쾌한 선비 내 이름을 아니
神交雅不限疆域	神交는 본래 강역에 국한되지 않았네.
江振甫結天下豪	江振甫에서 천하의 호걸과 인연 맺었으니
開局近在玉河北	開局은 玉河館 북쪽에 가까이 있었지.
竹垞舊宅葉君樓	朱彝尊의 옛 저택은 葉志詵의 집이요,
覃老淵源追石墨	翁覃溪의 淵源은 石墨齋에서 찾겠지.
墾致尺素分兩函	두 함에 나눠진 편지 전달 부탁하니
函內珍重緘七幅	함 속에는 7폭의 편지 소중하게 들었네.

에 대해서는 정원용을 통해 알게 되었다고 한다. 정원용은 1831년에 연경에 갔다가 1832년에 조선으로 돌아왔다. 이군선, 「海居 洪顯周의 서화에 대한 관심과 收藏」, 『漢文敎育硏究』30, 한국한문교육학회, 2008, 289-293면 참조.

66) 홍현주의 문집에 변종운에게 준 송별시가 수록된 것은 성균관대학교 대동문화연구원 김영죽 선생님께서 알려 주셨고 자료도 제공해 주셨다. 이 자리를 빌려 감사드린다.

關雲渺渺出門看　　문 나서서 아득한 변방의 구름 바라보니
綠苔始生傷春色　　푸른 이끼 생기기 시작하여 봄빛을 슬퍼하노라.
　　　　　　－洪顯周, 「卜歡齋 鍾運이 燕京에 들어가는 것을 배웅하다,
　　　　　　　　　갑오년(送卜歡齋鍾運入燕 甲午)[67]」, 『海居溲教』

　　위의 시에서 홍현주는 변종운에게 중국의 견문을 들려줄 것과 자신의
편지를 중국의 벗들에게 전해줄 것을 부탁하고 있다. 홍현주는 중국에 다
녀온 사람들이 분분히 견문을 이야기하지만 그 내용이 서로 어긋남을 말
하면서 홍대용의 '큰 규모와 세밀한 법도[宏規模細心法]'만이 진정한 깨달
음이라고 하였다. 홍대용은 『담헌연기(湛軒燕記)』 등 저술에서 청나라 문
물을 관철하고 있는 핵심 정신이 '큰 규모와 세밀한 법도'라고 파악했는
데[68] 홍현주는 변종운도 그와 같은 방법으로 중국의 문물을 볼 것을 권한
것이다. 시에서 말한 강진보포(江振甫鋪)는 1833년에 중국문인 뇌죽천(雷
竹泉), 서추지(徐秋池)와 탁병염(卓秉恬, 1782~1855) 형제 등이 찾아와
김경선(金景善) 등 조선 문인들과 교유하였던 장소다.[69] 홍현주는 조선과
중국 문인들이 교유했던 장소를 언급하고, 주존이(朱彝尊, 1629~1709)
의 옛 저택과 옹방강(翁方剛, 1733~1818)의 서실인 석묵재(石墨齋)를 거
론하면서 변종운에게 자신과 중국 문인들 사이의 신교(神交)를 위해 편지
를 전달해주고 힘써줄 것을 부탁하였다. 주존이의 옛 저택에는 당시 섭지
선이 살고 있었으므로[70] 이때 홍현주가 보낸 서찰은 섭지선과 옹수곤에
게 보내는 것이었으리라고 짐작된다.
　　이 사행에 동행한 인물로는 성재시(成載詩)가 있다. 성재시는 자가 우서

67) 원문에는 '歡'가 '嘯'로, '鍾'이 '宗'으로 되어 있으나 오류이므로 바로잡았다.
68) 채송화, 「『을병연행록』 연구 : 여성 독자와 관련하여」, 서울대학교 석사학위논문,
　　2013, 69면 참조.
69) 金景善, 『燕轅直指』 제2권, 「留館錄」 하, 癸巳(1833, 순조 33) 1월 21일, 2월 2일, 4
　　일 기록 참조.
70) 김영죽, 앞의 논문, 116면.

(友書)이고 호가 철란거사(鐵蘭居士)이며 성혼(成渾)의 9세손이다.[71] 성재시는 시를 잘 썼으며 김영작(金永爵), 윤치련(尹致璉)과 가까운 사이였다. 연행 당시 중국 문인 양주(楊儔), 낙승원(駱承源), 탁병음(卓秉愔), 조원모(趙元模)와 교유를 맺었다.[72] 성재시는 변종운과 함께 산해관에 들어가 만리장성의 효용, 전횡(田横)의 생애, 중국과 조선의 문명 등 문제에 대한 논쟁을 벌이고 홍화점(紅花店)에서 술을 마시고 함께 지냈다. 두 사람의 논쟁 내용은 취향산루 선록『소재집』에「징해루에서 큰 술잔으로 술을 세 번 마시다(澄海樓三大白說)」라는 제목으로 실려 있는데, 그 중 첫 번째 논쟁 내용이「장성설(長城說)」이라는 제목으로 연활자본『소재집』에 수록되어 있다. 사행을 마치고 돌아올 때 삼하(三河)에 이르러 비에 막혀 쉬게 되었는데 성재시가 답답함을 해소하기 위한 시를 써서 보여주자 변종운은「돌아오는 길에 삼차하(三叉河)에 이르러 비에 막혔다. 검교 성재시가 답답함을 해소하는 시를 보여주어 그 시에 차운하였다(歸到三叉河滯雨. 成劍橋載詩示排悶詩. 仍次其韻)」라는 차운시를 짓기도 하였다.

변종운과 교유하였던 사대부 중에는 지방 수령에 부임하였던 관리들도 적지 않다. 변종운의 문집에는 1816년에 논산 현감으로 부임했던 심노숭(沈魯崇, 1762~1837), 1854년에 대구 판관으로 부임했던 강계순(金夔淳, 1808~?), 1861년에 경상도관찰사에 임명된 이돈우(李敦宇, 1801~1884), 1843년에는 이천부사(伊川府使)가 된 윤정진(尹正鎭, 1792~?), 1859년에 경주부윤(慶州府尹)으로 임명되었던 김재경(金在敬, 1791~?)[73]

---

71) 成近默,『果齋先生集』권7,「學生成君行狀」,『한국문집총간』299, 570면. "君諱載詩, 字友書, 姓成氏, 望昌寧. 吾族兄受黙甫長子也. 族兄以我文簡公七世孫諱貞柱號履庵之第五子."

72) 申緯,『警修堂全藁』책26,「成鐵蘭載詩以詩卷求益於余. 其詩一洗東浴腐淺之氣, 亦近來初見也. 題卷後二詩」,『한국문집총간』291, 576면.

73) 김재경은 1859년 3월에 형조참의에 임명되었다가 5월에 다시 경주부윤에 임명되었으나 병으로 부임하지 않았다.

등을 위해 쓴 송별서가 남아 있는데 이 글들에는 지방의 행정에 대한 변종운의 생각이 잘 드러나 있다. 이 부분에 대해서는 4장에서 논하기로 한다.

(2) 중인

변종운이 젊은 시절 교유했던 중인들로는 선배 역관인 이시승(李時升, 1766~?)과 임희지(林熙之, 1765~?)가 있다. 이시승은 자가 여심(汝心)이며, 상통사(上通事), 교회(敎誨), 정(正), 동지(同知) 등의 관직을 역임했고 1821년에는 정약용(丁若鏞, 1762~1836)과 함께 26편으로 된 『사대고례(事大考例)』를 편찬하기도 했다.[74] 정약용은 이시승의 제문에서 "뛰어나고 매서운 기개는 간에 서리고 폐에 뭉쳤는데 울적하여 펴지 못한 채 이처럼 운명하게 되었다. 몸은 문지(門地) 때문에 굽히고 이름은 가난해서 가려졌으나 깊은 생각과 총명한 지혜는 무리 가운데서 뛰어났다."라고 평가하였다.[75] 변종운은 이시승이 죽은 뒤 「이시승 어른을 곡하다(哭李丈時升)」라는 시를 썼는데, 따로 서문을 붙여 이시승이 자신을 각별히 아꼈음을 밝히고 그의 죽음에 대한 슬픔을 토로하였다.

> 공은 재주 있는 사람을 아낄 줄 알았고 실무에도 능숙했다. 지혜와 사려가 보통 사람보다 뛰어났지만, 일을 처리할 때 곧게 나아갔고 사람에게 의(義)를 말할 뿐이었다. 그래서 한 사람이 홀로 유감을 품고 일어나 참소를 하여 결국 백발이 되도록 아무것도 이루지 못하게 만들었다.

---

74) 丁若鏞, 『與猶堂全書』 第一集, 詩文集, 第十五卷, 「事大考例題敍」, "至道光元年春, 司譯院正李時升以爲旣有遺命, 曷敢不承. 乃曰, '『通文館志』, 編之以年次, 則吉凶常變, 錯互而難檢. 『同文彙考』, 務在乎詳悉, 則煩複蕪蔓, 浩汗而難考. 一簡一繁, 均不得中.' 今取二書, 彙以事類, 刪其重累. 又凡國中文獻及彼中書籍, 咸加博搜. 凡其有關於事大者, 悉攎悉採. 彙分編次, 爲二十六篇. 名之曰 『事大考例』. 斯役也, 李實主編摩, 其弟次刪補, 咸決於余. 凡例題敍及比表案說, 余所爲也."

75) 丁若鏞, 『與猶堂全書』 第一集, 詩文集 권17, 文集, 祭文, 「祭李中樞時升文」, "桀烈之氣, 蟠肝壅肺. 鬱而不宣, 有茲奄潰. 身以地詘, 名以貧晦. 淵慮慧識, 絶超流輩."

평소에 나를 각별히 아끼셨던 탓에 나 역시 하마터면 한 때의 횡액을 면하지 못할 뻔했다. 아, 사람이 서로를 아는 것은 마음을 알아주는 것이 중요하거늘, 인생길이 험난함은 나에게 무슨 죄가 있어서일까? 얼마 되지 않아 공은 병들어 다시는 일어나지 못하였는데 공이 울울(鬱鬱)한 마음을 못 이겨 그 수명이 짧아졌다고 말하는 사람들이 있었다. 죽고 사는 것은 命이 있고 命은 하늘에 달린 것이다. 저 북망산(北邙山)의 무덤이 어찌 모두가 울울한 자의 것이겠는가? 아아, 슬프다![76]

病裏聞公逝	병중에 공의 서거소식 듣자
潸然涕自橫	눈물이 절로 줄줄 흐르네.
諸君應後悔	여러 군자들은 마땅히 후회하리요,
小子獨平生	못난 이 제자는 평생을 슬퍼하리라.
座上春風歇	자리 위에 봄바람 멈추었건만
樑間落月明	들보에 지는 달이 밝네.
九泉如有路	구천에도 만약 길이 있다면
意到幾逢迎	그리울 때 몇 번이나 맞을까?

이 글에 나오는 '참소하다[鑠金]'는 『전국책(戰國策)』에 나오는 어휘인데 '중구삭금(衆口鑠金)'으로 쓰여 여러 사람의 언론이 쇠도 녹일 수 있다는 뜻을 나타낸다. 이시승은 곧은 성격 탓에 사람들의 미움을 사서 울울하게 지내다가 생을 마감한 것으로 보이는데, 이는 변종운에게도 큰 타격을 주었던 것으로 보인다. 변종운은 이시승이 자신을 각별히 아꼈다고 하였다. '자리 위의 봄바람'은 주광정(朱光庭)이 정이(程頤)를 만나고 나서 자신이 봄바람 속에 한 달 동안 앉아 있는 것 같았다고 한 데서 온 말인데, 성품이 온화한 스승에게서 가르침을 받는 것을 가리킨다. 변종운은 "자리

---

76) 『藕船秋齋詩』, 「哭李丈時升」, "公能憐才, 又練於世務, 智慮有過人者. 但遇事直前, 謂人義已. 於是乎一人挾憾而起鑠金, 遂致白首. 惟其平日愛余之篤也, 余亦幾不免一時之橫波. 噫! 人之相知貴相知心. 世路之崎嶔於我何哉! 未幾, 公忽一疾不起, 至有謂公鬱鬱而促其壽者. 夫死生有命, 命乃在天. 彼北邙山白楊樹, 豈盡是欝欝之塚與? 悲夫!"

위의 봄바람이 멈췄다"라고 하여 이시승이 자신한테 매우 좋은 스승이었으나 이제는 더 이상 가르침을 받지 못하게 되었다고 하였다. '들보 위의 달[屋樑月]'은 죽은 이를 그리는 마음을 뜻하는데, 여기서는 변종운이 이시승을 매우 그리워하고 있다는 뜻을 표현한 것이다. 하지만 변종운은 자신에 대한 이시승의 각별한 사랑으로 인해 하마터면 이시승의 사건에 연루되어 큰 화를 당할 뻔했다고 하였다. "인생길의 험난함이 나에게 있어서 또한 어떠했던가?"라는 말로 보아 이 사건이 변종운에게 끼친 영향은 결코 작지 않았음을 알 수 있다.

임희지와의 교유는 1819년에 쓴 「서호에서의 뱃놀이(西湖泛舟記)」에서 확인할 수 있다. 당시 임희지는 55세였고 변종운은 30세였다. 이 글에 따르면 임희지는 변종운이 한강으로 놀러 갔다는 소리를 듣고 배를 띄워 쫓아갈 만큼 친분이 있었다. 임희지는 자가 경부(敬夫)이고 호는 수월당(水月堂), 수월헌(水月軒), 수월도인(水月道人)인데 송석원시사의 일원이며, 뛰어난 문인화가이다. 임희지의 행적에 대해서는 『호산외사(壺山外史)』에 자세하게 서술되어 있다. 임희지는 대나무와 난을 잘 그렸고 글자와 그림이 모두 기이하고 예스러웠으며 생황을 잘 불었다고 한다. 술을 좋아하였고 한밤중에 깃털 옷을 입고 피리를 부는 등 기이한 행위를 많이 하였다. 그러나 변종운은 임희지의 기이한 행적에 대해서는 서술하지 않고 그가 뛰어난 화가였다는 점만 부각시키면서 자신들의 모임에 임희지와 같은 지기가 참여하였기 때문에 그 의미가 더욱 깊어졌음을 강조하였다.

이외 변종운과 가까웠던 역관으로는 이윤익(李閏益), 이의교(李宜敎), 이명오(李明五) 등이 있다. 이윤익은 1843년 사행 시 변종운과 동행했던 역관인데 이정주(李廷柱)의 시집인 『몽관시고(夢觀詩稿)』에 서문을 쓴 적 있다. 이윤익은 변종운과 동행했을 당시 호타하(滹沱河)에서 『한서(漢書)』에 나오는 왕패(王霸)의 계략과 관련해서 토론을 벌인 적 있다. 이의교는 1819

년에 변종운과 함께 역과 증광시에 합격한 사람인데, 변종운은 「이군 의교에게 주다(贈李君宜教)」에서 몇 세대에 걸쳐 세교(世交)를 맺었고, 몇 해를 함께 공부한 가까운 사이라고 하였다.[77] 이명오 역시 한학 역관으로, 변종운은 그가 중국에 갈 때 송별시를 지어 주었다.[78]

변종운은 중인들의 시회인 속수계(續修契)에 참여하였으며, 송석원시사의 동인들과도 적지 않은 교유가 있었다. 앞에서 변종운이 1953년 3월 3일에 김석준이 발의한 속수계에 참여했음을 언급했는데, 이 모임에 참석한 사람은 김석준(金奭準), 장지완(張之琬, 1806~1858), 나기(羅岐) 등을 비롯하여 30명이나 되었다고 한다.[79] 모임은 남산 자각봉(紫閣峰)에서 열렸는데, 변종운은 이 모임에 참석하였다가 몇몇 사람과 함께 최필문(崔必聞, 1790~?)의 정원 정자로 이동하여 「계축년 늦은 봄에 경산 최필문의 정원 정자에 모이다(癸丑暮春集崔鏡山必聞園亭)」라는 시를 지었다.

최필문은 자가 성여(聲餘)이고 호는 경산(鏡山)인데 순조 병인(丙寅, 1806)년에 주학(籌學)으로 뽑혔고 중인통청운동 때는 도유사(都有司)를 맡기도 했다. 그의 아들 최광재(崔光在)가 변종운의 장남 변긍연의 딸과 혼인했으니 변종운과는 사돈이 된다. 최필문은 변종운이 별세한 뒤 「소재를 곡하다(哭歗齋)」를 써서 슬픔을 토로하였다.

박윤묵(朴允默, 1771~1849), 정대중(鄭大重)과 조수삼(趙秀三, 1762~1849)은 모두 송석원시사에서 활동했던 사람들이다. 박윤묵의 『존재집(存齋集)』에는 「소재 변종운이 연경으로 가던 일을 추억하며(憶歗齋卜鍾運赴燕)」라는 시가 실려 있어 두 사람의 교유를 확인할 수 있다. 정대중(鄭大重)은 자가 경숙(景淑)이고 호가 포옹(颿翁)인데 『소재집』에 그와 관련된 시가 두 수 있다. 『승정원일기』에 의하면 정대중은 이조 서리였

---

77) 『歗齋詩鈔』 권3, 『한국문집총간』 303, 25면, 「贈李君宜教」, "通家曾累世, 聯榻又多年."
78) 『歗齋詩鈔』 권2, 『한국문집총간』 303, 20면, 「送李君明五赴燕」.
79) 강명관, 앞의 책, 203면.

다.80) 『소재집』에는 정대중, 설옹(雪翁) 등의 사람들과 함께 시회를 가졌다는 내용의 시가 있어서 변종운과는 시우(詩友)였음을 알 수 있다. 조수삼과의 관계에 대해서는 『소재집』에 실려 있는 「추재 조수삼의 평양시에 차운하다(次趙秋齋秀三平壤韻)」라는 시를 통해 두 사람이 교유하였을 가능성을 추측해 볼 수 있다.

중인들 중 변종운이 각별한 관계를 맺었던 사람으로는 김형선(金亨選), 박이선(朴以善), 김가순(金家淳), 설옹(雪翁) 등이 있다. 김형선과 박이선은 변종운이 지기라고 칭했던 사람들이다. 김형선은 자가 수경(秀卿)이며, 의약동참(議藥同參)을 지냈다. 박이선은 자가 사원(士元)인데, 자세한 정보는 확인되지 않는다. 변종운은 박이선의 제문에서 자신과 김형선, 박이선 세 사람은 말을 하지 않아도 서로 마음을 아는 진정한 지기였다고 하였다.81)

김가순(金家淳)은 변종운이 말년에 교유했던 벗으로, 호가 죽서(竹棲)이다. 변종운은 「죽서가 남으로 가는 것을 배웅하다(送竹樓南歸序)」에서 김가순과 늦게야 교유하게 되었으나 마음이 맞아 늘 함께 술을 마시며 흥금을 터놓았다고 하였다. 김가순은 벼슬을 하기 위해 서울로 왔으나 고향을 잊지 못하고 결국 돌아가게 된다. 변종운은 그를 몹시 부러워하면서 자신이 몸은 서울에 있으나 마음은 김가순을 따라 갔다고 하였다. 한 편의 序, 두 수의 시를 지어 김가순을 송별하였고, 김가순이 비에 막혀 떠나지 못하게 되자 또 시 한 수를 지어 애틋한 심정을 표현하였다.

변종운과 매우 가까웠지만 이름을 알 수 없는 사람으로 또 설옹(雪翁)이 있는데 『소재집』에는 설옹을 언급한 작품이 9편이나 수록되어 있다. 두 사람은 늘 서로의 집에 찾아가 술을 마시고 시를 지었는데 밤중에 모

---

80) 『승정원일기』 정조 원년(1777) 음력 8월 19일의 기록 참조.
81) 『歡齋文鈔』 권3, 『한국문집총간』 303, 62면, 「祭朴君以善文. 時約金君亨選同祭.」 醉香山樓 選錄 『歡齋集』에는 金秀卿과 朴士元으로 되어 있다.

임을 가진 경우도 있었다. 설옹은 아픈 변종운을 위로하러 찾아오기도 하였고, 변종운은 설옹의 집인 백석루(白石樓)에서 설옹의 사위 등 여러 사람들에게 죽은 사람이 되살아나는 일에 대한 견해를 피력하기도 하였다.

변종운과 교유했던 사람은 경학에 매우 큰 조예를 지녔다는 평가를 받은 함진숭(咸鎭嵩)도 있다. 함진숭은 자가 성중(聖中), 호가 판향(瓣香)이며 양근(楊根) 사람이다. 함진숭은 증공(曾鞏)을 배웠기 때문에 진사도(陳師道)의 "지난날 한 조각의 향을, 증남풍을 위해 공경히 살랐네(向來一瓣香, 敬爲曾南豊)."라는 시에서 '판향(瓣香)'을 취해 호를 삼았다. 50여 년동안 경학을 연구하여 「경설궐의(經說闕義)」, 「귀신설(鬼神說)」 등 몇 편의 글을 썼는데 경서의 본문과 공자, 맹자의 말에 근거하여 宋儒의 잘못을 논변하는 내용이었다고 한다. 심상규(沈象奎, 1766~1838), 김정희 등과 교유하였는데 모두 함진숭을 좋아하고 존경하였다고 한다.[82] 현재 함진숭의 글로는 하버드대학 옌칭도서관에 소장되어 있는 필사본『금강유기(金剛遊記)』3편이 확인되는데 1898년에 김석준(金奭準)이 필사한 것이다.『소재집』에는 「정씨 별업에서 판향 함진숭 어르신과 함께 운을 골라 시를 짓다(鄭氏別業, 同瓣香咸丈鎭嵩拈韻)」라는 시가 실려 있어 변종운과 함진숭의 교유관계를 확인할 수 있다. 여기서 말한 정씨는 고사(高士)로, 이름은 재박(載樸)인데 취향산루 선록『소재집』에는 정재박에게 주는 시도 한 수 실려 있어서 그와의 친분은 짐작할 수 있게 한다. 변종운의 제자였던 김병선도 함진숭에게서 수학한 적 있었고 후배 역관인 김석준은 함진숭과 먼 친척이었으므로 변종운과 함진숭의 교유는 이들과 더불어 이루어졌을 것이다.

변종운의 후배 역관들 중 비교적 가까운 관계였던 사람으로는 김병선(金秉善, 1830~?), 김석준(金奭準, 1831~1915), 변원규(卞元圭, 1837~

---

82) 洪顯普,『量齋漫筆』,「瓣香先生傳」.

1896) 등이 있다. 이들은 모두 변종운에 관한 시나 글을 남겼고 변종운에 대해 높은 평가를 하였다. 김병선은 자가 이헌(彛軒), 이현(彛賢)이고 호가 단전(丹篆), 매은(梅隱), 미묵당(味墨堂), 취향산루(醉香山樓) 등으로『화동창수집(華東唱酬集)』의 편자이며 이상적(李尙迪)에게서 '세한도(歲寒圖)'를 물려받은 사람이기도 하다.83) 1864년에 증광시(增廣試)에 합격하여 왜학총민봉사(倭學聰敏奉事)의 벼슬을 했다. 부친 김완주는 譯司勇의 벼슬을 지냈다. 김병선은 변종운의 손서(孫壻) 최성효(崔性孝)와 함께 변종운에게 수학하였는데 최성효는 김병선의 처남이다.84) 김병선은 최성효의 동생 최성학(崔性學)과도 절친한 사이로,85) 두 사람은 1864년 역과 증광시에 함께 합격하였다. 김병선이 쓴 시 중에는「감구시 8수(感舊詩八首)」라는 작품이 있는데 이 시 중 첫 수는 변종운에 대해 쓴 것이고 마지막 수는 최성효에 대해 쓴 것이다. 김병선이 필사한『소재집』이 현재 일본 천리대 도서관에 소장되어 있음은 앞에서 서술한 바 있다.

김석준(金奭準)은 이상적(李尙迪)의 제자인데, 그의『회인시록(懷人詩錄)』에「소재 변종운(卜獻齋鍾運)」이라는 시가 한 수 들어있다. 김석준은 자가 대규(大規)이며, 철종 임자(壬子, 1852)년 식년시 역과에 급제하였다. 변종운은 1853년에 중인들의 모임인 속수계(續修契)에 참여한 적이 있는데 이 모임은 김석준이 발의한 것이었다.

변원규(卞元圭)는 변종운과 같은 밀양 변씨 효량공파로, 왜학 역관 변승업(卞承業)의 후손이며 전공은 한학(漢學)이다. 자가 대시(大始)이고 호는 길운(吉雲) · 주강(蛛舡)이다. 변원규는 1880년에 이유원(李裕元)과 중국의 이홍장(李鴻章) 사이에서 서신을 전달하면서 조선의 무비(武備) 강

---

83) 김영진,「'華東唱酬集' 연구 : 편찬자 金秉善과 자료의 梗槪 소개」,『한국학논집』 53, 계명대학교 한국학연구소, 2013, 306면.
84) 김병선의 역과 급제 기록에 처부가 崔勉植으로 되어 있는데, 최면식은 최성효의 부친이다.『역과방목』, '고종 갑자 증광시', 김병선에 관한 기록 참조.
85) 김영진, 앞의 논문, 306면.

구를 위해 역할을 하였고, 시와 글씨에도 능하였다.[86] 현재 보이는 『소재집』은 윤정현이 산삭한 『소재집』에서 변원규가 다시 반을 추려서 만든 것임은 앞에서 밝힌 바 있다. 변원규는 윤정현이 변종운을 높이 평가한 것을 알고 있었으며, 윤정현이 쓴 『소재집』의 서문을 읽은 적도 있다. 변원규와 변종운의 관계를 구체적으로 보여주는 자료는 없지만 변춘식이 변원규처럼 자신의 조부를 잘 알고 있는 사람이 없다고 하면서 『소재집』의 교감을 부탁했다는 사실로 보아 각별한 사이였으리라고 짐작된다.[87]

의과 중인인 홍현보(洪顯普, 1815~?) 역시 변종운의 사돈이면서[88] 또 제자이기도 하다. 홍현보는 자가 효중(孝仲)이고 호는 해초(海初)이며 본관은 남양(南陽)인데 부친 홍명우(洪名宇)는 이문학관(吏文學官)을 지냈고 조부 홍처순(洪處純)은 역과 출신으로 한학 교회와 사역원첨정을 지냈다. 조부 역시 역관이며 외조와 처부는 의관이다. 홍현보는 1840년에 의과에 급제하여 와서별제(瓦署別提) 구임(久任) 내의원정(內醫院正) 등을 지냈으며[89] 용인 수령을 지내기도 했다.[90] 고종 때에는 어의가 되었으며 1851년 중인통청운동의 주요 성원으로, 당시 중인들의 모임은 홍현보의 집에서 진행되었다. 김석준은 홍현보를 '추사 문하의 제1인'이라고 평가하였는데 이로 보아 그는 김정희한테서도 수학한 적 있음을 알 수 있다. 홍현보는 남병철(南秉哲)과 가깝게 지냈고 이만용(李晩用), 현기(玄錡) 등과 교유하였다.[91] 홍현보의 저술로는 『해객시초(海初詩稿)』와 『양재만필(量齋漫筆)』이 일본 천리대 도서관에 소장되어 있고 『조야시선』에도

---

86) 김양수, 「朝鮮開港前後 中人의 政治外交: 譯官 卞元圭 등의 東北亞 및 美國과의 활동을 중심으로」, 『역사와 실학』 12, 역사실학회, 1999, 332-343면.
87) 卞元圭, 「歠齋集序」, 『歠齋集』, "謂知其王考者莫如余, 謂知其王考之詩文者, 亦莫如余. 要余讎校之弁卷之."
88) 변종운의 3남 변홍연이 홍현보의 누이와 혼인했음은 앞의 가계 부분에서 밝힌 바 있다.
89) 『의과방목』 헌종 6년 경자식 참조.
90) 홍현보가 용인 수령을 지냈다는 것은 『海初詩稿』의 내용에 근거한 것이다.
91) 위의 정보는 홍현보의 시집인 『海初詩稿』에 근거한 것이다.

시 17수가 수록되어 있다. 『희조일사(熙朝軼事)』의 서문은 남병길(南秉吉, 1820~1869)이 쓴 것으로 알려져 있으나 사실은 홍현보가 대필한 것이다. 홍현보는 『소재집』의 서문에서 자신이 일찍 변종운의 문하에서 수학했음을 밝히고 변종운의 문학에 대해 높이 평가하였으며 그가 불우한 문인이었음을 특별히 강조하였다.

변종운은 이외에도 적지 않은 화원(畵員)들과 교유하였는데 이들 중에는 앞에서 언급한 역관 화가 임희지 외에도 당대 최고 수준의 화가들이 적지 않게 포함되어 있다. 특히 이인문(李寅文, 1745~?)과 조중묵(趙重黙)은 변종운에게 그림을 그려준 적도 있다.

이인문은 자가 문욱(文郁)이고 호가 유춘(有春)·고송유수관도인(古松流水館道人)·자연옹(紫煙翁) 등이다. 변종운은 이인문을 김홍도와 더불어 근세의 명화가라고 하면서 이인문은 산수화, 김홍도는 속화(俗畵)로 이름을 날렸는데 50년이 지나도록 그들을 계승할 자가 없었다고 평가하였다. 또 이인문은 겉모습이 마치 늙은 나무와 괴석 같다고 하였으며 그림이 기이할뿐더러 사람 역시 기이하다고 하였다.[92] 『우선추재시』에는 「고송류수관도인이 그린 산수화 병풍이 등불에 타 버리다(古松流水館道人山水畵障爲燈火所燼)」라는 시가 수록되어 있어 이인문이 변종운에게 산수화를 그려주었음을 알 수 있다. 변종운은 이 산수화를 몹시 사랑하여 애지중지하였으나 동자(童子, 아들로 추정)의 실수로 태워버려 안타까운 마음을 금치 못하였다. 그리하여 하늘이 천기(天機)를 유출한 그림을 인간 세상에 둘 수 없어 가져간 것이라고 자신을 위로하였다. 69세 되던 1868년에는 망해루(望海樓)에서 승려 영조(永照)가 이인문(李寅門)이 그

---

92) 醉香山樓 選錄 『歠齋集』, 「古松流水館道人指頭畵幅跋」, "「古松流水館道人, 近世名畵也. 與金檀園各擅其能, 俱入逸品. 道人以山水鳴, 檀園以俗畵鳴. 五十年來無繼之者矣. (중략) 道人姓李, 名寅文, 字文郁. 形貌如老樹古石, 方運筆而後素腦中具天然邱壑. 畵奇而人亦奇矣."

린 지두화(指頭畵)를 보여주자 그가 그림만 알고 이인문에 대해 알지 못하는 것을 보고 안타깝게 생각하여 「고송류수관도인의 지두화에 붙인 跋(古松流水舘道人指頭畵幅跋)」을 썼다.

조중묵은 조수삼(趙秀三)의 손자로, 자가 진행(眞荇)이고 호는 운계(雲溪), 또는 자산(蕉山)이다. 조중묵은 이희원(李希園)과 더불어 당세에 초상화를 가장 잘 그리는 사람으로 평가받았다.[93] 변종운은 「초상화(小象)」라는 시에서 '초산(蕉山)'에게서 초상화를 그려 받았다고 하였는데 '초산'은 조중묵의 호인 '자산(蕉山)'의 잘못으로 생각된다. 변종운은 이 시에서 "자산(蕉山)의 화법(畵法)은 천진(天眞)에 가까워, 나를 위해 그림 한 폭을 그리니 전신(傳神)의 경지에 이르렀네."[94]라고 하였다. 『소재집』에는 「운계자에게 주다(送雲溪子)」라는 시가 한 수 있는데, 이 운계자도 조중묵을 가리킬 가능성이 크다.

서원시사(西園詩社)와 일섭원(日涉園) 시사의 동인이었던 김영면(金永冕)도 변종운과 교유가 있었다. 김영면은 자가 주경(周卿)이고 호가 단계(丹溪)인데, 변종운은 만년에 그와 교유했던 것으로 보인다. 변종운은 「풍애 김공 화상의 贊 및 序(楓厓金公畵像贊幷序)」에서 경신(庚申, 1860)년 가을에 김영면의 집을 방문했다가 김영면이 꿈에서 한 노인을 보고 그린 그림을 보았다고 하였다. 변종운은 서원시사의 동인이었던 박윤묵과 교유가 있었고 만년에 일섭원 시사의 모임에도 참석하였는데[95] 김영면과의 교유는 이런 시사 활동과 관련이 있었던 것으로 짐작된다.

이외 『소재집』에는 「김단원 홍도의 화첩에 제하다(題金檀園宏道畵帖)」[96]

---

93) 吳世昌 편저, 洪贊裕 감수, 『槿域書畵徵』 별책 영인본, 시공사, 1998, 25면, "善畵肖像煮, 近推李希園及趙雲溪."
94) 『藕船秋齋詩』, 「小象」, "蕉山畵法逼天眞, 一副爲我寫傳神."
95) 변종운이 일섭원 시사의 모임에 참여한 것은 다음 시를 통해 확인할 수 있다. 『歡齋集』 권2, 「談命說」, "昔過余日涉園, 叩余生之辰."
96) 변종운이 '金弘道'를 '金宏道'로 표기한 것은 청나라 건륭황제 '弘曆'의 이름 때문에

라는 시가 실려 있어 변종운이 김홍도(金弘道, 1745~1806)와도 교유하였을 가능성이 있음을 보여준다. 김홍도는 변종운이 17세 때 사망했는데, 변종운이 가깝게 교유했던 임희지(林熙之), 황기천(黃基川) 등과 교유가 있었다. 김홍도의 '죽하맹호도(竹下猛虎圖)'는 임희지가 녹죽(綠竹)을 치고 김홍도가 호랑이를 그렸으며, 황기천이 제발(題跋)을 쓴 것이다.[97] 변종운은 제화시에서 김홍도의 그림에 대해 매우 자세한 묘사를 진행하였다.

변종운과 화가들과의 교유는 주로 서화 감상 취미와 관련이 있었을 것으로 보인다. 이런 서화 감상은 개별적인 교유나 친분을 통해 이루어진 것도 있지만, 시회나 서화 감상 등의 활동을 통해 이루어진 것도 적지 않을 것으로 보인다.

2) 중국인과의 교유

변종운은 여러 차례 사행에 참여하면서 적지 않은 중국인들과 교유하였을 것으로 보이나 정작 남아 있는 자료는 별로 많지 않다. 교유했던 중국인 중 현재 확인할 수 있는 사람은 기수유(紀樹㲯), 섭지선(葉志詵), 진용광(陳用光, 1768~1835), 용조(容照) 외에 계문(薊門)에서 만나 술을 마시면서 시를 지었던 누선(婁㷆), 진운붕(陳雲鵬), 악운정(樂雲亭), 그리고 진숭경(陳崇慶)과 사매상(史梅裳)이 있다.

기수유와 섭지선은 변종운이 홍경모(洪敬謨)와 홍현주(洪顯周)의 서신을 전달하는 과정에서 만난 인물들인데, 원래부터 친분이 있었는지는 분명하지 않다. 기수유는 기윤(紀昀, 1724~1805)의 손자로, 호는 무림(茂林)이고 자는 춘포(春圃)이다. 집은 선무문(宣武門) 밖 호방교(虎坊橋) 동

諱한 것이다.
97) 이준구·강호성 편저, 『조선의 화가』, 스타북스, 2007, 66면 참조.

쪽의 옛 집이었다고 한다. 변종운은 1834년 10월 동지겸사은사(冬至兼謝恩使) 사행 때문에 북경에 가서 이듬해 1월에 기수유의 집을 찾아가 홍경모의 편지를 전달하고 하루 종일 즐겁게 대화를 나누었다. 기수유는 홍경모에게 보낸 답장에서 변종운에 대해 다음과 같이 평하였다.

 1월 12일, 귀하의 급문(及門) 변종운(卞鍾運) 군이 홀연 저의 집을 방문하였습니다. 흉금을 터놓고 이야기를 나눈 결과 박식한 선비임을 알게 되었는데, 경사(經史)에 잠심(潛心)하여 공부했으며 옛일을 고증하여 참으로 인형(仁兄)의 고족(高足)으로 손색이 없었습니다. (저의 집에) 하루 종일 머물렀는데 서로 즐겁기 이를 데 없었습니다.[98]

'급문(及門)'은『논어(論語)』「선진(先進)」에 나오는 말로, 제자를 가리킨다. 기수유는 변종운의 학식을 칭찬하면서 다시 '고족(高足)'이라는 말을 사용했는데, 이로부터 그가 홍경모와 변종운을 사제지간으로 알고 있었다는 것을 알 수 있다. 기수유와 홍경모의 교유는 홍경모의 1차 사행인 1830년에 이루어졌는데 홍경모의 조부인 홍량호(洪良浩, 1724~1802)와 기윤의 인연을 이은 것이다.[99] 홍경모는 1834년 2월의 진하겸사은사(陳賀兼謝恩使) 사행시에도 기수유를 만났는데 만난 날짜는 4월 23일이다.[100] 변종운이 홍경모와 함께 기수유를 만났는지는 알 수 없지만 홍경모는 사행이 끝나 돌아간 뒤에 변종운을 통해 기수유에게 서신을 보내고 답장을 받았음을 알 수 있다.

---

98) 洪敬謨,『外史續編』5, 20면, 기수유의 편지「冠巖世兄臺展」, "上元前三日, 貴及門卞君鍾運忽過相訪. 傾談之下, 知淹雅之士. 潛心經史, 攷求故實. 誠不愧爲仁兄高足. 流連竟日, 歡洽異常."

99) 이군선,「冠巖 洪敬謨의 中國文人과의 交遊와 그 樣相 : 1차 연행을 중심으로」, 『동방한문학』23, 동방한문학회, 2002, 252-254면.

100) 이군선,「冠巖 洪敬謨의 中國文人과의 交遊와 그 樣相 : 2차 연행을 중심으로」, 『퇴계학과 유교문화』33, 경북대학교 퇴계연구소, 2008, 240면.

섭지선(葉志詵)은 조선의 문인들이 많이 교유했던 인물인데, 변종운은 그 사이에서 서신을 전달했던 것으로 보인다. 홍경모는 1834년 2월 사행 시 섭지선에게 보낸 편지에서 "변군의 부탁도 있는데 어찌 감히 편하게 말을 하겠습니까?"[101]라고 하였는데 여기서 말하는 '변군'은 당시 사행에 동행하였던 변종운일 가능성이 크다. 같은 해 변종운이 사행으로 중국에 갈 때 송별시를 써준 홍현주(洪顯周)도 시에서 섭지선을 언급하고 있어서[102] 변종운이 홍현주의 서신을 섭지선에게 전달했음을 알 수 있다.

진용광(陳用光, 1768~1835)은 동성파(桐城派)의 대표인물 중 하나인 요내(姚鼐)의 제자로, 예부좌시랑(禮部左侍郎), 절강학정(浙江學政) 등을 지냈다. 문집으로는 『태을주문집(太乙舟文集)』과 『납피록(衲被錄)』 등이 있다. 『소재집』에는 「진용광 시랑의 「영평부(永平府)」 시에 차운하다(和陳侍郎用光永平府韻幷引)」라는 시가 실려 있어 진용광과의 교유를 확인할 수 있다. 변종운은 서문에서 진용광의 시에 차운한 탁병염(卓秉恬, 1782~1855), 곽의소(郭儀霄, 1775~?), 황작자(黃爵滋, 1793~1853) 등이 차운했다고 밝히고, 이들에 대해 '해내(海內)의 종장(宗匠)'이라고 평가하였다.[103] 이들 세 사람과 진용광은 모두 조선 문인들과 교유가 많았던 사람들이다.

이들 중 황작자(黃爵滋)는 특히 주목할 필요가 있는데, 변종운이 사행에 참여했던 1834년 2월 진하겸사은사(進賀兼謝恩使)의 서장관 김정집(金鼎集)은 문견별단에 특별히 청나라 환곡 운영 과정의 부패상을 아뢴 황작자의 상소문의 내용을 기록한 바 있다. 그 이후의 문견별단에도 황작자에 관한 언급은 여러 차례 나온다.[104] 황작자는 청나라의 아편금지운

---

101) 洪敬謨, 『外史續編』 5, 174면, 「葉東卿先生玉展」, "玆因卞君之請, 安庸布所懷."
102) 내용은 앞의 洪顯周와의 교유 부분 참조.
103) 『歠齋詩鈔』 권2, 「和陳侍郎用光永平府韻幷引」, "侍郎示其永平府之作. 和之者卓海帆秉恬, 郭羽可霄, 黃樹齋爵滋, 皆海內之宗匠也."
104) 『日省錄』, 憲宗 원년(1835) 음력 12월 20일과 憲宗 12(1846) 음력 7월 8일 서장관의 문견별단 참조.

동을 창도한 인물로, 청나라의 부패상에 대해 우려하고 변법을 실시할 것을 주장하기도 했고 실질적인 군사 대책을 마련하여 영국군과의 싸움에서 활용하기도 했다. 군사나 무비에 대한 변종운의 생각은 황작자와 유사한 부분이 적지 않은데, 이로 보아 변종운이 직간접적으로 황작자의 영향을 받았을 가능성도 배제할 수 없을 것으로 생각된다.

변종운은 1843년 사행 때 북경 덕승문(德勝門) 밖에 있는 계문(薊門)의 영풍점(永豐店)에서 누선(婁姺), 진운붕(陳雲鵬), 악운정(樂雲亭) 세 중국인을 만나 깊은 우정을 맺었다. 계문은 연경팔경(燕京八景)의 하나인 '계문의 안개 낀 나무[薊門煙樹]'로 유명한 곳이다. 이들과의 교유는 사행에서 돌아온 이후 1844년에 쓴 「계문평수아집회축의 발(薊門萍水雅懷軸跋)」에 자세히 소개되어 있다. 글에 따르면 영풍점의 주인 악운정은 일찍이 절강(浙江)으로 갔다가 모함을 받아 옥에 갇혔다. 그가 유숙하였던 곳의 주인 진운붕이 악운정을 구할 방도가 없어 탄식만 하고 있을 때 이곳으로 유람을 왔던 누선이 알지도 못했던 악운정을 은 3천 냥으로 구했다고 한다. 다음해 가을 악운정은 누선을 찾아 절강으로 갔으나 누선은 이미 蜀으로 떠난 뒤였다. 그런데 뜻밖에 1843년에 진운붕이 연경에 왔다가 유람을 온 누선을 만나 셋이 함께 계문에서 모였다가, 때마침 그곳을 찾은 변종운을 만나게 되었던 것이다.

누선은 남창(南昌) 사람으로, 자가 단전(丹田)이었으며 당시 29세였다. 공명에 관심이 없고 천하 명산대천을 유람하는 것을 즐겼으며 재산을 아낌없이 털어 급한 사람을 도와주는 것은 그 천성이었다고 하였다. 진붕운(陳雲鵬)은 절강(浙江) 서부에서 온 도사(道士)로, 자가 남릉(南陵)이었다. 악운정(樂雲亭)은 燕나라의 뛰어난 군사가 악의(樂毅)의 후손으로, 변종운은 그를 속세의 명사(名士)라고 하였다. 네 사람은 밤새 술을 마시고 함께 시를 지었는데 마음이 통했다. 이날 밤 만들어진 시축에는 '평수아회

(萍水雅懷)'라고 이름을 붙였다. 변종운이 이때 쓴 시 한 수가 『우선추재
시(藕船秋齋詩)』에 실려 있다. 아침이 되자 누선은 하루 이틀 더 머물다가
가라고 만류하였고 악운정은 수레를 준비해 변종운을 따라가려고까지 하
였다. 그러자 진운붕이 차라리 뗏목을 타고 셋이 함께 변종운을 따라 동
쪽으로 떠나자고 농을 하여 모두가 크게 웃고 결국은 헤어졌다. 변종운은
작별의 장면을 다음과 같이 서술하였다.

나 역시 곡진한 이별의 정이 없는 것은 아니었으나 사행의 여정을
지체할 수가 없었다. 세 사람은 나를 대문 밖까지 배웅하였다. 내가 수
레에 오르자 단전(丹田)은 수레의 왼편에서 나의 왼손을 잡고 남릉(南
陵)은 오른쪽에서 나의 오른손을 잡았다. 운정(雲亭)은 술 한 단지를 가
져오라고 불러서 재차 수레 앞에서 따랐다. 늦게 만난 것이 한스럽고
또 빨리 헤어지게 된 것이 아쉬워 슬픈 마음을 감출 수 없었다. 이로부
터 해내(海內)에 지기(知己)가 있게 되었으니 천하가 이웃이 될 것이다.
다시 만날 기약이 막연하니 어쩌겠는가? 말은 쓸쓸히 울고 수레는 덜
컹덜컹 굴러가니 떠나고 남는 이별의 순간에 저도 모르게 마음이 육신
의 밖으로 내달리고 넋이 빠진 것 같았다. 만약 훗날 다시 삼생석(三生
石)의 옆에서 또 만난다면 오늘 다하지 못한 인연을 다시 이으리라.
슬프다! 단전(丹田)이 한 말이. "애초에 만나지 않았더라면 이별도
없었을 것을!" 단전(丹田)은 이름이 선(炗)이고 남릉(南陵)은 이름이 운
붕(雲鵬)이며, 운정(雲亭)은 이름이 운(云)이다.
갑신년(甲辰年) 가을에 경운재(耕雲齋)에서 장맛비 속에서 쓰다.[105]

---

105) 卞鍾運, 醉香山樓 選錄 『歠齋集』, 「薊門萍水雅懷軸跋」, "余亦非不繾綣, 無耐王程之
不可稽也. 於是三子者送余出大門外. 迨余登車, 丹田自車左摻余之左手, 南陵自車右
摻余之右手, 雲亭煥(喚)一壺酒, 更酌於車前. 旣恨相見之晚, 又惜相別之速, 依依而有
不能自已者, 黯然於中, 莫揹于外. 從此而海內知己, 天涯比隣, 其如後會之茫然無期,
何哉? 馬蕭蕭鳴, 車轔轔轉, 去留之際自不覺心如馳而魂欲消矣. 倘他日俱逢於三生
石畔, 更續此未盡之緣耶. 楚楚哉, 丹田之言也. '初不相逢自無此別.' 丹田名炗, 南陵
名雲鵬, 雲亭之名云. 甲辰秋敍于耕雲齋梅雨中."

만남은 우연이었고 함께 보낸 시간은 짧았으나 서로 나눈 우정은 매우 각별했다. 변종운은 세 사람이 헤어지는 장면에 대한 자세한 묘사를 통해 이별의 안타까움을 잘 드러내고 있다. 세 사람이 대문 밖까지 나와 손을 부여잡고 아쉬워하면서 술을 권하는 장면과 차라리 만나지 못했으면 이별은 없었을 것이라고 하는 말에서 이별의 아쉬움이 잘 드러난다. 이들은 사행과는 관련이 없는 인물들이었고, 청나라의 관원도 아니었다. 변종운이 글에서 그들의 행적과 인연에 대해 자세히 소개한 것으로 보아 그들의 의협적인 행동에 감명을 받았고, 그로 인해 짧은 시간에 깊은 우정을 쌓게 된 것으로 보인다. 이들이 하룻밤 사이에 깊은 우정을 맺은 것은 소탈하고 의협을 중히 여기는 성격이 서로 통했기 때문이었을 것이다.

사매상(史梅裳)과 진숭경(陳崇慶)과의 교유 또한 확인된다. 동양문고에 소장된 『화동창수집(華東唱酬集)』의 기록에 따르면 변종운은 '소재일기(歗齋日記)'에서 자신이 진숭경의 집에서 사매상과 친분을 맺었했다고 서술했다고 한다.[106] 진숭경은 원래 내각학사(內閣學士)였는데 도광(道光) 병자(丙子, 1816)년에 예부우시랑(禮部右侍郞)이 되었다. 앞에서 언급했던 진용광은 원래 예부우시랑(禮部右侍郞)이었는데 이때 좌시랑(左侍郞)이 되었고 대리사소경(大理寺少卿)이었던 탁병염(卓秉恬)은 태상사경(太常寺卿)이 되었다.[107] 취향산루 선록 『소재집』에 수록된 「연경의 여관에서 나눈 대화(燕都客話)」에는 사매상의 이름이 곤령(袞齡)이라고 되어 있다. 사매상은 진숭경의 집에서 변종운을 만나 자신의 집이 발해(渤海) 천진(天津)에 있다고 소개하였다. 사매상의 이름은 홍현주의 문집에도 여러

---

106) 金秉善, 『華東唱酬集』, "'歗齋筆記'云, 史梅裳字袞齡, 海內之佳士也. 嘗於陳侍郞崇慶宅結交."

107) 賈楨 · 花沙納 · 阿靈阿 · 周祖培奉 敕修, 『大淸宣宗成皇帝(道光朝)實錄 34』, 『大淸宣宗效天符運立中體正至文聖武智勇仁慈儉勤孝敏成皇帝實錄』卷之二百三十七, "轉禮部右侍郞陳用光爲左侍郞. 以內閣學士陳嵩慶爲禮部右侍郞. 以大理寺少卿卓秉恬爲太常寺卿."

번 언급되는 것으로 보아 홍현주와도 교류가 있었음을 알 수 있다.

변종운과 사매상의 구체적인 교류 내용은 취향산루 선록『소재집』에 수록된「연경의 여관에서 나눈 대화(燕都客話)」를 통해 확인할 수 있다. 변종운은 사매상에게서 대풍국(大楓國)의 과거제도와 서번(西番)에서의 라마(喇嘛)의 권위에 대한 이야기를 듣고 제주도(濟州島)에 관한 이문(異聞)을 들려주었다. 사매상이 조선의 과거제도에 대해 묻자 변종운은 모두 공정하게 평가하며 어지럽고 잡된 폐단이 조금도 없다고 대답하였다.[108] 이는 조선의 과거제도에 대한 변종운의 실제 생각과는 매우 다르다. 뒤에서 논하겠지만 변종운은 과거제도에 대해 매우 부정적인 생각을 갖고 있었기에 이는 사실을 말한 것이라고 보기 어렵다. 이어 사매상이 조선의 인물에 대해 묻자 변종운은 조선의 뛰어난 인물들에 대해 소개하였다.

> 매상(梅裳)이 물었다. "동국의 문장은 많이 보았습니다. 하지만 누가 일대의 맹주가 될 수 있고 백세에 이름을 남길 수 있는 사람인지는 모르겠습니다."
> 내가 말하였다. "우리나라는 산과 강이 빼어나게 아름답고 햇빛이 먼저 비추며 문명의 기운이 바다에 둘러싸여 충만합니다. 오척의 동자도 선진(先秦)과 양한(兩漢)의 문장을 외며, 글을 쓰는 자들은 근세(近世)의 틀에 빠지는 것을 부끄럽게 여깁니다. 사마천(司馬遷)과 반고(班固)만한 자가 있으며 한유(韓愈)와 유종원(柳宗元)만한 자가 있습니다. 이백(李白)과 두보(杜甫)가 있으며 구양수(歐陽修)와 소식(蘇軾)이 있습니다. 마치 페르시아의 시장에 들어간 것 같아 목난(木難)과 화제(火齊)를 품평할 수는 있지만 끝내 책망할 수는 없는 것과 같으니 그것은 둘도 없는 보물이기 때문입니다. 더구나 제일 높은 것이 덕을 세우는 것이고 그 다음이 공을 세우는 것이니, 입언(立言)이 어찌 말할 바가 되겠습니까? 익성(翼成) 황희(黃喜)가 있어 우리나라의 소하(蕭何) 상국(相國)이며, 문성공(文成公) 이이(李珥)가 있어 우리나라의 정명도(程明道)

---

108) 醉香山樓 選錄『歠齋集』,「燕都客話」, "又問, '貴邦科擧之法果何如?' 余日, '一出於公, 無亂雜之弊.'"

이며, 충무(忠武) 이순신(李舜臣)이 있어 우리나라의 주공근(周公瑾 : 周瑜-역자)입니다."

　매상이 무릎을 모으고서 말하였다. "훌륭한 인재들이 있으니, 조선 은 편안하리라."[109]

　사매상의 질문에 대해 변종운은 조선은 산수가 아름답고 문명이 기운 이 충만하여 뛰어난 문인들이 마치 페르시아의 시장에 보물이 가득하듯 이 많다고 대답한다. 사마천과 반고에 비길만한 자가 있으며, 한유와 류 종원만한 자가 있다는 대답은 조선의 문장에 대한 높은 자부심을 보여준 다. 이어 입언(立言)은 입덕(立德)과 입공(立功)에 비할 바가 못 된다고 하 면서 큰 공을 세운 인물들을 소개하였다. 변종운의 말을 듣고 사매상은 무릎을 모으고 감탄을 하였다. "훌륭한 인재들이 있으니, 조선은 평안하 리라"는 말은 『시경(詩經)』「문왕(文王)」에 나오는 "훌륭한 인재들이 있 으니, 문왕이 이 때문에 편안하시리라(濟濟多士, 文王以寧)."에서 따온 것 이다. 사매상의 태도로 보아, 조선의 문명과 뛰어난 인재들에 대한 변종 운의 자부심은 그에게 깊은 인상을 주었을 것이라고 추측할 수 있다. 또 한 변종운이 중국인들과 교유할 때 조선인으로서의 자부심을 갖고 조선 의 위상을 높이기 위해 노력하였음을 알 수 있다.

　이외 만주족 관원인 용조(容照)와의 교유도 확인된다. 다음은 변종운이 용조를 그리워하면서 지은 시이다.

---

109) 醉香山樓 選錄『獻齋集』,「燕都客話」, "梅裳問曰, '東國之文見之多矣. 曾未知誰能主 一代之盟壇, 百世之名也.' 余曰, '弊邦山川秀麗, 日光先照, 文名之氣環海磅礴. 五尺 之童已能誦先秦兩漢文, 操觚者恥爲近世窠臼. 有能遷固者矣, 能愈與宗元者矣. 有李 杜者矣, 歐蘇者矣. 如入波斯之肆, 木難火齊, 雖可品題, 終難以何(訶)者, 定爲無雙之 寶也. 況太上立德, 其次立功, 又何立言之足云也. 有黃翼成名喜, 我東之蕭相國也. 有 李文成名珥, 我東之程明道也, 有李忠武名舜臣, 我東之周公瑾也.' 梅裳斂膝曰, '濟濟 多士, 東國以寧.'" "終難以何者"에서 '何'는 '訶'의 오류로 보인다.

一別燕山歲幾回	북경에서 헤어진 뒤로 몇 해나 지났는가?
西風引領意難裁	가을바람에 목을 빼고 기다리니 마음을 잡기 어렵구나.
勳名世襲公侯爵	공훈과 명성은 대대로 공후의 작위로 이어지고
威望廷推將相才	명망 높아 장군과 재상의 재목으로 추천받네.
日月先從東海出	해와 달은 동해 바다에서 먼저 떠오르는데
梯航都赴北京來	사신의 배는 모두 북경을 향해 나아간다네.
金魚巷裡梅花雪	금어호동에서 보던 눈 속의 매화여,
白首何當更擧杯	백발에 언제나 다시 술잔을 들어볼까.

―「容少卿 照에게 부치다(寄容少卿照)」,『獻齋詩鈔』권4

『우선추재시』에는 이 시가 「연경의 용난지(容瀾止)를 추억하며(憶燕都容瀾止)」라는 제목으로 실려 있는데 제목 옆에 "용조(容照)는 개국공신 아극돈(阿克敦)의 증손이며 대학사 아규(阿桂)의 손자이다. 公의 작위를 세습하였으며 대대로 높은 벼슬을 하였다. 지금은 대리사경(大理寺卿)으로 있는데 난지(瀾止)는 그의 자이다. 집이 연경(燕京) 금어호동(金魚衚衕)에 있다."[110]라는 註가 달려 있다. 이 시는 연산(燕山)에서 헤어지던 때를 회상하는 것으로 시작되었다. 연산(燕山)은 연산부(燕山府)로, 북경을 가리킨다. 변종운은 이어 용조의 가문과 개인의 능력에 대해 칭송하고 그에 대한 그리움을 토로하였다. 해와 달이 동해에서 먼저 떠오른다는 것은 자신이 있는 조선을 말한 것이고, 사신의 배가 북경을 향해 간다고 한 것은 중국으로 가고 싶다는 마음을 드러냄으로써 용조에 대한 그리움을 표현한 것이다. 마지막 부분에서는 금어호동에 있는 용조의 집에서 함께 매화를 감상하던 일을 추억하면서 다시 만나고 싶다는 생각을 드러냈다. 용조의 이름은 다른 조선 문인들의 작품에는 별로 보이지 않지만, 홍현주의

---

110)『藕船秋齋集』,「憶燕都容瀾止」, "容照, 開國功臣阿克敦曾孫, 大學士阿桂孫. 世襲公爵, 出將入相, 今爲大理寺卿. 瀾止其字也. 家在燕京金魚衚衕."

문집에 용조에게 보내는 편지가 한 통 보인다. 홍현주와 용조의 교유에 변종운이 역할을 하였을 것으로 추측해 볼 수 있다.

요컨대 변종운은 중국 문인들에게 깊은 인정을 받았고, 조선인으로서의 자부와 자존심을 가지고 중국인을 대하였다. 특히 변종운이 역관의 신분으로 조선이 문명의 나라라는 점과 조선에 뛰어난 인재가 많다는 것을 중국인들에게 강조한 것은 상당히 주목할 만하다. 변종운은 중국 문인들과의 교유에서 조선인으로서의 정체성과 자부심을 표출하였고, 사행이나 공무와는 관련 없는 우연한 만남의 자리에서는 의협이나 우정과 같은 보편적인 인간애에 기반한 순수한 우정을 보여주었다.

제2장. '사(士)' 의식과 경세(經世)의 의지

1. '사(士)' 범주의 확장

변종운은 역관 출신 기술직 중인이다. '중인'은 조선후기에 등장하기 시작한 명칭으로, 17세기 초에 와서 신분 개념으로 고착화되기 시작하였다.[1] 중인가문은 본래 조선 초에는 대부분 사대부의 집안이었으나 점차 기술직에만 진출하게 되어 신분이 하락한 경우가 적지 않다. 조선후기 대표적인 역관 가문인 밀양 변씨 역시 그러한 경우에 해당된다.

앞에서 변종운이 조선 초기 유명한 문인인 변중량(卞仲良)의 후손이었음을 서술한 바 있다. 밀양 변씨는 원래는 사족(士族)이었으나 태종 때 정치적으로 미움을 받고 세조 때 무관의 가문이 되었으며[2] 16대인 변응성(卞應星)이 역과에 급제하면서부터는 역관의 가문이 되었다. 이재원(李載元)은 『소재집』의 서문에서 특별히 변중량과 변계량을 언급하면서 변종운에 대해 "지초에는 뿌리가 있고 예천에는 그 원류가 있다고 할 만하다."[3]라고 하였는데 이것은 그가 뛰어난 문인의 후손임을 강조한 것이다.

---

1) 한영우, 「조선후기 「中人」 에 대하여 : 哲宗朝 中人通淸運動 자료를 중심으로」, 『한국학보』 12권 4호, 일지사, 1986, 66면.
2) 延世大學校 國學硏究院, 『韓國 近代移行期 中人硏究』, 新書苑, 1999, 34면.
3) 李載元, 『歠齋集』, 「歠齋集序」, "儘可謂芝有根而醴有源矣."

변종운은 20세에 역과에 급제하였고, 수학 시절부터 천하의 대사와 관리의 책무에 큰 관심을 보였다. 그런데 천하의 대사와 관리의 책무에 대한 관심은 기술직 중인인 역관으로서 해야 할 일의 범위를 벗어나는 것이다. 변종운이 중인임에도 불구하고 천하의 대사에 대해 큰 관심을 가진 것은 자기 자신의 신분에 대한 인식과 깊은 관련이 있다. 아래「스스로를 웃다(自笑)」라는 시를 통해 변종운 본인이 자신에 대해 어떻게 생각하고 있었는지 살펴보기로 한다.

① 非農非工又非賈　　　농민도 아니고 장인도 아니고 상인도 아니며
　　生來更羞守錢虜　　　사는 동안 수전노 되는 것 더 부끄러워했네.
　　學書學劍俱無成　　　글과 검을 배웠으나 모두 이룬 것 없어
　　天質自慚愚且魯　　　타고난 자질 어리석고 둔한 것 부끄럽구나.
② 金臺落日秋草合　　　황금대엔 해 지고 가을 풀 우거졌으며
　　土門積雪長風怒　　　토문에는 눈 쌓이고 폭풍이 노하겠지.
　　歸來不復賦遠遊　　　돌아온 뒤 다시는 먼 길을 떠나지 않고
　　孤村寂寞深閉戶　　　외로운 시골에서 적막하게 문을 닫았네.
③ 旣不能萬仞大澤斬長蛟　만 길 깊은 바다에서 교룡을 베지도 못하고
　　又未能千疊深山撲猛虎　천 겹 깊은 산에서 호랑이를 잡지도 못했네.
　　前溪流水流不息　　　앞개울의 물은 쉬지 않고 흘러서
　　來者爲今去者古　　　오는 건 오늘이 되고 가는 건 옛날이 되네.
④ 年來與世相忘久　　　올해 들어 세상을 잊고 지내니
　　醉後何須吟梁甫　　　술 취해서 뭣 하러 양보음을 읊겠는가?
　　啼禽忽驚北窓夢　　　새 울음에 놀라 북창의 꿈 깨니
　　林間蝴蝶猶栩栩　　　숲 속 나비는 여전히 훨훨 날아다니네.
　　　　　　　　　　　　－「스스로를 웃다(自笑)」,『歗齋集』권1

이 시는 변종운이 자신에 내린 총평의 성격을 지니고 있다. "돌아온 뒤 더 이상 먼 길을 떠나지 않았다"라고 한 것으로 보아 이 시는 변종운의 세 번째 사행이 확인되는 1843년 이후에 지은 것으로 보인다. 이 시는 내용

의 전개에 따라 총 4개 부분으로 나눌 수 있다. ①은 자신에 대한 총체적인 평가이다. 1구에서는 자신이 농민도, 장인도, 상인도 아니라고 하였다. 사(士), 농(農), 공(工), 상(商) 네 가지 신분으로 이루어진 조선 사회에서 이 세 가지가 아니라고 말한 것은 자신이 '사(士)'임을 말한 것이다. 직접적으로 '사(士)'라고 말하지 않고 앞의 세 가지 신분이 아니라는 표현을 사용한 것은 자신의 중인 신분을 의식했기 때문이다. 2구에서는 자신이 청렴한 선비임을 말하였고 3구에서는 글을 읽고 무예를 배워 선비의 자질을 갖추었음을 밝혔다. 항우(項羽)에 대하여 "글을 배웠으나 성취하지 못하자 그만두고 검술을 배웠다."[4]라는 기록이 전하는데 변종운이 검을 배웠다고 한 것은 자신이 무인(武人)이 될 기상을 갖추었음을 나타낸 것이다. 4구는 상투적인 겸사(謙辭)이다. 이룬 것 없어 부끄럽다고 하였지만 앞의 3구의 내용과 연결시켜 보면 변종운은 선비로서의 바른 성품과 자질을 갖추었음에도 불우하여 큰 뜻을 이루지 못했음을 알 수 있다.

뒷부분에서는 지난날에 품었던 큰 포부와 현재의 생활에 대해서 서술하였다. ②에서는 황금대와 토문에 대한 묘사를 통해 사행에 참여하여 청나라로 갔던 경험을 압축적으로 서술하였고 ③에서는 "만 길 깊은 바다에서 교룡을 베지도 못하였다"라고 하여 젊은 시절 꿈이 매우 웅장했음을 말하였다. 이는 옛날 초(楚)나라의 차비(佽非)가 보검을 얻어 배를 타고 돌아오다가 교룡의 위협을 받자 물에 뛰어들어 교룡을 베었다는 전고를 사용한 것이다. 이백의 「차비가 교룡을 벤 그림을 보고 찬을 짓다(觀佽飛斬蛟龍圖贊)」라는 시를 비롯하여 많은 시인들이 이 전고를 시에 사용하였다. "천 겹 깊은 산에서 호랑이를 잡지도 못하였다"는 말 역시 젊은 시절의 큰 포부와 그를 이루지 못한 아쉬움을 보여준다.

④에서는 늙어버린 지금 무엇 하러 '양보음(梁甫吟)'을 읊겠냐고 하여

---

4) 司馬遷, 『史記』 권7, 「項羽本紀」, "學書不成, 去學劍."

젊은 시절 포부에 대한 미련이 이미 사라졌음을 고백했다. '양보(梁甫)'는 '양보음(梁甫吟)'으로 초(楚)나라 곡명이다. '양보음'은 원래 사람이 죽으면 그 산에 묻는다는 내용을 노래한 것으로 장가(葬歌)로도 쓰였는데, 이백은 '양보음'을 지어 자신의 포부를 실현할 수 없는 비분을 노래하였다. 북창(北窓)은 도연명(陶淵明)의 시에 나오는 어휘로, 도연명이 북쪽 창가에 누워서 스스로 희황상인(羲皇上人)이라고 했다는 전고를 뜻한다.[5] 도연명이 자신을 희황 이전의 사람에 비유한 것과 같이 변종운도 북창의 꿈을 꾸었다고 하여 자신이 한가롭고 유유자적한 생활을 하고 있음을 표현하였다. 숲속 나비는 앞의 '꿈'과 맞물려 장자가 꿈에 나비가 되어 날아다닌 일을 상기시키면서 인생이 한바탕 꿈과 같다는 생각을 보여준다.

위의 시를 통해 변종운이 자신을 젊은 시절 품고 있던 큰 포부를 실현하지 못한 '사(士)'라고 규정하고 있음을 알 수 있다. 변종운은 뜻이 있어도 펼치지 못하고 만년에 안분의 삶을 사는 불우한 '사(士)'의 전형적 모습을 시를 통해 드러냈다. 그러나 변종운은 중인이었으므로, 그가 사(士)인지 아닌지는 사실 논란거리가 될 수 있는 문제이다. 조선에서 '사(士)'는 일반적으로 '사대부(士大夫)'를 지칭하는 말로, '사(士)'의 범주에 일반적으로 중인은 포함되지 않기 때문이다.

박지원은 「양반전(兩班傳)」에서 "글을 읽으면 사(士)라고 하고 벼슬을 하면 대부(大夫)라고 하며 덕이 있으면 군자(君子)라고 한다."[6]라고 하였다. 중인은 벼슬을 한다고 해도 대부(大夫)가 될 수는 없으므로 박지원이 말한 '사(士)'와 일치하는 신분은 아니다.[7] 또 정조는 "사족(士族)이 아니

---

5) 陶淵明, 「與子儼等疏」, "見樹木交蔭, 時鳥變聲, 亦複歡然有喜. 嘗言五六月中北窓下臥, 遇涼風暫至, 自謂是羲皇上人."

6) 朴趾源, 『燕巖集』 권8, 「兩班傳」, "讀書曰士, 從政爲大夫, 有德爲君子."

7) 박지원은 「창애에게 답하다(答蒼厓)」, 「원사(原士)」 등의 글에서 천자에서 서민에 이르기까지 다 '士'라고 주장한 바 있다. 여기서 박지원이 말한 '士'는 독서인이자 덕행을 솔선하여 실천하는 주체를 가리킨다. 하지만 박지원은 중인이나 서민 '士'의 범

면서 경대부(卿大夫)가 되는 자격을 갖고 허리에 서대(犀帶)를 차고 이마에 옥관자(玉貫子)를 붙이는 것은 의관과 역관이다"[8]라고 하였다. 이 말은 역과와 의과 중인의 우월성을 강조하는 말이기는 하지만 역시 중인과 사족(士族)의 구분을 이야기하고 있음에 유의할 필요가 있다. 정조는 의과와 역과 중인은 경대부가 되는 자격을 갖는다고 하였지만 이는 그들이 다른 중인에 비해 각별한 우대를 받는다는 것이지, 사대부와 같은 지위에 있었다는 뜻은 아니다.

중인들 스스로가 자신을 '사'라고 칭하는 경우도 거의 없었다. 중인들이 쓴 글에 사용된 '사'라는 어휘는 일반적으로 사대부들을 지칭하는 용어로 사용되고 있다. 다음은 18세기의 여항 시인인 박영석(朴永錫, 1734~1801)의 글이다.

> 사(士)는 마땅히 천하의 근심을 먼저 근심하고 천하가 다 즐긴 이후에 즐겨야 할 것이다. 조정에서 벼슬을 하면 맹자(孟子)의 항산(恒産)의 정치를 선무로 삼고, 초야에 물러나서는 장횡거(張橫渠)가 이루지 못했던 뜻을 자신의 임무로 삼아야 한다. 위로는 공가(公家)에서 부여한 책임을 다하고 아래로는 선한 풍속을 창도해야 사대부란 이름에 걸맞다 할 것이다.[9]

주나 책임에 대해서 구체적으로 언급하지는 않았다. 박지원의 '士'에 대한 논의는 어디까지나 사대부 계층의 각성을 촉구하기 위하여 이루어진 것으로, 그가 정말 중인이나 서민까지 염두에 두고 '士'의 본질이나 책임을 논한 것은 아니라고 생각된다. 박지원의 손자인 박규수는 선비는 "도를 지닌 사람의 통칭(有道之通稱)"이라고 규정했으나 그 역시 중인까지 '士'의 범주에 포함시켰다고 보기는 어렵다. 일례로 박규수는 『居家雜服考』에서 사대부 의관제도의 개혁을 통해 군자의 도를 실천하고자 하였는데, 여기서도 중인이나 서민은 고려되지 않았다. 박지원과 박규수의 '士'에 대한 논의는 김명호, 『환재 박규수 연구』, 창비, 2008, 151-154면, 198-199면 참조.

8) 『朝鮮王朝實錄』46, 정조 18년(1794) 음력 10월 조, "非士族而爲卿大夫之資格, 腰犀帶而頂玉者, 醫與譯也."

9) 朴永錫, 『晩翠亭遺稿』, 「送人鄕居說」, 『閭巷文集叢書』2, "士當先天下之憂而憂, 後天下之樂而樂. 而仕於朝則以孟子恒產之政爲先務, 退於野則以張橫渠未就之志爲己任,

"사(士)는 마땅히 천하의 근심을 먼저 근심하고 천하가 다 즐긴 이후에 즐겨야 할 것이다"는 송(宋)나라 범중엄(范仲淹)의 「악양루기(嶽陽樓記)」에 나오는 말로, '사(士)'가 천하의 대사에 막중한 책임을 지녀야 함을 강조한 것이다. 박영석은 범중엄의 말을 인용한 뒤 '사'의 책임에 대해 구체적으로 논하였다. 그런데 범중엄이 사용한 어휘는 '사'였으나 박영석은 그것을 '사대부(士大夫)'로 바꾸어 사용하고 있다. 이는 범중엄이 지칭한 '사'를 박영석이 조선의 '사대부'와 동일한 개념으로 이해했기 때문이라 생각된다. 조선에서 사용되는 '사'라는 말은 일반적으로 천하에 대해 막중한 책임의식이 있는 사람이라는 의미 외에 대부의 벼슬로 진출할 수 있는 계층이라는 의미까지 아우른다. 그러므로 일반적으로 말하는 '士'의 개념과 범주에 중인들은 포함되지 않는다.

하지만 그들에게 '士'에 대한 지향이 없었던 것은 아니다. 중인들은 사대부에 버금가는 소양을 갖추게 되면서 늘 '사'를 지향해왔고 그 범주에 속하지 못하는 자신들의 처지를 안타깝게 생각했다. 변종운이 「스스로를 웃다」의 첫 부분에 썼던 "농민도 아니고 장인도 아니고 상인도 아니며"라는 말은 사실 17, 18세기의 중인들이 이미 사용했던 것이다. 최기남(崔奇男, 1586~1668)은 일찍 자신에 대해 "일은 농사나 장사를 하지 않았고 신세는 이름 붙일 것 없었다(業不農商, 身無號名)."[10]라고 하였고 홍세태(洪世泰, 1653~1725)는 "우습구나, 나는 무얼 하는 사람인가? 장인도 아니고 상인도 아니라네(笑我胡爲乎, 非工亦非賈)."[11]라고 하였다. 농사나 장사를 하지 않는다는 것은 자신들이 농민이나 상인과는 분명 다른 신분이라는 것을 뜻하지만 자조적인 어투로 보았을 때 그렇다고 해서 감히 자신이 사대부라고 주장하지는 못했음을 알 수 있다. '우습구나'라는 어휘와

上不失公家之賦, 下以爲善俗之倡, 可謂士大夫之名也."
10) 崔奇男, 『龜谷集』, 「拙翁傳」, 『여항문학총서』 1, 110면.
11) 洪世泰, 『柳下集』 권1, 「隅川」, 『한국문집총간』 167, 313면.

"신세는 이름 붙일 것 없었다"라는 말에는 뛰어난 재주를 지니고도 사대부가 될 수 없는 처지에 대한 자조와 비애가 고스란히 드러난다.

또 뛰어난 재주를 지니고도 불우하게 살았던 다른 중인들에 대한 평가에서는 자신들의 재주가 사대부들과 비교해도 부족할 것 없다는 생각을 드러내고 있다. 다음은 홍세태가 「설초시집서(雪蕉詩集序)」에서 최승태(崔承太)에 대해 평가한 부분이다. 이 글을 통해 홍세태가 평소 자신을 포함한 중인들에 대해 어떻게 생각했는지 엿볼 수 있다.

> 혹자는 말하기를 "양자운(楊子雲)의 지위와 용모로도 사람을 감동시키지 못하여 (그 저작으로–인용자) 장독을 덮었다는 기롱을 면치 못하였는데 지금 최자(崔子)는 여항의 선비로, 시가 비록 공교하다고는 하나 누가 그를 위해 후세에 전해주려고 하겠는가?"라고 말한다. 이는 오히려 그렇지 않다. 시 삼백 편은 대부분 부인과 어린 아이들이 지은 것이지만 부자(夫子)께서는 그것을 찬술하셨다. 사람이 만약 갖고 있는 것이 있다면 전해지지 못할 것을 두려워할 것이 아니라 그것이 공교하지 못함을 걱정해야 마땅할 것이다. 나는 후세에 반드시 이 『설초시집(雪蕉詩集)』을 알아주는 사람이 있어서 잘 간직하여 길 옆에 버려지지 않게 할 것이 확실함을 안다. 아, 세도(世道)가 혼탁하여 문단이 가시덤불로 뒤덮였으니 여항 뿐 아니라 대부들 사이에도 시가 있는 경우가 드물었다. 오늘날의 시도(詩道)는 거의 망했다. 나는 그래서 공의 시가 더욱 얻기 어려운 것임을 탄식하고 또 그 감회를 아울러 기록하여 서(序)를 삼는다.12)

---

12) 洪世泰, 『柳下集』 권9, 「雪蕉詩集序」, 『한국문집총간』 167, 472면, "或又謂楊子雲祿位容貌, 不能動人, 未免有覆瓿之譏. 今崔子委巷士. 詩雖工, 孰肯爲之傳也? 此尤不然. 詩三百篇, 大抵多婦人孺子之作, 而夫子述之. 人苟有之, 不患不傳, 第患其不工耳. 吾知斯集, 後必有知者. 收而畜之, 不使橫棄於道側也明矣. 噫! 世道溷濁, 文塲莉棘. 卽無論閭巷, 至於大夫之間, 罕聞有詩. 今日詩道, 幾乎亡矣. 余於是益歎公詩之不可復得, 而倂記其所感于中者以爲序."

홍세태는 사대부들한테서도 거의 찾아볼 수 없는 시가 최승태에게 있다고 하여 그가 당시 문단에서 얻기 힘든 뛰어난 시재임을 찬양하였다. 또 그를 '여항의 선비(閭巷士)'라고 하여 신분은 비록 중인이지만 그 자질은 사대부와 같다고 하였다. 이 글에는 최승태가 중인이라는 신분적 한계에 얽매이지만 않았다면 사대부에 못지않은 큰 역할을 발휘할 수 있었으리라는 생각이 드러나 있다.

사대부들 또한 중인들이 신분은 비록 낮으나 그 재주와 행실이 사대부에 비견할 만 한 자가 있음을 높이 평가하기도 했다. 다음은 홍봉한(洪鳳漢, 1713~1778)이 「완암집(浣巖集)」에 쓴 서문의 일부인데 홍봉한은 이 글에서 빼어난 재주를 지닌 중인들을 높이 평가하고 그들의 불우한 처지에 동정을 표하고 있다.

조선의 선비들 중에는 빼어나고 특출한 자가 많지만 중국에서 볼 때는 변방이라고 얕잡아보게 마련이다. 그것이 어찌 하늘이 인재를 낸 이치가 그러해서이겠는가? 다만 처지에 국한되어서 그런 것일 뿐이니 슬플 따름이다. 지금 여항의 선비는 또 조선에서도 특히 그 처지가 국한되어 있다. 문장과 재능과 행실이 세상에 널리 알려진 자들도 끝내 진신(搢紳)이나 대부(大夫)에 비견될 수가 없고, 또 그 몸이 곤궁해지는 것을 면치 못하니 정말 슬프다. 그러나 세상에 드러낼만한 재주가 있어서 세상에 우뚝 설 수 있고 문채(文采)가 일시를 울릴 만하고 명성이 족히 후세 사람들을 비출 만하다면 조선이면서도 중국인 것이요, 여항인이면서도 대부(大夫)인 것이다. 그 처지 때문에 차별해서야 되겠는가?[13]

---

13) 洪鳳漢, 『浣巖集』, 「浣巖集序」, 『한국문집총간』197, 573면, "士生東土, 固多瓊奇傑特者. 而自中州觀之, 未嘗不外而小之. 豈天之生才使然哉. 特局於地也. 可悲也已. 今夫閭巷之士, 又於東土之中, 地尤局焉. 文章才行之所以顯於世者終莫能比侔於搢紳大夫, 亦不免窮厄其身, 可悲之甚者也. 然而其有可顯之才, 而能自特立於世, 文采足以動一時, 名聲足以照後人, 則是東土而中國也, 委巷而士夫也. 烏可以其地而輕重之哉?"

홍봉한은 재능이 있어도 신분적 차이로 인해 제대로 인정과 대우를 받지 못하는 중인들의 처지는 아무리 뛰어나도 중국 문인들에게 무시와 차별을 당하는 조선 문인의 그것과 다름이 없다는 논지를 펴고 있다. 그러면서 뛰어난 재주가 있다면 조선도 중국이며 여항인도 대부(大夫)라고 하였다. 이는 출신이 아닌 재능을 중인과 사대부를 구분하는 근거로 삼은 것으로, 재능이 있는 중인은 사대부와 다를 바 없으므로 그 처지 때문에 낮추어보아서는 안 된다고 주장한 것이다.

하지만 홍세태나 홍봉한 등의 주장은 어디까지나 중인과 사대부의 차별을 인정하는 기본 입장 위에서 몇몇 뛰어난 중인들의 재주와 처지를 안타까워한 것이다. 이에 비해 변종운은 우회적이기는 하지만 스스로 자신을 '사'라고 주장하고, 자신이 그에 맞는 큰 포부를 지녔으나 불우하여 실현하지 못했다고 하여 중인으로서의 자신감을 보여주었다. 사실 변종운의 이런 인식은 변종운 개인만의 것이 아니라 동시기 적지 않은 중인들의 생각을 대변하는 것이기도 하다. 1851년의 중인통청운동에서 중인들은 자신들이 조선 전기에는 특별한 품계의 제한을 받지 않았음을 밝혔고, 중인은 원래 모두 사대부였다고 주장하였다. 그들은 중인은 조선 초에는 원래 사대부였고 사대부들과 비견할 만한 문장과 세덕(世德)을 갖고 있으며, 국전(國典)에는 해당 조항이 없으나 부당하게 청요직에서 배제되고 있다고 하면서 자신들의 억울함을 하소연하였다.[14] 변종운이 중인통청

---

14) 『象院科榜資料』, 「辛亥閏八月十八日」, "臣以身等, 世業諸學. 地雖卑微, 本非國初以來區別界限者. 而隨才需用, 厥有故常. 『通編』有曰, '醫譯律曆等所業精通者, 啟授京外顯官'."; 『象院科榜資料』, 「失名氏書. 辛亥五月, 抵崔別提必聞及張敎授之琬家, 明日又投李廷柱家」, "嗚呼! 中人本是皆士大夫, 而或入於譯, 傳之七八代, 或十餘代, 則人稱中村古族. 而文章世德, 雖非士大夫之家擬, 然名公巨卿之外, 實無可勝於中人者. 而雖無國典所禁, 自然見滯於淸官. 數百年積冤不伸之恨, 無所控訴之期, 是何罪惡? 是何業冤乎?" 중인통청운동에 관한 자료는 정옥자, 앞의 책, 167-170면에서 재인용하였다.

운동에 참여했다는 기록은 확인되지 않지만, 자신을 '士'라고 생각했다는 점은 이러한 중인통청운동의 이념과도 연관된 것이었으리라고 짐작된다. 사돈인 최필문(崔必聞)과 홍현보(洪顯普)가 모두 이 운동의 중요한 구성원이었다는 점도 이런 추측을 뒷받침한다.

변종운은 세습아전인 유담(柳壜)을 입전한 「유담전(柳壜傳)」에서 유담의 집안은 "윗세대에 유명한 사람들이 많았는데, 일찍 문화(文化)의 망족(望族)이었다."[15]라고 서술한 바 있다. 유담은 부친의 직을 세습한 아전이었으므로 중인의 신분이었으나 변종운은 그 윗세대가 큰 가문이었음을 특별히 강조하였다. 이는 조선 초에 변중량, 변계량 등 유명한 문인을 배출한 사족이었던 자신의 가문에 대한 인식과도 통하는 점이 있다. 장지완(張之琬) 또한 일찍 자신의 가문에 대해 "음직에서 무관으로, 무관에서 율관으로 4대에 한 번씩 변하였으니, 천도(天道)는 순환하는 것이니 또한 장래에는 무슨 신분이 될까?"[16]라고 하였는데 이 역시 자신의 조상이 원래는 사대부였음을 말한 것이다. 자신들이 유명한 사족(士族)의 후예였다는 사실은 오래전부터 그들에게 자부심을 갖게 하는 요소로 작용했지만 19세기에 이르러 중인들의 전체적인 역량이 강화되면서 자신들도 사족이라는 생각이 공개적으로 표출되기에 이르렀다고 생각된다.

물론 중인통청운동의 실패에서 알 수 있다시피 중인들이 실제로 사족으로 신분상승을 이룬 것은 아니다. 하지만 변종운을 비롯한 일부 중인들은 자신들을 '사'라고 생각하고 '사'의 기준에 맞는 삶을 살고자 노력하였다. 이런 '사'는 사대부와 같은 특권을 향유할 수는 없지만 사대부와 같은 기준의 도덕적, 학문적 수양을 추구한다. 변종운의 「유담전(柳壜傳)」을 통해 중인들이 도달한 '사'의 경지가 어떤 것인지를 알 수 있다.

---

15) 『歗齋文鈔』 권2, 「柳壜傳」, 『한국문집총간』 303, 57면, "上世多聞人, 曾文化之望族也."
16) 張之琬, 『枕雨堂集』 권5, 「白氏墓誌」, 여항문집총서 5, 94면, "蔭而武, 武而律, 四代一變, 天道循環, 又將何居?"

십여 년 동안 자(子)와 사(史)를 널리 읽어서 붓을 대면 시와 문장을 쓸 수 있게 되었다. 하루는 갑자기 "이것은 부화한 것에 불과할 뿐 내 마음을 검속하고 내 몸을 다스릴 수 있는 것이 아니다."라고 하더니 문득 주부자(朱夫子)의 『소학(小學)』을 가져다가 삼천 번을 읽었다. 차례로 『대학(大學)』과 『논어(論語)』, 『맹자(孟子)』를 음미하였는데 나이가 들수록 더욱 게을리 하지 않았다. 비록 성리학(性理說)에 몰두하지는 않았지만 자득한 것이 깊었다.[17]

변종운이 유담에 대해 1차적으로 긍정한 것은 그가 열심히 독서했다는 점이었다. 유담이 처음 읽은 것은 자사(子史)였다. 그러나 그는 그것이 부화한 것에 지나지 않는다고 하며 경서 공부를 시작한다. 유담은 먼저 『소학』을 읽은 다음 이어 『대학』과 『논어』, 『맹자』 등 책을 읽었다. 이런 독서태도는 이이(李珥)의 「학교모범(學校模範)」에서 보이듯 사대부의 일반적인 과정이다.[18] 이런 점에서 보면 유담의 독서 순서는 사대부들의 것과 별반 다르지 않다. 1834년 2월 진하겸사은사(進賀兼謝恩使)의 정사로 변종운과 함께 중국에 갔던 홍경모 역시 『소학』을 강조하고 학문은 『소학』에서 시작할 것을 주장한 바 있어서[19] 유담의 독서 순서와 가치관이 사대부의 것과 다를 바 없음을 알 수 있다. 유담은 경서 공부가 깊어진 뒤에는 가정에서 그것을 실천하고 이웃을 교화하기에 이르렀다.

---

17) 『歗齋文鈔』권2, 「柳壿傳」, 『한국문집총간』303, 57면, "凡十餘年. 泛覽子史, 下筆而能搆詩若文. 一日又幡然曰, '是不過浮華已也. 非所以檢吾心, 律吾身.' 輒取朱夫子 『小學』, 讀至三千徧. 次第玩味於 『大學』及 『論語』' 『孟子』書. 老而愈不懈也. 雖不津津於性理之說, 而所以自得者深矣."

18) 이이는 일찍 글 읽는 순서로 『소학』을 먼저 배워 근본을 배양하고, 다음에는 『대학』과 『近思錄』으로 그 규모를 정하고 그 다음에 『논어』, 『맹자』, 『중용』 등을 읽을 것을 주장한 바 있다. 李珥, 『栗谷集』권14, 「學校模範」, "其讀書之序, 則先以 『小學』, 培其根本. 次以 『大學』及 『近思錄』, 定其規模. 次讀 『論』 · 『孟』 · 『中庸』 · 五經."

19) 강석화, 「관암 홍경모의 학문과 사상」, 이종묵 편저, 『관암 홍경모와 19세기 학술사』, 경인문화사, 2011, 15면.

이에 말하기를, "배우는 것은 마음을 바르게 하고 몸을 다스리기 위한 것이다. 시골의 백성은 그 집을 잘 다스리는 것으로 족하다."라고 하였다. 매일 이른 새벽에 선영으로 가 성묘를 마치고는 집으로 돌아와서 몸으로써 가족들을 가르쳤다. 며느리가 잘못을 저지르면 "이는 남편의 잘못이다."라고 하고는 그 아들을 매질하고 만약 아들들이 잘못을 저지르면 "이는 아버지의 잘못이다" 하고는 종일토록 음식을 먹지 않고 스스로를 경계했다. 집 사람들이 모두 공경하고 조심하여 한 해가 다 가도록 잘못을 범하지 않을 수 있었다. 오척의 동자까지도 빨리 이야기하거나 어지럽게 걸어 다니지 않았다. 이웃들 중에는 그에게 감화를 받은 사람이 적지 않았는데 서로 경계하여 말하기를, "나쁜 일을 행하여 유군이 알게 해서는 안 된다."라고 하였다.[20]

유담은 경서를 공부하여 자기 몸을 검속했을 뿐 아니라 가정을 다스리고 주변 사람들에게까지 영향을 미쳤음을 알 수 있다. 가정이라는 축소된 범위이긴 했지만 유담의 행위는 그 교화를 주변에 펼친다는 점에서 천하를 경영하는 일과 다르지 않다. 유담은 아전 출신이었기에 조정에 나아가 천하를 경륜할 수는 없었지만 성인의 가르침을 실행하여 가정과 이웃에 영향을 미침으로써 선비의 역할을 한 것이다. 이런 의미에서 유담은 변종운이 생각하는 이상적인 '사'의 모습을 구현하고 있다고 생각된다. 변종운은 유담의 이런 독서와 실천을 다음과 같이 높이 평가하였다.

지금 세상에 선비로서 상인이 되지 못할 자가 있겠는가? 아전이 되지 못할 자가 있겠는가? 하지만 누가 아전이 되었다가 상인이 되었다가 선비가 되며, 선비가 되어서는 또 이처럼 독실하게 행동할 수 있겠

---

20) 『歗齋文鈔』권2, 「柳塢傳」, 『한국문집총간』303, 57면, "乃曰, '學者, 所以正心而修身也. 鄉曲小民, 治其家足矣.' 每早朝, 輒上其先塋拜掃訖. 歸而以身敎人. 若諸婦有過也, 輒曰, '是爲夫者之過也', 卽撻其子. 若諸子有過也, 輒曰, '是爲父者之過也', 或不食終日以自警也. 家人皆洞洞屬屬焉, 能終歲無過也. 五尺之童, 亦能無疾言亂步也. 隣里多有被其化者, 相戒曰, '苟有不善, 不可使柳君聞之也.'"

는가? 다만 텅 빈 골짜기의 난(蘭)과 같아 그 향기를 맡는 자가 적은 것이 아쉬울 따름이다. 담(壜)은 자가 탄운(坦雲)이다. 윗세대에 유명한 사람들이 많았는데, 일찍 문화(文化)의 망족(望族)이었다.[21]

양반이 몰락하여 상인이 된 일은 조수삼(趙秀三)의 일부 작품에서도 확인할 수 있지만[22] 그것은 어쩔 수 없는 상황에서 그렇게 된 것이지 그들이 자의로 선택한 것이 아니었다. 그런데 변종운은 지금 세상에 선비로서 상인이나 아전이 되지 않을 자가 있겠냐고 하여 선비가 상인이나 아전처럼 이욕을 좇는 세태를 비판하는 한편 독실한 선비가 되는 길을 선택한 유담에 대해 높이 평가하였다. 또 그가 이런 훌륭한 성품을 지니고도 경륜을 펴지 못하는 것을 매우 아쉬워하였다.

변종운은 유담이 독실하게 공부를 하여 '사'가 되었다고 하였으나 그가 중인에서 사대부로 신분 상승을 이룬 것은 아니다. 유담은 여전히 중인의 신분이었다. 이런 의미에서 변종운이 말하는 '사'는 특권을 누린다는 의미보다는 독실하게 글을 읽고 독서인으로서의 책임을 다하는 사람이라는 의미에 가깝다. 변종운은 사대부가 아니더라도 성인의 글을 읽고 그것을 실천한다면 중인 역시 '사'가 될 수 있다고 보았다. 이는 현실적인 신분으로서의 '사'의 범위를 넘어선 것이다. 또 변종운은 조정에 나아가 큰 벼슬을 하지 못한다고 하더라도 배운 바를 실천하고 '사'로서의 책임을 다한다면 그 역시 바람직한 '사'라고 생각하였다.

---

21) 『歠齋文鈔』권2, 「柳壜傳」, 『한국문집총간』303, 57면, "余惟今世士而有能不爲賈者乎? 不爲吏者乎? 是何能吏而賈而士也, 士而又能篤行之若是也? 惜乎空谷之蘭, 聞其香者盖少矣. 壜字坦雲. 上世多聞人, 曾文化之望族也."
22) 조수삼의 「吾柴」나 「無所不佩」등 작품에 몰락하여 상인이 된 양반이 등장한다.

2. '사(士)'로서의 책무 의식

'사'는 천하의 흥망에 대해 큰 책임이 있다. 그러므로 스스로 '사'라고 생각했다는 것은 이 책임까지도 아울러 짊어지겠다는 생각을 가졌음을 의미한다. '사'의 책임을 다하겠다는 생각은 「금인명의 뒤에 제하다(題金人銘後)」라는 글에서 잘 드러난다.

> ① 말은 신중하게 하지 않으면 안 된다. 한 번 내뱉으면 네 마리의 말이 끄는 수레로도 붙잡을 수 없고 한 번 실수하면 옥의 티처럼 갈아서 없앨 수도 없다. 작게는 원망을 사게 되고 크게는 나라를 잃게 된다. 성인이 주나라 태묘에 있던 금인(金人)을 보고 세 번 탄식한 것은 이 때문이다.
> ② 하지만 금인(金人)의 입을 봉한 것은 다만 말을 삼가기 위한 것일 뿐이었다. 그러나 후세에는 입을 닫지 말아야 할 때에 입을 닫는 자들이 또 얼마나 많은가? 주(周)나라 여왕(厲王)은 위무(衛巫)를 시켜 백성들의 입을 막게 하였고, 한(漢)나라는 조착(晁錯)을 죽여 선비들의 입을 막았으며, 진(秦)나라에는 사사롭게 말을 하는 자를 벌한다는 법령이 있었고, 송(宋)나라에서는 월직(越職)이라는 죄명이 있었다. 세상에서 사람들의 입을 막으려 한 지 오래 되었다. 게다가 묘당(廟堂)에 앉아서 나라의 안위를 논하지 않고 전폐(殿陛) 앞에 서서 인주(人主)의 잘잘못을 말하지 않으니 이는 경(卿)과 대부(大夫)가 그 입을 봉하는 것이다. 선(善)에 대한 권면을 벗에게서 듣지 못하고 청의(淸議)가 사림에서 일어나지 않으니 이는 선비들이 그 입을 봉하는 것이다. 혹여 감히 말하는 자가 있으면 벌떼처럼 일어나 말을 하지 못하게 하니 세상에 아첨하여 구차하게 모면하려고 하는 것이 미연(靡然)히 풍속이 되고 말았다. 그런데도 오히려 군자가 말 잘하는 것을 꺼린다는 옛말로 그 핑계를 삼고 있으니 어찌 이렇게 하는 것이 신중한 것이라고 할 수 있겠는가?
> ③ 마음은 말이 아니면 펴지지 않고, 일은 말이 아니면 서지 않는다. 이것으로 사람에게 주면 금이나 비단보다 값지고 이것으로 권하면 화

려한 장식보다 아름다우며 이것으로 사람에게 듣게 하면 북이나 거문고 소리보다 더 즐거우니 어찌 말하지 않을 수 있겠는가? 입이 없는 표주박은 원예사가 도려내 버리고, 소리가 안 나는 종은 대장장이가 녹여버린다. 나는 수산(首山)의 동(銅)을 부어 금인(金人)을 만들되, 그 뺨을 느슨하게 하고 그 혀를 놀리게 해 또 그것으로 이 세상에 입을 봉하면 안 될 때 입을 봉하는 자들을 경계하고자 한다.[23]

　여기서 말한 금인(金人)은 공자가 주(周)나라 시조 후직(后稷)의 사당에 갔을 때 보았던, 입을 세 번 봉한 주조인형을 가리킨다. 인형의 등에는 '옛날 말을 삼간 사람'이라고 적혀져 있고, 말을 조심해야 해야 한다는 내용의 글이 씌어 있었다고 한다.

　①은 문장의 도입 부분으로, 「금인명」에 대한 전통적 해석이다. 말을 잘못 하게 되면 큰일을 그르칠 수도 있다고 하여 말을 삼가야 하는 필요성 자체에는 인정하는 태도를 보이고 있다. ②에서는 ①의 교훈을 잘못 실천하고 있는 후세 사람들의 행동에 대해 비판하였다. 먼저 옛날부터 사람들이 불만을 토로하지 못하도록 만들어 놓은 여러 법을 언급하고 자신의 책임을 다하지 않는 조정의 관리들과 선비들을 비판하였다. 이어 그들이 「금인명」을 핑계로 삼고 있는 것은 잘못된 것임을 지적하였다. ③은 변종운이 자신의 주장을 밝힌 부분이다. 말의 중요성을 강조한 뒤 말을

---

23) 『歡齋文鈔』, 「題金人銘後」, "言不可以不愼也. 一出而駟不能追, 一失而玷不可磨. 小則招尤, 大則喪邦. 聖人所以三歎於周廟之金人. 然金人之緘其口, 惟其愼言也. 後世又何不當緘而緘之者多也. 周得衛巫而防民之口, 漢殺晁錯而噤士之口, 秦有偶語之律, 宋有越職之罪. 世之欲緘人口久矣. 況坐乎廟堂之上, 不言國家之安危, 立乎殿陛之前, 不言人主之得失, 此卿大夫之緘其口也. 責善不聞於朋友, 淸議不起於士林, 此士之緘其口也. 苟有一敢言者, 輒羣起而咻之, 使不得言. 阿世苟免, 靡然成俗, 猶藉口於君子之欲訥, 夫豈如是之謂愼歟? 心非言不宣, 事非言不立. 以之而贈人, 重於金寶玉帛, 以之而觀人, 美於黼黻文章, 以之而聽人, 樂於鍾皷琴瑟. 是可以不言歟? 無口之瓠, 圃丁剜之. 無聲之鍾, 冶人銷焉. 吾將鑄首山之銅, 緩其頰, 皷其舌, 又以戒世之不當緘而緘者."

해야 할 때 말을 하지 않는 사람들을 비판하고 있다.

후세의 사람들은 일반적으로 후직의 사당에 있던 금인(金人)은 황제(黃帝)가 만든 것이라고 생각했다. 『태평어람(太平御覽)』에서는 『태공금궤(太公金匱)』의 말을 인용하여 "황제(黃帝)가 백성들의 위에 있으면서 다음날까지 왕위를 보전하지 못할까봐 걱정하였기 때문에 금인(金人)을 만들고 입을 세 번 봉하여 말을 삼갔다"[24]라고 하였다. 황제는 일찍 수산(首山)의 동을 캐서 정(鼎)을 만들었는데,[25] 변종운이 수산의 동을 캐어 금인을 새로 만들겠다고 한 것은 황제의 말을 다시 수정하겠다는 의미로 볼 수도 있고, 황제가 미처 말하지 못했던 진리를 자신이 드러내겠다는 말로 이해할 수도 있다. 말을 삼가는 것이 틀린 것은 아니지만 후세에 그것이 잘못 이해되고 있어 오히려 본뜻을 왜곡하고 있었기 때문이다.

변종운이 새로 만들겠다고 한 금인은 '뺨이 느슨하고(緩頰)', '혀를 움직이는(鼓舌)'는 금인이다. '뺨이 느슨하다'는 『사기(史記)』의 「위표·팽월열전(魏豹彭越列傳)」에 나오는 말로, 부드러운 말로 권고한다는 뜻이고, '혀를 움직이다'는 『장자(莊子)』 「도척(盜跖)」에 있는 어휘로, 듣기 좋은 말로 사람을 설득시키는 것을 가리킨다. 변종운은 金人으로 사람을 경계하겠다고 하여 자신의 적극적인 발언 의지를 보여주고, 금인을 핑계삼아 선비로서의 책임을 다하지 않는 사람들을 비판하였다.

사실 「금인명」에 대한 부정은 변종운에게서 처음 시작된 것이 아니다. 일찍 중국 위(魏)의 왕찬(王粲, 177~217)이 「반금인찬(反金人贊)」을 썼고, 서진(西晉)의 문인 손초(孫楚, 218~293)도 「반금인명(反金人銘)」을 써서 잘못된 것을 보고도 말을 하지 않는 풍조를 비판한 바 있다.[26] 조선

---

24) 『太平御覽』 430, "黃帝居民上, 搖搖, 恐夕不至朝. 故爲金人, 三緘其口, 愼言語也."

25) 王充, 『論衡』, 「道虛篇」, "黃帝采首山銅, 鑄鼎荊山下."

26) 손초의 「반금인명(反金人銘)」에는 '石人銘'이 등장한다. 손초는 이 글의 첫 부분에서 쯤의 太廟 왼쪽에 입을 크게 벌린 石人이 있었는데 그 배에 "나는 옛날 말이 많은 사람이다"로 시작되는 글이 쓰여 있다고 하였다. 그 내용은 堯舜의 시대에는 風

의 이익(李瀷, 1681~1763) 역시 「반금인명」을 쓴 적 있다. 이익은 이 글에서 "「금인명」은 성인이 칭도한 바가 되었으나 의(義)에 있어서는 대개 극진하지 못하다"[27]라고 하였고 특히 조정에 있는 사람은 아는 일을 모두 말해 직책을 다해야 하는데, 임금의 처지로 상(像)을 만들어 보이면 나라가 위태롭게 되지 않겠냐고 하였다. 임금이 상을 만들어 보였다는 것은 황제가 입을 봉한 금인을 만든 것을 가리킨다. 이어 이익은 왕찬이 쓴 「반금인찬」과 손초가 쓴 「반금인명」을 소개하였다. 변종운의 글과 이익의 「반금인명」은 영향관계의 가능성이 있다.[28]

이익의 제자인 안정복(安鼎福, 1712~1791)도 「벙어리 그릇 이야기(啞器說)」와 「벙어리 그릇을 깨뜨린 이야기(破啞器說)」를 써서 같은 주장을 폈다. 안정복은 「벙어리 그릇 이야기」에서 '벙어리 그릇[啞器]'의 두 가지 의미를 소개하였다. 하나는 조정에 있으면서 임금의 덕과 국정을 논하지 않는 벙어리 같은 관원들을 풍자한 것이요, 다른 하나는 자신의 지위와 책임이 아닌데도 함부로 말을 해 몸이 죽고 세상에 화를 끼치는 사람들을 훈계한 것이라 하였다. 안정복은 글의 말미에서 자신은 이것으로써 자신을 깨우치고 요직에 있는 사람에게 바치려고 한다고 하였다. 하지만 그 뒤에 쓴 「벙어리 그릇을 깨뜨린 이야기」에서는 "입이 있으면서도 울지

謠를 채집하여 민간의 소리를 들으려고 애썼으나 그 뒤에는 禮敎가 쇠퇴하여 군주의 비위를 거스르면 화가 닥치고 침묵을 지키면 몸을 보전할 수 있게 되었다는 것이다. 그래서 거짓으로 周廟에 기탁하여 「금인명(金人銘)」을 만들어 경계한 것이라 하였다. 손초는 "말을 해야 이름을 남길 수 있거늘 어찌하여 목석처럼 묵묵히 있으면서 산채로 그 입을 꿰맨단 말인가!"라고 하였는데 이는 해야 할 말을 하지 않고 자기 일신의 안위만 돌보는 사람들을 비판한 것이다. 孫楚, 「反金人銘」, "夫唯言立, 名乃長久. 胡爲塊然, 生緘其口?"(張溥 閱, 張選靑 校正, 『漢魏六朝百三名家』, 壽考堂, 1877)
27) 李瀷, 『星湖僿說』 권28, 「反金人銘」, "周廟金人銘爲聖人所稱, 然於義蓋未盡也."
28) 「題金人銘後」 외에 『歠齋集』에 실린 「摺扇銘」이라는 글도 이익의 같은 제목의 글과 매우 유사하다. 이를 통해 변종운이 이익의 영향을 받았다고 추정해 볼 수 있다.

않고 말하지 않는다면 상리(常理)에 반(反)하는 것으로서 요물이다"라고 하면서 자신이 그 벙어리를 깨부수어 버렸다고 하였다.29)

　'벙어리 그릇'을 깨부순 행위는 '벙어리 그릇'이 담고 있는 교훈적인 의미에 대한 부정이다. 다시 말하면 지위와 책임에 상관없이 누구나 바른 말을 할 수 있다는 주장을 한 것과 같다. 안정복은 남인 출신이었고, 아버지 때부터 당쟁에 희생되어 벼슬길이 끊겼으므로 '벙어리'의 훈계에 따른다면 그 또한 입을 다물고 묵묵히 살아야 몸을 보전하기 쉬웠을 것이다. 하지만 그는 '벙어리'를 부숴버림으로써 벼슬을 하지 않더라도 올바른 주장을 하겠다는 의지를 드러냈다. 당시 선비들은 만나면 '벙어리'를 가운데 두고 마주 앉았는데 이는 절대로 사람들에게 책잡힐 말은 하지도 않고 듣지도 않겠다는 뜻이었다고 한다.30) 안정복은 당시의 세태를 비판하는 뜻 또한 '벙어리'를 깨뜨리는 행위에 담았던 것이다. 변종운이 금인을 새로 만들겠다고 한 것은 안정복이 '벙어리'를 부순 것과 같은 의미로 해석될 수 있다. 즉 선비는 재야와 조정을 막론하고 바른 말을 하고 선을 권면하는 등 책임을 다해야 한다는 것이다.

　변종운의 「금인명의 뒤에 제하다(題金人銘後)」는 왕찬과 손초에서 이익, 안정복으로 오는 「반금인명(反金人銘)」의 계보를 잇고 있다. 왕찬은 벗의 잘못을 깨우쳐 주는 것의 중요성을 강조하였고, 손초는 가상의 '석인(石人)'을 내세움으로써 말을 해야만 후세에 전할 것이 있다는 생각을 보여주었다. 이익은 조정 관리들이 직분을 다하지 않는 것을 염려하였고 안정복은 선비들의 그릇된 풍조를 비판하였다. 변종운은 卿과 大夫, 士 세 신분의 사람에 대해 논하면서 임금의 잘못을 간하지 않고 벗에게 선을 권면하지 않는 것은 그 책임을 유기하는 것임을 지적하였다. 뿐만 아니라

---

29) 安鼎福, 『順菴集』 권19, 「破啞器說」, "有口而不鳴不言, 則反常而妖已."
30) 강혜선, 「천리를 따르는 집」, 『나 홀로 즐기는 삶』, 태학사, 2010, 146-147면.

입이 없는 표주박과 소리가 나지 않는 종은 아예 사람들이 없애버린다는 극단적인 예를 들어 발언을 하지 않는 사람은 존재의 가치조차 없다는 생각을 보여주었다. 또 말을 잘 하는 형상의 새로운 금인을 만들겠다고 하여 발언의 중요성과 필요성에 대한 인식을 드러냈다.

그런데 여기서 변종운이 송나라 때 존재했다는 월직이라는 죄목에 부정적인 입장이었음을 주목할 필요가 있다. 월직은 직권의 범위를 넘어서는 것을 가리키는데, 따로 죄목으로 지정하지 않더라도 금기시되어 왔다. 자신의 직권을 벗어나는 발언 또한 월직에 해당됨은 물론이다. 하지만 월직에 해당되더라도 필요할 때는 발언을 하는 것이 관리의 책임으로 여겨진 경우도 적지 않다. 일례로 소식(蘇軾)은 「하북(河北) 경동(京東)의 도적의 상황을 논하는 상소문(論河北京東盜賊狀)」에서 "직권의 범위를 넘어나서 간언을 올리는 바이며, 감히 스스로 외인이라고 여기지 못하는 바입니다(越職獻言, 不敢自外)."라고 하여 책임감 있는 관리의 면모를 보여준 바 있다. 변종운의 태도는 소식의 이런 태도와 통하는 점이 있다.

변종운은 위계(位階)를 의식해 정치에 대한 발언을 삼간 다른 중인들과는 달리, 국가대사에 대한 관심을 드러내는 글들을 적지 않게 썼다. 이런 관심은 제도와 행정, 문학의 역할 등에 대한 견해를 통해 드러난다. 국가제도에 대한 관심을 보여주는 예로 과거제도에 대한 비판을 들 수 있는데, 다음은 이여림(李如臨)이라는 뜻있는 선비가 과거시험장에서 목격한 장면을 폭로한 글이다.

문예를 일찍 갖추어 17세에 향시에 급제하였고 18세에 서울로 가서 회시에 참여하게 되었습니다. 때마침 알성시(謁聖試)가 있어서 시험 과목을 정하였는데 선친께서는 시험장에 들어갔다가 나와서 탄식하셨습니다.

"과거에 응시하는 자가 많기로 수만 명에 달하는데 해가 지기도 전에 방문이 나붙으니 시험관들은 천 개의 눈과 천 개의 손을 가지고 있는 것인가? 다행히 합격했다 하더라도 명예롭게 여길 것이 못되거늘, 하물며 다른 사람의 문장과 글씨를 빌린 자들이 열에 일곱, 여덟이 되는 것이야 말해 무엇하겠는가? 과거에 급제하려 하는 것은 관리가 되어 군주를 섬기려 함이다. 어찌하여 그 시작부터 위로는 군주를 속이고 아래로는 스스로를 속이는가? 그 부모나 형이 된 자들은 또 다투어 자제들에게 군주를 속이라고 가르치니 이 백성들은 삼대의 백성이 아닌 것인가? 나는 돌아갈 것이다."

이에 병을 핑계로 예위(禮闈)의 시험에 나아가지 않으셨으며, 과거를 폐하기에 이르렀습니다.31)

이여림은 17세에 향시에 급제한 것으로 보아 출중한 재주를 지녔음을 짐작할 수 있으나 회시를 보면서 과거시험장의 비리에 환멸을 느껴 과거시험을 포기했다. 변종운이 이여림의 말을 통해 지적한 과거시험장의 비리는 주요하게 다음과 같은 두 가지다.

하나는 과거 응시자들에게 등급을 매기는 시험관들의 문제였다. 이여림은 응시자들은 수만 명에 달하는데 시험 결과가 하루도 되기 전에 공표되는 것을 개탄했다. 이는 당연히 합격자가 미리 내정되어 있었기 때문이다. 적어도 제대로 된 채점은 이뤄지지 않았던 것이다. 당시 과거시험장의 비리는 매우 심각한 상황이었다. 위로는 시관으로부터 아래로는 아전, 나장(羅將), 군졸까지 모두 뇌물을 받고 부정을 거들었으며 빌미를 잡힌 시관이 나장의 협박을 거부하지 못하는 경우도 있었다. 또 시관들은 자신의 자제들이 과거를 볼 때면 서로 상대방의 자제를 합격시키는 방법을 쓰

---

31) 『歡齋文鈔』권3,「李敬亭墓碣銘」,『한국문집총간』303, 63면, "文藝夙就, 十七擧于鄕. 十八赴會試於京師, 適値謁聖而設科. 先君入場, 出而歎曰, '多士之應試者, 殆數萬人. 日未移晷, 榜已出矣. 未知主文者, 能具千眼與千手歟? 幸而中, 有不足爲榮矣. 況借人之文, 借人之筆者, 什而七八乎哉. 登科將欲以進身而事君也. 奈之何發軔之初, 上以欺吾君, 下以自欺也. 爲其父若兄者, 又紛紛然敎子弟以欺君. 斯民也非三代之民乎? 吾其歸歟.' 乃稱病不赴禮闈之試, 遂廢公車文."

기도 하였다.32) 시험관들의 부정이 만연해 있어서 그들에게 공정한 심사를 기대할 수가 없었던 것이다.

다른 하나는 과거 응시자들의 문제였다. 응시자들이 다른 사람의 문장과 글씨를 빌렸다는 것은 그들이 과거시험에서 부정을 행했음을 의미한다. 과거제도에 대해 언급한 다른 자료들을 보면 당시 다른 사람의 문장을 베끼거나 대신 시험을 보는 것이 성행했다고 한다. 응시생들은 갖은 방법을 다해 부정행위를 했다. 답안을 쓴 쪽지를 교환하거나 겸졸배(傔卒輩)를 동행해 수시로 옷을 바꿔 입고 대필을 하게도 하였으며 심지어 다른 사람들의 시험지를 바꿔치기 하기도 하였다. 시험 날짜가 가까워지면 응시 유생들이 밤낮으로 분주히 다니며 연줄을 타고 청탁을 넣기도 하고 문장력으로 이름 있는 사람을 꾀거나 위협하기도 하였다고 한다.33)

변종운은『희조일사(熙朝逸事)』에 실린「이최준(李最濬)」이라는 글에서도 과거시험장의 관리가 허술했음을 보여주었다. 이 글에 따르면 이최준이 병 때문에 과거에 응시하지 못하게 되자 동창(同窓)들이 함께 답안지 하나를 작성하여 이최준의 이름으로 바쳤다. 방문에 이최준의 이름이 나붙었으나 이최준은 오히려 이를 불쾌하게 여기면서 회시(會試)에 응하지 않았다.34) 변종운은 이 글에서 과거시험 자체에 대한 비판은 하지 않았지만 이최준의 행동에 대해서는 매우 긍정적인 태도를 보임으로써 이런 풍조에 대한 비판적인 관점을 분명히 하였다.

당시 과거제의 이러한 문란과 부정은 거의 공공연한 일이었으나 이여림은 회시를 보기 전까지는 그 상황을 제대로 몰랐던 것으로 보인다. 회시를 보고 나서야 과거제의 문란함과 그 비리를 알게 된 이여림은 그들

---

32) 이규필,「18,9세기 과거제 문란과 부정 행위 :『무명자집』의 사례를 중심으로」,『漢文古典硏究』2, 한국한문고전학회, 168-174면.
33) 이규필, 위의 논문, 178-179면.
34) 卞鍾運,「李最濬」, 李慶民 편,『熙朝逸事』권1, 1866.

중에 끼어 함께 과거시험을 본 것 자체를 수치스럽게 생각했다. "과거를 보는 것은 위로는 임금을 받들고 아래로는 백성들을 보살피기 위한 것"인데, 이렇게 비리로 급제한 사람들이 어떻게 진정한 관리가 될 수 있겠는가라는 회의 때문이었다. 이여림과 이최준은 모두 부당한 방법으로 과거에 합격하는 것을 잘못된 행위로 보고 바른 길을 가기 위해 과거시험을 포기하였다. 변종운이 이들의 행적을 자신의 글에 기록한 것은 바른 가치관을 선양하고 사족(士族)의 입을 빌어 당시 조선의 관리 선발제도에 대해 비판을 하기 위해서였다. 한편으로 이는 변종운이 신하로서의 자세와 책무에 대해 깊이 고민한 결과이기도 하다.

변종운은 젊은 시절부터 신하의 책임과 임무에 대해 깊이 고민하고 있었다. 그가 역과에 급제한 2년 뒤인 1811년 홍경래의 난 때 쓴 시는 관리의 책임과 지방관의 행정에 대한 생각을 잘 드러내고 있다.

聞道淸川北	듣자니 청천강 북쪽에서
頑民聚綠林	완악한 백성들이 녹림에 모였다지.
百年無貫革	백 년 동안 병화가 없었던 지라
列邑浪驚心	여러 읍에선 허둥지둥 놀라네.
不忍饑寒苦	추위와 굶주림 견디지 못해
便忘敎化深	깊은 敎化를 잊어버린 것이지.
慧星秋示兆	혜성이 가을에 조짐을 보임은
天意警妖祲	하늘이 재앙을 조심하라 경계한 것.

—「도적이 關西에서 일어나다(草寇起關西)」, 『藕船秋齋詩』

시에서 민란의 주체를 반란군에 대한 멸칭(蔑稱)인 '초구(草寇)'로 칭하고 있는 데서 변종운이 민란이라는 상황에 대해 기본적으로 부정적인 입장이었음을 알 수 있다. 첫 두 구에서는 민란이 일어난 장소와 상황에 대해 언급하고 3구와 4구에서 여러 읍에서 놀라는 모습을 그렸다. 5구와 6

구에서는 백성들이 추위와 굶주림을 견디지 못해 교화를 잊어버렸다고 하였다. 백성들이 추위와 굶주림을 견디지 못할 정도에 이르렀다는 것은 관리들이 제 역할을 하지 못했다는 뜻이며, 변종운이 관리들이 책임을 방기해서 민란이 일어난 것으로 인식하고 있었음을 보여준다. 7구와 8구에서는 민란의 조짐이 가을에 벌써 있었으나 관리들이 그것을 미리 파악하지 못하였다고 하였다. 관리들은 민생을 잘 돌보지 못해서 민란을 초래했을 뿐 아니라 민란의 조짐도 알아채지 못했고 심지어 민란이 일어난 뒤에도 효과적인 대책을 내놓지 못했다. 결국 민란은 장기화되었고 백성들의 고통은 더욱 가중될 수밖에 없었다.

朝廷武臣足	조정에 무신들 많건만
草寇尙橫行	도적들 아직 횡행하네.
京洛多空宅	서울엔 빈 집이 많고
山田半不耕	밭은 반이나 갈지 못했네.
才聞連破賊	도적을 연파한 소식 막 들었는데
旋見又徵兵	다시 징병하는 것을 보게 되네.
一介嘉陵守	그저 한낱 가릉(嘉陵) 태수만
臨危死亦榮	위험을 당해 죽음 또한 영예로웠지.

—「關西 도적이 평정되다(西賊剿平)」,『藕船秋齋詩』

　서울에는 집을 버리고 떠나는 사람들이 많아지고, 산에는 일구지 않은 밭이 태반이나 된다고 하여 민란이 가져다 준 피해가 얼마나 큰지를 보여주고 있다. 민란이 장기화된 결과 많은 농지들이 황폐화되었고 민란을 진압하기 위한 재차 징병이 실시되었다. 이는 백성들의 피해를 더욱 가중시켰다. 그런데 변종운은 조정에 무신들이 충분하다고 하여 민란을 진압하지 못한 원인이 군사의 부족에 있는 것이 아니라 조정의 무능에 있다는 생각을 보여준다. 실제로 반란군은 며칠 만에 7개 지역을 점령했고 관군은 응전조차 제대로 하지 못한 채 패퇴했으므로 변종운의 평가는 정당한 것이었다.

하지만 이에 반해 관군에 맞서 싸운 가산군수(嘉山郡守) 정시(鄭蓍, 1768~1811)에 대해서는 높이 평가하고 있다. 정시는 1799년에 무과에 급제하였고, 1811년에 가산군수로 임명되었다. 민란이 일어나 민심이 흉흉해지자 그는 말을 타고 돌아다니며 백성들을 설득하여 피란을 중지시켰고, 봉기군이 관아에 돌입하여 항복을 요구하자 굴하지 않고 그들을 꾸짖다가 칼에 맞아 죽었다. 변종운은 목숨을 바쳐 자신의 임무를 다한 정시에 대해 영예롭게 죽었다고 찬사를 보내고 있다. 수많은 관리들 가운데 정시만이 그 직책을 끝까지 지켰음을 높이 평가한 것이다.

민란에 관한 변종운의 평가는 기본적으로 지방 행정에 관한 것이었다. 홍경래의 난의 발생 원인에는 여러 가지가 있지만 변종운은 백성들의 어려운 상황과 지방관의 책임에 대해서만 주목했다. 이런 태도가 전면적이라고 볼 수는 없지만 중인의 처지를 넘어 '사'로서 지방 행정에 대한 큰 관심을 보여주고 있다는 점은 확실해 보인다.

변종운은 문학 역시 풍속의 교화에 도움이 되어야만 가치를 인정받을 수 있는 것으로 보았다. 그는 1848년에 윤정현이 황해도 관찰사로 나갈 때 쓴 서문에서 "표현에만 힘써서 말이 사실에 지나치고 수식이 실질을 넘어서 아부하는 문사로 사람의 마음을 기쁘게 하려고 한다면 어찌 군자가 권면하는 뜻이겠는가?"[35]라고 하였는데 이는 실용적인 문학관에 대한 지향을 보여주는 것이라고 볼 수 있다. 변종운이 가치가 있다고 생각하는 문장은 권면하는 뜻을 담은 문장, 즉 교육적 가치가 있고 실제 생활에 도움이 되는 문장이었다. 변종운은 시 역시 풍속의 교화에 도움이 되어야만 가치가 있다고 주장했다.

---

35)『歗齋文鈔』권1,「送梣溪尹侍郎定鉉出按海西序」,『한국문집총간』303, 38면, "苟其專事藻繪, 言過實文勝質, 至以揄揚之詞, 務悅人心眼, 豈君子勸勉之旨也歟?"

백향산(白香山)의 시 "한나라 사절은 돌아와서 전했네. '황금으로 언제 미인을 속량할 것인지요? 군왕이 만약 첩의 자색을 물으신다면, 궁에 있을 때보다 못하다고 말하지 말아주세요'"는 어찌하여 말이 그렇게 비루한가?

"울면서 사자(使者)를 이별하고 비파를 안은 채 천막을 향해 가니, 홍안이 박명이라 살아도 죽은 것과 마찬가지. 내세에 다시 연분을 맺어 황제의 은총을 받고 싶어라"고 하면 그래도 말할 수 있을 것이다. 오늘 선우(單于)의 총애를 받은 몸으로 다시 분에 넘치는 은총을 바라서 천 자의 권위를 더럽히는 행위는 지척의 거리에서 감히 할 수 없는 것이 다. 어찌 소군(昭君)이 일찍이 이러한 망상을 품었으며, 한나라 황제가 그런 비루한 일을 하였겠는가? 그림 속의 봄바람과 냇가의 푸른 무덤 은 사람들로 하여금 지금도 상심을 금치 못하게 하거늘, 어찌 이러한 말로 천고의 원혼을 능욕할 수 있단 말인가? "어떻게 속량하여 태어난 곳에 돌아가 죽을 수 있을까"라고 했으면 족했을 것이다.

시의 도(道)는 성정(性情)의 바름을 중하게 여기거늘, 아무리 구절이 공교하고 언어가 묘하다고 해도 풍화(風化)에 도움이 되지 않는다면 그 것은 말단의 기예에 불과하다.[36]

향산(香山)은 당나라 시인 백거이(白居易)의 호이다. 백거이의 「왕소군」 은 두 수로 되어 있는데, 변종운이 인용한 것은 두 번째 시다. 첫 수에서 백 거이는 왕소군이 북방의 먼지와 바람 때문에 그 용모가 빛을 잃었다고 했 다. 그래서 두 번째 시에서 왕소군이 한나라 황제에게 자신의 용모가 예전 보다 못해졌다는 말은 하지 말아달라고 했다고 썼던 것이다. 이는 왕소군이 흉노로 가기 전에 한나라 황제의 승은을 입었으며, 흉노로 간 이후에도 다 시 황제의 옆으로 돌아올 것을 기대했다는 이야기에 근거한 것으로 보인다.

---

36) 『藕船秋齋詩』, 「王昭君」, "白香山詩'漢使卻回憑傳語, 黃金何日贖蛾眉. 君王若問妾 顔色, 莫道不如宮裏時', 何其言之陋? '泣辭丹鳳抱琵琶向穹廬, 紅顔命薄生又如死, 來世結緣願承漢帝之恩', 猶可說也. 今以單于驚寵之身, 更望匪分寵, 欲汚於天威. 咫 尺之地, 義有所不敢也. 曾謂昭君而有此妄想, 漢帝而有此陋行耶? 畫裏春風, 磧中青 塚, 至今使人傷心之不已. 豈可更作此等語, 以誣千載之冤魂也. '如何贖兮歸死於生長 村', 足矣. 凡詩之爲道貴乎性情之正, 雖句工而語巧無裨於風化則末矣."

변종운이 백거이의 시를 비판한 이유는 세속의 풍화(風化)에 전혀 도움이 되지 않았다고 생각했기 때문이다. 변종운은 왕소군이 다시 돌아와서 왕의 총애를 받으려는 망상을 품었을 리가 없으며, 한나라 황제 또한 그런 비루한 일을 했을 리가 없다고 했다. 심지어 백거이의 시는 천고의 원혼을 능욕하는 일이라고까지 비판했다. 아래 변종운이 고쳐 쓴 시를 통해 그가 생각하는 왕소군은 어떠한 인물이었는지 살펴보기로 한다.

胡人重利薄於情	胡人은 이익을 중시하고 정에 박해
多得黃金送我行	황금을 많이 받고 나를 떠나보내네.
何顔再入承明殿	무슨 얼굴로 다시 承明殿에 들어가리오.
萬壑荊門了此生	산골짜기 사립문에서 내 인생을 마치리.
自抱琵琶出漢關	스스로 비파를 안고 한나라 관문을 나오고 나선
更無胡馬度陰山	음산을 건너오는 오랑캐 말도 다시 없었네.
多少功臣麟閣裏	수많은 공신들 그려 넣은 기린각에는
端宜添畫一紅顔	하나의 홍안을 더 그려 넣어야 마땅하겠지.

－「왕소군(王昭君)」, 『藕船秋齋詩』

변종운은 왕소군에 대한 백거이(白居易)의 묘사를 비루하다고 비판하고, 한나라에서 황금을 주고 왕소군을 데려오는 것을 상상한 시를 지었다. 첫 수는 왕소군이 한나라 황제를 모실 생각이 없었음을 밝힌 것으로 백거이의 시에 대한 반박이라고 볼 수 있다. "무슨 얼굴로 다시 승명전에 들어가리오."라는 말은 이미 선우에게 시집갔던 몸인 왕소군이 결코 다시 황제를 모실 수 없을 것이라는 생각 때문이다. 변종운은 왕소군이 정절 의식이 강한 여자였고 "충신은 두 군주를 섬기지 않고 열녀는 두 지아비를 섬기지 않는다(忠臣不事二君, 烈女不更二夫)."는 충열관을 지키는 사람이었다고 보았던 것이다. 두 번째 시에서는 왕소군의 공로를 평가하였다. 왕소군이 오랑캐 땅으로 가고 나서 더 이상 흉노의 침입이 없었다고 하여 그녀가 한나라의 안정에 큰 기여를 하였음을 밝히고 마땅히 기린각에 마땅히 이름을 넣어야 한다고 하였다. 이는 왕소군을 '황제의 공신(功臣)'으로 인정한 것이다.

왕소군에 관한 시는 중국뿐 아니라 조선에도 상당히 많은데 왕소군의 고사는 주로 인재의 불우함, 미인의 운명, 한나라의 정치에 대한 평가 등 여러 각도에서 시인들의 소재가 되었으나 왕소군을 나라의 공신으로 그려낸 경우는 별로 보이지 않는다.37) 백거이가 미인의 자색과 사랑에 관심을 두었다면 변종운은 나라의 운명과 관련된 정치적 각도에서 왕소군에 대해 썼다. 이는 국가대사와 관련된 일에 일개 여인도 기여를 할 수 있다는 생각과, 그런 기여에 대한 높은 평가를 보여준다.

이런 관점은 변종운 자신이 사대부가 아니면서도 국정에 깊은 관심을 가지고, 신하로서의 책임을 다하려 했던 자세와도 깊은 관련이 있다. 여인이면서도 국가의 평화에 큰 기여를 한 왕소군과 중인이면서도 국가의 대사에 큰 관심을 갖고 '士'로서의 책임을 다하려 했던 변종운의 태도는 근본적으로는 통하는 것이기 때문이다. 또 왕소군은 그 자색의 뛰어남과 불우함에서 뛰어난 재주를 지녀도 발휘할 길이 없었던 중인의 상황과 부합하는 면이 있는데 그녀의 큰 공로를 인정하는 것은 사대부가 아니면서도 국가대사에 큰 관심을 가졌던 변종운 자신의 가치를 인정하는 것과도 통하는 면이 있다. 변종운 자신 역시 사행 길에서 지은 시에서 "고향 산천 늘 눈에 어른거려도, 나랏일에 어찌 감히 몸을 아끼랴(家山長在目, 王事敢言身)."38)라고 하여 신하로서 공무를 수행하는 것에 대한 책임감과 자부심을 드러낸 바 있다. 이는 자신이 나라의 정사와 관련된 중요한 업무를 담당하고 있다는 생각과 나랏일에 책임을 다하겠다는 의지를 드러낸 것

---

37) 여운필, 「韓國漢詩의 王昭君 故事 受容樣相」, 『한국한시연구』 9, 한국한시학회, 2001, 5-43면.
38) 『歔齋詩鈔』 권3, 「玉河謾吟」, 『한국문집총간』 303, 20면.

이다. 또 같은 중인인 의관의 직업을 논하는 글에서도 변종운은 의원이
병을 보는 이치는 천하를 다스리는 도리와 통한다고 하며 그 중요성을 높
이 평가한 바 있다.[39] 이는 중인들 역시 나라의 흥망과 관련되는 중요한
일을 하고 있다는 생각을 드러낸 것이다.

---

39) 『歗齋文鈔』권1, 「幼幼集成序」, 『한국문집총간』303, 36면, "康誥曰, '如保赤子'. 心
誠求之, 雖不中不遠矣. 此『大學』治天下之道也, 亦良醫治小兒之方也."

제3장. 역사 비평과 현실 인식

1. 진(秦), 한(漢)의 흥망과 이상적인 군주상(君主像)

앞에서 변종운이 자신을 넓은 의미의 '사(士)'로 생각하고 국가의 제도와 행정 등에 대해 깊은 관심을 드러냈음을 살폈다. 국가대사에 대한 변종운의 관심은 군주와 신하, 지방 행정 등 여러 분야에 걸쳐져 있다. 이 중 군주와 신하에 대한 관점은 글에서 직접적으로 나타나는 것이 아니라 대부분 역사 사실에 대한 논평을 통해 드러난다. 진(秦), 한(漢)의 흥망에 대해 논한 글들이 가장 대표적인 경우인데 변종운은 진(秦)이 멸망하고 한(漢)이 흥기한 원인을 논한 글들에서 이상적인 군주와 신하, 및 그 관계에 대한 생각을 매우 구체적으로 보여주고 있다. 다음은 진나라의 멸망 원인을 논한 글이다.

① 무릇 천하의 일은 먼저 그 기미가 있지 않을 때가 없거늘 하물며 나라의 흥망성쇠야 더 말할 것이 있겠는가? 흥함은 꼭 그것이 한창 흥할 때가 아닐 수도 있으며 망함은 그것이 망하는 날에 시작된 것이 아닐 수도 있다. 만약 사리에 따라 거슬러 올라가 볼 수 있다면 사건이 발생하지 않았을 때 그것을 알 수 있으니 이치로써 그것을 미루어 알 수 있는 바가 있다. 어찌 반드시 그 사건이 이미 드러난 뒤를 기다려서 알아야만 하겠는가? 진(秦)나라의 천하는 유방과 항우가 망하게 한 것이

아니라 호해(胡亥)가 그렇게 한 것이다. 호해 때문이 아니라 진시황이 유생을 파묻어서 마침내 진나라가 망한 것이다.1)

변종운은 천하의 일은 항상 먼저 기미가 있으며 나라의 흥망성쇠도 미리 조짐이 있다고 하였다. 이는 홍경래의 난 때 그 조짐이 있었음을 주장하였던 대목과 일치하는 내용으로, 안 좋은 일은 사전에 대책을 세워서 방지할 수도 생각이 드러나 있다. 변종운은 진나라 멸망의 조짐은 진시황이 유생들을 매장한 일에서 이미 드러났다고 보았다.

　　② 진시황이 유생들을 파묻을 때 장자인 부소가 간했다. "여러 유생들은 모두 공자의 글을 칭송하고 본받고 있습니다." 진시황은 대로하여 그를 북쪽 변방인 상군으로 보내 몽염(蒙恬)의 군대를 감독하게 하였는데 이것이 바로 진나라가 망하는 시점이었다. 진섭(陳涉)이 봉기를 일으킬 때 공자 부소(扶蘇)를 사칭하였는데 이로부터 천하가 부소를 잊지 않았다는 것을 알 수 있다. 가령 그를 변방으로 보내지 않고, 진시황이 머물러 있을 때는 옆에서 시중들게 하고 밖에 나갈 때는 안에서 군대를 위무하게 하였다면 호해가 비록 간악할 지라도 궁중의 어린 아이에 지나지 않았으니 어찌 부소가 없는 틈을 타 그의 자리를 빼앗을 수 있었겠는가?
　　③ 진시황이 죽고 부소가 즉위하여 공자의 도를 높이고 인의로써 (나라를 – 역자) 지켰다면 유방과 항우가 비록 큰 뜻을 지녔다 할지라도 어찌 공공연히 궐기하여 막강한 진나라를 범할 수 있었겠는가? 유생을 매장했기 때문에 부소가 변방으로 보내졌으며, 부소가 쫓겨났기 때문에 호해가 즉위하였으며, 호해가 즉위하였으므로 유방과 항우가 봉기를 일으키게 된 것이다. 그 근원을 거슬러 올라가서 그 근본을 파헤쳐 보면 어찌 여러 유생이 죽은 것이 진나라를 망하게 한 것이 아니겠는가?

---

1) 『歡齋文鈔』권2, 「秦論」, 『한국문집총간』303, 58면, "凡天下事, 未嘗不先有其幾. 而況國家之盛衰興亡者乎? 興未必興於興之時也, 亡不待亡於亡之日也. 苟能隨事而逆睹也, 將然未然之際, 理固有可以先知者矣. 何必待已然之跡也? 秦之天下, 非劉項亡之也, 乃胡亥也. 非胡亥之能亡秦也, 坑儒生而秦遂亡矣."

④ 이제 천여 년 뒤에 이르러서는 우리 부자(夫子)의 도는 해와 별처럼 빛나고 이를 칭송하고 본받는 사람들이 천하에 가득하다. 하지만 진시황의 위엄은 과연 어디에 있는가?[2]

진나라는 엄격한 상벌 제도를 통해서 부강해졌고 6국을 멸하고 통일을 이루었으나 얼마 안 돼서 멸망하고 말았다. 변종운은 진나라가 멸망한 원인을 유생을 파묻은 일[坑儒], 부소(扶蘇)의 축출, 호해(胡亥)의 즉위, 유방과 항우의 봉기의 순으로 단계적으로 파악하였는데, 이 네 사건에서 가장 중요한 것은 갱유(坑儒)의 문제이다. 유생을 매장하고 부소를 축출한 것은 진시황의 잘못이며, 호해의 왕위 찬탈과 유방, 항우의 반란은 또 앞의 두 잘못에 기인한 것이다. 그러므로 따지고 보면 진나라의 멸망은 유교를 적대시하고 그것을 본받지 않은 진시황의 잘못에서 비롯되었다고 볼 수 있다.

그런데 진나라의 멸망에 대한 이런 주장은 당시 조선의 상황과 연결시켜 볼 때 시사하는 바가 없지 않다. 당시 동아시아의 정세는 상당히 불안하였다. 중국은 아편전쟁에서 패한 뒤 변방이 늘 불안정하였으며 청나라 조정은 천주교뿐 아니라 각종 미신이나 참위설(讖緯說) 등에 대해서도 매우 경계하였다. 1834년 2월의 진하겸사은사 서장관 김정집(金鼎集)의 「문견별단(聞見別單)」에는 다음과 같은 내용이 보인다. 청나라 각지에서 소송이 시끄럽고 도적들이 날로 성행하는 것은 부주(符呪)나 양염(禳厭)에 백성들이 미혹되는 것에 연유한 것이므로 음서(淫書)나 괴탄(怪誕)한 내

---

2) 『歗齋文鈔』 권2, 「秦論」, 『한국문집총간』 303, 58면, "方始皇之坑儒生也, 長子扶蘇諫曰, '諸生皆誦法孔子.' 始皇大怒, 使之北監蒙恬軍於上郡. 是乃亡秦之日也. 陳涉之起也, 詐稱公子扶蘇. 可見天下之不忘扶蘇也. 使其不出于邊, 始皇居則侍其側, 行則撫其軍, 胡亥雖惡, 不過宮中之一稚弟也, 安能瞰其無而奪其位也? 始皇死, 扶蘇立, 知尊孔子之道, 守之以仁義, 劉項雖有大志, 亦安能公然倔起, 以犯莫强之秦也? 盖坑儒生而扶蘇出邊, 扶蘇出而胡亥立, 胡亥立而劉項起矣. 溯其源而究其本, 豈非死諸生之能亡秦歟? 至今千載之下, 吾夫子之道, 炳如日星, 誦法者遍天下. 而秦皇之威, 果安在哉?"

용을 담은 소설을 판각하지 못하고 하고 그 판(板)을 수색하여 소각하도록 했다는 것이다.[3] 또 1843년 고부사(告訃使)의 서장관 서상교(徐相敎)는 「문견별단」에서 영국군이 중국의 변방에서 계속 소요(騷擾)를 일으키고 있음을 보고하기도 하였다.[4]

조선의 상황 역시 청나라와 유사한 점이 많았다. 담명(談命), 풍수 등에 대해서는 그것이 역모와 결합될 것을 우려하는 경향이 이전부터 있었고 영조 때는 직접 임금이 우려된다고 말하기도 하였다.[5] 1839년에 천주교에 대한 탄압이 있었고 1840년대에는 서양 선박의 출몰이 점차 빈번해져 조정에서는 천주교도와 서양 세력의 결탁을 우려하여 경계심을 품기 시작하였다.[6] 변종운이 국가의 지배 이념인 유교의 권위가 나라의 존망과 관련되는 중대한 사안이라고 생각한 것은 조선의 상황에 대한 위기의식과 관련이 있을 것이라고 생각된다. 나라의 근간을 바로잡기 위해서 유교의 가르침을 확고하게 따라야 한다는 생각은 일반적인 것이기는 했지만, 조선 후기의 불안정한 정세와 연결시켜 보았을 때는 훨씬 현실적인 의미를 가진다. 이는 조선의 위기상황을 민감하게 감지하고 대응책을 강구하고자 한 노력이라고 볼 수 있다.

그런데 유교의 실행 과정에서 가장 중요한 것은 군주의 의지와 실천 능력이다. 변종운이 유생들을 매장한 일이 진나라의 멸망의 시초였다고 한 것은 그 일 때문에 부소가 축출되었고 왕위가 호해의 손에 들어갔기 때문이다. 변종운은 「부거를 잘못 명중하다(誤中副車)」라는 글에서 진나라의 멸망이 하늘의 뜻이었음을 주장한 바 있는데, 이 글에서도 부소의 왕위 계승 여부가 진나라의 존속 여부를 결정하는 중대한 사안이었다고 하였

---

3) 『日省錄』, 純祖 34년(1834) 음력 7월 7일, 「召見回還謝恩使于興政堂」.
4) 『日省錄』, 憲宗 10년(1844) 음력 2월 6일, 「召見回還告訃使于重熙堂」.
5) 『朝鮮王朝實錄』, 英祖 16년(1740) 음력 1월 25일 조 참조.
6) 김명호, 『환재 박규수 연구』, 창비, 2008, 244면.

다. 즉, 변종운은 유교의 덕치를 펼치는 과정에서 가장 중요한 것은 어진 군주의 존재이며, 유교의 덕목을 갖춘 어진 군주가 있어야 나라가 잘 다스려지고 장구한 발전을 도모할 수 있다고 생각했던 것이다.

그런데 이런 유교의 덕목을 잘 구현한 사람으로는 중국의 현자로 널리 알려진 백이(伯夷)와 숙제(叔齊)가 있다. 변종운은 백이와 숙제를 이상적인 군주의 자질을 갖춘 사람으로 여겼고 그들이 나라를 다스리지 않은 것을 몹시 애석하게 생각했다.

君不見孤竹城	그대는 보지 못했는가?
至今山高而水清	고죽성이 지금도 산 높고 물 맑은 것을.
古廟芳草綠芊芊	옛 사당에는 고운 풀이 무성한 것 보니
卻憶采薇一愴然	고사리 캐 먹던 때 떠올라 처연해지네.
伯如爲君叔爲臣	백이가 임금 되고 숙제가 신하 되었다면
地方百里兩賢人	사방 백 리 되는 나라에 현자가 둘이었겠지.
當時天下雖宗周	비록 당시 주나라를 높였지만
東方亦可朝諸侯	동방에서도 제후의 조회 받을 수 있었으리.

―「백이숙제의 사당(夷齊廟)」,『藕船秋齋詩』

백이와 숙제는 변방의 작은 나라인 고죽국(孤竹國)의 왕자였다. 주나라가 은나라를 토벌하자 주나라의 녹봉을 먹지 않고 수양산에 들어가 고사리를 캐 먹다가 굶어 죽었다. 백이와 숙제는 통상적으로 의리와 절개의 상징이지만, 변종운이 이 시에서 부각시킨 것은 그들의 현자로서의 면모이다. 변종운은 그들이 왕위를 버리지 않고 한 명은 군주가 되고 한 명은 신하가 되었더라면 작은 나라인 고죽국이 제후의 조회를 받을 수도 있었을 것이라고 하였다. 즉 어진 임금이 다스린다면 작은 나라도 천자국이 될 수 있다는 생각을 보여주는 것으로, 현명한 군주의 중요성을 강조한 것이라고 볼 수 있다. 변종운은 또「수양 백이숙제의 사당(首陽夷齊廟)」

이라는 시에서는 백이와 숙제가 기자를 따라 조선으로 오지 않은 것에 대한 아쉬움을 표현한 바 있는데 이 역시 어진 군주가 나라를 다스리기를 바라는 마음에서였을 것이다.

변종운은 또 군주의 매우 중요한 자질로 유능한 인재를 등용하는 능력을 들고 있다. 변종운은 뛰어난 인재는 항상 있게 마련이며 그들이 역할을 발휘할 수 있는지의 관건은 그들의 재주를 알아주고 써 줄 수 있는 군주의 존재라고 생각했다. 이런 생각은 「황금대(黃金臺)」라는 시에서 잘 드러난다.

荒臺秋草合　　쓸쓸한 돈대에 가을 풀 어울리고
古國夕陽孤　　옛 나라에는 석양이 외롭구나.
不世昭王出　　불세출의 소왕(昭王)이 나온다면
何時樂毅無　　언젠들 악의(樂毅) 같은 인재가 없겠는가?
　　　　　　－「황금대(黃金臺)」, 『歗齋詩鈔』 권2

'황금대'는 전국 시대 연(燕)의 소왕(昭王)이 인재를 불러들이기 위해 지은 대(臺) 이름이다. 변종운은 이 시에서 인재를 아끼는 군왕이 나타나기만 하면 악의(樂毅)와 같이 뛰어난 사람은 언제든지 찾을 수 있다고 했다. 인재들이 쓰이지 못하는 것은 알아주는 사람이 없어서 그런 것이라는 관점을 보여주고 있다. 연소왕 외에 변종운은 한고조 유방에 대해서도 매우 긍정적인 평가를 보였는데 이것은 유방이 유능한 인재를 거느릴 수 있는 군주였기 때문이다.

五星聚井入關春　　오성이 동쪽에 모일 때 관중에 들어갔으니
歷數分明自有眞　　절로 참된 역수(歷數)가 있었음이 분명하구나.
隻手乾坤開社稷　　한 손으로 온 천하의 사직을 열려고
八年金皷走風塵　　8년 금고(金鼓) 울리며 풍진 속을 달렸네.

韓彭當世能驅使　　　　한신과 팽월을 당세에 부릴 수 있었으니
唐宋何君敢比倫　　　　당과 송의 어느 군주가 감히 비길 수 있으랴.
秦帝東遊天子氣　　　　천자의 기개로 진시황이 동쪽 순수할 때
不知庭畔縱觀人　　　　마당 옆에서 구경하던 유방을 알지 못했구나.
　　　－「<한고조본기>를 읽고(讀漢高本記)」제2수,『歡齋詩鈔』권4

　　이 시는 「<한고조본기>를 읽고」라는 시 중 두 번째 시인데 유방이 천
자가 될 수 있었던 당위성에 대해 말하고 있다. 제1구와 제2구는 유방이
황제가 된 것이 천운임을 말한 것이다.『사기』「천관서(天官書)」에서는
"오성(五星)이 동쪽에 모이면 중국에 유리하다"[7]라고 하였다. 중국 장사
(長沙) 마왕퇴(馬王堆) 3호 고분에서 출토된 백서(帛書)『오성점(五星占)』
에도 "한나라가 흥하자 오성이 동쪽 위치에 모였다."[8]라고 기록되어 있
다. 제3구와 제4구에서는 그 공로와 노고를 말했고 제5구와 제6구는 유
방이 유능한 인재를 거느린 군주였음을 말하였다. 제7구와 8구는『사기』
「고조본기(高祖本紀)」에 나온 유방의 이야기를 쓴 것이다. 유방은 일찍
함양(咸陽)에서 진시황을 보고 "대장부라면 마땅히 이러해야 한다."라고
탄식하였는데[9] 이는 유방의 뜻을 보여주는 대목이다. 하지만 진시황은
그런 유방을 알아보지 못했다. 이는 뛰어난 인재들을 적재적소에 등용하
고 그들의 능력에 힘입어 황제가 된 유방과는 매우 다른 면모이다. 변종
운은 진시황이 세운 진나라가 망하고 유방이 세운 한나라가 흥기한 것이
군주의 인재 등용과 깊은 관련이 있다고 본 것이다.
　　변종운은 「호타하설(滹沱河說)」에서도 군주가 신하에 대해 잘 알고 그
들의 재능을 활용하는 것이 매우 중요하다는 생각을 드러냈다. 이 글은

---

7) 司馬遷,『史記』,「天官書」, "五星分天之中, 積於東方, 中國利, 積於西方, 外國用兵者."
8) 馬王堆 3호 고분에서 출토된 帛書『五星占』, "漢之興, 五星聚於東井."
9) 司馬遷,『史記』,「高祖本紀」, "高祖嘗繇咸陽, 縱觀. 觀秦皇帝. 喟然太息曰, '嗟乎, 大
　丈夫當如此也!'"

변종운이 1843년 사행 시 동행했던 이익윤(李翼益)과『후한서(後漢書)』「왕패열전(王覇列傳)」의 내용을 두고 나눈 이야기를 기록한 것이다. 이윤익이 호타하에 이르러 자신은 매번 역사책을 읽을 때마다 왕패의 계책에 탄복했다고 하자 변종운은 왕패에게 꾀를 내게 한 것은 사실 광무제였으며 이 계략의 성공에는 군주와 신하의 화합이 매우 중요한 역할을 했음을 주장하였다.

계묘년(癸卯年)에 청나라 수도 연경에 갔을 때 겸산(兼山) 이겸수(李謙受)와 함께 호타하(滹沱河)에 이르렀다. 겨울 날씨였으나 봄처럼 따뜻하여 강물이 매우 세차게 흐르고 있었고 얼음 한 조각 없었다. 겸수는 수레를 멈춰 세우고 말하기를, "이 강이 바로 왕패가 거짓으로 얼음이 굳게 얼었다고 한 곳이 아닙니까? 임기응변으로 일을 성사시켰는데 결국 신령의 도움을 받았으니 광무제가 말한 이른바 하늘이 준 것이지요. 매번 역사책을 읽다가 이 대목에 이를 때면 탁자를 두드리며 왕패의 그 계략에 탄복하지 않은 적이 없습니다."라고 하였다. 내가 "그대는 왕패의 계략만 알고 광무제의 계략은 모르는 것인가?"라고 하자 이겸수가 무슨 말이냐고 물었다.
내가 말하였다. "강에 성엣장이 흐르고 또 배도 없었다는 것은 후리(候吏)가 이미 보고한 바이니 어찌 다시 왕패를 보내서 확인할 필요가 있었겠는가? 이것은 광무제가 꾀를 낸 것이다. (중략) 주변을 둘러보니 오직 왕패만이 평소에 지략이 많았고 임기응변을 잘 했으므로 지금 임시로 둘러대어 여러 사람들의 마음을 안정시킬 자로 왕패를 버리고 또 누가 있었겠는가? 그래서 왕패를 파견한 것이다. 광무제는 왕패가 계략이 많다는 것을 알고 있었고, 왕패는 묻지 않고도 광무제의 그 계략을 알아챘다. 급히 출발하여 갔다가 태연히 돌아와서 얼음이 꽁꽁 얼었다고 고하니 그것은 만인이 보는 바였고 만인의 마음이 쏠리는 바였다. 그리하여 순식간에 동요가 가라앉고 소란이 멎었다. 한 명도 도망가지 않고 서로 이끌고 강에 이르니 얼음조각이 뒤섞여 흐르던 강물이 삽시간에 얼어버려 왕패의 말처럼 되었다. 삼군이 차례로 다 건넜으나 끝내 왕패의 계략을 깨닫지 못했던 것이다."10)

당시 광무제가 거느린 군사는 왕랑(王郎)`에게 쫓기고 있어서 반드시 호타하를 건너야만 그 추격에서 벗어날 수 있었다. 앞길을 탐지하러 간 수하가 돌아와서 호타하는 얇은 얼음이 얼어 있는데 배가 없어 건널 수 없다고 하자 군사들이 동요했다. 광무제는 다시 왕패를 파견하여 호타하의 상황을 살피게 하였는데 왕패는 군사들을 안정시키기 위해 얼음이 굳게 얼었다고 거짓으로 보고한다. 그러나 그들이 호타하에 이르렀을 때는 얼음이 정말로 얼어 있어 순조롭게 강을 건널 수 있었다.

이윤익은 『한서』의 내용에 근거하여 왕패가 임시응변으로 강물이 얼었다고 거짓말을 하였는데 하늘이 도와줘서 그 계략이 성사되었다고 하였다. 이는 광무제와 그 군사들이 무사히 호타하를 건너게 된 것이 전적으로 왕패 한 사람의 계책에 의한 것이라고 본 것이다. 그러나 변종운은 사서에서 논하지 않은 다른 한 사람, 즉 광무제의 계책에 주목하였다. 변종운은 광무제가 왕패를 보내 강의 상황을 탐지하게 한 것 자체가 하나의 계략임을 간파한 것이다. 이 계책이 성사될 수 있었던 것은 광무제가 왕패가 임기응변에 능한 것을 잘 알고 그를 파견하였으며, 왕패 또한 광무제의 의사를 알아챘기 때문에 가능했다. 만약 이 두 가지 조건 중 하나만 빠졌어도 계책은 성공하기 어려웠을 것이다.

위의 글은 당시의 상황에 대한 변종운의 예리한 분석에 근거한 것이기

---

10) 『瓛齋文鈔』 권2, 「滹沱河說」, 『한국문집총간』 303, 51면, "歲癸卯赴燕都, 與兼山李子謙受同至滹沱河. 冬暖如春, 河流甚駛, 無一片冰澌. 李子停車而言曰, '此非王霸之詭告冰堅者乎? 權辭以濟事, 竟得神靈之佑, 光武所謂殆天授也. 每讀史至此, 未嘗不擊節而歎霸之能詭也.' 余曰, '吾子但知王霸之詭, 曾不知光武之詭乎?' 李子曰, '何謂也?' 余曰, '河流澌, 又無船, 候吏已來報矣. 何必復遣霸也? 光武固已詭矣. (중략) 而環顧諸將, 惟王霸素多權略, 能隨機而應變. 及今臨時可得權辭以安衆心者, 捨霸而其誰也? 所以必遣霸也. 光武知霸之能詭也, 霸則不言而喩光武之詭也. 急趨而往, 泰然而返. 告之曰冰堅. 是固萬目之所瞻也, 衆心之所注也. 於是俄之擾者定矣, 渙然者止焉. 無一人逃散, 相率而至於河. 則果如詭言, 頃刻之間, 澌而流者, 忽堅而冰矣. 三軍之士, 相繼畢渡. 竟不悟霸之詭也.'

도 하지만 또한 군주와 신하의 마음이 일치하는 것을 매우 중요하게 생각했던 변종운의 평소 생각을 반영한 것으로, 역사의 현장에 이르자 평소에 생각했던 것이 역사 사건에 대한 의론으로 이어진 것이다.[11] 즉 군주는 유능한 인재를 잘 알아보고 등용하는 한편, 적재적소에 그들을 배치하여 재능을 발휘할 수 있도록 해야 하며, 신하 또한 군주의 마음을 잘 헤아려 적절한 방법으로 국사를 처리하여 책임을 다해야 한다는 생각을 보여준 것으로 이상적인 군신 관계에 대한 변종운의 생각을 드러낸 것이다.

그런데 아무리 현명한 군주라고 해도 실권을 장악하지 못하고 있으면 실제 국정에서 힘을 발휘하기 어렵다. 변종운이 이상적인 군주라고 생각했던 유방이나 연소왕, 광무제 모두 실권을 갖고 있었기에 유능한 인재를 등용하는 등 실제적인 정책을 펼 수 있었다. 이런 의미에서 변종운은 군주의 역할을 제대로 하기 위해서는 왕권의 강화가 매우 중요하다고 생각했던 것으로 보인다. 다음은 왕권에 대한 생각을 보여주는 작품이다.

不遇盤根錯節	서린 뿌리와 엉킨 가지를 만나지 못하면
利器無以別	날카로운 무기를 분별할 수 없는 법
國之利器	국가의 날카로운 무기는
不可以假人	남에게 빌려주어서는 아니 되니
權勢法制	권세와 법제는
人主之斧斤	임금의 도끼이기에.

－「부명(斧銘)」, 『歗齋文鈔』 권3

이 글은 「부명(斧銘)」 전문이다. 첫 구는 『후한서』 「우후열전(虞詡列傳)」의 "쉬운 것을 구하지 않고 어려운 일을 피하지 않는 것은 신하의 직

---

11) 여기서 말하는 "역사의 현장"이란 변종운의 입장에서 말한 것이다. 광무제가 건넜던 호타하가 변종운이 간 곳이 맞는지는 확실하지 않다. 金景善은 『연원직지』에서 이 호타하는 광무제가 건넜던 호타하가 아니라고 하였다. 金景善, 『燕轅直指』, 「滹沱河記」, 민족문화추진회, 1977, 218면.

분이니, 서린 뿌리와 엉킨 가지를 만나지 않으면 어찌 날카로운 무기를 구분할 수 있겠는가?(志不求易, 事不避難, 臣之職也. 不遇盤根錯節, 何以 別利器)."에서 온 것이다. 하지만 「우후열전」에서는 '이기(利器)'가 신하 의 능력이라는 의미로 쓰였는데 위의 글에서는 군주의 권세와 법제를 가 리키는 어휘로 쓰였다. 변종운은 권세와 법제는 임금의 도끼라고 하면서 남에게 빌려주어서는 안 된다고 하였다. 이는 군주는 반드시 왕권을 잘 지켜야만 원활한 국정 운영이 가능하다고 생각했기 때문으로 보인다.

왕권을 강화하기 위한 방법은 여러 가지가 있는데 가장 대표적인 것의 하나가 왕궁의 건축이다. 변종운은 한나라 재상 소하(蕭何)의 공적을 논 하면서 소하가 미앙궁을 건축한 것에 대해 매우 긍정적으로 평가한 바 있 다. 호화로운 궁궐을 건축함으로써 군주의 마음을 장안에 안착시켰고 황 제의 존귀함을 세상에 알리고 수도의 지위를 공고히 하였다고 생각했기 때문이다.

> 황제의 마음을 즐겁게 하여 인도하고 장안에서 즐겁게 노닐어 세상 을 잊게 하는 것으로는 웅장하고 아름다운 궁전만한 것이 없었을 것이 다. 때문에 재상은 황제가 북쪽으로 정벌을 나갔을 때 빠른 시일 내에 장인들을 모아 한 때의 비용을 아까워하지 않고 궁전을 지었는데, 그것 은 후세에 더 이상 보탤 것이 없도록 하기 위함이었다. 그리하여 황제 의 거처를 웅장하게 하여 사방에서 보도록 한 것이다.
>
> 그때부터 황제는 더 이상 남쪽 궁전에 가지 않았으며 여러 신하들도 감히 동쪽으로 가자는 말을 하지 못하게 되었다. 이것은 장락궁(長樂 宮)이 그 뜻을 굳게 하고 미앙궁(未央宮)이 그 마음을 안정시킨 것이다. 그러므로 장락궁을 보수하여 황제의 존귀함을 알게 하였고, 미앙궁을 지음으로써 수도 장안의 지위를 확고히 한 것이다.[12]

---

12) 『歡齋文鈔』 권2, 「蕭何論」, 『한국문집총간』 303, 59면, "苟欲爲之悅其心而導之, 使 其自不能忘情於長安也, 誠無若宮室之壯麗矣. 所以丞相乘帝北征, 亟集羣工, 不惜一 時之費. 欲使後世無以加焉. 於是乎可以壯帝居而聳四方之觀矣. 自此而帝不復臨於南

대규모의 토목 공사는 백성들의 삶을 피폐해지게 하므로 미앙궁의 건축을 긍정적인 시각으로만 보는 것은 문제가 없지 않다. 그러나 왕권의 강화라는 측면에서 본다면 왕궁의 건축은 분명 긍정적인 일면이 있다. 조선에서 가까이로는 정조와 순조, 헌종, 익종 등 군주가 능과 원에 빈번히 행차하고 궁중 연향과 왕궁 보수, 재건 등 경로를 통해 왕권을 강화하려 했고 대신들 중 일부 부류 역시 왕권을 강화하여 세도정치를 척결하는 것이 매우 필요하다고 보았다. 경복궁의 재건은 익종 때부터 추진해오던 일이었으나 그의 양자로 입적된 고종 때에 이르러 비로소 실천되었는데, 변종운은 아마도 왕권 강화를 주장하는 입장에서 경복궁의 재건에 대해 매우 긍정적인 입장이었던 것으로 추정된다.

이는 왕권 강화를 긍정하는 변종운의 입장 외에, 경복궁 재건에 핵심 역할을 한 사람들과의 관계를 통해서도 추정할 수 있다. 변종운은 흥선대원군 이하응(李昰應)과 가까운 관계였고 고종의 친형인 이재면(李載冕)과 종형인 이재원(李載元)에게 글을 가르친 적이 있었다. 변종운은 경복궁의 재건에 큰 역할을 한 조두순(趙斗淳)과도 매우 밀접한 관계에 있었다. 조두순은 1865년 경복궁 영건 총책임인 도제도를 맡았으며 경복궁의 상량문을 썼다. 또 「경복궁영건가(景福宮營建歌)」를 써서 경복궁의 재건을 열렬하게 찬양하였다.[13] 변종운은 조두순의 환갑에 올린 글에서 자신을 문하라고 칭하였는데 이는 두 사람의 학문과 현실 인식이 매우 근접해 있었을 가능성을 시사한다.

변종운이 왕권 강화에 긍정적이었던 것은 그가 군주의 역할을 매우 중시했다는 증거이기도 하다. 변종운은 유교의 덕목을 구현한 군주가 뛰어

宮, 羣臣亦不敢復言東矣. 盖長樂所以舒其志, 未央所以固其心也. 是以長樂成而知皇帝之貴, 未央治而定長安之都."

13) 조두순과 「경복궁영건가」에 관해서는 고순희, 「<경복궁영건가(景福宮營建歌)> 연구」, 『고전문학연구』 34, 한국고전문학회, 2008, 116면 참조.

난 인재를 등용하여 바른 정사를 펴고, 군주와 신하의 적절한 화합이 이루어지는 것이 국정 운영에서 가장 중요하다고 생각했다. 그런데 이런 사회를 실현하려면 군주는 뛰어난 신하를 알아보고 등용할 수 있어야 하므로, 군주의 역할을 발휘하려면 왕권의 강화 또한 필수적이라고 생각했음을 알 수 있다.

2. 재상의 임무와 신하의 자질

진, 한의 흥망을 논한 글들에서 변종운은 재상을 비롯한 조정의 대신들의 자질과 임무에 대해서도 자세히 논하고 있다. 변종운은 진나라의 멸망이 진시황의 폭정과 잘못된 후계자 결정에서 비롯되었지만 대신들에게도 큰 책임이 있음을 논하였다. 다음은 진나라 명신(名臣)들의 책임과 잘못에 대해 논한 글이다.

> 진나라가 천하를 얻은 것은 객의 공로이니 객을 쫓아낼 수 있겠는가? 그러나 천하를 잃은 것도 객 때문이니 쫓아내지 못할 것이 있겠는가? 진나라를 망하게 한 객은 바로 객을 쫓아내지 말 것을 간한 사람이다. 이사(李斯)는 진실로 내쫓는 것이 옳았다. 내가 진나라의 객을 살펴보니, 백 리 이내의 작은 나라를 다스리고, 여유가 있으면 군사를 취하는 것으로는 장의(張儀)의 연횡(連橫)이 진실로 취할만하다. 상앙(商鞅)의 변법이나, 범저(范雎)가 원교근공책(遠交近攻策)을 쓴 것은 공로라 하지 않을 수는 없지만 잔혹한 형벌을 시행하여 백성들이 원한과 독기를 쌓게 한 것 역시 상앙이며, 원망을 만들고 능력이 있는 자를 질투하여 국내에 좋은 장수가 없게 만든 것 역시 범저이다. 그들이 진나라를 저버린 것 또한 이미 많았다.
> 더구나 감무(甘茂)가 의양(宜陽)을 공략한 공로는 저리질(樗里疾)의

방해 때문에 이루지 못할 뻔했고, 경수(涇水)로부터 운하를 판 것은 정
국(鄭國)에게 속임을 당한 것이었지 않은가? 진(秦)의 종실(宗室)과 대
신들이 제후국에서 벼슬하러 온 사람들을 두고 그 군주를 위해 유세하
고 이간질하러 온 자들이라고 한 것은 비록 뜨거운 국을 먹다가 속을
데어 냉채국을 먹을 때도 후후 부는 것과 같은 일이기는 하지만 (진나
라가) 이미 객의 병폐에 깊게 빠지지 않은 적이 없었다.

하지만 이사처럼 진나라를 심하게 저버린 자는 없었다. 시서를 불태우
자 사람들의 마음이 흩어졌고, 봉건을 파하자 국가의 형세가 고립되었으
며 사구(沙邱)에서 가짜 조서를 내려 장자 부소(扶蘇)를 폐하고 어린 호해
(胡亥)를 세우자 진(秦)의 사직은 폐허가 되었다. 이사가 진나라를 위해
한 것이라고는 변사(辯士)를 파견하여 제후들을 이간질한 것뿐이었다.
당시 천하의 형세는 이미 진나라에 기울었다. 진나라의 사나운 위세로
스스로 망해가는 6국을 병탄하기는 진실로 어려움이 없었을 것이다. 진
나라에 이사가 없었다고 해서 천하를 취하지 못했을 리가 있었겠는가?[14]

진나라는 무력으로 천하를 통일했고 진나라의 부강에 '객(客)'은 큰 공
로를 세웠다. 즉 진나라의 흥망에 중요한 역할을 한 '사(士)'들은 상당수가
'객'이었던 것이다. 하지만 이들 중 바람직한 '사(士)'의 자질을 갖춘 이는
별로 없었다. 변종운은 진나라가 통일을 이루는 데 결정적인 공헌을 했다
고 평가되는 상앙(商鞅), 범저(范雎), 이사(李斯) 등이야말로 진나라를 멸
망하게 한 원흉이라고 평가하면서 진시황이 축객령(逐客令)을 내렸을 때

---

14) 『歡齋文鈔』 권3, 「李斯」, 『한국문집총간』 303, 71면, "秦之得天下, 客之功也. 客可
逐歟? 然其所以亡天下者亦客也, 是又不可以逐歟? 苟求亡秦之客, 是乃諫逐客之人
也. 李斯誠可逐也. 余觀秦之客, 若百里治國, 由余取戎, 張儀之連衡, 誠可取也. 若商
鞅變法, 范雎遠交近攻, 雖不可不謂之功, 然刻骨流血, 蓄民之怨毒者亦鞅也. 脩怨嫉
能, 使內無良將者亦雎也. 其負秦固已多矣. 況宜陽之功, 幾沮於樗里, 涇水之鑿, 見欺
於鄭國者乎? 秦宗室大臣所謂諸侯人來仕者, 爲其主遊間者, 雖近於懲羹而吹薤, 亦未
嘗不深中爲客者之病. 然而曾未有如李斯之尤爲負秦者也. 詩書焚而人心離, 封建罷而
國勢孤. 至於沙邱矯詔, 廢長立幼, 而秦之社稷, 於是乎墟矣. 其所以爲秦謀者, 不過遣
辯士間諸侯而已. 當時天下之勢, 已歸於秦矣. 以秦虎狼之威, 固無難乎幷呑自亡之六
國. 秦而無斯也, 其不能取天下耶?"

그들을 내쫓았어야 했다고 하였다. 상앙은 변법을 실시하여 진나라를 부강하게 만들었지만 혹독한 형벌을 제정하여 백성들을 억압하였다. 범저는 먼 나라와는 교제하고 가까운 나라를 공격하는 '원교근공책(遠交近攻策)'을 써서 주변의 나라를 격파하였지만 명장인 백기(白起)를 시기하여 죽게 만들었다. 감무(甘茂)는 진나라의 명장으로 한(韓)의 의양(宜陽)을 격파하여 큰 공로를 세웠으나 그 과정에 저리질(樗里疾)의 방해 때문에 하마터면 공을 이루지 못할 뻔했고, 한(韓)나라 사람인 정국(鄭國)은 진나라의 국력을 소진시키려는 목적으로 운하를 파게 하였다. 이사는 분서갱유(焚書坑儒)를 실시하고 호해를 왕위에 올려놓은 장본인이므로 그 책임은 더 말할 것도 없다. 이들은 진나라를 단기간에 부강하게 만들기는 했으나 그 과정에 많은 죄악을 쌓았고, 장기적으로는 오히려 진나라를 멸망의 길로 들어서게 했다. 이는 그들이 사(士)로서의 책무를 다하지 못한 것이다. 이들의 행동은 대부분 유교의 규범과는 맞지 않는 것으로, 진정한 사(士)라고 볼 수 없었다. 일부 학자는 이사에 대해서는 '사의 타락한 부류(士人敗類)'라고 평가하였고 상앙(商鞅), 한비(韓非), 이사(李斯) 세 명 중 오직 한비만이 사(士)의 규범을 벗어나지 않았다고 하였는데[15] 이는 변종운의 생각과도 일치하는 것이다. 즉 그들은 진나라와 운명을 같이하려는 막중한 책임의식도 없었고 장기적인 발전을 도모하는 원대한 안목도 없었다고 보았던 것이다. 사실 이들 객들은 대부분 개인의 발전이나 출신국의 이익을 위해 일했을 뿐 진나라의 '사'로서의 책임의식을 갖고 있은 사람들이 아니었다.

변종운은 진나라의 명장이었던 몽염(蒙恬) 역시 진나라의 멸망에 큰 책임이 있다고 보았다. 몽염의 경우 위의 객들과는 달리 진나라에 대한 충정이 있었지만 진나라의 멸망을 막아내지는 못했다. 이는 그가 사(士)의

---

15) 方銘, 『期待與墜落 : 秦漢文人心態史』, 河北教育出版社, 2001, 34면.

역할을 제대로 하지 못한 것이다. 변종운은 「몽염(蒙恬)」이라는 독서필기에서 몽염의 잘못에 대해 자세히 논하고 있다.

① 부소의 죽음에 대해 몽염은 책임을 면할 수 없다. 부소는 진시황의 장자다. 부친의 침식을 돌봐드려야 할 시기에 갑자기 변방으로 내쫓겨 군사를 감독하게 되었으니 진시황의 신하라면 누구든 힘써 간해야 했다. 더구나 몽씨는 진나라에서 받은 은혜가 이미 여러 대에 걸쳐 있었음에랴.
(중략)
② 하지만 진시황의 노기가 심할 때 만약 억지로 간했다면 장벽에 부딪쳤을 수도 있다. 몽염은 당시 또 상군(上郡)에 있었으므로 당일 직접 간할 수도 없었다. 그러면 어떻게 해야 했는가? (중략) 진시황이 동쪽으로 순수를 갔을 때가 바로 그 기회였다. 옛사람들도 지방을 시찰할 때는 태자를 남겨서 나라를 지키게 했거늘 진나라처럼 계략과 힘으로 천하를 취했음에야 더 말할 것이 있겠는가? 몽염을 위해 계책을 내자면 진시황이 동쪽으로 시찰을 갈 때 글을 올려 천하의 사람들이 하루도 진나라를 잊은 적이 없으며 관중에 하루도 군주가 없어서는 안 된다는 것을 얘기하고 부소를 불러들여 나라를 지키게 하라고 청했어야 했다. 그가 다시 시찰을 나갈 때 또 글을 올려 전 해에 박랑(博浪)에서 장량(張良)에게 암살당할 뻔했던 일을 생각하지 않을 수 없다고 하면서 부소로 하여금 군사를 위무하게 하라고 청했다면 진시황이 바로 그 말대로 했으리라는 것을 나는 안다.
③진시황이란 인물은 인의로 설득시킬 수 없고 오직 이해(利害)로만 유혹할 수 있었다. 그가 태후를 쫓아내자 신하들 중에는 그것을 간하다가 죽은 사람이 27명이나 되었다. 모초(茅焦)가 천하에 진나라를 흠모할 자가 없게 될 것이라고 하자 진시황은 태도를 확 바꿔 그의 말을 따랐다. 그가 언제 은혜와 의리를 알았던가? 모초가 기회를 제대로 살펴 그를 인도했기 때문에 성공한 것이다.(후략)16)

---

16)『歡齋文鈔』권3,「蒙恬」,『한국문집총간』303, 70면, "扶蘇之死, 蒙恬不得辭其責焉. 扶蘇, 始皇之長子也. 惟當視膳問寢, 忽使出邊監軍. 北面於始皇之廷者, 皆可以力諫. 況蒙氏之於秦, 受恩已累世者乎. (중략) 然始皇方怒甚, 若爭之苦, 或恐其磯也. 恬又時在上郡, 旣無以進諫於當日. 然則如之何? (중략) 始皇之東巡, 乃其機也. 古者巡

①은 몽염이 진시황을 간언할 책임이 있었음을 논한 것이다. 이는 앞에서 언급한 신하로서의 책임 의식과 관련되는 부분인데, 군주의 신하된 자로 군주가 잘못이 있을 때는 누구든 힘써 간해야 하는 책임이 있다. 더구나 몽염은 일반 신하가 아니었고 여러 대에 걸쳐 은혜를 입은 중신이었으므로 그 책임은 더욱 크다고 한 것이다. ②는 진시황이 시찰을 나갔을 때가 바로 간언을 할 수 있는 좋은 시기였음을 지적하였다. 신하는 군주의 성격을 잘 알고 그에 맞는 방법으로 간언을 해야 한다는 것이다. 만약 진시황이 순찰을 나갔을 때 몽염이 이해관계를 따져가면서 군주가 시찰을 나갈 때는 태자를 시켜 나라를 지켜야 한다고 했으면 진시황이 그것을 따랐을 것이라는 주장이다. ③은 다시 ②의 방법이 타당한 이유를 부언하였다. 진시황의 위인으로 보아 인의로는 설득할 수 없고 이해로만 유혹할 수 있기 때문에 앞의 방법에 따라 설득했더라면 성공했을 것이라고 하였다. 이는 신하가 임금의 마음을 헤아려 적절한 시기와 방법을 택해 간언하는 것이 나라의 흥망에 중대한 영향을 미칠 수도 있음을 논한 것이다.

진나라에는 유능한 신하가 많았지만 진정한 '사'의 자질을 갖춘 이가 별로 없다는 것이 변종운의 생각이었다. 타국에서 온 客들은 진나라와 운명을 같이 하려는 책임의식이 없었고 몇 대에 걸쳐 진나라의 은혜를 입은 몽염 같은 대신도 군주의 잘못을 적절한 시기에 간하지 못해 결국 진나라가 멸망의 길로 들어서는 것을 막지 못했던 것이다.

변종운은 진나라에서는 보이지 않는 바람직한 신하의 면모를 다른 시대에서 찾아내고 있다. 바로 제갈량(諸葛亮), 사안(謝安), 소하(蕭何)이다.

狩, 尙留太子監國, 況秦以詐力取天下乎? 爲恬計者, 乘其欲東巡也, 書陳天下未甞一日忘秦也, 關中不可一日無君也, 請召扶蘇, 使之監國. 及其再巡也, 又書陳前年博浪之椎, 不可不慮之, 更請扶蘇之撫軍, 吾知始皇必立聽矣. 盖始皇爲人, 不可以仁義說, 惟可以利害誘矣. 其始黜太后也, 諸臣之諫而死者, 二十七人. 及茅焦語以天下無擧秦者, 輒幡然從之. 彼何甞知有恩義也, 惟焦之能因其機而入焉."

변종운은 제갈량에 대해서는 재상으로서의 대덕(大德)을 구현하고, 왕실에 충정을 다하였다고 높이 평가하였다. 변종운은 「취후방필」이라는 시에서 "천하를 소혜(小惠) 아닌 대덕(大德)으로 다스림은 三代 이후로 제갈공명 같은 사람이 없었다."[17]라고 하였다. 이는 제갈량이 처음 재상이 되었을 때 사람들이 그가 사면하는 데 인색하다고 하자 제갈량이 그에 "치세(治世)는 대덕(大德)으로 하는 것이지 소혜(小惠)로 하는 것이 아니다."[18]라고 대답한 것을 평가한 것이다. 또 한나라 황실에 대한 충정에 대해서도 높이 평가하였다.

曹叡非庸主	조예(曹叡)는 못난 임금 아니었고
仲達亦奸雄	중달(仲達) 또한 간웅(奸雄)이었으니
諸葛雖不死	제갈량이 죽지 않았다 해도
未信定關中	관중(關中)을 평정했으리라 믿기 어렵네.
然而志士淚	하지만 지사(志士)의 눈물은
終古恨不窮	옛적부터 한(恨)이 끝이 없었네.
一心爲漢室	한마음으로 한나라 왕실을 위해
盡瘁忘其躬	다 바쳐서 자신의 몸 잊어버렸네.

-「출사표를 읽고(讀出師表)」, 『藕船秋齋詩』

여기에서 조예(曹叡, 206~239)는 위명제(魏明帝), 중달(仲達)은 사마의(司馬懿, 179~251)를 가리킨다. 제갈량은 군사를 이끌고 다섯 번이나 위(魏)나라를 공격했으나 끝내 성공하지 못했고 마지막 공격에서 병으로 죽었다. 변종운은 제갈량이 살았다 해도 관중을 평정하지 못했을 것이라고 평가절하하면서도 그의 충정만큼은 눈물을 금할 수 없다며 높이 평가했다.

변종운은 사안(謝安)과 소하(蕭何)에 대해서는 천하의 대업을 알고 계

---

17) 『歡齋詩鈔』 권1, 「醉後放筆」, 『한국문집총간』 303, 13면, "大德治世不以惠, 三代後無孔明若."

18) 『資治通鑑』 「魏紀」, "初, 丞相亮時, 有言公惜赦者. 亮答曰, '治世以大德, 不以小惠.'"

책을 세우는 현명한 재상으로 평가하였다. 동진(東晋)의 재상 사안(謝安, 320~385)에 대해 나라의 국정을 우려해 홀로 깊은 근심을 품었던 사람이었다고 분석하였다.

사현(謝玄)이 진(秦)나라 군사를 격파하자 사안석(謝安石)은 승전보를 보고도 태연하게 계속 바둑을 두었다. 이는 그가 먼 계략과 깊은 근심이 있어서 기뻐할 겨를이 없었기 때문이다. 감정을 억누르고 분위기를 제압했다는 평가는 안석(安石: 謝安―역자)의 마음을 깊이 들여다보지 못한 것이다.
(중략)
진나라 효무제(孝武帝)는 원래부터 용렬한 재주로 어린 나이에 임금자리를 얻어 대내적으로 권신 환온(桓溫)에게 억압을 당하고 대외적으로 강한 전진(前秦)을 두려워하였으니 감히 제멋대로 하지 못했다. 환온은 이미 죽었고 전진이 또한 무너졌으니 그의 마음은 자만하였고 성질은 교만해졌다. 결국 내전(內殿)에서 미적거리고 맑은 정신으로 나라를 다스리는 경우가 적어졌다. 장귀인(張貴人)이 후궁에서 군주의 총애를 믿고 회계왕(會稽王)은 조당에서 즐겁게 노래를 불렀다. 기강(紀綱)은 떨쳐지지 않았고 서로 함께 빠져 죽기에 이르렀다. 사안석은 바야흐로 이것을 걱정하였으므로 정말로 기뻐할 겨를이 없었던 것이다.[19]

사안은 동진의 명사(名士)이자 명재상이다. 383년에 전진(前秦)의 부견(苻堅)이 백만 대군을 거느리고 침공해 오자 사안은 조카 사석(謝石)·사현(謝玄)·사염(謝琰)과 환이(桓伊) 등에게 8만 군사를 주어 싸우게 했다. 동진의 군대는 적은 군사로 대승을 거뒀는데 이로 인하여 동진은 20여 년간 안정과 평화를 누릴 수 있게 되었다. 이것이 바로 유명한 비수(淝水)의

---

19) 『歗齋文鈔』 권3, 「謝安」, 『한국문집총간』 303, 72면, "謝玄之破秦兵也, 謝安石見其捷書, 圍碁如故. 是乃有遠慮而深憂者, 不暇乎喜也. 矯情鎭物之論, 淺之乎窺安石也. …孝武本以庸才. 冲年卽阼, 內掣桓溫, 外懼强秦, 亦不敢有所縱恣焉. 溫也旣死, 秦今又摧, 志從而盈, 氣從而驕, 遂流連內殿, 醒治旣少. 張貴人怙寵後宮, 會稽王酣歌朝堂, 紀綱不振, 載胥及溺. 安石方此爲憂, 實有不暇乎喜也."

전쟁이다. 사안은 비수지전을 지휘하면서 시종일관 침착하고 태연하였을 뿐만 아니라 첩보를 접하고도 아무 일도 없다는 듯이 바둑만 두어 사람들의 놀라움을 자아냈다. 그러나 모든 사람들이 다 돌아가자 기쁜 마음을 참지 못하고 방으로 뛰어 들어가다가 나막신의 굽이 부러졌다고 한다.

감정을 억누르고 분위기를 제압했다는 평가는 사안의 명사로서의 풍격을 강조한 평가인 반면, 변종운의 분석은 사안의 전략가다운 면모를 강조하고 있다. 동진은 명사들의 풍류로 유명했던 시대였던 만큼 역사가들이 사안의 명사다운 풍격에 주목해 평가한 것은 당연한 것이라고 할 수 있다. 그러나 변종운은 사안이 나라의 운명을 책임진 재상의 신분이었다는 점을 감안하여 그가 이러한 먼 계략과 깊은 근심을 가지고 있었으리라고 추정한 것이다.

청담(淸談)과 풍류로 일세를 풍미했던 동진(東晉)은 사실 위기의 시대였다. 재상인 사안은 동진의 평화와 안정을 도모하는 한편 청담과 풍류를 숭상하여 사람들에게 평화와 안정을 누리고 있다는 환상에 빠지도록 하여 당시의 위기를 잊도록 만들었다. 그러나 사안 자신까지 그것을 잊을 리는 없었다. 변종운은 동진의 숨은 우환과 사안의 깊은 속내를 파헤쳐 사안의 심각한 우려와 말 못할 고민을 드러낸 것이다.

변종운은 한(漢)나라의 재상 소하(蕭何)에 대해서는 천하의 대업을 알고 장구한 계책을 세울 줄 아는 훌륭한 재상이라고 평가하였다.

> 천하의 대업을 알고 천하의 장구한 계책을 살핀 연후에야 비로소 천하의 재상이 될 수 있다. 한나라의 재상 소하가 바로 그러한 사람이다. 그가 진나라에 들어갔을 때는 천하의 지도와 서적을 걷어서 촉(蜀)으로 갔고 백성들을 잘 가르쳐 현명하게 만들었으며 관중을 지키면서 군비를 끊이지 않게 조달하였으니 이것은 모두 나라의 큰일인 것이다. 나라가 안정되자 또한 서쪽 도읍인 장안을 공고하게 하는 계책을 내었으니 이것이 어찌 나라의 먼 걱정거리를 살핀 것이 아니겠는가? (중략) 위로

는 천자의 마음을 안정시키고 아래로는 만세의 기초를 닦았으니 이렇게 한 뒤에라야 비로소 멀리까지 생각한다고 할 수 있다.[20]

한나라의 건립과 안정 그리고 번영에 소하는 결정적인 공헌을 한 사람이다. 그의 공로는 대체적으로 다음과 같이 몇 가지로 평가할 수 있다. 첫째, 진나라의 지도와 호적, 지형과 관련된 자료를 챙겨 한나라의 제도 수립과 정책 확립에 근거를 마련하였다. 한나라는 진나라 제도를 거의 그대로 따랐다. 만약 소하가 진나라의 자료들을 챙기지 않고 다른 사람들처럼 금은보화를 챙기는 데만 급급했더라면 한나라의 통치 기반을 확립하는 것은 어려웠을 것이다. 둘째, 백성들을 교화하였다. 변종운은 소하가 백성들을 가르쳐 현명하게 만들었다고 했다. 셋째, 관중을 지켜 후방의 안정을 도모하고 군수물자를 확보하였다. 소하가 후방을 굳게 지키면서 군수물자를 조달하지 않았다면 유방의 군사는 전쟁에서 승리할 수 없었다. 넷째, 수도 장안의 지위를 공고히 하고 군주의 마음을 안정시켰다. 이 네 가지 공로는 모두 먼 미래를 미리 대비한 것으로서 바로 변종운이 말한 '천하의 대업을 알고, 천하의 장구한 계책을 살피는' 재상의 면모라고 볼 수 있다. 제도의 확립은 건국이라는 특수한 상황과 맞물려 있는 것이지만 백성들에 대한 교화, 국방과 수도의 안정 등은 시대나 국가를 물론하고 모두 중시해야 할 사안이다. 이런 의미에서 소하에 대한 변종운의 평가는 조선의 무비와 백성의 교화에 대한 생각과도 맞물려 있다. 이 점은 후술하기로 한다.

하지만 신하가 뛰어난 재주를 갖고 있다고 해서 꼭 그 역할을 발휘할 수 있는 것은 아니다. 소하가 성공적으로 국정을 운영할 수 있었던 것은

---

20) 『歠齋文鈔』 권2, 「蕭何論」, 『한국문집총간』 303, 59면, "識天下之大務, 審天下之遠慮, 然後方可以爲天下之相. 若漢之蕭丞相是也. 其入秦也, 收天下圖籍. 入蜀也, 養民以致賢, 守關中而運餉不絶. 皆天下之大務也. 及天下已定, 又能固西都長安之策, 是豈非天下之遠慮乎? (중략) 上以固天子之心, 下以安萬世之基. 如是而始可謂慮之遠矣."

그가 군주의 마음을 잘 들여다보고 그에 맞게 일을 처리했을 뿐 아니라 군주의 깊은 신임을 얻었기 때문이다. 소하가 미앙궁을 건축한 것은 황제의 성격과 심사를 잘 파악한 결과이기도 했다. 변종운은 소하가 미앙궁을 건축한 것은 당시의 정세에 대한 파악 외에 군주의 성격에 대한 정확한 이해가 있었기 때문이라고 생각했다.

> 한고조는 본래 패군(沛郡) 풍읍현(豊邑縣)의 호적에 소속된 백성이었다. 가난하고 누추한 환경에서 자라나 깊고 넓은 궁궐이 어떠한 것인지 알지 못했다. 먼저 관중에 들어가 진나라의 궁궐을 보자 좋아서 그곳에 머물러 거주하려고 했다. 충직한 말이 귀에 거슬리자 파(灞)로 돌아가 버렸다. 그때부터 몇 해 동안 이곳에서 비바람에 시달렸고, 하루도 화려하고 넓은 궁궐에서 편안히 거처하지 못했다. 지금은 전쟁이 끝났고 연세 또한 높아졌으며, 웅장하고 호기로운 기운은 점차 사라지고 편안하게 즐기려는 뜻이 차츰 생겨났다. 지금 시골 늙은이가 교외에 밭 몇 뙈기를 갖고 있어도 그 집을 고치고 담장을 쌓으려 하거늘 사해(四海)를 집으로 하고 만물을 갖고 있으면서도 궁궐에 무릎을 용납할만한 곳조차 없다면 황제의 그 넓은 뜻으로 어찌 마음이 갑갑하지 않았겠는가?[21]

유방은 본래 검소한 사람이 아니었으나 대신들의 반대와 당시 여건 때문에 어쩔 수 없이 고초를 겪었으며, 전쟁이 끝나자 편하게 즐기려는 뜻이 생겨났다. 만약 그의 비위에 영합하여 미앙궁을 건축하지 않았더라면 그의 마음은 필시 장안을 떠났을 것이다. 그렇게 되었더라면 전략적 요충지인 장안의 위치는 확고해질 수 없었을 것이며 한나라 존립의 기반 또한

---

21) 『歡齋文鈔』권2, 「蕭何論」, 『한국문집총간』 303, 59면, "帝本豊沛編戶之氓也. 生長於圭竇繩樞之中, 曾不識千門萬戶之爲何如也. 先入關中, 見秦宮室而悅之, 欲留居. 忠言逆耳, 竟還于灞. 自是而櫛風沐雨幾年于玆, 又未得一日安居于華堂廣廡之間. 今者干戈息, 而春秋又高矣. 雄豪之氣漸消, 宴安之志漸生. 今夫田舍翁有負郭田數頃, 尙欲改其宮而治其墙. 況家四海囲萬物, 而九重之內無容膝之地. 以帝豁如之意, 豈無所欝欝於中耶?"

흔들렸을 것이라는 주장이다. 이런 점에서 소하의 행동은 앞에서 논한 진나라의 몽염과는 매우 대조적이다.

변종운은 국정의 주도자인 군주와 재상, 대신의 자질과 책임에 대해서 깊은 관심을 가지고 있었으나 중인의 신분이었기 때문에 주로 역사 논평이라는 형식을 이용하여 자신의 생각을 드러냈던 것으로 보인다. 변종운은 군주의 가장 중요한 자질은 유교의 덕목과 인재를 활용할 수 있는 능력이라고 보았다. 재상을 비롯한 대신에 대해서는 나라의 큰일을 살피고 먼 앞날을 우려할 줄 아는 안목과 책임감, 군주의 마음을 헤아려 적절한 시기와 방법을 선택해 일을 행하는 능력을 중요하게 생각했다.

3. 군사와 무비(武備)의 중시

변종운이 진시황을 부정적으로 인식했음은 앞에서 살펴본 바와 같다. 하지만 그는 예외적으로 진시황의 폭정의 상징인 만리장성에 대해서는 매우 긍정적인 견해를 보였다. 1834년 4월 변종운은 동행한 성재시(成載詩)와 함께 산해관으로 들어갔는데 두 사람은 만리장성의 역할에 대해 논쟁을 벌이게 된다. 성재시는 장성을 쌓은 것이 진나라에 무슨 도움이 됐겠냐고 탄식하면서 진시황은 헛되이 천하의 원망만 쌓았다고 하였다. 하지만 변종운은 이에 반대하며 그 이유를 다음과 같이 말한다.

　① 갑오(1834)년 4월 초하루에 나는 검교(劍橋) 성우서(成友書)와 나란히 말을 몰아 산해관(山海關)에 들어가 함께 징해루(澄海樓)에 올랐다. 우서(友書)가 개연히 탄식하면서 말하기를, "옛적에 진나라 황제가 장성을 쌓을 때는 스스로 만 세의 계책이라고 여겼다. 그러나 2세까지

전하고 진나라가 망하고 만 것은 모두 장성 내의 연유로 그렇게 된 것이니 장성이 무슨 쓸모가 있었겠는가? 진시황은 헛되이 천하의 원망만 쌓은 것이다."라고 하였다.

② 내가 말했다. "진나라의 성은 서쪽의 임조(臨洮)에서 시작하여 요녕성(遼寧省) 동쪽에 이르러 그쳤다. 홍무(洪武) 연간에 서중산(徐中山)이 그 동쪽을 이어서 쌓고 남쪽으로는 바다에 이르렀는데 이것이 산해관이 생기게 된 연유다. 진시황이 쌓은 것이 아니다.

하지만 장성은 한 때의 해이긴 했으나 만세에 득이 되는 일이었다. 옛날 성군(聖君)이 천하를 다스릴 때 사해(四海)의 밖을 함께 다스리려고 하지 않은 것이 아니었으나 세력의 부족함으로 인해 미치지 못한 것이 있었을 따름이다. 그래서 우공(禹貢)이 도성 밖에 오복(五服)을 정했으나 요(要)와 황(荒)에서 그쳤고, 주나라에서 구기(九畿)를 제정했으나 밖으로 진(鎭)과 번(番)에 그친 것이다. 안과 밖을 구분하고 경계를 바로잡는 것이 이렇게 엄한 것이다. 더구나 북방은 기후가 가장 추워 옷을 쇠와 가죽으로 감싸고 침략하고 노략질하는 것은 그 천성이다. 고종(高宗) 3년에 이르러서야 처음으로 물리쳤고, 선왕(宣王) 6월에야 토벌했으니 그들이 우환거리가 된 것은 아주 오래된 일이었다. 무시로 옮겨다니며 인구가 날로 불어 전국 말기에 이르러서는 더욱 강해졌다. 북쪽을 경계로 하고 영역이 만 리에 걸쳐 있었으므로 그 곳곳마다 정장(亭障)을 둘 수도 없었고 정(亭)에 따라 수졸(戍卒)을 배치할 수도 없었다. 그래서 진시황은 장성을 쌓아 천하의 재물을 없애고 백성을 힘들게 하는 것도 돌보지 않았던 것이다. 자신의 몸으로 천하의 원망을 당하면서도 후세를 위해 깊이 생각한 것이다. 당시의 사람들은 고생만 했지 득을 보지는 못하였다. 그러니 바닷가에서 괴로운 비명을 그치지 않았던 것이 당연한 일이었다. 그런데 후세의 사람들은 어찌하여 앉아서 그 이익을 취하면서도 진시황의 공로를 알지 못하는가?

대저 정교(政敎)는 나라를 다스리는 근본이요, 성과 해자는 나라를 견고하게 하는 도구다. 나라를 다스리는 자들은 물론 근본을 닦지 않고 도구만 정비해서는 안 된다. 또한 내 다스림이 충분하다고 해서 그 도구를 소홀히 해서도 안 된다. 하물며 근본도 다스리지 않고 도구도 정비하지 않는 것이야 더 말할 필요가 있겠는가? 진(秦)으로부터 지금까지 몇 천 년이 지났으니 북방의 오랑캐들에게 놀란 일이 얼마나 많았겠는가? 하지만 한 번도 강한 화살이 성을 넘어오거나 가벼운 마차와 정예병이 성을 훼손하였다는 말을 들은 적이 없다. 그것은 장성이 만세에 이익이 된 것이다. 성이 있지만 지키지 못하고 적들만 편하게 한다면 그것은 성이 없는 것이나 마찬가지다. 진무제(晉武帝 : 司馬炎-역자)가 좌우부(左右部)를 들이고, 석씨(石氏)가 16주를 떼어준 것, 그것이 중국에 갖다 준 재앙이 과연 어떠했는가? 진시황은 성을 쌓아서 방비하였으나 후세의 사람들은 문을 열고 적을 끌어들였으니 진시황의 공을 모르는 것이 당연하다.22)

①은 성재시가 변종운과 함께 징해루에 올라 진시황이 만리장성을 쌓은 일에 대해 논한 내용이다. 성재시는 만리장성이 진나라를 지켜주지 못했음을 지적하면서 진시황은 헛되이 천하의 원망만 쌓았다고 하였다.

②는 변종운이 성재시의 주장에 대해 반박한 내용이다. 우선 변종운은 눈앞에 있는 장성은 진시황 때 쌓은 것이 아님을 지적하여 성재시의 오해를 바로잡아 주었다. 사실 산해관 일대의 장성이 진시황과 무관할뿐더러

---

22) 『歗齋文鈔』 권2, 「長城說」, 『한국문집총간』 303, 50면, "甲午四月初吉, 與劒橋成子友書, 聯鑣入山海關, 共登澄海樓. 成子慨然歎曰, '昔秦帝之築長城也, 自以爲萬世計也. 纔一傳而亡秦者, 皆長城以內之人也, 烏在其築城也. 只見其徒築天下之怨也.' 余曰, '秦之城, 西起臨洮, 至遼之東而止. 洪武間, 徐中山繼其東而築, 南邅而絶于海, 此山海關之所由作也. 是固非秦帝之所築也. 然長城一時之害, 萬世之利也. 古昔聖王之治天下, 非不欲四海之外亦兼濟也, 顧勢有所不能及也. 是以禹貢五服, 訖於要、荒, 周制九畿, 止於鎭、藩. 辨內外正疆界, 若其嚴矣. 況北方之風氣最強. 金革其衽, 寇掠其天性也. 高宗三年而始克, 宣王六月而薄伐. 爲歷代之患, 固已久矣. 遷徙無常, 生齒日蕃, 至戰國之末而尤強焉. 直北爲界, 橫亙萬里, 固不可隨處而亭障, 又不可隨亭而置戍卒. 秦皇所以奪殫天下之財, 勞天下之民而莫之顧也. 以身當天下之怨, 而爲後世慮深矣. 當世之人, 只見其苦, 未見其利, 宜乎嗷嗷之不絶於負海也. 又何後世之人, 坐收其利, 而竟不識秦皇之爲功也. 盖政教治國之本也, 城池固國之具也. 有國者固不當不修其本而只修其具, 亦不可以爲吾治已足而忽其具. 況可以不修其本, 又不修其具者乎? 自秦至今凡幾千年, 爲北鄙警者固何限? 曾未聞強弓勁弩之能逾城也, 輕車突騎之能毁城也. 若是乎長城之爲萬世利也. 夫有城而不能守, 寇讎之保焉, 是無城也. 晉武納左右部, 石氏割十六州, 其所以致中國亂者, 果何如也? 秦皇築城而防之, 後人開門而納之, 宜乎其不識秦皇之功也.'"

진시황은 장성을 처음 쌓은 사람도, 가장 많이 쌓은 사람도 아니다. 일찍 춘추 시대부터 중국의 여러 나라들에서는 장성을 쌓아 주변 국가들의 침입을 막았는데, 장성의 축조는 명나라 때까지 지속되었다. 역대의 왕조 중에서 장성을 쌓지 않은 것은 청나라가 유일하며 장성을 가장 많이 쌓은 것은 명나라였다.

그런데 한편 이렇게 많은 왕조가 큰 재력과 물력을 들여 장성을 쌓았다는 것은 그것이 외세의 침공에서 나라를 지키는 데 확실히 도움이 되었다는 것을 의미하기도 한다. 변종운은 이어 만리장성을 쌓은 것이 헛된 것이 아니며, 실제로 매우 중요한 의미가 있음을 논하였다. 우선 옛날 예를 들어 국경을 정하는 것의 중요성을 설명하였다. '오복(五服)'의 '복(服)'은 천자를 모신다는 뜻인데, 우공(禹貢)의 시대에 도성의 바깥 지역을 500리를 한 구역으로 하여 가까운 데로부터 차례로 후복(侯服), 전복(甸服), 수복(綏服), 요복(要服), 황복(荒服)이라고 하였다. 주나라 때에는 구기(九畿)를 정하여 도성 밖 5000리 이내의 지역을 500리를 단위로 하여 후(侯), 전(甸), 남(男), 채(采), 위(衛), 만(蠻), 이(夷), 진(鎭), 번(藩) 9개의 기(畿)로 정하였다. 요(要)와 황(荒), 진(鎭)과 번(藩)은 각각 오복과 구기의 바깥쪽인 것이다. 변종운은 옛날 천자가 오복이나 구기를 더 넓게 정하지 못한 것은 그러고 싶지 않아서가 아니라 세력이 더 이상 미치지 못했기 때문이라고 하였다. 이는 중국 북방과의 경계를 분명히 하는 것의 중요성을 강조하면서 진시황이 만리장성을 쌓은 것은 국경을 분명히 한 점에서 일단 의미가 있음을 설명한 것이다. 이어 흉노가 싸움에 강하고 노략질을 수시로 하여 중국에 큰 위협이 되었음을 말하고 만리장성을 쌓은 것은 북방의 변경을 공고히 하기 위해 필요한 일이었다고 하였다. 또 당시 사람들은 고생을 했기 때문에 원망한 것이 당연하지만 후세의 사람들이 앉아서 이익을 보면서 진시황을 원망하는 것은 부당함을 밝혔다.

변종운은 또 나라를 다스리는 근본인 정교(政敎)와 나라를 견고하게 하는 무비(武備)를 아울러 중요시해야 할 것을 주장하면서 만리장성이 국방을 공고히 하는데 실제로 도움이 되었음을 다시 강조하였다. '문을 열고 적을 끌어들인' 후세의 사람은 청군을 이끌고 명나라를 공격한 오삼계(吳三桂)를 가리킨다. 진시황은 성을 쌓아 외세의 침략에 방비하였으나 오삼계는 산해관의 문을 열어 적군을 끌어들였는데 이는 매우 대조적이다. 이런 대조를 통해 진시황의 공로를 다시 부각시켰다.

앞에서 서술했지만 변종운은 진시황의 정교에 대해서는 부정적이었다. 하지만 진시황이 장성을 쌓아 외세의 침략에 대비한 것은 후세의 안정을 위하여 공헌을 한 것이라고 보았다. 더구나 고생은 하지 않고 앉아서 이익을 취하고 있는 후세의 사람들은 진시황을 비판할 자격이 없다고 하였다. 변종운은 「징해루(澄海樓)」라는 시에서 "하루아침에 오삼계가 나타난 것을 통곡하노니, 조용하던 중국에 팔기의 군사 들어왔네(痛哭一朝三桂出, 從容中國八旗來)."라고 하여 오삼계에 의해 청나라 군대가 산해관 안쪽으로 진입한 사건에 대해 비통한 심정을 표현한 바 있다. 그러므로 진시황의 업적에 대한 긍정적인 평가는 오삼계와 같은 후세의 사람들에 대한 비판의 의미도 함축하고 있다고 볼 수 있다.

또한 중국의 역사에 대한 이런 평가는 조선의 현실적 상황과도 매우 깊은 관련이 있다. 「장성설」을 쓴 5년 뒤인 1839년에 변종운은 「거산역의 성첩을 중수한 기문(居山驛城堞重修紀)」이라는 글을 썼는데 이 글을 통해 당시 조선 변방의 무비에 대한 변종운의 생각을 읽을 수 있다.

　　나는 변방의 읍에서 성벽을 수리하는 것을 여러 번 보았다. 인부들을 소집하여 각자 널빤지와 삽을 들고 분분히 그 성을 긁어내고 물을 길어다 긁어낸 자리에 바로 부은 다음 석회를 칠하면 하루도 안 되어 끝났다. 이것이 이른바 성벽을 수리한다는 것이었다. (중략) 나는 장리

(長吏)나 읍의 수령들이 담장과 건물을 보수하는 것 역시 긁어내고 물을 뿌린 다음 석회를 바르는 것뿐이라는 것을 몰랐다. 또 장인들이나 부역에 종사하는 사람들 외에 길가는 사람들까지도 끼어서 상을 타는 경우가 있는 줄도 알지 못했다. 정말 탄식할 일이다.[23]

　여기서 변종운이 말한 것이 변방의 성벽을 수리하는 공사였다는 점을 주목할 필요가 있다. 변방의 성벽은 규모의 차이는 있지만 외세의 침략을 막고 자국을 보호하기 위한 장치라는 가능에서는 만리장성과 다를 바 없다. 하지만 변종운이 본 조선의 성벽은 관리가 허술해서 탄식이 나올 정도였다. 변종운이 북방 민족의 침입을 막는데 효과적이었다며 진시황이 만리장성을 쌓은 공로를 인정했던 점에 비추어보아 그가 조선의 국방 관리에 매우 비판적이었으리라는 것은 쉽게 추측할 수 있다. 더구나 조선이나 명나라는 청나라의 침입을 막아내지 못하고 패배한 점에서 똑같이 뼈아픈 역사를 가지고 있었다.

　변종운은 「백마산성 임충민의 사당에서(白馬山城林忠湣廟)」라는 시에서 "천추에 다하지 않을 영웅의 눈물, 만사는 병자년을 얘기하지 말게나(千秋不盡英雄淚, 萬事休提丙子年)."라고 하여 병자호란에 대한 비분을 드러냈고 「청천강에서 을지문덕을 생각하며(淸川江有懷乙支文德)」에서는 "청천강의 천연요새는 지금도 여전하거늘, 병자년에는 어찌하여 땅을 휘감고 몰려왔던가(長江天塹今猶在, 丙子如何捲地來)?"라고 탄식하였다. 또 변종운은 임진왜란 때의 의병장 제말(諸沫)의 신도비명을 짓기도 했고 다른 글들에서 이적(夷狄)에 대한 불신과 적대감을 드러내기도 하였다. 이런 불신과 적대감은 대부분 전쟁과 관련된 논평이나 회고시에서 드러나

---

23) 『歗齋文鈔』 권1, 「居山驛城堞重修紀」, 『한국문집총간』 303, 43면, "余見外邑之修城堞者屢矣. 招集人夫, 各持板鍤, 紛紛然刮其城, 繼而汲水, 隨刮而灑之, 又隨而塗之石灰, 不日而訖. 此之謂修城堞也. (중략) 吾未知長吏若邑宰之治其垣屋也, 亦將刮之而灑之水已也, 塗之灰已也. 又於工匠役夫之外, 或濫賞行路人歟. 良可歎也!"

는바, 한편으로 조선의 대내외적 상황에 대한 위기의식과도 깊은 관련이 있다. 또 이런 위기의식은 무비를 강화하자는 현실적인 주장으로 이어졌던 것으로 보인다.

이런 의식에 근거하여 변종운은 변방의 성벽이나 중요한 군사적 요충지의 건물을 보수한 관리들의 일을 적극 기록하여 글로 남겼다. 다음은 함경도 북청도호부의 거산역(居山驛)과 진주에 있던 소촌(召村) 두 곳의 역승의 일을 기록한 글이다.

> 역승(驛丞)의 관할 구역은 마천령(摩天嶺) 아래에 있고 주변은 작은 성벽으로 둘러싸여 있었다. 함흥부(咸興府)로부터 북쪽으로 육진(六鎭)에 이르기까지는 읍도 없고 성도 없으니 역(驛)이 성(城)의 역할까지 하고 있다. 북방 변방의 중요한 관문으로 이곳만한 것이 또 있겠는가? 유종근(柳宗謹) 군은 이곳 수령이 된 이듬해 자신의 곳간을 털어 재목을 모으고 사람을 고용하여 성을 따라 무너진 곳은 다시 쌓고 파손된 곳은 보완하였는데, 견고하게 쌓고 완벽하게 보완하여 마치 자기 집의 담장을 손보듯이 하였다. 참으로 훌륭하지 않은가? 또 장리(長吏)에게 알려 소문을 내서 상을 받을 생각도 하지 않으니 참으로 기록하지 않을 수 없다.[24]

위의 글에서 변종운은 거산역의 중요성을 말하면서 역승 유종근이 사비를 들여 성벽을 수리한 공로를 찬양하였다. 거산역이 군사적으로 중요한 위치임은 일찍 선조 39(1603)년에 사헌부에서 올린 장계에서도 강조된 바 있다. 당시 사헌부에서는 거산역은 남도와 북도의 교차 지점에 위치해 있으므로 변경의 경보가 많은 때일수록 조발(調發)과 전보(傳報)에

---

24)『歡齋文鈔』권1,「居山驛城堞重修紀」,『한국문집총간』303, 43면, "驛丞之治, 在摩天嶺下, 環以小城. 蓋自咸興府, 北至六鎭, 無邑無城. 至於驛亦城焉, 北方關防之重, 有如是者矣! 柳君宗謹, 爲丞之明年, 輒捐其廩, 鳩材而雇民, 循其城, 毀者築焉, 破者補焉. 築之堅也, 補之完也, 有若治其家之墻垣也. 不其難歟? 況不肯有請于長吏, 欲轉聞而邀其賞, 是固不可以不記也."

대한 일이 여느 역에 비해 더욱 긴요하다고 하면서 그곳 찰방은 근실하고 명망이 있는 사람으로 뽑아야 한다고 하였다.[25] 이는 변종운이 거산역의 변방의 관문으로서의 중요성을 강조한 것이 결코 과장된 것이 아니었음을 말해준다.

> 그곳(召村－역자)은 통제(統制)와 절도(節度) 두 영(營) 사이에 끼어 있어 요충지이고 사무가 번다하여 사람도 피로하고 말도 지친다. 속역(屬驛)은 열다섯 개가 있는데 문화역이 특히 낡았다. 역승은 성심성의껏 마음을 기울였는데 무릇 낡은 곳을 보수한 비용은 모두 자신의 돈을 쓴 것이었다. 그리하여 문화역이 생기가 돌았을 뿐만 아니라 기타 역들도 백성들은 그 부역이 감해졌고 말들은 그 숫자가 불어났다. 그의 직무는 역마를 관리하는 것이었으나 역마보다 신속히 일을 처리하였으니, 말들이 좋아졌고 사람들이 기뻐하였다.[26]

위의 글은 영남 소촌(召村)의 역승 안경지(安敬之)가 자기 돈을 들여 낡은 곳을 보수한 일을 기록한 것이다. 소촌이 군사적 요충지임을 말한 뒤 안경지가 자신의 돈을 들여 역을 보수한 일을 말하고 이어 그 효과에 대해 서술하였다. 유종근과 안경지는 모두 자신의 돈을 들여 성벽이나 관아의 건물을 보수하였고 이는 모두 나라의 정사와 안전에 도움이 되었다. 그래서 변종운은 이들의 사적을 기록하지 않을 수 없다고 하였다. 하지만 이는 한편으로 당시 관리들의 대부분이 이들과는 달랐으며, 이들과 같은 관원은 극히 일부에 불과했다는 것을 말해준다. 그러므로 이들의 행적에 대한 기록은 맡은 바 책임을 다하지 않는 대부분 관원들에 대한 비판적인

---

25) 『조선왕조실록』 선조 39년(1606) 음력 1월 4일 기록 참조.
26) 『歡齋文鈔』 권1, 「雲錦樓重修記」, 『한국문집총간』 303, 46면, "是介乎統制, 節度兩營之間, 旣衝且劇, 人勞而馬疲. 屬驛十有五, 文和驛尤凋殘. 丞勤勤焉殫其心, 凡所以捄其弊, 一切費出於己. 於是文和蘇焉, 其他諸驛, 民有減其役焉, 馬有增其數焉. 其職也置郵, 而更有速於置郵者, 馬斯臧而人斯樂矣."

시각을 보여주는 것이기도 하다. 또 변방의 군사적 요충지인 이 두 곳의 성벽과 건물이 조정의 지시에 의해서가 아니라 지방 관리가 곳간을 털어서 보수했다는 점 또한 주목할 필요가 있다. 이는 변방에 대한 조정의 관리가 제대로 되고 있지 않다는 것을 의미하기 때문이다. 그런데 무비는 유사시에 급히 강화한다고 되는 것이 아니다. 평화로울 때 무비를 강화해야 하는 필요성에 대해 변종운은 다음과 같이 말하고 있다.

> 성곽과 무비는 나라의 큰 정사다. 다행히 지금 치화(治化)가 융성하고 안팎으로 태평하여 그것에 신경 쓸 필요가 없을 듯하다. 하지만 편안할 때 위태로움을 잊지 않음은, 순임금과 우임금 시대에조차 이중으로 문을 설치하고 딱따기를 치면서 밤에 순찰을 했을 정도니, 지금에야 더 말할 필요가 있겠는가?[27]

변종운은 조선이 비록 태평성대이기는 하지만 그렇다고 해서 무비를 방만하게 하는 것은 옳지 않음을 논하였다. 그 근거로 순임금과 우임금 시기에도 위태로움을 잊지 않고 무비를 강화했음을 들었다. 다른 글에서 변종운은 조선의 무비가 부실한 것이 사대부들의 잘못임을 직접적으로 비판하고 있다.

> 더구나 우리 조선은 예의를 성과 해자로 삼고, 시서(詩書)를 무기로 삼으며, 사대부들은 군사를 이야기하는 것을 부끄럽게 생각하여 무비를 방만하게 하면 안 된다는 것에 생각이 미치지 못하고 있다. 이것은 참으로 편안할 때 위태함을 잊으면 안 된다는 뜻에 부합되지 않는다.[28]

---

27) 『歗齋文鈔』권1, 「居山驛城堞重修紀」, 『한국문집총간』303, 43면, "城郭武備, 有國之大政也. 幸今治化郅隆, 中外乂安, 似若無待於此. 然安不忘危, 虞夏之世, 尚此重門而擊柝, 而況於今乎?"
28) 『歗齋文鈔』권1, 「必取編序」, 『한국문집총간』303, 40면, "况我東以禮義爲城池, 詩書爲干戈, 士大夫恥言兵事, 未有慮及於武備之不可弛也. 殊非安不忘危之意也."

이는 직접적으로 조선의 무비와 사대부들의 안일한 의식을 비판한 것이다. 조선의 사대부들이 예의와 시서만 강조하고 군사와 무비에는 관심이 없다고 하면서 그것이 잘못임을 지적하였다. "편안할 때 위태함을 잊으면 안 된다"라는 말은 『주역』의 "군자는 편안할 때에도 위태함을 잊지 않고, 보존될 때에도 망하는 일을 잊지 않고, 잘 다스려질 때에도 어지러워지는 일을 잊지 않으니, 이런 까닭에 몸이 안전해지고 국가가 보존될 수 있는 것이다"29)에서 온 것이다. 그러므로 변종운이 비판한 사대부들의 행동은 사실 국가를 보존해야 할 큰 책임을 잊어버린 것이라고 볼 수도 있다. 변종운은 당시의 군사 제도에 대해서도 부정적이었던 것으로 보인다. 위의 인용문에서는 사대부들이 군사를 이야기하는 것을 부끄럽게 생각한다고 하였다. 하지만 변종운이 보기에 조선의 군사제도 역시 적지 않은 문제점을 가지고 있어서 이에 대해 이야기하지 않는 것은 매우 잘못된 것이었다.

> 옛적에 주나라가 흥성하였을 때는 군사를 나누어서 야외에서 활쏘기를 하였고 군사들을 농민들 속에 두었으며, 사냥은 반드시 농한기에 하였다. 때문에 백성들이 모두 군사의 일을 하였고, 병사들은 군법으로 움직였기 때문에 천하에 무적이었던 것이다. 군사와 농민이 나뉘게 되자 농민이 반으로 줄었고 군사들도 무기를 연마하지 않게 되었다. 어느 날 갑자기 일이 생기면 저자거리 사람들을 몰아 싸우게 하니 후세의 장수가 옛날 장수보다 더 힘들지 않을 수 있겠는가?30)

위의 인용문은 『필취편(必取編)』이라는 병서의 서문이다. 변종운은 주나라의 군사제도를 이상적인 것으로 생각하였던 바 그 장점으로 경합을

---

29) 『周易』, 「繫辭下」, "君子安而不忘危, 存而不忘亡, 治而不忘亂, 是以身安而國家可保也."
30) 『歠齋文鈔』 권1, 「必取編序」, 『한국문집총간』 303, 40면, "昔周之盛, 散軍郊射, 寓兵於農. 四時之敗, 必於農隙. 於是平民皆習兵, 兵出以律, 得以無敵於天下矣. 迨乎兵農之分, 農失其半, 兵又不習. 一朝有事, 輒驅市人而戰, 豈非後之爲將, 難於古乎?"

통해 우수한 군사를 뽑은 것과 군사를 농민들 중에 둔 것을 들고 있다. '군사를 나누어 야외에서 활쏘기를 하였다'는 것은 천자가 야외로 나가 하늘에 제사 지낼 때 군사들로 하여금 사궁(射宮)에서 활쏘기를 하게 하여 우수한 자를 뽑았던 주나라 때의 제도를 가리킨다. 군사들을 농민들 속에 두었다는 것은 부병제(府兵制)를 가리키는 것으로, 군부(軍府)를 설치하고 백성들 중에서 건장한 자들을 뽑아 평소에는 농사를 짓고 농한기에는 훈련을 하며 전시(戰時)에는 군사에 합류하게 하였던 제도를 가리킨다. 사실 부병제는 서위(西魏) 대통(大統) 연간(535～551)에 시작되어 당나라 때까지 실시되었던 것으로, 주나라의 제도가 아니다. 또 모든 농민이 다 군사의 일을 하였던 것이 아니라 부병으로 뽑힌 사람만 농한기에 군사 훈련을 하였기 때문에 변종운의 말은 과장된 부분이 없지 않다. 하지만 부병제는 군비를 경감하고 농업을 발전시키는 이중의 효과를 거둘 수 있어서 그 장점이 큰 것은 사실이다. 변종운은 후세에 군사와 농민이 완전히 분리되자 농민들의 수가 줄고 또 무기를 연마하지 않게 되어 유사시에 전쟁에 동원되어도 제대로 싸우지 못하는 폐단을 지적하였다.

변종운은 1811년에 지은 「관서 도적이 평정되다(西賊剿平)」에서 홍경래의 난을 평정하기 위해 징병을 하는 것을 목격했음을 서술한 적 있는데 이는 조선의 군사가 충분하지 않았음을 보여준다. 혹시라도 임진왜란과 같은 큰 일이 일어난다면 군사를 충원하지 않고는 제대로 전쟁을 치를 수가 없을 것은 자명한 일이었다. 하지만 평소에 무기를 연마하지 않았던 백성들을 군사로 충당하는 것이 얼마나 효용이 있을지는 의문이다. 변종운은 임진왜란 때의 의병장 제말의 신도비명에서 임진년에 왜구가 들이닥치자 "백성들은 군사를 보지 못한 지가 수백 년이 된지라 하루아침에 창황하여 소문만 듣고도 도망쳐 숨었다."[31]라고 하였다. 병자호란으로부

---

31) 『歡齋文鈔』 권3, 「諸忠壯公神道碑銘」, 『한국문집총간』 303, 65면, "民不見兵者, 數

터 변종운이 살았던 시대까지도 300여 년이 흘렀으니 그때의 백성 또한 임진왜란 때와 별로 다를 것이 없었을 것이다. 그러므로 부병제의 장점에 대한 논평은 조선에 전시 상황이 발생할 경우에 대한 염려를 보여준다고 생각된다. 물론 변종운이 군사제도 개혁에 대한 구체적인 방안을 내놓거나 한 것은 아니다. 하지만 이런 상황에 대한 고민은 적지 않게 했던 것으로 보인다. 벗이자 사돈인 최필문이 변종운에 대해 "머릿속에 쌓았던 갑병(甲兵)의 계책을 펼치지도 못했다"[32]라고 한 것은 변종운이 평소에 군사 문제에 관심이 많았던 것을 두고 한 말일 것이다.

변종운은 장수의 역할이 특히 중요하다고 보았다. 청천강에서 을지문덕 장군을 생각하면서 지은 시에서는 군사의 숫자보다는 장수의 지략이 더 중요하다고 하여[33] 장수가 역할을 잘 발휘하기만 하면 군사가 부족한 문제는 어느 정도 미봉할 수 있을 것이라는 생각을 드러냈다.

변종운이 『필취편(必取編)』의 서문을 쓴 것도 장수의 중요성에 대한 인식과 관련이 있다. 필취편은 장수가 해야 할 바에 대해 자세히 기록한 책으로, 후세의 장수가 이 책을 참조한다면 전쟁에서 큰 성공을 거둘 수 있을 것이라고 생각했기 때문이다.

> 처음에는 장수의 도리를 쓰고, 이어서 병사를 조련하는 방법을 적었다. (중략) 무기를 논함에는 반드시 정밀하게 하기 위해 도설(圖說)을 작성하여 책의 뒤에 붙였다. 장수로써 할 수 있는 모든 바가 책 속에 모두 들어있다.
> 다행히 태평성대를 만났으니 금세에서는 쓸모가 없을 것이다. 만약 이후에 두려운 일을 당하게 되면, 계략에 능하고 큰 공을 세울 자가 꼭 와서 이 책 속의 법을 취할 것이다. 만약 이 책의 법을 취하게 된다면

百年矣. 一朝倉皇, 望風逃匿."
32) 崔必聞, 「哭歔齋」, 『朝野詩選』, 206면, "甲兵未展胸中蘊, 琚佩空傳席上珍."
33) 『藕船秋齋詩』, 「淸川江有懷乙支文德」, "成功不在兵多少, 應變終看將智愚."

싸움에 반드시 이기고 공략함에는 반드시 취하게 될 것이라는 것을 나는 안다. 이 책의 이름을 '필취(必取)'라고 한 것은 그 연유에서다.[34]

『필취편』을 편찬한 사람은 윤원서(尹元瑞)라는 사람인데, 호는 서은(墅隱)이다. 윤원서의 신분에 대해서는 정확하게 알 수 없다. 하지만 변종운이 위의 글에서 사대부들의 행태를 비판하고 있는 것으로 보아 무인(武人) 혹은 병법에 관심이 많은 중인일 가능성이 크다고 생각된다. 윤원서가 당시 조선의 상황에 위기의식을 갖고 있었는지는 잘 알 수 없지만, 적어도 조선의 여러 문제점들에 대한 뚜렷한 인식을 갖고 있었을 가능성이 크다. 이런 인물들과 교유하고 그들이 쓴 병서에 서문을 써 주면서 그 가치를 크게 칭찬한 것은 변종운 또한 이런 문제점들에 큰 관심을 갖고 있었음을 보여준다.

무비와 군사에 대한 변종운의 주장은 체계적이거나 자세하다고는 볼수 없지만 당시 조선의 무비와 군사의 부실과 관련시켜 볼 때 충분히 의미가 있다고 생각된다. 이는 청나라가 영국과의 전쟁에서 패하고 반식민지로 전락한 상황과 무관하지 않을 것이다. 즉 조선의 대내외상황에 대한 위기의식과 관련이 있을 가능성이 크다는 것이다. 또 변종운이 긍정한 주나라의 군사제도가 당시 조선의 상황에 비추어 보았을 때 역시 의미가 있는 것이었음을 주목할 필요가 있다. 청나라의 황작자는 아편전쟁 때 어민들을 적극 활용하여 영국군과의 전투에서 실효를 거둔 적 있는데[35] 이는 비상시에 유능한 백성들을 활용하는 것이 당시에도 여전히 효과가 있는 것이었음을 설명한다.

---

34)『歟齋文鈔』권1,「必取編序」, "首之以爲將之道, 次之以鍊習之方. (중략) 更欲器械之必精也, 作爲圖說, 以付其後. 爲將者之能事, 一開卷而盡矣. 幸値昇平, 今世則已矣. 後若有臨事而懼, 好謀而成者, 必來取法焉. 苟能必取法也, 吾知其戰必勝攻必取矣. 此書之所以名『必取』也."

35) 陳小瓊, 鍾賢才,「論黃爵滋的軍事思想」,『江西敎育學院學報』, 江西敎育學院, 2000年04期.

4. 목민관(牧民官)의 임무와 위민(爲民) 의식

변종운은 국가의 대사와 무비에 대해 관심이 많았을 뿐 아니라 백성들의 삶과 밀접한 관련이 있는 지방관의 임무에 대해서도 깊은 관심을 보였다. 『소재집』에는 지방관으로 부임하는 관리들에게 준 송별서가 6편이나 수록되어 있는데, 이는 사대부들과의 폭넓은 교유관계를 보여주는 동시에 목민관의 임무와 백성들의 삶에 대한 관심의 정도를 보여준다. 변종운은 36세가 되던 1816년 논산 현감으로 부임하는 심노숭(沈魯崇, 1762~1837)에게 준 송별서에서 조선에 제대로 된 관리가 있는지 모르겠다고 하여 관리들에 대한 부정적인 시각을 드러냈다.

옛적에 한 고을 수령이 가야산(伽耶山)의 산사를 노닐었습니다. (그곳에는) 노승 한 명이 있었는데 대승, 소승 불교를 이야기할 수 있고 또 아는 것이 많았지요. 고을 수령이 장난하여 묻기를, "스님은 영남(嶺南)에 관리가 몇 명 있는지 아십니까?"라고 하자 중이 "관리는 한 명 있을 뿐입니다."라고 대답했습니다.

고을 수령이 웃으면서 "관리가 얼마인지 산에 사는 사람이 모르는 것은 당연한 일이지요."라고 하자 중도 웃으면서 "관리가 관리의 일을 하여야 관리라 하겠지요. 관직에 있으면서 소임을 다하지 않은 사람이 관원일까요? 남쪽 벼슬아치 중에서 청렴하고 밝으며 백성을 자식처럼 보는 사람은 오직 개녕현(開寧縣) 수령 한 사람일 뿐이니 관원이 한 명만 있다고 한 것입니다." 라고 하고는 가부좌를 하고 앉아서 눈을 감았습니다. 그 때 개령현 수령 모는 과연 옛날의 어진 관리에 부끄러울 것이 없었지요. 고을 수령은 머쓱하여 돌아갔습니다.

이 중은 실로 승려 중의 고사(高士)라고 할 만 합니다. 그로 하여금 지금 세상에 살게 하였더라면 저는 그가 과연 지금 몇 명의 관원이 있다고 할지 모르겠습니다.[36)]

이 글에서 변종운은 가야산 승려의 말을 빌려 맡은 바 책임을 다하지 않는 관리는 없는 것과 마찬가지라는 생각을 보여주고 있다. 홍경래의 난 때 쓴 시에서 맡은 바 직책을 다하지 못하는 관리들에 대한 부정적인 시각을 보여주었다면 이 글에서는 그런 관리는 없는 것과 같다고 하면서 심노숭에게 좋은 관리가 되라고 격려한 것이다.

변종운이 지방 관리들에 대해 대체로 부정적인 태도를 보였음은 다른 글에서도 잘 드러난다. 변종운은 지방 관리들의 악행과 백성들을 괴롭히는 무리들의 횡포에 대해 폭로하기도 하고, 민란의 원인은 민생을 돌보지 않고 사욕만 챙기는 지방 관리들에게 있다고 주장하기도 했다. 또 지방관으로 부임되는 사대부들에게 준 글에서는 악덕 지방관들의 무능과 횡포에 대해 폭로하면서 진정한 관리가 될 것을 권유하기도 했다. 다음은 포악한 지방 수령의 횡포에 대해 폭로한 글이다.

> 하지만 세교(世敎)가 쇠미하여 고을수령을 제대로 임명하는 경우가 드물었습니다. 백성들이 굶주리고 추위에 시달려도 구휼할 줄 모르며, 병들고 괴로워해도 살피지 못했습니다. 심한 자들은 심지어 그 고혈을 빼앗고도 모자라 호시탐탐 백성들을 노렸습니다. 그래서 산이나 골짜기에 엎어지고 흩어져서 다른 곳으로 가버리니 부자 사이라고 해도 만나지 못하는 이들이 있습니다. 모시고 싶어도 할 수 있겠습니까?[37)]

---

36) 『歗齋文鈔』 권1, 「送沈魯城魯崇序」, 『한국문집총간』 303, 36면, "昔一邑宰遊伽倻山寺. 有老僧能說大小乘, 又能博識. 邑宰戱而問曰, '師知嶠南有幾員官耶?" 僧對曰, "只有一員官." 邑宰笑曰, '官人多少, 宜乎山人之未能詳也.' 僧亦笑曰, '官而官, 是乃官也. 官不官, 官哉官哉? 南吏之廉且明, 視民如子者, 惟開寧縣已也. 所以爲只一員官也.' 仍趺坐而閉目. 是時開寧宰某, 果無愧乎古之循良. 於是邑宰憮然而去. 是僧固緇流中高士也. 使其居今之世, 吾未知其果謂有幾員官也."

37) 『歗齋文鈔』 권1, 「送尹槩堂正鎭出宰伊川序」, 『한국문집총간』 303, 37면, "然自世敎衰, 守宰多不得其人也. 民之飢寒而不知恤, 疾苦而不能省. 甚者浚其膏澤焉, 猶且耽耽然視夫民也. 於是乎塡于溝壑, 散而之他. 父子有不能相見者矣. 雖欲其養得乎?"

변종운은 백성들이 좋은 수령을 만나기가 어려웠다고 하며 지방 관리들 중 진정으로 백성들의 질고에 관심을 갖고 관리의 임무를 수행하는 사람이 거의 없음을 지적하고 있다. 심한 자들은 오히려 백성들을 핍박하고 고혈을 짜내어 자신의 사욕을 채우고 있다고 하였다. 홍경래의 난 때 지은 시에서 백성들이 추위와 굶주림을 견디지 못하고 민란을 일으켰다고 한 것을 생각해보면, 이 글에서 지방 관리들의 혹정(酷政)이 백성들의 삶을 더 어렵게 한다고 한 것은 민란의 책임이 지방의 관리들에게 있다는 생각도 드러내고 있는 셈이다.

19세기에는 민란이 자주 발생했다.[38] 당시 농민들의 생업이 어려워진 것은 문란한 과세제도가 주된 원인이었다. 토지에 무거운 세금을 부과했지만 정작 좋은 토지를 갖고 있는 지주들은 대부분 과세에서 제외되거나 토지에 낮은 등급을 매겨 세금을 피하고 있었고 영세한 농민들은 척박한 토지를 경작해도 많은 세금을 내야 했다. 지방 수령이 포악하여 백성의 짐을 가중시키는 경우가 있기는 했지만 좋은 수령이라고 해도 과세 제도를 개혁하거나 농민들의 세금을 면제해줄 수 있는 권한을 가지고 있은 것은 아니었다. 이런 면에서 민란의 원인에 대한 변종운의 관점은 핵심을 파악한 것이라고 보기는 어렵다. 하지만 변종운의 글이 지방 관리로 부임하는 사대부들에게 준 것임을 감안한다면 변종운이 지방 병폐의 근원이 어디에 있는지를 몰라서 그런 것은 아니라고 생각된다. 다만 상대방의 신분으로 할 수 있는 일들을 열거하고 지방의 여러 병폐들을 열거하는 편이 오히려 실용적이라고 판단했을 것이다.

---

38) 1808년 1월 함경도 북청·단천 민란, 1811년 2월 황해도 곡산부 민란, 1811년 12월 평안도 농민항쟁, 1813년 11월 제주도 민란, 1814년 1월·1833년 1월 서울의 '쌀 폭동', 1840년 3월 경기도 죽산부 민란, 1851년 10월 황해도 민란이 일어났고 1862년에는 전국적인 농민반란이 일어났다. 이세영, 「19세기 전기 사회경제의 변동」, 『추사와 그의 시대』, 돌베개, 2002.

또 한편으로는 악덕 관리가 백성들의 질고를 가중시키고 있다는 점은 적절한 지적이었기도 하다. 민생에는 관심이 없고 사욕을 채우는 것에만 급급한 지방 관리들을 만나면 백성들의 부담이 가중되어 생활이 더욱 피폐해지는 것은 당연한 일이었기 때문이다. 변종운은 「이경정묘갈명(李敬亭墓碣銘)」에서도 시골 부자의 말을 빌려 관리와 백성들의 관계에 대한 생각을 표현하고 있다. 시골 부자에게는 장마만 지면 홍수가 나는 땅이 있었는데 누군가 경작을 하게 해 달라고 청하였으나 가을이 되자 세금을 걷는 관리가 부자에게 와 세금을 독촉했다. 부자는 이 일에 대해 다음과 같이 말하고 있다.

> 얼마 전에 그것을 경작하겠다고 청하는 사람이 있었는데, 가을이 되자 세금을 걷는 관리가 오히려 우리 집 문 앞에 와서 세금을 독촉하였소. 관리는 화로와 같고 백성은 쇠붙이와 같거늘, 언젠들 쇠를 녹여서 달구지 못하겠소? 어쩔 수 없어서 대신 그 세금을 냈소.[39]

관리는 화로와 같고 백성은 쇠붙이와 같다는 비유는 관리와 백성의 관계를 매우 형상적으로 잘 보여준다. 시골 부자는 땅을 다른 사람에게 빌려 주었으나 그 사람이 세금을 내지 못하자 관리는 땅 주인에게 와서 세금을 독촉했다. 이치상 통하지 않는 행태였으나 백성들은 그것에 대응할 아무런 방법이 없었던 것이다.

변종운은 지방 관리의 혹정에 일조하는 자로 또 서리들을 지목하고 있다. 서리들은 행정 실무를 담당하는 자들이었다. 그들은 중간에서 상관과 백성들을 농락하여 잇속을 챙겼다. 그래서 사대부들조차도 서리들에 대해 간교하고 교활한 자들이라고 생각하고 있었다. 하지만 변종운은 서리

---

39) 『歗齋文鈔』 권3, 「李敬亭墓碣銘」, 『한국문집총간』 303, 63면, "曩有人乞諸吾而耕之者, 及秋, 吏之徵稅者, 轉索於吾之門. 官猶爐火也, 民猶金也, 幾何其不鎔而鑠也. 不得已代納其稅."

들에 대해서는 개인의 자질이나 탐욕보다는 그들이 부정을 저지를 수밖에 없는 구조적인 문제점에 대해서 밝히고 있는데 앞에서 언급했던 「유담전(柳墰傳)」에서 그 구체적인 사례를 찾아볼 수 있다.

> 유담이 20세가 되어 부친이 죽자 대신하여 아전이 되었는데 꽤 명성이 있었다. 관청에서 수년을 일하더니 탄식했다. "아전은 할 짓이 못 된다. 해가 뜨면 고을 수령의 뜰을 뛰어다니며 때로는 먼저 영합하기도 하고 때로는 일에 따라 속이기도 하면서 고을 수령이 어리석은지 똑똑한지 약한지 강한지를 주로 살펴 술수를 부린다. 또 녹봉은 농사를 대신하기에도 부족하여 법을 농간하여 백성을 좀먹지 않으면 처자식을 양육할 수 없다. 그러니 어찌 이것이 할 짓이겠는가." 결국 떠나서 상인이 되었다.[40]

이 글에서 거론한 아전의 악행은 주로 두 가지다. 하나는 나쁜 지방관에게 영합하거나 혹은 착한 지방관은 속이기도 하면서 지방관에게 붙어 술수를 부리는 것이다. 다른 하나는 법을 농간하여 백성들을 좀먹는 것이다. 아전들이 위로는 상관이 잘못을 저지르는 데에 일조하고 아래로는 법의 명분을 빌어 백성들을 괴롭히고 있음을 알 수 있다. 하지만 위의 글에서 변종운은 아전들이 나쁜 일을 일삼게 된 이유를 아전 개인의 수양이나 심성에서 찾고 있지는 않다. 변종운은 아전들이 이렇게 된 것이 잘못된 제도에 기인한다고 보았다. 녹봉이 농사를 대신하기에도 부족하여 상관을 농락하거나 백성들을 기만하지 않으면 처자를 먹여 살리기도 어려운 상황이 그들을 이렇게 하도록 만들었다고 생각했던 것이다.

이 글에서 나오는 유담은 부친의 일을 이어받아 아전이 되었으나 아전

---

40) 『歡齋文鈔』 권2, 「柳墰傳」, 『한국문집총간』 303, 57면, "墰年二十, 父死代爲吏, 有聲名. 府中數年, 歎曰, '吏不可爲也. 日出而趨走於邑宰之庭, 或先意迎合焉, 或隨事欺罔焉, 視邑宰之昏明剛弱而售其術, 且祿不足以代其畊. 非舞文而蠹民, 無以養妻子矣. 是可爲歟?' 遂去而爲商焉."

은 사람이 할 일이 못된다며 그만두고 상인이 된다. 그가 아전의 일을 그만둔 이유는 상관과 백성들을 동시에 농락하면서 비열한 수단으로 돈을 버는 것을 더 이상 견디기 어려웠고 아전의 일을 그만두지 않는 이상 그렇게 하지 않고서는 생계를 유지할 수 없음을 깨달았기 때문이다. 그러므로 이 글은 아전 개인에 대한 비난이라기보다는 아전들이 불법 행위를 저지를 수밖에 없는 제도 자체에 대한 비판인 것이다.

한편 변종운의 또 다른 작품인 「청계혜원사전(淸谿惠圓師傳)」에는 살인죄를 억울한 사람에게 뒤집어씌워 뇌물을 받아먹은 아전도 등장한다.

> 옛날에 어떤 두 아전이 관부에서 공역(供役)하고 있었습니다. 소민 장삼(張三)이 살인하여 옥에 갇혔고 이웃에 사는 이사(李四)는 재물이 넉넉하였지요. 두 아전이 장삼의 옥사에 이사를 떨어뜨리자 이사는 크게 놀라 오백 금을 뇌물로 바쳤습니다. 두 아전은 그 돈을 나누어 가지고 이사를 놓아주었습니다.[41]

위의 글은 두 아전의 악행에 대해 폭로한 혜원사(惠圓師)라는 승려의 말을 옮긴 것이다. 혜원사는 '옛날에'라는 말을 썼으나, 위 글을 마지막 부분에 사실 그들은 당시 광주부(廣州府)에 있었던 아전들이었다고 함으로써 실제로 있은 일을 기록한 것임을 밝혔다. 앞의 글에서 아전이 수령과 백성들 사이에서 농간을 부리지 않으면 생계를 유지하기 어려운 제도적 문제를 거론했다면 여기서는 아전 개인의 문제를 말하고 있다. 즉 지방 행정을 부패하고 어지럽게 하는 데는 제도적 문제와 개인의 성품 문제가 종합적으로 작용하고 있다는 생각을 드러낸 것이라고 볼 수 있다.

또 조선 후기에는 아전들 외에 지방 토호(土豪)들의 악폐도 상당했던

---

41) 『歠齋文鈔』 권2, 「淸谿惠圓師傳」, 『한국문집총간』 303, 55면, "昔有二吏供役於官府. 小民張三者, 殺人繫獄. 隣有李四富於財. 二吏共擠李四於張三之獄. 李四大懼, 以五百金賂焉. 二吏分其金而縱李四."

것으로 보인다. 변종운은 윤정진(尹正鎭)에게 준 글에서 토호를 억눌러야 한다고 하였는데[42] 「씨름꾼 소년의 전기(角觝少年傳)」에 등장하는 악승은 지방의 악한 세력을 상징한다고 볼 수 있다. 그는 자신의 힘을 믿고 동네 백성들을 쥐락펴락하고 심지어 지나가는 사람의 부인을 빼앗기까지 하였으나 그를 저지하는 사람은 아무도 없었다. 씨름에 능한 소년이 그를 처단할 때까지 아무런 제재도 받지 않고 있었던 것이다. 이는 한편으로 지방 토호의 발호(跋扈)와 관리의 무능을 보여주는 사례라고 생각된다.

이런 상황에서 백성들의 삶이 피폐해질 것은 자명한 일이었다. 변종운은 당시 조선의 백성들이 모두 깊은 병이 들었다고 하면서 지방관으로 내려가는 사대부들에게 백성들을 자식처럼 아끼고 사랑할 것을 호소했다.

> 옛 고을 수령 중에는 백성을 자식처럼 생각하는 자가 있었다. 용인의 백성은 모두가 송우의 자식인 것이다. 더구나 지금 여러 읍의 백성 중에는 병들지 않은 자가 거의 없다. 어찌 용인의 백성들만 병들지 않을 수 있겠는가? 만약 그들이 병들었다면 그것은 모두 송우의 걱정거리가 되어야 할 것이다.[43]

이 글은 변종운이 1854년에 용인 수령으로 부임되어 가는 김명근(金命根)에게 준 서문이다. 이 서문에서 변종운은 조선의 백성들은 모두 병들어 있는 것으로 파악하고 있다. 변종운은 다른 글에서 백성들이 "힘이 다했다[力竭]"는 표현을 사용했다. 이 표현 역시 백성들의 힘이 쇠하여 생계를 유지하기 어려울 정도가 되었다는 뜻을 담고 있다.

---

42) 『歗齋文鈔』권1, 『한국문집총간』303, 37면, 「送尹裳堂正鎭出宰伊川序」, "抑土豪戢奸吏."
43) 『歗齋文鈔』권1, 「送松右出宰龍仁序」, 『한국문집총간』303, 38면, "古之爲邑, 有視民如子者. 龍仁之民, 何莫非松右之子也. 況今列邑之民, 不病者幾希. 豈龍仁之民之獨無病乎哉! 苟其病也, 又皆松右之憂也."

옛날 왕기공(王沂公)이 남주(南州) 수령이 하직인사를 하러 온 것을 보고 그에게 말하기를, "동남 백성들은 그 힘이 고갈되었다"라고 했다. 당시는 어진 임금과 좋은 재상이 다스리고 선정을 베풀어 태평성대라고 이를 수 있었으니 백성들이 힘이 고갈될 정도에 이르지 않았지만 기공(沂公)은 백성들을 상처 입은 사람 돌보듯이 하였다. 그러므로 진정한 재상의 말을 할 수 있었다.

백성에게 힘은 물고기의 연못과 같다. 연못이 마르면 물고기가 없어지고 힘이 다하면 백성들이 사라지게 되니 걱정하지 않을 수 있겠는가? 지금 백성들의 힘을 보면 송나라 때와 다를 바가 있겠는가?[44]

『좌전(左傳)』「애공원년(哀公元年)」에 "나라가 흥할 때는 백성을 상처 입은 사람 돌보듯이 한다"[45]라고 하였다. 『맹자(孟子)』에서도 문왕이 백성을 상처 입은 사람 돌보듯이 했다고 찬양하였다.[46] 변종운은 이 말을 빌어 기공이 백성을 실상 이상으로 근심했음을 말한 것이다. 이 글은 변종운이 1862년 정월에 경상도관찰사로 부임된 이돈영(李敦榮)에게 준 것이다. 김명근에게 준 글에서는 조선의 백성들이 '병들었다'라고 단도직입적으로 말한 반면, 위의 글에서는 비록 지금이 태평성대지만 여전히 백성들의 처지를 근심해야 한다고 에둘러서 표현하고 있다. 하지만 '백성들의 힘'을 운운하면서 연못이 마르면 물고기가 없고 힘이 다하면 백성들이 없다고 한 것은 그가 당시 조선의 상황에 대해 심각하게 우려하고 있었음을 보여준다. 당시가 태평성대라고 한 것은 진심이 아니었던 것이다.

변종운은 지방 관리가 제대로 임명되지 못하는 것은 선부(選部)의 인사 관리 문제라고 생각했던 것 같다. 「수운 김시랑이 경주 부윤으로 부임하

---

44) 『歗齋文鈔』 권1, 「送大陵李尙書出按嶺南序」, 『한국문집총간』 303, 41면, "昔王沂公見南州守宰之來辭者, 語之曰, '東南民力竭矣.' 伊時賢君良相, 治敎休明, 民力不至乎竭矣. 沂公能視民如傷也, 此眞宰相語也. 夫民之力, 猶魚之澤. 澤竭則無魚, 力竭則無民, 是可以不憂歟? 顧今民力, 視宋之世, 將毋同乎?"
45) 『左傳』, 「哀公元年」, "臣聞國之興也, 視民如傷. 是其福也."
46) 『孟子』, 「離婁下」, "文王視民如傷, 望道而未之見."

는 것을 송별하는 序(送水雲金侍郞赴東京尹序)」에서 변종운은 김재경(金在敬)이 경주 부윤으로 가게 된 것은 임금이 특히 그의 재능을 중하게 여겨 선부에서 좋은 인재를 지방 관리로 보내도록 선례를 남기기 위한 것이라고 했다. 그러면서 지방관에 훌륭한 사람을 임명해야 하는 필요성을 강조하고 있다.

무릇 나라에서 설치한 관직 중에서 백성에게 가장 가까운 것은 고을 수령뿐이다. 전후로 성인의 가르침을 잘 받게 한 다음 뽑아서 수령으로 보내는 것이니 아주 진지하고도 엄숙한 일이다. 하지만 삼백 육십 개의 읍에서 어찌 모두 청렴한 관리만을 뽑을 수 있겠는가? 작년에 어사를 팔도에 파견하여 안렴(按廉)을 하고 돌아오게 하였다. 근심을 분담하는 자들이 도리어 근심을 끼치는 경우가 있으니 백성들의 질고가 또한 어떠하겠는가?

공은 여러 차례 주, 군의 수령을 지냈는데 공적이 뛰어나 명성이 자자하여 성상께서 마음에 두신 지 오래 되었다. 그래서 특히 경반(卿班)에서 나와 고을을 다스리게 하신 것인데 이부에서 그것을 보고 반드시 공과 같은 자를 선발하게 하도록 하고 또 여러 읍의 수령들로 하여금 그것을 보고 공과 같은 정사를 펴게 하도록 하기 위해서였다. 그러니 어찌 공을 위해 경하 드리지 않을 수 있겠는가?

과연 이부에서 사람을 잘 선택하고 고을 수령들이 모두 잘 다스린다면 교화가 일세에 펴지는 것을 볼 수 있게 될 것이다. 공의 은혜 또한 이로써 크게 될 것이다. 그러니 무슨 아까울 것이 있겠는가?47)

---

47) 『歗齋文鈔』 권1, 「送水雲金侍郞赴東京尹序」, 『한국문집총간』 303, 41면, "凡國之建官, 最近於民者, 守宰是已. 前後聖敎以擇送守宰, 輒鄭重焉. 然三百六十邑, 安得人人而龔黃杜召也. 昨歲分遣繡衣於八路, 及按廉而歸也. 彼分憂者, 或反爲之貽憂焉. 菰屋之歎, 當如何也? 公屢典州郡, 聲績藹然, 簡在聖心久矣. 所以特自卿班, 使之治邑, 蓋欲使選部視此而必擇如公者注擬焉. 又欲使列邑之宰視此而必如公之爲政也. 是豈不爲公賀歟? 果選部之能擇人也, 邑宰之盡善治也, 將見晭化之冶於一世也. 公之爲惠, 又從而大矣. 是何可惜也?"

김재경은 1859년 3월에 형조참의(刑曹參議)에 제수되었으나 5월에 경주 부윤으로 임명되었다. 변종운은 김재경이 경주 부윤으로 가게 되자 사람들이 모두 애석해 하였으나 자신만은 그것을 축하한다고 하면서 지방 수령이 임금의 교화를 널리 퍼지게 할 수 있는 중요한 자리임을 강조했다. 물론 이 글에는 김재경에 대한 위로의 뜻이 담겨 있다. 그렇다고 하나 지방 관리의 임명 문제에 제대로 된 사람을 고르는 것이 매우 중요하다는 생각과, 어진 관리를 지방으로 파견해야 한다는 생각도 드러나고 있다.

변종운은 우선 지방 관리의 중요성을 강조하였다. 백성들과 가장 가까이 있는 벼슬이기에 백성들의 질고를 가장 잘 헤아리고 다스릴 수 있다는 이유에서다. 다음은 지방 관리들의 부패상을 말하고 있다. 백성들을 돌봐 줘야 할 자들이 오히려 괴롭히고 있으니 백성들의 질고를 가히 알 수 있다는 것이다. 이어 김재경과 같은 큰 인물이 지방으로 가서 잘 다스린다면 그 곳에 백성은 물론 주변의 지방 관리들까지 교화를 받아서 그 은택이 주변 고을의 백성들에게까지 미칠 수 있다고 하였다.

변종운이 좋은 관리의 전범으로 삼은 사람으로는 중국 동한 때의 관리 진식(陳寔, 104~187)이 있다. 변종운은 대구 수령으로 부임되어가는 김계순(金蘷淳, 1808~?)에게 주는 서문에서 진식과 같은 선정을 베풀 것을 부탁했다. 변종운이 이 글에서 굳이 진식을 언급한 것은 진식이 수령으로 있었던 태구(太丘)와 김계순이 부임되어가는 대구(大邱)의 한자가 같기 때문이다. 변종운은 김계순이 진식을 보기로 삼아 대구를 훌륭하게 다스릴 것을 희망했다.

이제 공은 대구(大邱)의 수령이 됐는데 이 대구(大邱)는 조선의 대구(大邱)이지 한나라의 태구(太丘)가 아니다. 시간으로 몇 천 년을 사이 두고 있으며 거리도 몇 천 리나 된다. 지명이 서로 같은 것은 다만 우연일 따름이다. 그때의 백성들은 원래 3대의 백성들이었지만 어찌 오늘 대구의 백성들이라고 옛날 태구의 백성들이 될 수 없겠는가? 만약 진식(陳寔)의 마음을 마음으로 삼고, 진식의 다스림을 본받아 다스린다면 (그대도) 또 한 명의 진식이 될 것이요, (大邱 또한) 또 하나의 태구(太丘)가 될 것이다.[48]

3대의 백성은 하(夏)·상(商)·주(周) 시대의 백성을 가리킨다. 『논어(論語)』 「위령공(衛靈公)」에 "공자가 말씀하시기를, '나는 사람들을 칭찬한 적도 폄하한 적도 없다. 만약 칭찬한 사람이 있다면 그것은 과연 칭찬할만하다는 것이 사실로 증명된 경우일 것이다. 이런 사람들은 3대가 정도(正道)를 향해 발전해나갈 수 있게 한 사람들이다. 그래서 나는 그들을 찬양한 것이다.'라고 하셨다."[49]라는 말이 나온다. 여기서 말한 3대의 백성들이란 정도를 향해 나아간 정직한 사람들을 가리킨다. 변종운은 김계순이 진식의 마음과 다스림을 본받기만 하면 대구의 백성 역시 3대의 백성이 될 수 있다고 했다.

『후한사(後漢書)』 「진식전(陳寔傳)」에는 진식이 태구의 수령으로 있을 때 "덕을 닦고 정사를 깨끗하게 하였으며 백성들을 안정시켰다[50]"라고 적혀 있다. 진식의 마음과 다스림을 본받아야 한다는 것은 지방 관리로서 갖춰야 할 덕목과 행정능력을 갖춰야 한다는 말로 보인다. 지방 관리로서 갖춰야 할 덕목이란 위민 사상을 가리키는 것이고 행정능력이란 백성들의 삶을 안정시킬 수 있는 밝은 정치를 펴는 것을 가리킨다. 이 중에서 변종운이 가장 중요하게 생각했던 것은 애민 사상인데, 이는 그가 지방관으

---

48) 『歠齋文鈔』 권1, 「送金通判夢淳赴任大邱序」, 『한국문집총간』 303, 39면, "今公爲 大邱, 是乃海東之大邱也, 非漢時之大邱也. 世之相距也幾千百年, 地之相去也幾千百 里. 地名之相合, 特偶然爾. 斯民也, 固三代之民. 豈今大邱之民, 獨不可爲古大邱之民 歟? 苟能以陳寔之心爲心, 陳寔之治爲治, 是卽一陳寔也, 一大邱也."

49) 『論語』, 「衛靈公」, "子曰, '吾之於人也 誰毁誰譽? 如有所譽者 其有所試矣. 斯民也 三代之所以直道而行也.'"

50) 『後漢書』, 「陳寔傳」, "修德淸靜, 百姓以安."

로 부임하는 거의 모든 관리들에게 그가 써 준 글에서 예외 없이 강조하고 있는 것이기도 하다.

변종운은 지방 수령으로 부임해 가는 사람들의 상황에 맞춰 설득력 있게 이 점을 강조하고 있다. 예를 들면 용인 수령으로 임명된 김명근에게는 병든 아이를 위해 노심초사하는 마음으로 용인의 백성들을 치유해 주라고 부탁하고 효자인 윤정진(尹正鎭, 1792~?)이 이천 군수로 나아가게 되자 이천의 백성들도 부모들을 봉양할 수 있게 보살펴 주라고 부탁한 것 등이다. 다음은 김명근에게 준 서문의 앞부분이다.

> 김송우(김명근 – 역자)는 나이가 마흔이 넘어서야 비로소 아들 하나를 보았다. 얼마 지나지 않아 용인 수령으로 내려가게 되었고 얼마 뒤 아들이 병에 걸렸다. 송우는 몹시 걱정을 했다. 이는 물론 인지상정이다. 아이가 아픈데 걱정하지 않는 아버지가 어디 있겠는가? 그렇긴 하나 지금 송우가 걱정해야 할 것은 아이 한 명에 관한 것만이 아니다.
> 옛 고을 수령 중에는 백성을 자식처럼 생각하는 자가 있었다. 용인의 백성 중에 송우의 백성이 아닌 자가 어디 있겠는가? (중략) 송우는 옛 사람들의 책을 많이 읽었지만 오히려 의서에는 미치지 못했으니 아이의 병은 좋은 의사가 약을 지어 주는 것을 기다리는 수밖에 없다. 하지만 백성들이 병든 것을 고치는 방법은 모두 옛 책에 있으니 좋은 의원을 기다려서 처방을 구하지 않아도 된다.[51]

지방 관리가 백성을 자식처럼 생각해야 한다는 것은 오래전부터 내려오던 원론적인 이야기라서 쉽게 듣고 지나칠 수도 있다. 하지만 김명근처럼 아이가 병을 앓고 있어서 밤낮으로 걱정하고 있는 아버지에게 직접 이

---

51) 『歗齋文鈔』 권1, 「送松右出宰龍仁序」, 『한국문집총간』 303, 38면, "金松右年四十餘, 始擧一男. 未幾爲龍仁宰, 又未幾兒有疾. 松右惟其憂也. 是固人情之常也. 夫豈有兒疾而父不憂者乎? 雖然今者松右之憂, 非獨一小兒而已. 古之爲邑, 有視民如子者. 龍仁之民, 何莫非松右之子也. (중략) 松右雖多讀古人書, 猶未及乎岐黃, 所以兒之病, 必待乎良醫之劑也. 至若治民之病, 固自在乎古書中, 有不必請醫而求劑也."

런 이야기를 하면 그 의미가 상당히 달라진다. 김명근은 마흔이 넘어서야 아들 하나를 보았다. 그런 소중한 아들의 병으로 밤낮 없이 걱정하고 초조해 하는 김명근에게 변종운은 위로의 말을 건네기는커녕 지금 당신이 걱정해야 할 사람은 아이가 아니라 용인의 백성이라고 말하고 있는 것이다. 이 글은 인정에 맞지 않는 언사로 보이기는 하나, 가장 효과적으로 그 내용을 전달하고 있는 것임에는 분명해 보인다. 변종운은 이천 군수로 부임해 가는 윤정진에게 준 글에서도 윤정진이 소문난 효자였음을 언급하면서 백성들 또한 각자의 부모들을 봉양할 수 있도록 돌봐주기를 부탁하고 있다.

> 효(孝)로 치자면 효행을 널리 펼쳐 남에게까지 미치게 하는 것[錫類]보다 큰 것이 없고, 다스림으로 치자면 자신의 마음으로 미루어 헤아리는 것[能恕]보다 더 중요한 것이 없다. 공은 한 고을의 수령이 되어 그 봉급으로 자신의 부모를 모시게 되었다. 만약 자신의 마음으로 미루어 다른 사람의 부모에게까지 미치게 한다면 이천의 백성들 중에 부모가 없는 이가 어디 있겠으며, 부모가 있으면 봉양하고자 하지 않는 이가 어디 있겠는가?[52]

인용문에서 '석류(錫類)'는 『시경』「즉취(既醉)」의 "효자의 효심이 끊임이 없으니, 영원히 너의 동족에게 복이 미치리라(孝子不匱, 永錫爾類)." 에서 온 말로, 효심이 다함이 없어서 동족[族類]과 천하를 널리 가르친다는 뜻이다. '서(恕)'는 『논어』에 나오는 말로, 자신의 마음으로 미루어 헤아려 인애(仁愛)의 마음으로 대하는 것을 말한다. 자공(子貢)이 평생토록 행해야 할 것을 묻자 공자가 그것이 바로 '서(恕)'라고 대답하였다고 한다.

---

52) 『歔齋文鈔』 권1, 「送尹裵堂正鎭出宰伊川序」, 『한국문집총간』 303, 37면, "夫孝莫大於錫類, 治莫要於能恕. 公旣以一邑養其親, 苟能推己之心, 及人之老, 伊川之民, 其孰無父母也? 有父母者, 其孰不欲養也?"

변종운은 효자인 윤정진이 자신의 마음으로 미루어 백성들을 이해하고 그들 또한 자신처럼 부모에게 효도를 할 수 있도록 선정을 베풀 것을 기대한 것이다. 이는 아픈 아들을 걱정하는 김명근에게 아이를 생각하는 마음으로 용인의 백성들을 생각하라고 조언한 것과 같은 맥락이다. 관리들이 자신의 마음으로 미루어 백성들의 마음을 헤아리고 그들을 보살필 것을 바란 것이다. 그렇다면 백성들을 어떻게 돌봐야 하는가? 아주 구체적인 것은 아니지만 변종운은 백성들의 문제를 해결할 대책을 제시하고 있다.

> 부역을 고르게 하고 송사를 간결하게 한다. 쌀 매매를 평등하게 하며, 번잡하지 않고 어지럽지 않게 한다. 또한 큰 명예를 바라지도 않으며, 교화가 성심에서 이뤄지게 하고 위엄이 간소함에서 생기게 한다. 토호를 억누르고 간교한 서리들을 내친다. 더불어 무릇 백성들에게 해를 끼치는 자들은 모두 없애서 마치 농부가 잡초를 뽑는 것과 같이 하여 백성들로 하여금 모든 힘을 다 농사에 쏟아 붓게 만든다. 그 후에 그들의 생을 마치게 한다면 옛적에 부모를 모실 수 없던 자도 모두 모실 수 있게 될 것이다.[53]

변종운은 윤정진에게 백성들의 생활을 잘 돌보아 주어 그들도 부모를 봉양할 수 있게 해 줄 것을 부탁했다. 그 대책으로 정사(政事)의 간결함과 청렴함, 쌀 매매와 부역의 평등함, 사회 질서의 유지, 그리고 백성들에 대한 교화를 들었다.

변종운의 이러한 정치적 이상이 새로운 발상이라고 할 수는 없다. 대부분이 '수령칠사(守令七事)'의 범위 안에 들어갈 수 있는 내용이기 때문이다. 하지만 쌀 매매의 평등함을 주장한 것과 토호들의 발호를 억누를 것

---

53) 『歗齋文鈔』 권1, 「送尹裵堂正鎭出宰伊川序」, 『한국문집총간』 303, 37면, "賦役欲其均, 詞訟欲其簡, 糶糴欲其平. 不煩不撓, 不求赫赫之名, 化成於誠, 威生於廉, 抑土豪戢奸吏, 凡有害於民者祛之, 若農夫之除草焉. 使得盡力於畎畝之中, 無飢無寒, 獲遂其生. 昔之不能養者, 皆能有養也."

을 주장한 것은 당시 상황을 반영한 현실적인 대책이기도 했다. 쌀 매매의 불공평함은 당시 매점매석의 문제를 염두에 두고 한 말로 보인다. 토호들의 발호(跋扈)로 인해 백성들은 늘 억울한 일을 당하면서도 관청의 보호를 받지 못하고 있었기 때문에 토호를 억눌러야 한다고 한 것이다.

김명근과 윤정진에게 준 글을 종합해 보면 지방관에 대한 변종운의 희망은 두 가지로 요약할 수 있다. 첫째로 지방관은 그 지방 백성들의 부모와 같으므로 자신의 자식을 사랑하는 마음으로 백성들을 사랑해야 한다는 '애민(愛民)' 정신이다. 둘째는 자신의 부모를 공경하고 사랑하는 마음에 미루어 백성들의 고통을 헤아려 그들 또한 부모를 잘 봉양할 수 있게 해 주라는 '효(孝)'의 정신이다. 그런데 이 두 가지 논의는 모두 사적인 '효(孝)'와 '애(愛)'가 '애민(愛民)'의 문제로 확장되는 양상을 보인다. 변종운은 「『유유집』의 서(幼幼集成序)」에서도 자신의 아이를 사랑해서 남의 아이에게까지 미칠 것[54]을 주장한 바 있다. 이는 맹자가 말한 "내 노인을 섬겨서 남의 노인에게까지 미치며, 내 어린이를 사랑해서 남의 어린이에게까지 미친다면 천하를 손바닥에 놓고 움직일 수 있다."[55]라는 말에서 온 것이지만, 다른 사람의 집과 몸을 자신의 집과 몸 보듯이 해야 한다[56]고 주장한 묵가의 겸애설(兼愛說)과도 통하는 점이 있다.

변종운은 관리들이 백성을 자식처럼 사랑하며, 자신의 마음으로 백성들의 마음을 헤아린다면 고을이 잘 다스려질 것이라고 생각했다. 이런 믿음의 근저에는 백성들은 교화 가능한 존재라는 생각이 깔려있다. 즉 정사를 잘못하는 관리가 있을 뿐이지 교화할 수 없는 악한 백성은 없다고 생각했던 것이다. 즉 관리가 백성들을 사랑하고 교화하기만 하면 백성들은

---

54) 『歡齋文鈔』권1, 「幼幼集成序」, 『한국문집총간』303, 36면, "幼吾幼及人幼, 然後天下可運. 幼人幼如吾幼, 然後小兒可醫."
55) 『孟子』, 「梁惠王上」, "老吾老以及人之老, 幼吾幼以及人之幼, 天下可運於掌上."
56) 『墨子』, 「兼愛」, "視人之家, 若視其家. 視人之身, 若視其身."

얼마든지 정직하고 순박한 옛날 백성들로 돌아갈 수 있다고 생각했다. 다음 글은 그의 이런 생각을 더욱 잘 보여주고 있다.

> 정치가 백성들을 교화하는 것은 마치 바람이 풀을 드러눕게 하는 것과 같으며 백성들이 선(善)을 향해 가는 것은 물이 아래로 흐르는 것과 같다. 공의 재능으로 그 고을 백성들을 하나로 합치게 하는 것은 소 잡는 칼을 써서 닭을 잡는 것과 같지 않겠는가?[57]

정치가 백성들을 교화하는 것이 바람이 풀을 드러눕게 하는 것과 같다는 말은 『논어』에 나오는 구절을 가져온 것이다. 원문은 "군자의 덕은 바람과 같고 소인의 덕은 풀과 같으니, 풀은 바람이 불면 반드시 드러눕게 된다."[58]이다. 어진 수령의 덕화(德化)를 바람에, 백성들이 교화되는 것을 풀이 드러눕는 것에 비유하여 좋은 수령이 덕정(德政)을 베풀면 백성들은 자연히 교화될 것이라고 한 것이다.

"백성들이 선(善)을 향해 가는 것은 물이 아래로 흐르는 것과 같다"라는 말은 『좌전(左傳)』 「성공 8년(成公八年)」의 '종선여류(從善如流)'에서 온 말로 정확한 의견을 빨리 수용하는 것을 뜻한다. 원래 이 글은 군자를 칭찬하는 말로 쓰였는데 변종운은 이 말을 일반 백성들에게 씀으로써 백성들도 교화를 거치기만 하면 어렵지 않게 어진 사람으로 될 수 있다는 것을 표현한 것이다. "소 잡는 칼을 써서 닭을 잡는다"는 말은 『논어』 「양화(陽貨)」에 나오는데 일을 함에 힘이 매우 넉넉한 것을 가리킨다. 윤정진의 능력으로 고을을 다스리는 것은 매우 쉬운 일임을 말한 것이다.

물론 이런 교화는 백성들의 의식주 문제를 해결한 다음에 필요한 것이라고 보았다. 윤정진에게 준 서문에서 먼저 백성들의 민생 문제를 해결한

---

57)『歗齋文鈔』 권1, 「送尹裵堂正鎭出宰伊川序」, 『한국문집총간』 303, 37면, "政之化民, 如風偃草. 民之趨善, 如水流下. 以公之才, 於蕞爾邑, 不啻若割鷄之牛刀?"
58)『論語』, 「顏淵」, "君子之德風, 小人之德草, 草上之風必偃."

다음에 학교를 세워서 예의를 가르치라고 한 것은 그런 의미라고 생각된
다. 홍경래의 난 때 백성들이 추위와 굶주림을 견디지 못해 교화를 잊어버
렸다고 한 것도 이런 맥락이다. 백성들은 추위와 굶주림에 시달리면 그들
의 본분을 망각할 수도 있는 존재이므로 그들에게 가장 중요한 것은 의식
주의 문제이며 그것이 해결된 다음에야 예의로 가르칠 수 있기 때문이다.
그런데 이런 주장은 사대부들의 견해와는 상당한 차이를 보인다. 박지원은
1793년 안의현감 시절 남쪽 지방에 기근이 들어 백성들을 구휼할 때 백성
들에게 음식을 나누어 주기 전에 먼저 염치를 길러야 한다고 하였는데,[59]
이는 백성들의 의식주 문제보다 교화를 더 중시한 예로, 백성의 교화 문제
에 대한 사대부의 일반적인 인식을 보여주는 것이 아닌가 생각된다.

---

59) 朴趾源, 『燕巖集』 권2, 煙湘閣選本, 「答丹城縣監李侯論賑政書」, "饋饗之前, 先養其
恥. 必令男女分席, 長幼異坐. 士族置前, 庶氓居下. 各尋其位, 不相亂次."

제4장. 자기 인식과 수명(垂名) 의식

1. 입공(立功)의 좌절과 시운(時運) 인식
2. 불우한 사람들에 대한 동류의식
3. 비극적 인식의 극복과 탈속(脫俗)의 지향
4. 문학을 통한 불후(不朽)의 추구

1. 입공(立功)의 좌절과 시운(時運) 인식

변종운이 '사(士)'로 자부하고, 조선의 군사와 무비, 행정 등에 대해 큰 관심을 가지고 있었음은 앞에서 살핀 바 있다. 그러나 변종운의 논평과 주장이 실제로 조선의 현실에 큰 영향을 미쳤으리라고 보기는 어렵다. 중인의 신분이라는 큰 장벽은 본인이 '사'로 자부하고 국가대사에 대한 관심을 드러낸다고 해서 뛰어넘을 수 있는 만만한 것이 아니었기 때문이다. 최필문이 평가한 대로 군사적 재능이 있다고 해도 그것은 가슴 속에 쌓여만 있을 뿐이고, 큰 재주와 덕을 지니고 있다고 해도 쓰일 수가 없었다.

『소재집』에 서문을 쓴 사람들 대부분은 변종운을 불우한 사람으로 규정하였다. 이유원은 "소재는 한을 품은 사람이었다. 그러므로 붓끝에서 자연히 흘러나오는 기운이 있었다."[1]라고 하였고 홍현보는 변종운이 때를 만나지 못한 것을 두고 방간(方干, 809~888)과 같다고 하였다.[2] 방간은 자가 웅비(雄飛)로, 당(唐)나라 때의 시인이다. 재능이 뛰어나고 성품이

---

1) 李裕元, 『歙齋集』, 「歙齋集序」, 『한국문집총간』 303, 3면, "盖歙齋恨人也. 筆端自然有流出之氣."
2) 洪顯普, 『歙齋集』, 「歙齋集序」, 『한국문집총간』 303, 4면, "嗚呼! 公之不遇於時, 殆與方干共命也."

강직하여 여러 번 천거를 받았으나 끝내 등용되지 못하였다. 사후에 "작은 벼슬 하나 못했어도, 이름은 천만리에 날렸네(身無一寸祿, 名揚千萬里)."라는 평가를 얻었다. '사'에 대한 지향과 현실의 신분 사이의 괴리로 빚어진 불우한 상황에 대한 고민은 변종운의 시에서 자주 드러난다.

中夜萬籟寂	한밤중이라 모든 소리 고요한데
何人弄淸琴	누가 맑은 거문고 소리를 내나?
摵摵庭前葉	뜰 앞의 나뭇잎은 우수수 떨어지고
西風吹古林	가을바람은 옛 숲에 불어오네.
幽人聽未半	은자는 반도 채 못 듣고
愀然坐整襟	쓸쓸히 앉아 옷깃을 여미네.
寒蟲秋自語	귀뚜라미는 가을이라고 저토록 울어대건만
豈盡不平音	불평스런 소리를 어찌 다 할 수 있겠는가.
皎皎天上月	밝고 밝은 하늘의 저 달은
照人不照心	사람은 비춰도 마음은 비추지 않네.

－「한밤중에 거문고 소리를 듣고(中夜聞琴)」, 『歗齋詩鈔』 권1

이 시는 『소재집』에 실린 첫 작품으로, 변종운의 불평스러운 마음이 잘 드러나 있다. 1구와 2구에서는 한밤중에 들려오는 거문고 소리에 대해 썼다. 시인이 밤중에 거문고 소리를 들었다는 것은 그가 잠을 이루지 못하고 있었음을 말한다. 그가 들은 거문고 소리의 연주자 역시 잠을 이루지 못하고 있는 사람일 터이다. 밤중에 거문고를 타는 행위는 다른 사람과의 소통을 이루지 못하는, 외로운 독백의 성격을 지닌다. 3구와 4구는 쓸쓸한 가을의 분위기를 그려냈다. 5구와 6구는 거문고 소리를 듣던 시인의 반응을 그렸다. 반도 채 못 듣고 얼굴을 가다듬고 앉아 옷깃을 여민다는 것은 시인의 마음과 거문고 연주자의 마음이 통했기 때문이다. 7구와 8구는 가을에 밤새 울어대는 귀뚜라미에 대해 썼다. 변종운은 귀뚜라미가 아무리 이야기한들 불평의 소리를 어찌 다 할 수 있겠냐고 하여 자신의 마음도 결국 불평의 정서였음을 드러냈다. 9구와 10구는 밝은 달이 사람만 비출 뿐, 마음은 비추지 못한다고 하여 그가 느끼는 불평의 정서가 무엇인지 좀 더 구체적으로 짐작할 수 있게 한다. 사람들이 알아듣지 못하는 언어로 밤새 울어대는 귀뚜라미처럼 자신 또한 불평의 마음을 아무리 표현하려고 해도 결국 그 속마음을 알아주는 이는 없다고 한 것이다. 그런데 이런 불평의 마음의 마음이 구체적으로 어떤 것인지 알아보기 위해 자기 자신에 대해 언급한 작품들을 좀 더 살펴볼 필요가 있다.

夢裏麻衣分明語	꿈속에서 마의(麻衣)가 분명하게 말하길,
逢時端合上麒麟	"때를 만나면 기린각에 오르리라."
如何黃金一無成	어쩌랴! 황금대의 꿈 하나도 이루지 못하고
半生流落老風塵	반평생 영락한 채 풍진 속에 늙어가네.

—「초상화(小象)」, 『藕船秋齋詩』

위에서 인용한 것은 변종운이 조중묵에게서 그려 받은 초상화를 보고 쓴 시의 일부분이다. 꿈속에서 마의가 장차 기린각에 오른다고 했다는 것은 어릴 적의 포부와 자신에 대한 주변 사람들의 기대가 남달랐다는 말로 풀이할 수 있다. 변종운 스스로도 자신이 젊은 시절 헛되이 명성을 얻었다고 한 적 있는데, 이는 젊은 시절부터 남다른 재주를 드러냈음을 보여준다. 하지만 지금은 이룬 것 없이 풍진(風塵) 속에서 늙었다고 하여 결국 젊었을 때의 포부를 이루지 못했음을 밝혔다.

生來不占人一頭	천생 남보다 조금도 나은 것 없어
早歲成名是落魄	일찍 이름을 날려도 실의에 빠졌구나.
家中雖無甔石儲	집에는 한 섬의 쌀도 없어도
不重千金重然諾	천금보다 언약을 중히 여겼지.

—「술에 취해 멋대로 쓰다(醉後放筆)」, 『歠齋詩鈔』 권1

위의 시는 100운으로 된 「술에 취해 멋대로 쓰다(醉後放筆)」의 일부분이다. 남보다 나은 것도 없고, 일찍 이름을 날렸으나 실의에 빠졌다고 하였다. 자신은 타고난 무능력자라고 하였으나 이는 겸사일 뿐이다. 보다 주목해야 할 것은 지극히 불우한 상황에서도 세속적 이욕보다는 신의를 중시하며 살았다는 고백이다. 두 시를 통해 변종운은 남다른 재주와 인성을 지녔다고 자부했으나 그것을 제대로 펼치지 못했고 결국 불우한 인물이 되고 말았다는 것을 알 수 있다. 그러므로 「한밤중에 거문고 소리를 듣고」에서 말한 불평의 정서란 결국 불우한 처지에 대한 감회였음이 드러난다.

사실 변종운은 역관으로서는 상당히 출세한 셈이다. 20세에 역과에 합격하였고, 역관으로서는 최고의 자리인 정3품 당상역관의 자리까지 올랐으며 오위장(五衛將), 동지(同知) 등의 벼슬을 하였다. 또 당세의 대가인 남공철을 비롯하여 많은 사람들에게 문학적 성취를 인정받았다. 그런데도 계속 불우하다고 생각했던 것은 앞에서 논한 경세의 의지 때문이었다고 생각된다. 이런 경세의 의지는 유가에서 말하는 삼불후(三不朽), 즉 입덕(立德)과 입공(立功), 입언(立言)에 대한 추구와도 깊은 관련이 있는데 변종운은 그 중에서도 특히 덕과 공을 세우는 것을 중시하는 면모를 보였다. 30세 때 쓴 「서호에서의 뱃놀이(西湖泛舟記)」에는 이런 생각이 잘 드러나 있다.

> 사람이 세상에 태어나서 옛 성인들처럼 덕을 세우지도 못하고, 또 옛 호걸들처럼 공을 세우지도 못하는데, 근근이 일생 동안 글을 짓는 데 힘을 쏟고 말단의 일에 구구하게 매어 있으면서 뒷사람들이 우리를 알아주기를 구한다면 이 또한 슬픈 일이지요.3)

---

3) 『歗齋文鈔』권1, 「西湖泛舟記」, 『한국문집총간』 303, 41면, "人之在世, 旣未能立德, 如古之聖人, 又未能立功, 如古之豪傑之士, 而乃勤一生, 兀兀於文字之間, 區區於事爲之末, 而欲求後人之知我也, 亦可悲也." 번역은 이종묵 편역, 『누워서 노니는 산수』(태학사, 2002)의 119-123면에 수록된 「소동파를 넘어선 위항인의 서호 뱃놀이」를

이 글은 변종운의 인생관을 잘 보여준다. 덕과 공을 세우는 것이 가장 의미가 있고, 말단의 일인 문장에만 평생 힘을 쏟는 것은 취할 바가 못 된다는 것이다. 그러나 변종운은 결코 덕을 세우고 공을 세울 수 있는 신분과 자리에 있지 않았다. 변종운은 조두순의 환갑에 바친 축수문에서 "오직 재상의 직에 있는 사람만이 정교를 이끌어 널리 펼치고 음과 양을 움직여 다스리며 먼저는 근심하고 나중에는 기뻐하게 되니 만물을 자라게 하고 백성들을 편안하게 하며 한 세상 사람들을 장수의 영역에로 올려놓을 수 있습니다."4)라고 하였다. 즉 높은 위치에 있어야 정교를 널리 이끌어 덕을 세울 수 있음을 말하고 있는 것이다. 그러나 변종운과 같은 중인이 재상의 반열에 오를 수 없는 것은 당연한 일이다. 입덕(立德)의 길은 애초부터 막혀 있었던 것이다.

무공(武功) 또한 마찬가지다. 시운(時運)을 타고나지 않으면 무공(武功)을 세우는 것 또한 불가능하다. 변종운의 작품에서 '천고의 영웅들의 성패'에 대한 논의가 자주 나오는 것은5) 한편으로 무공에 대한 지대한 관심을 보여준다. 변종운은 중국의 악의(樂毅), 조대수(祖大壽), 오삼계(吳三桂), 악비(岳飛), 고구려의 을지문덕(乙支文德) 등 뛰어난 장수들에 관한 시를 짓고 그들의 공로나 과오에 대해 논했는데 이는 무공에 대한 특별한 관심에서 비롯된 것이다. 이 중에서 특히 「사호석의 명(射虎石銘)」은 불후의 업적에 대한 관심을 잘 보여주고 있다.

> 나는 옛 사람들의 흔적이 사라져서 지금까지 전하지 못하는 것이 이
> 루 셀 수 없이 많다는 것을 안다. 이 돌을 쓰다듬으며 배회하노라니 천

참조하였다. 뒤에서 인용한 부분도 같다.
4) 『丙辰帖』 土, "惟宰相之職, 贊宣政敎, 變理陰陽, 先憂而後樂, 物阜而民安, 躋一世於 壽域."
5) 변종운은 「九龍山逢洪醉可幷序」에서 자신이 예전에 洪伶과 더불어 천고의 영웅들의 성패를 논했다고 하였다.

추의 감회가 솟구치는 것을 어쩔 수 없었다. 이장군은 재주와 기개가 천하에 비할만한 사람이 없었는데 특히 활을 귀신같이 잘 쏘았다. 돌을 호랑이로 보고 쏘아 뚫어버렸으니 그 안중에는 호랑이가 있을 수 없었던 것이다. 지금도 용맹한 기운이 남아 있으니 사람들로 하여금 돌조각 하나를 보고도 그 사람을 추억하면서 매만지게 한다. 더구나 세상의 군자들은 불후의 업적을 세우면 그 자취가 시간이 갈수록 더욱 새로워져서 환하게 사람들의 이목을 비추게 되니 후세에 추모하는 자들이 또한 어떠하겠는가?[6]

위의 인용문은 변종운이 1834년 2월에 사행을 갔다가 돌아오는 길에 사호석(射虎石)을 보고 쓴 글의 일부분이다. 한나라 때의 명장 이광(李廣)은 뛰어난 무공(武功)으로 후세 사람들에게 인정을 받아 길이 추모를 받는 경우에 해당된다. 이광이 살았던 시대로부터 이미 2000여 년이 지났지만 사람들은 이광을 잊지 않았고 조선의 사신들도 중국에 갈 때면 사호석을 찾았다. 변종운은 군자가 불후의 업적을 세우면 후세의 사람들이 시간이 흘러도 오히려 잊지 않고 추모한다고 하였는데 이 말에는 불후의 업적에 대한 흠모의 감정이 잘 드러나 있다. 그런데 이런 변종운 자신에게는 이런 불후의 업적을 세울 기회가 주어지지 않았다. 불후의 업적에 대한 흠모와 그것을 이루지 못하는 실의감은 변종운의 시에서도 반복적으로 드러난다.

無端百感集	까닭 없이 백 가지 감회가 갈마드니
更深不交睫	밤이 깊어도 눈을 붙이지 못하네.
千古多豪傑	천고에 허다한 호걸들이
豈盡樹勳業	어찌 다 공훈을 세웠을까.

---

6) 『歡齋文鈔』권3, 「射虎石銘幷序」, 『한국문집총간』303, 67면, "吾知古人之蹟泯然而不能傳于今者, 固不可勝數矣. 撫此石而盤桓, 有不盡千秋之感矣. 盖李將軍材氣無雙, 而射法尤神. 視石如虎, 石爲之失其堅也. 殆將目無虎矣. 至今英風颯爽, 如覩片石, 尙能使人追憶而摩挲. 況世之君子, 能樹不朽之業, 其蹟愈久而愈新, 赫赫照人耳目. 後之所以慕之者, 又當何如也."

巨川多風浪	큰 강에는 풍랑이 많아
欲濟無舟楫	건너려고 하나 배가 없네.
美人天一方	미인은 하늘 끝에 있는데
行露又厭浥	이슬에 옷이 또 젖으려나.

—「백가지 감회가 일어(百感)」, 『歡齋詩鈔』 권1

역사상에 허다한 호걸들이 있었지만 그렇다고 해서 그들이 모두가 공훈을 세운 것은 아니다. 이 말은 자신에 대한 일종의 위로 같은 것이다. 큰 강은 풍랑이 많고 배가 없어 건널 수 없으며 이슬에 옷이 젖어서 미인에게도 갈 수 없다는 말은 현실의 여건 때문에 자신의 포부를 실행할 수 없다는 뜻을 표현한 것이다. 다음은 이런 비극적인 인식과 불우의 강개함이 더욱 뚜렷하게 드러나는 작품이다.

五十年前賦遠遊	50년 전 원유(遠遊)의 노래를 부른 후
歸來萬事泛虛舟	귀거래하여 만사를 빈 배에 부쳤네.
心爲形役千莖髮	마음이 형체에 부림 받아 흰머리는 천 가닥,
命與仇謀一弊裘	운명이 원수와 모의했으니 해진 갓옷만 한 벌.
奔騰風雨歐陽夜	구양수(歐陽修)가 놀랐던 비바람 불어치는 밤
搖落江山宋玉秋	송옥(宋玉)이 슬퍼했던 초목 떨어지는 가을에
唾壺擊破仍長嘯	타호(唾壺) 두드려 깨고 길게 휘파람 불며
起視寒虹射斗牛	일어나서 무지개가 투우성(斗牛星) 쏘는 것 바라보네.

—「옛일에 감회가 일어(感舊)」, 『歡齋詩鈔』 권4

'빈 배(虛舟)'는 『莊子』「산목(山木)」에 나오는 어휘로, 주인이 없는 배를 말한다. 만사를 빈 배에 부쳤다는 것은 마음을 비웠다는 뜻으로 이해할 수 있다. 마음이 형체에 부림을 당한다는 것은 도연명의 전고이고, 운명이 원수와 모의했다는 것은 한유(韓愈)의 전고이다. '비바람(風雨)'과

'불어치다(奔騰)'는 구양수의 「추성부(秋聲賦)」에 나오는 어휘이고 '초목이 떨어지다(搖落江山)'는 宋玉의 「구변(九辯)」에 나오는 어휘로, 변종운은 여기서 '슬프다(悲)'는 뜻을 취한 것이다. 한유는 「진학해(進學解)」에서 "운명이 원수와 더불어 모의했으니, 실패한 적이 그 얼마인가(命與仇謀, 取敗幾時)?"라고 하여 자신의 운명이 매우 기박했음을 말했다. 타호(唾壺)를 두드려 깼다는 것은 왕돈(王敦)의 전고이다. 『진서(晉書)』의 「왕돈전(王敦傳)」에 의하면 왕돈은 술에 취하면 조조의 "늙은 천리마가 구유에 엎드려 있어도 뜻은 언제나 천리 밖이요, 열사 비록 늙었어도 장한 그 마음 변함이 없네(老驥伏櫪, 志在千里. 烈士暮年, 壯心不已)."를 노래 부르며 여의(如意)로 타호를 두드려 타호의 언저리가 다 떨어졌다고 한다. 후세에는 타호를 두드렸다는 말로 큰 포부, 혹은 불평의 의사를 표현하였는데 변종운은 타호를 두드려 깼다는 표현을 사용해 큰 포부를 펼 길 없는 현실에 대한 강한 불평의 마음을 드러냈다. 마지막 구는 진(晉)의 장화(張華)가 천문(天文)을 보니 투성(斗星)과 우성(牛星) 사이에 이상한 기운이 쏘아 뻗치므로 그 기운이 생긴 곳을 찾아 땅 밑에서 보검을 파냈다는 전고를 사용한 것이다. 변종운은 이러한 고사들을 써서 큰 포부를 품었으나 실천하지 못한 자신의 불우함을 드러내고 있다.

그런데 쓰이지 못하는 보검 등의 이미지를 통해 불우함에 대한 강개를 나타내는 수법은 뜻을 이루지 못한 문인들이 자주 사용하는 것이다. 이런 표현은 다른 중인들의 시에서도 자주 나타난다. 조수삼의 시를 예로 들어 살펴보기로 한다.

逸民傳後傳儒林	일민전(逸民傳) 다음에 유림전(儒林傳)이 있어
百歲吾名兩處尋	백년 후 내 이름은 이 두 곳에서 찾으리.
北闕上書論道倦	북쪽 대궐에 글 올려 도를 논하다 지쳐
南山如畫閉門深	그림 같은 남산 마주하고 문 굳게 닫았네.

客來載酒逢靑眼	술 싣고 온 손님은 반갑게 맞이하고
琴畜無絃見素心	줄 없는 거문고에 깨끗한 마음 드러내네.
最是十年懸一劍	십 년 동안 걸어둔 칼 한 자루
匣中空作老龍吟	칼집 속에서 부질없이 용의 울음소리를 내는구나.

― 趙秀三,「伯相이 오다(伯相至)」,『秋齋集』권1

　조수삼이 이 시에서 자신을 '일민(逸民)', '유림(儒林)'이라고 한 것은 학식을 갖췄으나 당세에 쓰이지 못했다는 뜻을 표현한 것이다. 일민이란 덕이 있으나 은거한 사람을 가리키는데 공자가 일찍이 사방(四方)을 다스리는 방책의 하나로 일민을 거용할 것을 주장한 바 있다.[7] 유림은 유가의 학자를 가리킨다.『사기(史記)』에는「유림열전(儒林列傳)」이 있고『후한서(後漢書)』에는「유림전(儒林傳)」이 있는데『후한서』의「유림전의 서(儒林傳序)」에서는 "경서(經書)에 통달한 명가(名家)만을 수록하여「유림편(儒林篇)」을 만들었다."라고 하였다.[8] 그러므로 여기에서 말하는 유림은 경서를 통달한 사람이라는 의미로 해석할 수 있다. 백년 뒤에 이 두 곳에서 자신의 이름을 찾을 수 있을 것이라 한 것은 포부를 이루지 못한 불우한 현실에 대한 비관과 더불어 자신의 재주에 대한 강한 자부의 표현이다. 자신의 재주가 현실에서는 쓰이지 못했지만 이름은 후세에 전해질 것이라는 생각을 표현한 것이다. 3구와 4구는 자신이 경세의 대책을 올렸으나 쓰이지 못했음을 말하여 일찍이 경세의 큰 포부를 품고 있었으나 이루지 못하였음을 말하였다. 5구와 6구는 도연명의 전고를 사용해 탈속적인 지향을 드러냈지만 이어지는 7구와 8구에서는 뜻을 펴지 못한 울분이 아직 사라지지 않았음을 보여주었다. 십 년 동안 칼집 속에서만 울고 있는 칼은 큰 포부를 품고도 쓰이지 못하는 것에 대한 울분의 상징이다.[9] 땅 속

---

7)『漢書』,「律曆志序」, "周衰官失, 孔子陳後王之法. 曰, '謹權量, 審法度, 修廢官, 舉逸民, 四方之政行矣.'"
8)『後漢書』,「儒林傳序」, "今但錄其能通經名家者, 以爲儒林篇."

에 파묻혀서 무지갯빛을 발하고 있는 보검이나 벽에 걸려 울고 있는 칼은 모두 큰 포부를 품고도 그것을 쓸 수 없는 시인 자신과 다르지 않다.

높은 재주와 큰 뜻을 품고도 세상에 쓰이지 못하는 원인은 여러 가지가 있지만, 중인 작가의 경우 1차적으로 불합리한 신분제도가 질곡이 되고 있음은 말할 필요도 없다. 그러나 중인들 대부분이 이런 신분제도 자체에 대해 직접적으로 말하고 있지는 않다. 전 시기 최기남(崔奇男, 1586~1668)은 남들은 현달해도 자신은 궁한 이유가 지혜가 부족해서가 아니라 하늘이 그렇게 만들었기 때문이라고 하였고,[10] 홍세태(洪世泰, 1653~1725)는 세상에 쓰이고 안 쓰이고는 남에게 달린 것이니 그로 인해 기뻐하고 슬퍼하지 않을 것이라고 하였다.[11] 이는 '하늘' 혹은 '남' 등 어휘를 빌어 불합리한 신분제에 대해 우회적으로 이야기한 것이라고 볼 수 있다.

변종운은 역시 자신을 불우한 사람이라고 규정하기는 하였으나 그렇다고 현실 체제에 대한 반항이나 격렬한 비판을 한 것은 아니었다. 변종운은 어디까지나 유교의 범주 안에서 유자의 기준에 따라 출처의 문제를 고민했고 '군자'의 길을 걷고자 하였다. 「부채에 쓴 명(摺扇銘)」은 출처에 대한 변종운의 생각을 잘 보여준다.

用之則行	쓰이면 나아가고
捨之則藏	버려지면 숨으니
君子之德	군자의 덕은
一弛一張	한 번 풀어지고 한 번 당겨지는 것.
雖不肯炙手于炎	더울 때 손에 열이 나게 쓰지만

---

9) 중인의 문학에서 칼집 속의 칼이 갖는 의미는 민병수, 「朝鮮後期 中人層의 漢詩 研究」, 『東洋學』 21, 단국대학교 동양학연구소, 1991, 5면

10) 崔奇男, 『龜谷集』, 「拙翁傳」, 여항문집총서 1, 110면, "彼之達, 非智得. 此之窮, 非愚失. 則皆天也, 非人也."

11) 洪世泰, 『柳下集』 권9, 「送鄭季通敏僑序」, 한국문집총간 167, 474면, "才不才在我, 用不用在人. 吾且爲在我者而已, 豈可以在人者爲之窮通欣戚, 以廢我之所得於天者乎?"

奈之何作法於凉　시원할 때 어떻게 재주를 부릴까?
時乃之休　시(時), 너의 공덕이로구나!
風動四方　사방에 바람이 부는 것은.
ー「부채에 쓴 명(摺扇銘)」,『歟齋文鈔』권3

　이 글은 8구로 이루어져 있는데 "쓰이면 나아가고 버려지면 숨는다."는 『논어』「술이(述而)」에 나오는 말이다. '군자의 덕' 역시 『논어』의 "군자의 덕은 바람과 같고 소인의 덕은 풀과 같아서 바람이 불면 풀은 드러눕는다."[12]라는 문장에서 가져왔다. 여기서 '군자의 덕'이라는 말을 쓴 것은 부채가 바람을 일으키는 도구이기 때문이다. '지(弛)'는 활을 놓는 것을 말하고 '장(張)'은 활시위를 팽팽하게 당기는 것을 말한다. 『논형(論衡)』「승증(儒增)」에 "한 번 이완시키고 한 번 긴장시키는 것을 文王께서 타당하게 여기셨다."[13]라고 하였다. '한 번 풀어지고 한 번 긴장하는 것'은 원래는 백성들을 다스릴 때 한 번 고생을 시켰으면 한 번 풀어주어야 한다는 뜻이었다. 여기서는 펼쳐졌다가 접히는 부채의 특성을 풀이한 것이다.

　"더울 때 손을 뜨겁게 한다(炙手于炎)"는 두보의 「여인행(麗人行)」의 "손을 뜨겁게 할 수 있다(炙手可熱)"에서 온 것으로, 권세가 대단한 것을 가리킨다. "엄하게 법을 만들어도(作法於凉)"는 『左傳』「소공(昭公)」에 나오는데, 원 구절은 "엄하게 법을 만들어도 그 폐단은 더욱 탐학해 진다(作法於凉, 其弊猶貪)"로, 법을 제정할 때 처벌을 엄하게 받도록 만들어도 오히려 탐욕을 부르는 폐단을 일으킨다는 뜻이었다. 여기서는 더울 때는 사랑을 받다가 추우면 버려지는 운명을 말한 것이다. "시(時)가 그의 공덕이로구나(時乃之休)."는 『서경(書經)』「대우모(大禹謨)」에 나오는 "모두 자네의 덕이다(惟乃之休)."에서 온 것으로, 원래 순(舜)이 고요(皐陶)를 칭

---

12)『論語』,「顏淵」, "君子之德風, 小人之德草. 草上之風必偃."
13)『論衡』,「儒增」, "一弛一張, 文王以爲當."

찬한 말이다. "사방에 바람이 분다(風動四方)."는 『서경(書經)』에서 순(舜)이 백성들이 풀이 바람에 드러눕듯 자신을 따른 것을 말한 것이다. 변종운은 "시(時)의 공덕이로구나! 바람이 사방에 부는 것은."이라고 하여 바람이 사방에서 일어나는 것은 시(時)의 공로, 즉 계절 때문에 그렇게 된 것이지 부채가 작용한 것이 아님을 말하였다.

「부채에 쓴 명」은 변종운이 처음 쓴 것은 아니다. 앞선 시기의 이익(李瀷, 1681~1763)도 일찍이 똑같은 제목의 명(銘)을 쓴 적이 있다. 하지만 이익의 「부채에 쓴 명」은 4구로 되어있고 내용도 간단한 편이다.

卷則退藏   접으면 물러나 숨고
舒必待用   펼치면 반드시 쓰이기를 기다린다.
司風有權   바람을 맡음에 권형(權衡)을 두어
一靜一動   한 번 고요하고 한 번 움직이네.14)
　　　　　　　　　－李瀷, 「부채에 쓴 명(摺扇銘)」, 『星湖先生全集』 권48

이익의 「부채에 쓴 명」은 주로 본인의 처세(處世)의 원칙을 보여주고 있다. 물러나 숨을 때와 나아가 쓰일 때를 바르게 알아서 때에 맞게 처신해야 한다는 생각이 드러나 있다. 변종운이 쓴 「부채에 쓴 명」의 앞의 4구는 이익의 작품과 매우 흡사하다. 하지만 이익의 「부채에 쓴 명」이 자신의 소신에 따라 출처를 정하고 그에 맞게 행동한다는 느낌이 강한 반면 변종운의 「부채에 쓴 명」은 매우 수동적인 태도를 보여주고 있다. '쓰이면', '버려지면'이라는 상황은 자신의 의사와는 무관하게 정해지는 것이다. 이익의 「부채에 쓴 명」은 '접으면'이 앞에, '펼치면'이 뒤에 설정되어 있는 반면 변종운의 글은 '쓰이면'이 앞에, '버려지면'이 뒤에 설정되어 있는 것도 두 작품의 차이를 드러낸다. 이익의 「부채에 쓴 명」이 나아갈 때

---

14) 번역은 양기정 역, 『성호전집』, 한국고전번역원, 2011을 참조하였다.

의 처세 문제에 중점을 두고 있는 반면, 변종운의 작품은 '버려지면'이라는 상황을 염두에 두고 쓴 것임을 알 수 있다. "시원할 때 어떻게 재주를 부릴 수 있을까?"라는 말은 쓰일 수 없는 상황에 대한 시인의 무력감을 드러내며 "시(時)의 공덕이로구나, 바람이 사방에서 일어나는 것은"에는 어쩔 수 없는 상황에 대한 체념의 정서가 드러난다.

제4구의 '군자'라는 어휘와 결부시켜 보면 이 말에는 현실에 대한 불평보다는 처해진 현실을 받아들이고 그에 따른 삶을 살겠다는 생각이 표현되어 있음을 알 수 있다. 즉 자신의 불우한 상황이 불합리한 신분제도에 의해 발생하였음을 인지하고 있지만 그것을 제도에 대한 비판이 아닌, 시운(時運)의 문제로 풀이하고 있는 것이다. 하지만 이럴 경우 현실 비판의 성격은 약화될 수밖에 없다. 적어도 중인문학을 연구할 때 일반적으로 기대하게 되는 불합리한 제도에 대한 비판은 기대하기 어렵게 된다. 이런 점은 중인이라는 틀에 맞추어 보았을 때는 변종운 문학의 한계일 수도 있지만, 변종운이 '사(士)'로 자부했다는 점을 상기해보면 다른 해석도 가능하다. 즉 변종운의 경세의 의지는 비록 좌절되었지만 그 문제에 대한 불만을 풀어내는 방식은 여전히 사대부와 별반 다를 것이 없는, '사'다운 방식이었음을 알 수 있다.

2. 불우한 사람들에 대한 동류의식(同類意識)

변종운의 작품에는 불우한 사람들의 행적에 대해 기록한 글이 적지 않게 들어 있다. 이는 변종운의 주변에 실제로 불우한 사람이 많았기 때문이기도 했겠지만 그가 자신의 운명에 대한 비극적 인식으로 인해 불우한

사람들의 행적에 대해 각별한 관심을 기울였던 결과이기도 하다고 생각
된다. 이런 불우한 사람은 몇 가지 부류로 나눌 수 있는데, 세상에 뜻을 두
지 않고 떠돌며 방랑하거나 혹은 의협의 기질을 보이는 인사들이 그 첫
번째 부류다. 변종운이 젊었을 적에 교유했던 홍영(洪伶)이 바로 대표적
인 예라고 할 수 있다. 변종운은 홍영에 대해 다음과 같이 쓰고 있다.

> 취가(醉可)는 강개한 인사였다. 백가(百家)의 책을 읽었고 술과 격검
> (擊劍)을 좋아했다. 어려서부터 세상에 뜻이 없어서 스스로 산꼭대기와
> 물가에 지팡이 하나와 짚신 하나로 떠돌아다니며 종종 돌아오기를 잊
> 곤 했다. 신미(辛未, 1811)년 봄에 나와 함께 바닷가에서 노닌 다음 황
> 니(黃泥)에 있는 초당에 귀은(歸隱)했다. 구름 낀 산에서 한 번 이별한
> 뒤로 망연히 강호에서 서로 잊은 듯했다.
> 십년 뒤 오늘, 구룡산(九龍山) 아래에서 다시 만났다. 갖옷은 이미 해
> 졌고 귀밑머리는 희끗희끗해 졌지만 양미간의 열 길 푸른 기운은 여전
> 히 은은하여 오히려 감출 수가 없었다. 대저 마음이 나이로 인해 늙지
> 않고 기운이 용모를 따라 쇠하지 않았기 때문일 것이다. 객지의 차가운
> 등잔불 밑에서 무릎을 맞대고 앉으니 천고의 영웅들의 득실과 성패를
> 논하면서 웃고 탄식했던 일들이 마치 그날 일 같았다. 술이 거나해지자
> 일어나 뜰에서 춤을 추었다. 달빛이 너울거리고 개울가의 나뭇잎이 떨
> 어졌다. 홀연 길게 휘파람을 한 번 불더니 옷을 떨치고 서쪽으로 가버
> 렸다. 그 빠르기가 나는 것 같아 따라잡을 수가 없었다.
> 취가는 이름이 영(伶)이다. 동생 전(佺)은 자가 선가(仙可)인데 역시
> 기이한 남자다.15)

---

15)『歗齋詩鈔』권3,「九龍山逢洪醉可幷序」,『한국문집총간』303, 19면, "醉可慷慨士
也. 讀百家書, 喜酒好擊劍. 自少時無意於當世, 自放於山巓水涯之間. 一筇雙鞵, 往往
樂而忘返. 辛未春, 與余作海上之遊, 歸隱於黃泥之草堂. 雲山一別, 漠然若江湖之相
忘. 十年今兮, 邂逅於九龍山下. 貂裘已弊, 鬢髮種種. 而眉宇間十丈青霞氣隱隱, 猶莫
之掩也. 盖心不年老, 氣不貌衰故. 客榻寒燈, 促膝相對, 論千古英雄得失成敗之蹟. 或
笑或歗, 宛然若當日事. 酒酣, 因起舞於中庭. 月影婆娑, 溪樹葉落. 忽然長嘯一聲, 振
衣西去. 其捷如飛, 莫能追也. 醉可名伶. 弟佺字仙可, 亦奇男子也."

변종운은 홍영이 어려서부터 제자백가의 책을 읽었고 격검을 좋아하였으며 당세에 뜻이 없어서 세상을 떠돌아다니며 돌아오기를 잊었다고 했다. 얼핏 보아서는 마치 세상일에 무심한 사람처럼 보인다. 그러나 변종운이 그와 함께 천고의 영웅들의 득실과 성패를 논했다는 대목을 보면 홍영이 변종운과 마찬가지로 세상일과 공명에 비상한 관심을 보였음을 알 수 있다. 그가 세상에 뜻을 두지 않은 것은 그 역시 중인이었기 때문일 가능성이 크다. 홍영은 처음부터 자신은 세상에 쓰일 수 없다는 것을 알고 세상 밖으로 눈길을 돌렸을 것이다. 그러나 그렇다고 해서 타고난 기질이 없어지는 것은 아니다. 변종운은 그가 나이를 먹었지만 양미간의 푸른 기운은 오히려 더욱 감출 수가 없다고 했다. 그 말은 뛰어난 견식과 재주를 지니고도 세상에 쓰이지 못하는 한이 세월이 흐른다고 사라지지 않았음을 읽어냈다는 의미다.

변종운이 홍영과 함께 바닷가에서 노닌 신미년은 1811년이다. 10년 뒤에 구룡산에서 다시 만났다고 했으니 구룡산에서 만난 것은 1821년이다. 변종운은 20대 때 홍영과 어울리면서 함께 천고의 영웅들의 승패와 득실을 논하고 웃기도 하고 한탄하기도 하였던 것이다. 그러므로 젊었을 때의 변종운은 홍영과 마찬가지로 의협을 숭상하고 현실의 공명에 큰 관심을 가지고 있던, 웅대한 포부를 지닌 청년이었을 것이라고 짐작할 수 있다. 그러나 10년이 지난 1821년, 비록 나이는 30대 초반밖에 되지 않았지만 이 글에서 변종운이 지닌 호기는 전혀 드러나지 않고 있다. 사회에 본격적으로 발을 들여놓기 전에는 큰 뜻과 호기를 품었지만, 역과에 급제해서 십여 년 동안 역관의 직에 종사하면서 변종운은 자신의 신분적 한계를 더욱 명확하게 인식하게 됐고 현실적인 삶이 어떤 것인가 하는 것을 느꼈을 것이다. 이런 인식에 근거하여 뜻을 품거나 재주를 지니고도 그것을 펼치지 못하는 이런 사람들에 대한 안타까움을 변종운은 다음과 같이 표현하고 있다.

나라에 태평성세가 오래 지속되고 팔도에 일이 없으니 왕왕 포부를
품고도 쓰일 데가 없는 사람들이 생겨나 상인들 속에 그 자취를 섞기도
하고 서리들의 무리에 끼기도 했다. 그리하여 집으로 돌아갈 것을 잊고
방랑하는 자들이 있는가 하면 매몰되어 평생 떨치고 일어나지 못하는
자도 생겼다. 어찌 안타깝지 않겠는가?[16]

위의 글은 앞에서 논했던 「유담전(柳壜傳)」의 시작 부분이다. 변종운은
포부를 품고도 쓰일 데가 없는 사람들이 생겨난 이유는 나라에 태평성세
가 오래 지속되고 팔도에 일이 없기 때문이라고 했다. 난세가 영웅들에게
활약할 무대를 제공해 주는 것은 사실이지만, 변종운을 포함한 중인들이
쓰임을 받지 못하는 것은 태평성세 때문이 아니라 그들의 신분 때문이었
다. 하지만 홍영이 신분적 한계 때문에 세상에 대한 관심을 끊고 제도권
밖에 떠도는 길을 택했다면 유담의 경우는 오히려 경서에 대한 탐독과 실
천을 통해 제도권 안에서 불완전하게나마 자신의 뜻을 실천하는 인물이
다. 변종운이 후자의 경우를 더 긍정적으로 보았음은 유담을 입전하고 적
극 찬양한 것에서 알 수 있다.

유담과 같은 부류의 인물로 「대별산옹화상기(大別山翁畵像記)」에 나오
는 대별산옹과 승려인 철공(澈公)이 있다. 대별산옹은 유담과 마찬가지로
여러 번 신분이 바뀐 인물이다. 그는 어려서 중이 되었다가 30대에 도사가
되었으며, 40대에 이르러서는 유가의 글을 읽었다. 나이가 들자 대별산 밑
에 은거했다. 대별산옹에 대해 변종운은 다음과 같이 평하고 있다.

나는 옹이 두 갈래 길에서 모두 이룬 것이 없음을 안타까워하는 것
이 아니라, 그의 학문이 바르게 되었으나 몸이 이미 늙은 것을 가엾게

---

16) 『歔齋文鈔』 권2, 「柳壜傳」, 『한국문집총간』 303, 57면, "國家昇平日久, 八域無事.
往往有懷抱而無所用者, 或混跡於販賈, 騈首於吏胥. 至有流蕩而忘返, 埋沒而不能振
也. 審可惜也."

생각한다. 대저 배우는 것을 좋아하는 마음은 어렸을 때 왕성하여 이것 저것 미처 가릴 겨를이 없게 되었으나 비슷하지만 옳지 않다는 것을 문득 깨닫고 멀리 가지 않아 되돌아왔으니, 그 마음이 늙을수록 더욱 독실해진 것이 아니라면 어찌 이렇게 할 수 있겠는가?[17)

변종운은 어렸을 때는 배우려는 마음이 급하여 올바른 판단을 내리지 못할 때가 많다고 했다. 그러나 유담이나 대별산옹은 배우려는 마음이 급해서라기보다는 신분이나 주변의 환경 때문에 그렇게 된 것이 아닌가 한다.

변종운이 '방외의 벗(方外交)'이라고 칭한 철공(澈公) 역시 불우한 인물이다. 철공은 유가를 흠모하는 불자였다. 철공의 아버지 이여림(李如臨)은 호가 경정(敬亭)으로, 높은 덕행을 갖춘 유자(儒者)였으나 일찍 세상을 떠났고, 유복자로 태어난 철공은 어려서 어머니까지 여의게 되자 하는 수 없이 절에 들어가 승려가 되었다. 비록 몸은 승려가 되었지만 그는 늘 부모의 기일이면 묘소에 음식을 마련해가지고 갔으며, 자신의 여생이 얼마 남지 않았다는 것을 느끼고 변종운을 찾아 부친의 묘갈명을 써달라고 부탁했다. 변종운은 이여림의 묘갈명에서 철공에 대해 다음과 같이 평가하였다.

경공(敬亭)의 높은 풍격과 부인의 어짊으로 철공과 같은 자식을 낳았으나 그 집안을 일으키지 못하고 적멸(寂滅)의 도에 귀의했다. 연대(蓮臺)에서 설법을 하고 부들자리에서 입정(入定)을 하니, 의발(衣鉢)을 전한 것이 몇 명이나 될지는 모르나 한 줌 해석강(海石江) 언덕의 백양나무는 이제 늙을 수 없게 되었다. 이것이 어찌 철공이 자신의 슬픔을 슬퍼한 것일 뿐이겠는가? 묘소를 지나는 사람마다 모두 철공을 위해 슬퍼하기를 마지않았다.

그렇긴 하나, 나는 오늘 철공을 위해 해석강에 명(銘)을 새기려 한다.

---

17) 『歡齋文鈔』 권1, 「大別山翁畵像記」, 『한국문집총간』 303, 42면, "吾固不恨翁之不成於二家, 憐翁之學已正, 而年已老也. 蓋好學之心, 少而銳焉, 以至不遑擇焉. 輒覺似是之非, 不遠而復, 非其心之老而愈篤, 能如是乎?"

만약 경정의 풍모가 오랫동안 전해지게 할 수 있다면, 백 세 이후의 듣는 사람들은 그 높음을 우러르고 그 기이함에 감탄하면서 한 조각의 돌이 말을 할 수 있다고 여겨 어루만지고 방황하면서 차마 떠나지 못하게 될 것이다. 때로는 바다가 마르고 돌이 썩기도 하지만 그럼에도 사라지지 않는 것은 절로 존재한다. 그러니 오늘 철공을 위해 슬퍼하는 것이 철공이 자신의 슬픔을 슬퍼한 것 때문이 어찌 아니겠는가? 18)

철공에 대한 변종운의 감정은 인용문 중의 '슬프다'는 어휘로 귀결될 수 있다. 철공의 부친은 높은 덕을 지닌 유자였고 철공 또한 효심이 깊은 인물이었다. 변종운은 위 글의 시작 부분에서 철공에 대해 "수행이 매우 높고 대장경을 모두 읽어 초연히 상승의 경지에 이르렀다."19)라고 하였고 나이가 칠십이 넘었는데도 건강하여 마치 한창 젊은 시절 같다고 했다. 이는 그가 비범한 승려였음을 말해준다. 하지만 그 자신뿐만 아니라 그를 아는 사람들 모두가 철공이 승려가 된 것을 슬퍼했다. 변종운 또한 철공을 수행이 높은 승려라고 칭찬하면서도 그가 높은 지혜를 유가의 공부를 하는 데 사용하지 못한 것과 후대를 남기지 못하여 제사가 끊어지게 된 것을 못내 아쉬워하였다. 무덤가의 백양나무가 늙을 수 없게 되었다고 한 것은 백양나무가 늙어도 꽃이 없는 현상과 연결시켜 철공이 자식이 없음을 말한 것이다.

물론 이는 불교에 대한 폄하의 태도를 드러내고 있는 것이어서 편협한

---

18)『歡齋文鈔』권3,「李敬亭墓碣銘」,『한국문집총간』303, 63면, "夫以敬亭之高風, 夫人之賢, 生子如澈公, 又未能闡其家, 竟歸於寂滅之道. 蓮臺說法, 蒲團入定, 衣鉢之傳, 雖不知爲幾人, 一坏海石, 白楊將不得老矣. 是豈徒澈公之自悲其悲也? 凡過是墓者, 亦莫不爲澈公悲而有不能已者矣. 雖然, 我今爲澈公, 銘於海石之岡. 苟使敬亭之風, 久而能傳也, 百世之下, 聞之者仰其高而歎其奇也, 以爲是一片石可語也, 至有摩挲彷徨而不忍去也. 有時乎海枯石爛, 而不泯者固自在矣. 然則今之悲澈公者, 又幾何其不爲澈公所悲也歟?"

19)『歡齋文鈔』권3,「李敬亭墓碣銘」,『한국문집총간』303, 63면, "戒行甚高, 泛覽大藏, 能超然於上乘."

시각이라고 비판받을 수 있다. 하지만 철공이 자의에 의해서라기보다는 의지할 데가 없는 처지 때문에 어쩔 수 없이 승려가 되었다는 점, 승려가 되어서도 늘 부모의 묘소를 찾아가 뵈었고 특히 부친의 행적이 사라질까 봐 두려워했다는 점, 자신이 승려가 되어서 부모의 제사가 끊기게 된 것을 슬퍼했다는 점으로부터 볼 때 그는 유가의 도를 흠모하는 마음을 품었음을 알 수 있다. 그런 의미에서 철공은 자신의 뜻을 실현하지 못했기 때문에 불우한 인물이라고 규정할 수 있다.

유담과 대별산옹, 철공의 공통점은 그들이 불우한 환경에 처해 있었음에도 끝까지 유가의 바른 도(道)에 대한 흠모의 마음을 품고 그것을 추구하려고 노력했다는 점이다. 변종운은 그들의 재주가 세상에 빛을 발하지 못함을 안타까워하고 그들의 재능과 유교에 대한 추구를 높이 평가하였다.

불우한 사람들에 대한 변종운의 시선은 사회의 가장 최하층에 있었던 노비한테도 미치는데, 노비에 대해 쓴 작품들에서는 그들의 비참한 처지에 대한 동정과 안타까움, 따뜻한 시선이 잘 드러난다. 「안현의 느릅나무 이야기(鞍峴黃楡樹記)」는 선행연구에서 특히 주목을 많이 받은 작품인데, 변종운은 이 작품을 통해 큰 뜻을 품었던 노비의 불행에 대한 깊은 동정을 보여주고 있다.

> 아, 뜻을 지녔으되 전할 수 없고 재주가 있지만 쓸모없으면, 어부나 나무꾼이 되고, 백정이 되고, 문지기나 순라군이 되어, 마침내 풀과 나무처럼 시들어 떨어지고, 구름과 안개처럼 흩어져 사라지는 일을 어찌 다 헤아릴 수 있겠는가? 그렇지만 어찌 남의 노비가 된 자처럼 더욱 슬퍼할 만한 일이 있겠는가? 불행히도 그 사이에 한 번 떨어지면 비록 절륜한 재주가 있다 하더라도 또한 그 무리에서 벗어날 수 없다.[20]

20) 『歗齋文鈔』권1, 「鞍峴黃楡樹記」, 『한국문집총간』303, 45면, "噫! 有志而不能傳, 有才而不能措, 或漁樵焉屠販焉, 抱關而擊柝焉. 竟不免草木之零落雲煙之消散者, 固何限. 又豈有若爲人奴者之尤可悲也? 不幸一廁於其間, 雖有超羣絶倫之才, 亦不能出

뜻을 지녔거나 재주가 있어도 쓸모없다는 것은 일반 사람들의 불우한 경우를 논한 것이다. 그런데 가장 비천한 신분인 노비의 경우는 일반인에 비해 더 불행할 수밖에 없다. 변종운은 일단 노비가 되기만 하면 절륜한 재주가 있다고 하더라도 벗어날 수 없다고 하여 노비라는 신분이 얼마나 절망적인 것인지에 대해 이야기하고 있다.

> 근세에 어떤 집에 노비 아무개가 있어 나이가 겨우 열네댓 살인데 개연히 이름을 사모하는 마음을 품었다. 하루는 그 주인을 따라 길마재 마루에 올라 도성을 내려다보니 손바닥 안처럼 훤하였다. 문득 탄식하여 "땅에 빼곡한 민가가 거의 5만 가구가 되는데 내가 한 곳도 차지하지 못하고서 이에 노비가 되었구나."라고 하였다. 또 산 북쪽에 겨우 한 자 남짓한 느릅나무가 바위 굴 속에서 자라고 있는데 흙이 그 뿌리를 덮지 못하고 그 위에 벼랑의 바위가 가지를 누르고 있어 비와 이슬을 받지 못하고 있었다. 또 탄식하여 "너도 또한 나무 중에 노비로구나. 어찌하여 태어나서 제대로 자랄 수 있는 땅을 얻지 못하였는가?" 하고 마침내 산 앞쪽 평평한 곳으로 옮겨 심어, 그 뿌리를 깊게 묻고 그 흙을 언덕처럼 높게 쌓아주며 물을 듬뿍 주었다.
>
> (중략)
>
> 도성을 빙 두른 산 중에서 수목이 눈길 안으로 들어오는 것만 천만 그루이다. 그러나 우뚝 홀로 서 있어 울창한 모습이 볼 만한 것 중에 이 나무처럼 가장 멀리서도 높고 큰 것은 없다. 사람은 죽고 세월이 오래 지나니, 나무가 있다는 것만 알고 이 노비가 있었다는 사실은 알지 못한다. 내가 어릴 적 그 이름을 들어 알고 있었지만 지금은 잊어버렸다. 지금 세상에 아직 그 이름을 들어 기억하는 이가 있는지 모르겠다. 정말 이를 기억하는 이가 있으면 나를 위하여 알려주게나.21)

乎其類也." 번역은 이종묵, 『글로 세상을 호령하다』, 김영사, 2010, 259-263을 참조하였다. 뒤의 인용문도 같다.

21)『歠齋文鈔』권1,「鞍峴黃楡樹記」,『한국문집총간』303, 45면, "近世有一某家奴, 年纔十四五, 能慨然有慕於名. 一日隨其主, 登鞍峴之巓. 俯瞰都城, 歷歷如指掌. 輒嘆曰, '撲地閭閻, 殆五萬家. 而不能占一區, 乃爲之奴也.' 又見山之陰, 黃楡樹纔盈尺, 生於

노비는 느릅나무를 '나무 중에 노비'라고 생각하여 좋은 곳으로 옮겨 심는다. 노비가 느릅나무의 운명이 자신과 같다고 생각한 것은 자신의 문제가 아닌 외부의 상황 때문에 불우한 점에서 자신과 공통점이 있다고 생각했기 때문이다. 노비가 나무를 옮겨 심는 행위는 인간으로 보면 신분을 바꾼다는 것과 유사한 의미를 가진다. 하지만 느릅나무는 자리를 옮겨 울창한 나무로 자랐지만 노비는 사람들에게 잊히고 말았다. 느릅나무는 신분이 바뀌었지만 노비의 신분은 바뀌지 않았기 때문이다.

이는 신분제에 갇힌 사람들의 절망적인 상황을 잘 보여 준다. 후세에 이름을 남기려는 뜻을 품은 것은 비천한 노비의 큰 자각이라고 볼 수도 있으나 그렇다고 해서 그의 운명이 바뀌는 것은 불가능하다. 사실 신분제라는 질곡에 일단 빠지기만 하면 대대로 벗어나지 못하는 것은 중인이나 노비나 다를 바 없었다. 변종운이 이름을 사모한 노비를 입전한 것은 큰 뜻을 품고도 그것을 펼칠 수 없었던 노비의 처지에 대한 일종의 공감과 더불어 그의 행적이 후세에 민멸되지 않기를 바라는 마음에서였을 것이다.

노비의 처지에 대한 이런 인식은 비천한 사람들에 대한 변종운의 태도에도 큰 영향을 미쳤던 것으로 보인다. 변종운은 노비를 비롯한 하층민에게도 따듯하고 온정 어린 시선을 보내고 있는데 이런 시선은 자신의 집에 있던 여종이 도망간 뒤 쓴 시에서 매우 잘 드러난다.

逃婢年纔十八九	도망간 여종 나이는 겨우 18, 9세인데
無端隻身半夜走	이유 없이 한밤중에 홀로 도망갔네.
一婢耳聾一婢跛	여종 하나는 귀가 먹고 하나는 다리를 절어서
老妻如失左右手	내 늙은 아내는 마치 양손을 잃어버린 듯.
多年貧家共苦樂	수년간 가난한 집에서 고락을 함께 하면서
尋常自愧恩義薄	평소에 은정이 박했던 것 스스로 부끄러웠네.

石窟中, 土不能覆其根, 上有崖石壓其枝, 雨露之所不及也. 又嘆曰, '汝亦木而奴歟. 何所生之不得其地也?' 遂移植於山之前平衍處, 深其根, 阜其土, 沃之水."

九月寒衣猶未授　9월이라 겨울옷은 채 주지도 못했으니
雪風凄凄吹赤脚　눈바람 차갑게 맨발에 불어오겠지.
良禽擇木誰能禁　좋은 새 앉을 나무 가리는 것 누가 금하랴
雙眸巧笑能縫鍼　두 눈엔 웃음기 띄었고 바느질을 잘했지.
汝父彷徨汝母泣　너의 아비는 방황하고 어미는 우는데
翔羽潛鱗何處尋　날아간 새 숨은 물고기를 어디서 찾으리.
長廊明月畵閣春　긴 회랑의 달이나 화각(畵閣)의 봄빛처럼
隨處得意可安身　마음 드는 곳에 몸을 의탁할 수 있기를.
他日相逢休相避　훗날 혹시 만나더라도 피하지 말라.
我亦羞稱舊主人　나 역시 옛 주인이라 칭하기 부끄러우니.
　─「도망친 여종(逃婢)」,『歗齋詩鈔』권1,『한국문집총간』303, 12면

　　변종운은 노비가 재산으로 여겨지던 시대에 여종이 도망갔는데도 추노
(推奴)를 하지 않았을 뿐 아니라 행여 다시 만나더라도 아는 척 하지 않을
터이니 걱정하지 말라고 하였다. 이는 자신의 신분적 한계에 대한 인식이
노비를 비롯한 불우한 사람들에 대한 인식에 영향을 주었기 때문일 것이다.
　　변종운은 또 큰 공을 세웠거나 매우 중요한 일을 했음에도 그 일이 잘
알려지지 않아 제대로 된 평가를 받지 못한 사람들의 행적에 대해서도 매
우 큰 관심을 보였다. 일례로 그가 임진왜란 때의 의병장 제말(諸沫, ?~
1592)의 신도비명을 지으면서 그의 공로를 충무공(忠武公) 이순신(李舜
臣)에 비긴 것을 들 수 있다.

　　아쉽게도 세상에 이한(李翰)이 장순(張巡)의 사적을 전한 것처럼 공
의 사적을 전한 사람이 없었다. 오직 남구만(南九萬) 상국(相國)만이
"창졸간에 일어나 적을 토벌하니 향하는 곳마다 무적이었다. 명성은
곽재우와 정기룡보다 더 높았다."라고 기록하였다. 대저 영남의 명망
있는 노인들이 전하는 바가 그러했다. 비록 이 일로 인해 공의 일을 이
야기하는 사람이 있긴 했지만 왜구를 물리친 공을 이야기할라치면 우
선 충무공 이순신을 말하고 공에 대해서는 언급하지 않았다.

정종(正宗) 임자(王子)년 가을에 (임금께서) 황단(皇壇)에 재배하는
예를 마치고 나서 공의 충절과 의리를 깊이 느끼고 하교하시기를, "장
열함도 충무공과 같고 세운 공도 충무공과 같다. 성주대첩은 충무공의
노량진에 비해 못하지 않다. 특히 병조판서의 직과 충장(忠壯)의 시호
를 추증하노라."라고 하셨다. 또 관찰사에게 명하여 공의 사적을 자세
히 조사하고 공의 조카가 또한 진주에서 전사하였으므로 사신(詞臣)에
게 명하여 그 사적을 두 개의 비석에 기록하여 성인(成仁)의 언덕에 세
우게 했다. 그 글에, "제말(諸沫)과 제홍록(諸宏祿) 숙질이 함께 충절을
바친 곳"이라 했다. 또 함께 성주(星州) 충렬사(忠烈祠)에서 흠향하게
하고 친히 문장을 지어 위로하였으며 이어 또 정려(旌閭)하셨다. 그리
하여 세상 사람들은 처음으로 공이 임진년의 또 한 명의 이충무(李忠
武)였음을 알게 되었다.22)

이 신도비명은 변종운이 제말의 7대손인 제안국(諸安國)에게 부탁을
받고 쓴 것이다. 변종운은 임진왜란에서 큰 공을 세웠음에도 이순신의 공
로만 사람들에게 회자되고 제말의 이름은 널리 알려지지 못한 것에 대하
여 몹시 안타깝게 생각했다. 이는 큰 공을 세웠음에도 그에 맞는 대우를
받지 못한 사람들에 대한 변종운의 동정과 불평의 감정을 보여준다. 이외
「거산역의 성첩을 중수한 기문(居山驛城堞重修紀)」와 「운금루의 중수기
(雲錦樓重修記)」에서 사비를 털어 역을 보수한 역승들의 공로를 치하하
고 그 일을 기록한 것도 이런 감정과 관련이 없지 않다. 변종운은 그들이
비록 낮은 신분이긴 하지만 맡은바 직책에 충실하고 나라를 위해 유용한

---

22)『歠齋文鈔』권3,「諸忠壯公神道碑銘」,『한국문집총간』303, 65면, "惜乎世旣無若
李翰之傳張巡也. 惟南相國九萬記之曰, '猝起討賊, 所向無敵. 聲名出郭再佑, 鄭起龍
之右.' 盖嶺南耆舊之相傳也. 雖或有因此而道其事者, 至若論禦倭功, 輒首稱李忠武舜
臣而不及於公. 正宗壬子秋, 拜皇壇禮畢, 曠感公忠義. 有教曰, '烈如忠武, 功如忠武.
星州大捷, 不讓于忠武之鷺梁. 特贈兵曹判書諡忠壯.' 復令觀察使, 詳訪遺事. 以公從
子宏祿, 又戰死晉州, 命詞臣識其事於二碑, 分竪於成仁之墟. 題之曰, "諸沫、諸宏祿
叔侄雙忠之地". 又令並享于星州忠烈祠, 親製文侑之, 繼又旌其間. 於是乎世之人, 始
知公於壬辰, 又一李忠武也.",

일을 하였으므로 그들의 행적이 사라지게 할 수 없다고 생각해서 이런 기록을 남겼을 것이다.

이런 불우한 인물들에 대한 관심은 변종운이 자신의 불우한 처지에 대한 인식을 통해 타인의 불우한 삶을 깊이 살피고 그 슬픔에 대해 공감했기 때문에 가능했을 것이다. 또 한편으로 이는 불우한 사람들의 행적을 글로 기록함으로써 그 행적이 민멸되지 않도록 해야 하겠다는 사명감의 발로라고 볼 수도 있다. 즉 불우한 환경 속에서도 '사(士)'의 책임을 다하려는 의지의 산물이기도 한 것이다.

3. 비극적 인식의 극복과 탈속(脫俗)의 지향

앞에서 변종운이 자신이 처한 불우한 상황을 '시운(時運)'이라는 어휘로 해석했음을 살펴본 바 있다. 자신이 재주를 발휘하고 하지 못하는 것은 시기에 달렸다고 함으로써 불우한 처지에 대한 불만은 결국 특정된 제도나 사람을 향하지 못하고 '하늘'이라는 실체 없는 개념을 향하게 된다. 그러므로 결국 불우한 처지에 대한 불만은 불합리한 사회제도에 대한 비판으로 이어지지 못하고 자기의식 속에서 해소되는 양상을 보이게 된다. 자신이 처한 상황을 원망하기보다는 때를 아는 자가 군자라고 하면서 안분의 삶에 의의를 부여하는 쪽으로 나아가게 되었던 것이다.

그런데 자신의 처지와 현실의 상황에 대한 이런 태도는 상당수 중인들에게 공히 드러나는 것이기도 하다. 이전시기의 역관인 홍세태(洪世泰, 1653~1725)는 일찍 "재능이 있고 없고는 나에게 달린 것이고, 세상에 쓰이고 안 쓰이고는 남에게 달린 것이니 나 또한 나에게 있는 것을 다할 따름이다. 어찌 남에게 달린 것으로 인해 궁하게 되고 통하게 되었다고 해서 기뻐하고 슬퍼하면서 내가 하늘에서 얻은 바를 저버리겠는가?"[23)라고 하였다. 동시대 후배 역관인 이상적은 1863년 온주(溫州) 군수에서 해임되면서 지은 시에서 자신의 분수를 지키는 것을 달게 여긴다고 하였는데[24) 이런 태도 역시 변종운과 다르지 않다. 대다수 중인들이 신분적 불평등에서 오는 불우감을 안분과 자족의 이념으로 달래고 있었던 것이다.

아래 변종운의 「술에 취해 붓을 날려 쓰다(醉後放筆)」를 통해 현실의 불우함에 대한 비극적 인식이 어떻게 극복되고 탈속과 안분의 지향으로 바뀌는지 살펴보려고 한다. 「술에 취해 붓을 날려 쓰다」는 100운으로 된 장편의 시인데, 변종운의 문학적 역량을 잘 보여준 작품이라고 할 수 있다. 편폭의 제한으로 변종운 자신에 대한 인식이 드러난 부분만 인용하려고 한다.

賢如原憲飢蓬蒿	원헌같이 어진 이도 봉호(蓬戶)에서 굶주렸고
美似昭君出沙漠	왕소군같이 고운 이도 사막으로 시집갔지.
澤珠忽入罔象手	못의 구슬이 홀연 망상(罔象)의 손에 들어갔으니
萬事令人一大噱	만사가 사람으로 하여금 크게 웃게 하네.
齒不角兮角不齒	날카로운 이빨과 뿔은 겸할 수 없으니
飛者能飛躍者躍	날 수 있는 자는 날고 뛸 수 있는 자는 뛰지.
誰將須彌納芥子	누가 천지를 겨자씨 속에 집어넣어서
遙望東海只一勺	동해바다가 물 한 국자처럼 보이게 하였던가.
孫登舒嘯嵇康啞	손등은 휘파람 불고 혜강은 입을 다물었으며
荊卿已死漸離曜	형가는 이미 죽고 고점리는 눈 멀었네.
已矣乎心旣役於形	끝이구나, 마음이 형체에 부림을 당했으니
是非何論今與昨	어제와 오늘 옳고 그름 논해서 무엇 하리.

---

23) 각주 232 참조.
24) 李尙迪, 『恩誦堂集續集』詩 권10, 「重陽前一日, 解任有作」, "此中甘守拙, 休道薄浮榮."

英雄亦歎不自由　　　　영웅도 자유롭지 못하다고 한탄했고
獅子便患三日瘧　　　　사자도 삼일학(三日瘧)에 걸리기도 하는 법.
　　　　　－「술에 취해 붓을 날려 쓰다(醉後放筆)」,『歗齋詩鈔』권1

　　위에서 인용한 것은 시의 46운부터 52운까지의 부분이다. 이 시는 시
작 부분부터 35운까지는 반고(盤古)가 천지를 개벽하는 것에서부터 시작
하여 역사 사건과 인물에 대해 논하였고, 36운부터는 역사 인물이나 사건
과 결부하여 자신의 삶에 대한 생각을 드러내고 있다. 원헌(原憲)과 왕소
군(王昭君)은 불우한 인물의 상징이다. 원헌은 공문십칠현(孔門七十二賢)
중의 한 명으로, 매우 가난하여 쑥대를 엮어 문을 삼고 깨진 독으로 창문
을 삼은 허름한 집에서 거친 음식으로 끼니를 때웠다고 한다. 왕소군은
빼어난 자색을 지녔으나 결국 왕의 총애를 받지 못하고 흉노에게 시집갔
다. 이 두 사람의 불우함을 언급한 것은 두 가지 의미를 가진다. 하나는 자
신이 원헌이나 왕소군과 같은 빼어난 인물이라는 생각을 드러낸 것이고,
다른 하나는 원헌이나 왕소군 같은 사람들도 불우함을 면치 못했다는 사
실을 들어 자신을 위로하는 것이다.
　　못의 구슬이 망상의 손에 들어갔다는 것은 황제(黃帝)가 곤륜산에 올라
갔다가 돌아오는 길에 현주(玄珠)를 잃어버려 눈이 밝은 이주(離朱), 힘이
센 흘후(吃詬) 등을 시켜 찾게 하였으나 못 찾고 결국은 물에 사는 괴물인
망상(罔象)을 시켜 찾았다는 이야기를 가리킨다. 서진(西晉)의 학자 사마
표(司馬彪, ?~306)의 해석에 따르면 현주(玄珠)는 바로 '도(道)'를 가리킨
다. '망상(罔象)'의 '상(象)'은 형적(形跡)을 가리키고 '망(罔)'은 '무(無)'와 통
한다. '망상'은 형상에 마음을 두지 않아 '무(無)'의 상태에 들어갔기 때문
에 '도'가 절로 드러날 수 있었다. 그러므로 망상이 구슬을 찾았다는 것은
세상사에 마음을 두지 않으면 도를 얻게 된다는 뜻으로 해석할 수 있다.
날카로운 이빨과 뿔을 겸할 수 없다는 말과 날 수 있는 자는 날고 뛸 수 있

는 자는 뜬다는 말은 재주나 성품 등 내적인 아름다움과 부귀나 권세 등 외적인 것들을 모두 겸할 수는 없다는 생각을 표현한 것으로 보인다.

천지를 겨자씨 속에 넣는다는 것은 원래 『유마힐경(維摩詰經)』의 「불사의품(不思議品)」에 나오는 말인데 원래는 넓고 좁은 것, 크고 작은 것이 자유롭게 융합된다는 뜻이었으나 여기서는 천지를 겨자씨처럼 좁게 본다는 말로 쓰인 것으로 보인다. 손등(孫登)이 휘파람을 불고 완적(阮籍)이 아무 말도 하지 않았다는 것은, 완적이 일찍이 소문산(蘇門山)으로 손등을 찾아갔으나 손등은 아무 말도 하지 않다가 완적이 산에서 내려가자 길게 휘파람을 불었다고 하는 고사를 가리킨다. 혜강(嵇康)이 입을 다물었다는 것은 그의 현실비판의식을 드러낸 글이 당국자의 경계를 받아 결국 사형에 처해진 것을 뜻하는 것으로 생각된다. 형가(荊軻)는 진시황을 암살하려다가 실패해 목숨을 잃었고, 고점리(高漸離)는 숨어 살다가 신분을 들키게 되었다. 진시황에 의해 눈이 멀고 진나라 궁궐에 들어가 축(筑)을 켰으나 결국 진시황을 암살하려다 실패해 죽임을 당했다. 이 사람들의 전고를 나열한 것은 그들이 세상의 부귀나 영화 혹은 목숨을 겨자씨처럼 대수롭지 않게 여겼기 때문이 아닌가 한다.

그러나 이어 이들의 처지에 대한 한탄은 자신의 처지에 대한 슬픔으로 이어지고, 불공평한 세상사는 도리어 자신에 대한 위로의 의미를 가진 일로 변한다. 마음이 형체에 부림을 당했다는 것과 어제와 오늘의 그름을 논한다는 것은 도연명이 녹봉을 위해 벼슬을 하는 삶의 그릇됨을 깨닫고 은거한 전고를 가리킨다. 영웅이 자유롭지 못하다고 한탄했다는 것은 나은(羅隱, 833~909)의 「주필역(籌筆驛)」에 나오는 "때가 되니 하늘땅이 다 같이 힘을 쓰고, 운이 가니 영웅도 자유롭지 못하다(時來天地皆同力, 運去英雄不自由)."라는 시구를 말한 것이다. 나은은 7년 동안이나 진사시에 응시했으나 합격하지 못했고, 그 뒤 또 10여차 응시했으나 여전히 합격하지 못했다. 나은의 시에서 앞의 시구는 적벽지전(赤壁之戰)에서 유비(劉備)와 손권(孫權)의 연합군이 약한 병력으로 조조를 이긴 것을 말하고, 뒤의 시구는 관우와 장비가 죽자 제갈량이 북벌에 성공하지 못한 것을 말한다. 즉, 아무리 뛰어난 재능을 가졌어도 운이 받쳐주지 않으면 성공하기 어렵다는 뜻을 담고 있다. 삼일학(三日虐)은 학질을 말하는데 3일에 한 번 발작한다고 하여 삼음학(三陰瘧)이라고도 한다. 사자같이 강한 짐승도 모기한테 물려 학질에 걸린다는 것 역시 자신의 불우함에 대한 위로의 말인 것이다.

비록 역사 속의 뛰어난 인물과 그들의 불우했던 삶, 심지어 사자와 같은 동물까지 동원하여 자신의 불우한 삶에 대해 해석하고 위로해 보지만 위의 인용 부분에서는 불우한 처지에 대한 불평과 비애가 강하게 드러난다. 수많은 역사 인물이나 전고를 떠올리며 자신을 위로하는 것은 결국 그만큼 불평과 비애가 깊다는 것을 의미하기 때문이다. 그러나 이런 비애는 반복되는 위로와 해석을 거쳐 결국 속세의 삶을 떠나 자연 속에서 한가한 삶을 즐기겠다는 의지로 전환된다.

起不得白地銅山	빈 땅에 동산(銅山)을 일으킬 수도 없고
做不得無麵餺飥	밀가루 없이 수제비를 만들 수도 없지.
此生如逢會心人	내 생에 마음 맞는 사람 만난다면
興到悠然相對酌	흥이 이는 대로 한가롭게 술이나 대작하리.
蚓食枯壤蟬飮露	지렁이는 마른 흙 먹고 매미는 이슬 마시는데
恨不當年事耕穫	일찍 농사짓고 살지 않은 것 한스럽구나.
長安大道直如髮	장안의 길은 곧기가 머리카락 같은데
翠盖朱輪走塵埃	푸른 일산을 한 주륜거(朱輪車) 흙먼지 속을 달리네.

－「술에 취해 붓을 날려 쓰다(醉後放筆)」,『歗齋詩鈔』권1

위에서 인용한 것은 62운부터 65운에 해당하는 부분이다. "빈 땅에 동산(銅山)을 일으킬 수 없다."는 말은 백거이(白居易)의 "평지에 동산이 없다(平地無銅山)."라는 시구에서 온 것이고, 밀가루 없이 수제비를 만든다는 것은 주희(朱熹)의 「재상에게 올리는 글(上宰相書)」에 나오는 말로 아무것도 없이 일을 성사시키려 하는 것을 말한다. 경세의 뜻을 펼치는 일이 자신한테는 평지에 동산을 일으키고 밀가루 없이 수제비를 만드는 것처럼 불가능하다고 하면서 마음 맞는 사람을 만나면 술이나 마시겠다고 하였다. 또 농사나 짓고 살았을 것을 그랬다고 후회하기도 한다. '흥이 나다', '한가롭다'라는 어휘를 사용했지만 시에서는 오히려 진한 슬픔이 배어난다.

古猶什一弱制強	옛날엔 열에 하나는 약자가 강자를 제압했는데
近何盡是強食弱	요즘은 어찌하여 전부 강자가 약자를 잡아먹는가?
樂於生處不飛去	태어난 곳을 좋아하여 날아가지 않으니
可憐紇干山頭雀	불쌍하구나, 흘간산 꼭대기의 참새들.
不如歸去靑山裡	차라리 청산으로 돌아가서
白雲深處採靈藥	흰 구름 깊은 곳에서 영약을 캐리라.
又不如歸淸溪上	또 차라리 맑은 시냇가로 돌아가서
烟波濃處笠靑蒻	내 짙게 낀 곳에서 도롱이 걸치리라.

　　　　　　　－「술에 취해 붓을 날려 쓰다(醉後放筆)」,『戲齋詩鈔』 권1

이는 67운부터 70운까지의 부분으로, 공명과 세속에 대한 포기가 이루어졌음을 보여주고 있다. 하지만 67운과 68운에서 보이다시피 이런 포기는 현실에 대한 부정적인 인식에 의한 것이다. 옛날에는 가끔은 약자가 강자를 제압하기도 했으나 지금은 전부 강자가 약자를 잡아먹는다는 말은 타락한 세도(世道)에 대한 깊은 실망을 드러낸다. 흘간산(紇干山)은 중국 산서성(山西省)에 있는 산으로, 매우 높고 한여름에도 눈이 쌓여 있을 정도로 춥다. 당소종(唐昭宗) 때 "흘간산의 얼어 죽는 참새들, 어찌하여 날아가 좋은 곳에 태어나지 않는가(屹幹山頭凍死雀, 何不飛去生出樂)?"라는 시가 있었다고 한다. 변종운이 말한 흘간산의 참새는 벼슬을 구하느라 돌아갈 줄을 모르는 어리석은 인간들을 말한 것으로 보인다. 여기서 현실에 대한 부정적인 인식은 반복되는 불평과 자기위로를 거쳐 자연 속의 삶에 대한 의미부여로 바뀌고 있음을 볼 수 있다.

慷慨多從貧窮出	강개함은 빈궁에서 나올 때가 많고
驕泰似與富貴約	교만하고 방종함은 마치 부귀와 약속한 듯.
緩步晩食可安身	느리게 걷고 늦게 먹으면 몸 편할 수 있어
人穿珠履我芒屩	남들은 구슬신 신어도 나는 짚신을 신지.
利器亦有摧折時	날카로운 무기도 부러질 때가 있으니
根節何須遇盤錯	굳이 구불구불 서린 뿌리를 만날 필요 있는가?
不必善走蚿百足	노래기 발이 백 개라고 잘 달리는 것은 아니니
猶能小步夔一脚	외발짐승도 오히려 작은 걸음을 옮길 수 있네.
存心不如無心好	마음을 보존하는 것은 마음이 없기만 못하니
萬頃風波休驚愕	만경(萬頃)의 풍파에 놀라지 말라.
一醉陶然樂天命	얼큰히 술에 취해 천명(天命)을 즐기니
山無豺狼水無鰐	산에는 늑대가 없고 물에는 악어가 없네.

　　　－「술에 취해 붓을 날려 쓰다(醉後放筆)」, 『歗齋詩鈔』 권1

위에서 인용한 것은 78운에서 83운에 해당되는 부분이다. 이 부분의 내용은 '가난과 불우함에 대한 의미 부여'라는 말로 요약할 수 있다. 날카로운 무기도 부러질 때가 있으니 차라리 서린 뿌리와 가지를 만나지 않고 잘 보존함이 나을 수도 있으며 노래기 발이 백 개라고 해서 결코 외발짐승보다 더 낫다고 할 수도 없다. 부귀영화를 탐내는 것은 안빈(安貧)하면서 마음을 보존하는 것보다 못하다.

李白樽前成三影	이백은 술잔 앞에서 세 그림자 되어
月色玲瓏不捲箔	영롱한 달빛에 발을 걷지 않았네.
老石無言能守錢	묵은 바위는 말 없어도 돈을 지킬 수 있어
蒼苔風雨不剝落	푸른 이끼 비바람에도 벗겨지지 않네.
霜前白鴈來何早	서리도 안 내렸는데 흰 기러기는 왜 일찍 왔나?
遠岫崢嶸天宇廓	먼 산은 우뚝하고 하늘은 텅 비었네.

　　　　　　　　　－「술에 취해 붓을 날려 쓰다(醉後放筆)」,『歗齋詩鈔』권1

　　이 부분은 이 시의 마지막 부분으로 98운부터 100운에 해당하는 부분이다. 이 부분에서는 달, 그림자와 더불어 셋이 되어 술을 마셨던 이백의 형상에 시인 자신의 모습이 포개지면서 달관의 경지에 이르고 있다. "먼 산은 우뚝하고 하늘은 텅 비었다."라는 구절에서는 앞에서 실타래처럼 엉키고 꼬였던 울울함의 정서가 한 순간에 사라지고 마음이 탁 트인 초탈한 경지에 이르고 있음을 볼 수 있다. 결국 자신의 재주에 대한 자부, 불우한 상황에 대한 울분과 슬픔은 세속의 영리를 초탈한 삶의 방식을 지향함으로써 극복되었음을 볼 수 있다.

　　변종운은 흥선대원군 이하응(李昰應)에게 보낸 서신에서 영리를 초월한 삶의 방식에 대해 서술하고, 그런 삶이야말로 가치가 있음을 피력한 바 있다. 다음은 변종운이 보낸 글의 내용이다.

　　노자(老子)의 "총애와 모욕에 놀란 듯이 한다."라는 말은 정말 천하 후세를 깨우치는 말입니다. 보통 사람의 정은 명예롭고 신분이 귀하게 되는 것을 총애라고 생각하고 물러나 그만두는 것을 모욕이라고 생각합니다. 총애를 받으면 좋아하여 놀라며, 모욕을 받으면 두려워서 놀랍니다. 총애와 모욕이 비록 다르나 그것으로 인해 놀라는 것은 같습니다. 대저 총애가 올 때는 명예롭지 않은 것은 아니나 모욕 또한 그 총애로부터 오는 것이니 총애를 받아도 놀라지 않는다면 어찌 모욕으로 인해 놀라겠습니까? 명성이 크면 남들이 반드시 미워하게 되며 봉록이 두터우면 빼앗으려 하여 풍파가 평지에서 일어나고 눈서리가 맑은 하늘에 날리게 됩니다. 이때가 되면 옛날의 총애는 일장춘몽이 되고 말며, 지금의 모욕은 반생의 재앙이 됩니다. 그래서 옛사람 중에는 천하를 주어도 받지 않는 이가 있었고 재상의 직을 수여해도 멀리 피하는 사람이 있었던 것입니다. 그것이 어찌 총애를 싫어해서이겠습니까? 아마 모욕이 총애를 따라 올까 두려워서였을 것입니다.

(중략)

저는 어려서부터 청복(淸福)이 아름다운 것인 줄 알았습니다. 가난해서 입에 풀칠할 수도 없었고 비천하여 입신(立身)을 할 수 없어서 속세의 평범한 삶을 살아왔습니다. 지금은 늙어 백발이 되었습니다. 책상머리에는 『낙지론(樂志論)』을 펼쳐 놓고 벽에는 「산거도(山居圖)」를 걸어놓았으니 어찌 가련하지 않겠습니까?

종이를 대하고 멋대로 많은 말을 썼으니 망령됨에 황공함을 어찌할 줄 모르겠습니다.[25]

이 글의 서두에서 변종운은 자신이 병 때문에 이하응의 일에 달려가 위로를 하지도 못하고 경하를 드리지도 못했다고 하면서 객지에 있는 이하응의 건강이 염려된다고 하였다. 아마 이 편지는 이하응이 정치적으로 불우한 상황에 있었던 시기에 보냈던 것으로 생각된다. 변종운은 편지에서 명예는 항상 모욕을 수반하기 마련이라고 하면서 명예와 모욕을 초월한 삶의 가치를 긍정하고 있는데, 이는 이하응의 불행에 대한 위로이자 동시에 자신의 삶에 대한 긍정이기도 하다. 스스로 자신을 가련하다고 하였지

---

25) 醉香山樓 選錄 『歗齋集』, 「上石坡閣下」, "老子有言, '寵辱若驚'. 誠爲天下後世提醒語也. 常人之情, 以榮貴爲寵, 以斥退爲辱也. 寵卽喜而驚焉, 辱則懼而驚焉. 寵辱雖殊, 其所以驚之者同焉. 蓋寵之來也, 非不榮也, 辱之來也, 亦由其寵, 寵若不驚, 辱豈有驚. 名盛則人必忌之, 祿厚則人欲奪之. 風波起於平地, 霜雪飛於晴天. 是時也, 夕日之寵, 一場春夢, 今日之辱, 半生厄會. 是以古之人有讓天下而不受, 授相位而遠避, 豈惡其寵? 或恐辱之隨寵而至也. (중략) 鍾運自少時已能知淸福之爲美也. 貧無以糊口, 賤無以資身, 碌碌塵埃. 今已老, 白首矣. 案頭披樂志論, 壁上掛山居圖, 豈不可憐也哉? 臨楮胡草語多, 狂妄悚惶無地."

만 사실은 영욕을 초월한 탈속적인 삶을 살고 있는 자신에 대한 자부심을
드러내고 있다.

변종운의 시문 가운데는 탈속적 지향이 잘 드러난 작품들이 다수 존재
한다. 이런 탈속적 지향은 시인이 불우한 현실에 대해 직접적인 대결을 택
하지 않고 우회적인 방식을 통해 대안을 찾은 것이다. 『맹자』의 "곤궁해
지면 자기의 몸 하나만이라도 선하게 하고, 뜻을 펴게 되면 온 천하 사람
들과 그 선을 함께 나눈다(窮則獨善其身, 達則兼善天下)."라는 말에는 원래
불우할 때와 통달할 때 두 상황에서의 처세 방식이 포함되어 있다. 불우할
때 자신의 몸을 선하게 한다는 것은 세속의 어지럽고 불합리한 일에 물들
지 않는다는 것을 의미한다. 변종운의 시에 드러난 이런 탈속적 지향은 세
속의 궁달(窮達)에 뜻을 두지 않고 자신의 한 몸을 깨끗이 하겠다는 의지
의 표현으로, 유교의 가치관에서 동떨어진 것이 아니다. 탈속적인 생활을
추구함으로써 명리와는 떨어진, 깨끗한 군자의 삶을 추구한 것이다.

「운명에 대하여(談命說)」은 이런 탈속적 생활에 대한 태도를 직접적으
로 표현한 글이다. 사주(四柱)를 잘 보는 호남(湖南)의 이생(李生)이 변종
운에게 생진(生辰)을 묻자 변종운은 다음과 같이 말한다.

① 내가 태어날 적에는 뭐 하나 가져온 것이 없었네. 어려서는 공부
에 게을렀고, 장성해서는 이룬 것이 없었지. 개울 남쪽에 세 들어 살았
는데 누추하여 비바람을 가리지 못했네. 하지만 속된 사람들과 교제하
기를 좋아하지 않으며, 남들과 잘 어울리지 않아 문을 나서면 갈 곳이
없네. 아침에 일어나서 머리를 빗으면 몇 가닥 흰 머리를 발견하네. 세
월이 나를 오래 기다려주지 않는 게지.
② 다행히 태평성세에 태어나 초야에서 미친 듯이 노래하며 지내지. 큰
아들은 땔나무를 하고 둘째 아들은 물고기를 잡으며, 막내는 낚서를 하네.
나는 손자를 안고 늙은 아내는 손녀를 안았으며, 시렁 위에는 책 몇 권이
있어 세상 시름을 해소할 수 있지. 내 평생을 이미 스스로 알고 있다네.[26]

①은 불우했던 자신의 평생에 대한 담담한 회억이다. 이룬 것 없고 가난했지만 지조가 높아 속된 사람과는 어울리지 않았다는 것이다. 하지만 지금은 이미 흰머리가 나고 자신은 늙어가고 있다. 막내 변홍연이 1826년 생이고 장손 변춘식은 1831년에 출생했으므로 이때는 대체적으로 1832년 전후가 아니었나 생각된다. 이때 변종운은 40대 중반이었을 것이다. ②는 세상에 대한 관심을 버리고 초야에서 지내는 자신의 삶을 말한 것이다. 장성한 두 아들은 나무꾼과 어부가 되고 자신은 아내와 더불어 손자, 손녀를 돌보면서 천륜지락을 누리는 삶이 그려지고 있다. 변종운은 자신의 평생을 이미 다 알고 있기 때문에 점칠 필요가 없다고 하였다. 점칠 필요가 없다는 것은 이런 삶을 바꾸고 싶은 마음이 없다는 뜻으로, 현재의 삶에 만족하고 있다는 의미로 해석할 수 있다. 아래 변종운의 시를 통해 이런 자연적인 삶에서 누리는 담백한 생활정취를 살펴보기로 한다.

柴門人不到	사립문에는 찾는 이 없고
芳草正萋萋	고운 풀은 한창 무성한데
孤村雞犬靜	외딴 마을엔 닭과 개 조용하고
流水自拍堤	흐르는 물은 홀로 둑을 두드리네.
綠樹春風暎	푸른 나무 봄바람에 비치고
處處啼黃鸝	가는 곳마다 꾀꼬리 우는데
遠峰雲外立	먼 산봉우리는 구름 밖에 서 있고
斜日更在西	기운 해는 또 서쪽에 걸렸네.

―「사립문(柴門)」, 『藕船秋齋詩』

『우선추재시』에 수록된 「사립문(柴門)」이라는 시다. 고요한 시골 풍경

---

26) 『歗齋文鈔』 권2, 「談命說」, 『한국문집총간』 303, 50면, "我生之初, 一物不帶來. 幼而懶於學, 長而無所成. 儗屋溪南, 蕭然不蔽風雨. 然不喜與俗人交. 踽踽凉凉, 出門無所適. 朝起梳頭, 得數莖白髮焉. 歲將不我延矣. 幸而生値太平, 狂歌草澤. 大兒樵次兒漁, 幼者塗鴉. 我抱男孫, 老妻抱女孫. 架上數卷書, 足以消遣世慮. 平生我自知矣."

이 아름답게 묘사되어 있다. 외딴 고을엔 닭과 개 울음소리도 들리지 않고 사립문에는 찾아오는 이도 없다. 먼 산봉우리가 구름 밖으로 보이는데 석양은 서쪽 하늘을 물들이고 있다. 한적한 분위기가 물씬 풍기는 한 폭의 그림 같은 광경이다. 그리고 이 정적인 그림에 둑을 두드리며 흐르는 물과 우거진 나무숲 속에서 우짖는 꾀꼬리가 그려져 생기를 불어넣고 있다. 동(動)과 정(靜)의 대비를 통해 정적인 분위기가 더욱 강조되고 있다. 시인이 한적하고 평화롭게 그려놓은 한 폭의 그림은 불우한 현실을 극복한 자연인으로서의 삶에서 발출된 것이라 할 수 있다.

「객이 나의 근황을 묻다(客問余近況)」라는 시에도 변종운의 소박한 삶이 잘 표현되어 있다. 이 시는 『대동시선』과 『소재집』, 『우선추재시』 등의 시집에 모두 실려 있는 데서도 알 수 있듯이 빼어난 작품이다.

客來談水月	객이 찾아와 물과 달에 대해 이야기하는데
吾已悟盈虛	나는 벌써 가득 차고 텅 비는 이치를 깨달았네.
萬事雙蓬鬢	세상만사에 양 귀밑머리는 희끗희끗
孤村一草廬	외딴 마을엔 초가집 한 채.
落花春有酒	꽃 지는 봄날에는 술 마시면 되고
細雨夜看書	가랑비 내리는 밤엔 책을 볼 뿐.
窮達都無意	궁하고 현달함에 도무지 관심이 없으니
浮雲任卷舒	뜬 구름이 엉기든 풀어지든 내버려 두네.

―「객이 나의 근황을 묻다(客問余近況)」, 『歗齋詩鈔』 권3

낮에는 술을 마시고 밤에는 책을 읽으며, 궁달에 관심을 두지 않고 무심히 살아가는 삶의 모습이 그려져 있다. 그렇다고 해서 세상에 대한 관심을 완전히 끊은 것은 아니다. 밤에 독서를 한다는 것은 지식에 대한 관심이요, 동시에 세상에 대한 관심이기도 하다. 하지만 이제 밤에 하는 독서는 더 이상 세상에 나가거나 신분상승을 위한 것이 아니다. 외부의 그 무엇을 얻기 위한 것이 아닌, 자기 자신을 위한 독서였던 것이다. 외부 세계에 대해서는 더 이상 억지로 무엇을 추구하지도 않고, 지나치게 무엇에 집착하지도 않는다.

변종운은 손님이 찾아와 물과 달[水月]에 대해 이야기하는데 자신은 이미 가득 차고 텅 비는 이치[盈虛]를 깨달았다고 했다. '텅 비고 가득 차는 이치[盈虛]'는 원래 『장자(莊子)』 「추수(秋水)」에 나오는 말이다. 달은 가득 차기도 하고 다시 이지러지기도 하지만 그렇다고 해서 그 자체가 늘 어나는 것도 아니며 줄어드는 것도 아니다. 달 자체는 변함없이 그대로 있는 것이다. 이 말은 소식(蘇軾)의 「적벽부(赤壁賦)」에도 나온다. 소식이 「적벽부」를 지은 것은 그가 47세 되던 해인 1082년, 황주(黃州)로 좌천된 지 3년째 되던 해였다. 소식은 「적벽부」에서 정치적으로 불우해도 자족적 의미의 세계 또한 그것대로의 가치가 있다는 생각을 드러냈다.[27] 소식은 정치적으로 득의했을 때는 정치 세계에서 삶의 가치를 찾을 수 있었고 실패했을 때는 자신을 비정치 주체로 전환시켜 자연적인 삶에서 인생의 가치를 발견할 수 있었다.

변종운이 말하는 '가득 차고 텅 비는 이치'라는 것은 정치세계에서의 성공 여부와 관계없이 항상 의미를 갖는 주체적 삶에 대한 긍정의식이다. 영달(榮達)하든 궁핍(窮乏)하든, 본심을 잃지 않는다면 그 주체성은 변하지 않는다. 텅 비고 가득 차는 이치를 깨달았다는 변종운의 말은 자신의 주체성에 대한 강한 자각을 얻었다는 말로 해석할 수 있다. 세속에서의 영달을 추구하느라 귀밑머리가 희끗희끗해졌지만, 미련을 버리고 외딴 마을에 거처하는 지금, 바깥 세계의 영달과 궁핍에 의해 바뀌지 않는 본연의 상태를 깨달았던 것이다. 이 상태는 세속에서의 영달과 궁핍에 의해 바뀌지 않을 뿐만 아니라 다른 사람들의 시선이나 견해에 의해서도 바뀌지 않는다. 주체적인 '나'는 타인의 포폄을 비켜선 사람이다.

---

27) 김영민, 「赤壁賦와 정치사상」, 『韓國政治研究』 20, 서울대학교 한국정치연구소, 2011, 13면.

一蟬鳴遠樹	매미 한 마리 먼 나무에서 우니
萬壑盡秋聲	세상 골짜기가 모두 가을 소리로다.
白首逢知己	백발에 지기를 만나서
淸樽話半生	맑은 술로 반평생을 이야기하네.
晩潮孤嶼出	저녁 썰물에 외로운 섬 드러나고
踈雨大江明	성긴 비에 큰 강이 밝구나.
獨立紅塵外	홀로 속세 밖에 우뚝 섰으니
靑山淡世情	청산은 세상일에 담담하리라.

－「가을날 강가 누각에서(秋日江樓)」, 『獻齋詩鈔』 권3

이 시는 1구와 2구에서는 가을의 풍경을 그렸다. 매미는 한시에서 탐욕스러운 거미의 형상과 대조적으로 청렴하고 깨끗한 선비에 비유되는 경우가 많다. 이 두 구는 하나의 작은 점에서 시작하여 청각적 효과가 넓은 세계로 확대되는데, 마치 매미의 울음소리에 온 세상이 함께 반응하는 것 같은 느낌을 준다. 3구와 4구에서는 백발노인이 된 자신이 지기를 만나 맑은 술을 마시면서 지난 일을 이야기하는 모습을 그려, 속세의 일은 이미 추억 속에나 존재하는 과거가 되었음을 암시하였다. 5구의 썰물에 드러나는 외로운 섬과 6구의 성긴 비에 밝게 비치는 강물은 속세에 대한 미련을 버리고 난 뒤에 얻어지는 청명(淸明)한 마음의 상태를 상상하게 하며, 7구와 8구의 속세 밖에 우뚝 선 청산은 시인의 모습을 연상하게 한다. 시인 자신에 대해 쓴 시구는 3구와 4구뿐이지만 나머지 6구의 경물 묘사 전체가 시인에 대해 이야기하게끔 하는 효과를 거두고 있다. 이는 시인이 속세에 대한 미련을 버리고 난 뒤에 얻은 새로운 경지의 예술적 세계인 것이다.

변종운은 적극적인 경세의 의지를 보였으나 한편으로 때에 맞게 출처를 결정하고, 출처에 상관없이 군자의 기준에 맞는 삶을 살고자 하는 태도를 보였다. 이런 태도는 세상사에 대한 관심과 적극적인 참여의식을 결여하지 않으면서도 혼탁한 속세와는 거리를 둔 자족과 탈속의 세계를 지향하게 함으로써 이상적인 선비의 삶에 대한 추구를 보여주었다고 생각된다.

4. 문학을 통한 불후(不朽)의 추구

앞에서 변종운이 유교의 삼불후(三不朽) 중에서 특히 입공(立功)을 매우 중시하였으나 그것이 결국 좌절될 수밖에 없었음을 살펴본 바 있다. 하지만 입공의 좌절과 더불어 기댈 것은 결국 문장밖에 없게 되었다. 변종운은 남공철의 생일에 올린 글에서 "소정(韶庭)의 생황과 종, 사원(詞苑)의 화려한 문장은 반드시 백세에 전해지기 마련"[28]이라고 하면서 그렇게 되면 그 사람은 죽어도 살아있는 것과 마찬가지라고 하였다. 훌륭한 문장을 통해 사람이 후세에 길이 이름을 남겨 불후하게 될 수 있음을 말한 것이다. 변종운은 지방관으로 부임되어 가는 관리들에게 준 글에서도 떠나는 사람에게 재물을 주는 것은 말을 해 주기보다 못하고, 언어의 정화는 문장이므로 후세에 전별하는 글이 생기게 되었다고 하여[29] 문장의 가치를 강조하였다. 이는 문학의 가치에 대한 긍정과 더불어 사람이 문학을 통해 후세에 이름을 드리울 수 있다는 생각을 보여준다.

변종운이 말년에 자신의 문집을 베껴서 10책으로 만들었다는 것은 앞에서 언급한 적 있다. 그의 손자 변춘식이 『소재집』을 간행한 것은 조부를 위해 불후를 도모하고자 함이었다. 변원규는 『소재집』의 서문에서

---

28) 『歗齋文鈔』 권1, 「敬壽金陵南相國公轍序」, 『한국문집총간』 303, 36면, "笙鏞於韶庭, 黼黻於詞苑, 必將流傳于百世. 是何可語其歸也?"

29) 『歗齋文鈔』 권1, 「送梣溪尹侍郎定鉉出按海西序」, 『한국문집총간』 303, 308면, "行者有贐, 古之道也. 贐之財, 不若以言. 言之英華者爲文, 所以後世有贈言之作."

변춘식이 "뼛속까지 가난하였으나 윗사람에게 효도하고 자기 몸을 단속하며 유훈을 지키고 하나하나 기록하여 불후의 계책으로 삼으려 하였다."[30]고 하였다.『소재집』이 간행된 것은 1890년, 변종운이 세상을 떠난 뒤 23년이 지나서다. 변원규의 글에 '유훈을 지킨다'는 말이 나오는 것으로 보아 변종운이 생전에 자신의 문집을 간행해 달라는 말을 남겼을 것으로 추정할 수 있다.

변종운은 사람의 행적이 문집을 통해 남을 수 있다고 보았거니와 훌륭한 사람의 행적을 기록함으로써 문장이 그 사람의 행적에 힘입어 불후하게 될 수도 있다고 보았다. 가깝게 지내던 승려 철공(澈公)이 찾아와 부친의 묘갈명을 써 달라고 부탁하자 변종운은 자신의 글 또한 고사(高士)의 행적에 힘입어 불후하게 될 것이라 하였다.

> "슬픕니다! 무릇 불교에 귀의한 자로 그 집을 잊지 않은 자가 어디 있겠습니까? 저는 형제가 없으며, 저는 살아 있지만 부모의 제사는 끊어졌습니다. 더구나 제가 곧 죽을 때가 되어옴에야 더 말할 것이 있겠습니까?"라고 하고는 울음을 삼키며 말을 잇지 못하였다. 철공의 부탁을 나는 거절할 수가 없거니와 그 선친이 일세의 고사(高士)임에야 더 말할 바가 있겠는가? 나의 글 역시 고사(高士)에게 기탁하여 불후하게 될 것이 아니겠는가?[31]

철공이 변종운을 찾아와 선친의 묘갈명을 부탁한 것은 부친이 행적이 인멸되지 않기를 바라서였다. 변종운은 철공의 부친이 일세의 고사(高士)

---

30) 卞元圭,『歉齋集』,「歉齋集序」,『한국문집총간』303, 6면, "迨哲孫春植甫, 一貧到骨, 乃能孝悌飭躬, 克繩遺訓, 銖銖經記, 爲不朽計."

31)『歉齋文鈔』권3,「李敬亭墓碣銘」,『한국문집총간』303, 63면, "'悲夫! 凡皈依於空門者, 夫孰不忘其家也. 澈也無他兄弟. 澈雖生存而先人之祀絶矣. 而況澈之將朝暮死歟.' 仍飮泣不能語. 夫以澈公之托, 吾猶有不能辭者, 況其先子是一世之高士也. 吾之文亦將附高士而不朽者哉."

였으므로 당연히 그 행적을 글로 남겨야 한다고 생각했다. 그러면서 자신의 글 역시 철공의 부친의 행적에 힘입어 불후하게 될 것이라고 말한다. 이 말은 훌륭한 덕행과 문장은 서로를 길이 빛나게 해 줄 수 있다는 생각을 보여주는 동시에 자신의 글이 불후하기를 바라는 마음을 보여준다.

변종운은 적지 않은 사람의 행적을 글로 남겼다. 이 중에는 후손이나 본인의 부탁을 받고 써준 글도 있고, 직접 보았거나 다른 사람에게서 들은 사람의 행적을 글로 남긴 경우도 있다. 「이경정의 묘갈명(李敬亭墓碣銘)」은 승려인 철공의 부탁을 받고 쓴 글이고, 「제충장공신도비명(諸忠壯公神道碑銘)」, 「홍씨영모당기(洪氏永慕堂記)」 등은 후손의 부탁을 받고 쓴 것이며 「대별산옹화상기(大別山翁畫像記)」는 본인의 부탁을 받고 쓴 것이다. 이외에 「거산역의 성첩을 중수한 기문(居山驛城堞重修紀)」와 「운금루의 중수기(雲錦樓重修記)」는 변종운이 이곳 역승이 사비를 들여 성벽과 관아의 건물을 보수한 일을 알고 그들의 행적을 기록한 것이다. 「거산역의 성첩을 중수한 기문」에서 변종운은 거산역의 역승 유종근(柳宗謹)에 대해 "참으로 훌륭하지 않은가? 또 장리에게 알려 소문을 내서 상을 받을 생각도 하지 않으니 참으로 기록하지 않을 수 없다."[32]라고 하였다. 이것은 그가 의식적으로 이들의 행적을 기록하여 세상에 알리려고 글을 썼음을 말한다. 「안현의 느릅나무 이야기(鞍峴黃楡樹記)」는 이름을 사모하던 노비의 행적을 기록한 것인데 변종운이 이 글을 쓴 것은 노비의 행적이 인멸되지 않기를 바라는 마음에서였기 때문이다. 이들의 행적이 자신의 글을 통해 동시대와 후세 사람들에게 알려지기를 바랐다는 것은 자신의 글 또한 알려지기를 바란 것이다.

변원규는 변종운에 대해 "문인으로 자부하고 명예와 이익을 탐하지 않

---

32) 『歡齋文鈔卷』 권1, 「居山驛城堞重修紀」, 『한국문집총간』 303, 43면, "不其難歟? 況不肯有請于長吏, 欲轉聞而邀其賞. 是固不可以不記也."

았다."33)라고 하였다. 자신의 문장에 대한 강한 자부심은 30세 때 쓴「서호에서의 뱃놀이(西湖泛舟記)」에 잘 드러나 있다. 이 글은 변종운이 1819년 서예가 유한지(兪漢芝, 1760~?), 문장가 황기천(黃基天, 1760~1821)34) 그리고 역관 출신 문인화가 임희지(林熙之, 1765~?)와 함께 서호에서 배를 띄우고 노닌 이야기를 기록한 것이다.

　① 기묘년(己卯年) 7월 16일에 기원(綺園) 유공(兪公), 능산(凌山) 황공(黃公)과 함께 읍청루(挹淸樓) 아래에 배를 띄웠다. 푸른 하늘에는 달이 돋고 큰 강은 비단 같은데 고기잡이 등불은 또렷하고 뱃노래는 서로 부르거니 답을 하여 마음에 매우 맞았다. 갑자기 작은 배 한 척이 맑은 강물을 치고 날듯이 다가왔다. 배의 봉창을 열고 묻기를 "적벽(赤壁)에서 뱃놀이하는 것인가?"라고 했다. 자세히 본즉 수월(水月) 임희지(林熙之) 어른이었다. 내가 놀러 나왔다는 말을 듣고 따라서 오신 것이었다. 자리에 들어와 무릎을 바싹 맞대니, 마치 10년간 하늘가 먼 곳에서 헤어져 있다 우연히 만난 듯한 모습이었다.35)

이 글은 시작부터 자신들의 모임이 소식의 적벽 유람과 같은 성격의 것임을 밝히고 있다. 소식이 적벽에서 노닌 것은 1082년, 황주로 좌천된 지 3년째 되던 해 7월 16일이었다. 같은 날짜를 취하여 배를 띄운 것을 보면 처음부터 적벽 유람을 모방해서 시작했음을 알 수 있다. 이는 좇아 온 임희지의 말에서도 다시 확인할 수 있다. 소식의 적벽에서의 놀이는 왕희지 등의 난정지회(蘭亭之會)와 더불어 후세의 문인들이 가장 많이 따라 한 풍류였다. 이들 모임을 많이 모방하는 원인에 대해 장지완(張之琬, 1806~

33) 卞元圭,『歗齋集』,「歗齋集序」,『한국문집총간』303, 6면, "文人自命, 不干榮利."
34)『소재집』에는 황기천의 호가 凌山으로 되어 있는데, 이것은 菱山의 잘못이다.
35)『歗齋文鈔』권1,「西湖泛舟記」,『한국문집총간』303, 41면, "己卯七月之望, 與綺園兪公, 凌山黃公, 泛舟於挹淸樓下. 靑天月出, 大江如練, 漁燈之歷, 棹歌相答, 意甚適也. 忽一葉小船擊空明, 如飛而至. 推篷問曰, '赤壁之遊樂乎?' 諦視之, 乃水月林丈. 聞余之遊, 踵而至也. 入席促膝, 有若十年之別, 邂逅於天涯也.'"

1858)은 이 두 모임만이 날짜를 분명하게 기록했기 때문이며 후세의 사람들이 이 두 모임과 같은 날짜에 모임을 가지는 것은 옛사람에 대한 흠모의 감정을 표현하기 위해서라고 하였다.[36] 이날 모임 역시 같은 성격을 갖는다.

술이 좀 오르자 황기천은 자신들이 소식을 흠모하듯이 훗날 자신들을 흠모할 사람이 있을지 모르겠다고 하며 탄식한다. 그러자 변종운은 자리를 함께 한 사람이 모두 당대 최고의 예술가임을 말하면서 소동파에게 비겨도 결코 못할 것이 없다고 주장하였다.

②오늘날 문장이 넉넉하고 빠른 것으로는 능산(凌山)만 한 이가 있겠으며, 전서나 팔분체로는 기원(綺園)과 같은 이가 있겠습니까? 또 난초와 대를 그리는 데는 수월 어른과 같은 이가 어디 있겠습니까? 비록 매생(枚生)이나 이양빙(李陽冰), 십죽재(十竹齋) 같은 이름난 중국의 명인들이 다시 오늘날 태어난다 하더라도 진실로 부끄럽지 않을 것입니다. 오늘 이렇게 우아한 모임이 고인에게 어디 손색이 있겠습니까? 그저 다 능하지 못한 것은 소동파처럼 세상 형편을 따라 세월을 보내면서 미친 듯 노래하고 혼백을 놓아서 질펀하게 자빠진 채, 늙은 자는 그 나이를 잊고 젊은 자는 그 몸을 잊고서 한자리에 오순도순 모여, 남들이 비웃어도 우리는 즐기는 것이겠지요. 이런 것이야 소동파에 미치지 못하지만 그 곤궁함이야 그래도 미칠 수 있겠지요.[37]

---

36) 張之琬, 『枕雨堂集』 권3, 「題續蘭貼後」, "古之高會良讌, 爲後人所景仰者何限. 惟紀年最著者, 王謝蘭亭之會, 東坡赤壁之遊而已. 夫宴集常事, 何時不可遊, 何地不可會? 然必擬古人, 而又必取其年與日之相符者, 豈非其人之風流文采照映今古, 使人有以想慕而依歸也與?"

37) 『歗齋文鈔』 권1, 「西湖泛舟記」, 『한국문집총간』 303, 41면, "然今世之文章贍速, 夫有如凌山者乎? 篆若八分, 夫有如綺園者乎? 畫蘭與竹, 豈復有如水月翁者乎? 雖枚生, 李陽冰, 十竹齋 復生於今, 固無愧也. 今此雅集, 奚讓於古人也. 惟其俱未能隨世而俯仰, 狂歌落魄, 淋漓顚倒. 老者忘其年, 少者忘其形, 一席團圞. 人笑而我樂也. 子瞻雖不可及, 其窮猶可及也."

유한지, 황기천과 임희지는 뛰어난 재주를 가진 문인이었으나 당시 모두 불우한 처지에 있었다. 유한지와 황기천은 모두 1760년생이므로 당시 이미 60세였다. 유한지는 전서와 예서를 잘 써서 이름이 높았으나 이때까지 아무 벼슬도 못하고 있었던 것으로 보이며, 뒤늦게야 음직(蔭職)으로 영춘 현감이 되었다. 황기천은 문장이 뛰어났고 서법에 능했으며 경사(經史)에도 통달했으나 1806년 우의정 김달순(金達淳)을 탄핵하는 합계(合啓)에 참석하지 않아 용천에 유배되었고 그 뒤 고금도(古今島)로 이배(移配)되었다가 1809년 익종이 태어나자 사면되었다. 그는 당시 벼슬을 하지 못하고 있었던 것으로 보이며, 2년 뒤 세상을 하직했다.[38] 임희지는 그들보다 다섯 살 아래였으니 이때 55세였다. 그는 그림을 잘 그렸고 생황을 잘 불었으나 늘 미친 사람으로 불릴 정도의 이색적인 행보를 보였다.[39] 그의 이런 이색적인 행보는 그 역시 큰 뜻을 펼 수 없는 역관의 신분이었던 것과 전혀 무관하지는 않을 것이다.

변종운은 황기천의 문장과 유한지의 글, 임희지의 그림이 모두 당대 최고의 경지에 있음을 말하면서 그들의 수준이 결코 옛사람에 비해 부족하지 않음을 강조하였다. 또 자신들의 재주가 소동파에 못 미칠 수는 있지만 그 궁함은 능히 따라갈 수 있다고 하였다. 이는 뛰어난 재주를 가지고 있음에도 제대로 펼치지 못한 점에서 자신들의 상황은 황주로 좌천되었던 시기의 소동파와 다를 바 없음을 말한 것이다.

　③ 소동파와 함께 노닐었던 두 손님의 성명은 「적벽부」에 적혀 있지 않으니 세상에 알아주는 이가 없겠지만, 소동파와 함께 노닐었으니, 그 사람됨은 상상할 수 있을 것입니다. 오늘 제가 서툴고 졸렬한데도

---

38) 유한지와 황기천에 대해서는 앞의 교유부분에서 자세히 언급했다.
39) 劉在建 編, 실시학사 고전문학연구회 역,『異鄕見聞錄』,「水月 林熙之」, 글항아리, 2008.

이 자리 한 귀퉁이를 차지하였으니, 비록 적벽부에서 퉁소를 불었던 두 손처럼 퉁소를 불지는 못하지만, 여러분들은 어찌해서 소동파가 퉁소 불던 손에게 그랬던 것처럼 술을 들어 제게 권하고 저 물과 달을 아는 지를 물어보지 않으신 것입니까?"[40]

변종운은 소동파의 「적벽부」에 나오는 두 객(客)은 이름이 기록되어 있지 않아서 누구인지 알 수 없지만 그들이 소동파와 함께 노닌 것으로 보아 그 사람됨을 가히 상상할 수 있다고 하였다. 이어 자신이 황기천, 유한지, 임희지 세 사람의 모임에 참여하게 되었음을 말하였는데 이는 황기천, 유한지, 임희지를 소동파에 비기고 자신을 「적벽부」에 등장하는 두 객에게 비긴 것이다. 스스로 자신이 서툴고 졸렬하다고 겸사(謙辭)를 하고 있기는 하지만 자신 역시 세 사람과 같은 부류라는 자부심을 드러낸 것이라 하겠다. 이는 변종운의 문학이 동시대 사람들에게 높은 평가를 받았고 변종운이 스스로 불우했다고 평가한 데에서도 알 수 있다. 변종운의 문학은 앞에서도 언급했지만 남공철을 비롯하여 이유원, 윤정현 등 당대 명성이 높았던 문인들에게서 높은 평가를 받았고 『대동시선(大東詩選)』, 『조야시선(朝野詩選)』 등 여러 선집에 시가 수록되었으며 연활자본 『소재집』이 간행되기 전부터 많은 사람들에게 읽혔다. 변종운은 자신의 문장에 대해 큰 자부심을 가졌다. 경세의 의지는 비록 좌절되었지만 문장을 통해서 능히 가치를 인정받고 후세에 전해질 수 있으리라고 생각했을 것이다.

아래 변종운이 어떤 작품을 통해서 후세에 이름을 남기고자 했는지 살피기 위해 변종운의 대표작들을 통해 그 문학적 성취에 대해 평가해 보려고 한다. 당대 사람들의 평가를 반영하기 위해 최소 2종 이상의 자료에 수록된 작품을 선택하였다.

---

40) 『獻齋文鈔』 권1, 「西湖泛舟記」, 『한국문집총간』 303, 41면, "若子瞻二客姓名, 不載於赤壁賦, 世無知者. 子瞻之所同遊也, 其人亦可想也. 今以余之踈且拙, 得廁於此席, 雖未能吹洞簫也, 諸君子又何不擧酒屬我, 問以知夫水與月乎?'"

蘆花如雪復如烟　　갈대꽃은 눈 같고 안개 같기도 한데
十里晴波不繫船　　십 리 맑은 물결에 배를 맡겨 놓았네.
一陣寒鴻決雲去　　한 무리 찬 기러기 구름 가르고 날아가니
斜陽秋色滿江天　　석양과 가을빛이 강과 하늘에 가득하네.
　　　　　　　－「양화나루(楊子津)」, 『歡齋詩鈔』 권2

　「양화나루」는 『소재집』 외에 『대동시선』과 「조야시선」에 수록되어
있는데 당시 많은 사람들에게 회자되었다고 한다. '양자진(楊子津)'은 양
화나루를 가리키는데 양화나루는 조선시대 한강 북쪽에 있었던 나루였
다. 시의 첫 부분에서 갈대꽃에 대해 묘사한 "눈 같고 안개 같기도 한데"
라는 말은 소식(蘇軾)의 「양화사(楊花詞)」의 첫 구 "꽃 같기도 하고 꽃이
아닌 것 같기도 한데(似花還似非花)"에서 따온 것이다. 양화나루를 읊은
시이므로 소식의 「양화사」를 쉽게 떠올릴 수 있었을 것이다. 다만 계절이
가을이기 때문에 눈처럼 하얀 갈대꽃이 안개처럼 아득하게 피어 있는 모
습을 묘사했다.
　1구의 정적인 경치 묘사와 2구의 맑은 물결, 그리고 물결 따라 흔들리
는 배는 한 폭의 그림처럼 여유롭고 한가한 분위기를 자아내 세속의 영달
에 연연하지 않는 시인의 초탈한 경지를 잘 드러내고 있다. 3구에서는 갑
자기 기러기 한 무리가 나타나 힘차게 날개 치며 구름을 가르고 날아가는
장면을 그렸다. 3구의 다섯 번째 글자인 '결운(決雲)'은 『장자(莊子)』 「설
검(說劍)」의 "위로는 뜬 구름을 자르고 밑으로는 지축을 자른다. 이 검을
한 번 사용하면 제후들을 바로잡고 천하가 복종한다(上決浮雲, 下絶地紀.
此劍一用, 匡諸侯, 天下服矣)."라는 말에서 온 것인데, 후세에도 주로 보
검의 위력을 나타내는 말로 쓰였다. 이백(李白)이 쓴 「고풍(古風)」의 "검을
휘둘러 뜬 구름을 자르니 제후들이 모두 서쪽으로 가네(揮劍決浮雲, 諸侯
盡西來)."라는 시구에서도 보검의 날카로움을 나타내는 말로 쓰였다. 변종
운은 보검으로 구름을 자르는 동작을 형용하는 어휘를 기러기가 구름을

가르고 날아가는 장면을 묘사하는 데 사용함으로써 그 역동적인 면을 부각시키고 있다. 3구에서 기러기가 출현함에 따라 갈대꽃과 물결, 배를 향했던 시선은 지면에서 하늘로 옮겨가게 된다. 4구에서는 그 시선이 다시 석양으로 갔다가 다시 햇살을 따라 강과 하늘, 그림 전체로 퍼진다. 그리하여 처음에는 갈대꽃의 흰색이 주조를 이루던 풍경에 붉은 석양빛, 단풍든 가을의 빛깔이 섞이면서 가을의 다채로운 모습이 드러나게 된다.

변종운의 시에는 일반적으로 색채어가 잘 등장하지 않는다. 등장하는 경우에는 대부분 '청(靑)', '벽(碧)', '창(蒼)' 등 청색 계열 혹은 백색이다. '홍(紅)'이 보이기는 하지만 대부분 '홍진(紅塵)'이나 석양, 단풍 등을 묘사하는 데 사용되고 꽃과 같이 밝고 예쁜 색깔을 묘사하는 데 사용된 경우는 많지 않다. 변원규가 변종운의 작품에 대해 "그 빛은 푸르고 검다."[41]라고 한 것은 이런 특징을 두고 한 말이라고 생각된다. 그러나 위의 시는 비록 색채를 나타내는 어휘가 하나도 들어가지 않았지만 갈대꽃의 흰색, 물결의 푸른색, 석양의 붉은색, 가을 단풍의 노란색과 붉은색이 자연스럽게 연상되도록 하여 한 폭의 아름다운 그림을 완성하고 있다. 비록 사물의 모습을 세세하게 묘사하지는 않았지만 양화나루의 가을 풍경을 더욱 생동감 있게 표현했다.

다음은 학에 대해 쓴 시로, 『대동시선(大東詩選)』에도 수록되어 문학성을 인정받은 작품이다.

幾年庭畔夢蓬萊   몇 년이나 뜰에서 봉래산을 꿈꾸었는가?
一入雲間任去來   한 번 구름 속에 들어가자 자유롭게 오가누나.
弱水東邊瑤草月   약수 동쪽 향기로운 꽃 피고 달 뜬 곳에서
倘能相待主人回   주인이 돌아오기를 기다려줄 수 있을지.
　　　　　　　　　－「학을 놓아주다(放鶴)」, 『歡齋詩鈔』 권2

---

41) 卞元圭, 『歡齋集』, 「歡齋集序」, 『한국문집총간』 303, 6면, "其色蒼然黝然."

변종운이 무슨 연유로 학을 풀어주게 됐는지는 확실하지 않다. 아마 사행을 가거나 지방으로 발령을 받아 가면서 학을 더 이상 기르기 어려워 풀어줬을 것이라고 생각된다. 「청하 이관하가 찾아오다(李青霞觀夏來訪)」라는 시에 "오동잎에서 맑은 이슬 떨어지고, 뜰의 학은 가끔 소리를 내네(梧葉清露滴, 庭鶴時有聲)."라는 말이 나오는 것으로 보아 변종운은 뜰에 학을 길렀던 것 같다. 또 「대별산옹을 찾아갔으나 만나지 못하다(訪大別山翁不遇)」에서 "뜰에 있던 학이 허공을 향해 날아가고(庭鶴向空飛)"라고 했던 것으로 보아 당시 학을 길렀던 사람이 여러 명 있었을 것으로 추정할 수 있다. 또 변종운의 벗인 설옹(雪翁)의 집은 '백석루(白石樓)'라고 불렸는데, 이 '백석(白石)'이라는 어휘는 소식(蘇軾)의 「방학정기(放鶴亭記)」에 나오는 말이다. 소식은 이 글에서 학이 "푸른 이끼를 부리로 쪼고 흰 돌을 밟는다(啄蒼苔而履白石)."라고 했다. 설옹도 학을 길렀는지는 알 수 없지만, 이들이 높은 지조와 풍격의 상징인 학의 이미지를 매우 좋아했음을 알 수 있다. 소식은 「방학정기」에서 학을 기르는 즐거움은 임금도 함부로 누릴 수 없는 것이나 은자만은 온전히 누릴 수 있다고 했다. 변종운과 동류들이 세속을 벗어난 은자의 이미지로 인해 학을 특별히 좋아했을 가능성이 크다고 생각된다.

변종운은 이 시의 첫 구에서 학이 비록 뜰에서 살았지만 그 마음은 항상 봉래산(蓬萊山)에 있었다고 하였다. 비록 인간에 의해 길러졌지만 그 마음은 전혀 세속화되지 않고 아득한 신선세계를 꿈꾸고 있음을 말한 것이다. 두 번째 구는 학이 자유를 얻고 자유롭게 구름 속을 오가는 모습을 그렸다. 3구와 4구는 시인 자신의 생각을 그렸다. 약수(弱水)는 서왕모(西王母)가 사는 신선세계를 가리킨다. 변종운은 학이 신선세계로 가게 되는 것을 동경하면서 그곳에서 자신을 기다려 줄 것을 바라고 있다.

여기서 학의 이미지는 변종운 자신과 겹친다. 인간 세상에 살면서도 아득한 신선세계를 꿈꾸면서 맑고 고아한 생활을 유지하려는 점은 변종운도 학과 같다. 하지만 학은 드디어 자유를 얻어 신선세계로 갈 수 있게 되었으나 변종운은 세속에 머물 수밖에 없기 때문에 신선세계에 대한 동경을 자신이 갈 때까지 기다려달라는 말로 표현한 것이다. 변종운의 작품에 신선세계에 대한 지향이 드러나는 경우도 꽤 있는데 「칠석(七夕)」이라는 시에서도 "별자리 모두 차례가 있으니, 신선은 마땅히 사심 없으리(列宿皆有次, 仙人定無私)."라고 하여 신선세계에 대한 생각을 말한 적 있다. 이는 그가 신선세계를 부패함과 사욕이 제거된 깨끗하고 청렴한 세계라고 생각하였던 것을 보여준다. 하지만 변종운이 언제 신선세계로 갈 수 있었을까? 아마도 그것은 죽은 뒤에나 가능한 일이었을지도 모른다. 이런 의미에서 마지막 구는 학과의 영원한 이별을 뜻하기도 하며, 쓸쓸한 죽음을 연상시킨다.

『소재집』에는 총 252수의 시가 실려 있는데 그 중 율시가 179수로 압도적으로 많다. 『소재집』뿐 아니라 다른 필사본들에 실린 시에서도 율시의 비중이 더 높다. 특히 『제가시수(諸家詩髓)』는 변종운과 이상적의 7언율시 전부를 수록하고 있어 변종운의 작품 중에서 특히 7언율시의 가치가 높다고 생각했음을 알 수 있다.

曹溪流水幾時回　　조계(曹溪)의 흐르는 물은 언제나 돌아올까?
淨土千年法殿頹　　천 년의 정토(淨土)에 법전은 무너졌구나.
蠧蝕殘經空貝葉　　남은 불경 좀 먹어 패엽(貝葉)만 남고
刦過諸佛盡寒灰　　수난 겪은 불상은 모두 차가운 재가 되었네.
一林啼鳥僧何在　　온 숲에 새소리 들리는데 스님은 어디 있나?
滿院飛花客自來　　뜰 가득 꽃잎 날리고 객은 스스로 찾아왔네.
門外斷碑無語立　　문밖 부러진 비석은 소리 없이 서 있는데
半磨風雨半靑苔　　반은 바람비에 닳고 반은 이끼에 덮였네.
　　　　　　　　　　　　　　　　－「옛 절(古寺)」, 『巘齋文鈔』 권4

이 시는 『소재집』 외에 『은송당집초』, 『우선추재시』, 『조야시선』에 수록되어 있다. 시의 제1구는 조계의 흐르는 물이 언제쯤 돌아오냐는 질문으로 시작된다. 이는 장소를 밝힌 것이다. 2구, 3구, 4구는 황폐해진 절의 모습을 그리고 있다. 법전은 무너졌고, 불경은 좀먹어 내용을 알아볼수 없게 됐으며 불상은 모두 타서 재가 됐다. 3구와 4구는 매우 공교한 대우(對偶)로 되어있어 시인의 높은 기교를 엿볼 수 있다. 5구와 6구의 대우(對偶)는 이 시에서 성취가 가장 돋보이는 부분이다. 절은 불타서 폐허가되었지만 숲속의 새는 여전히 지저귀고 꽃은 해마다 피어난다. 숲속의 새울음소리를 듣고 있노라니 스님이 산속에 있을 것 같기도 한데, 뜰에는꽃잎만 날리고 절을 찾아온 나그네는 흩날리는 꽃잎들 속에 서 있다. 5구는 숲속에서 새가 우는 청각적 이미지를 통해 스님이 산 속에 있을 수도있다는 생각을 떠올리게 했고, 6구는 뜰에 꽃잎 날리는 시각적 표현 뒤에절에 찾아온 나그네를 그렸다. 또 새의 울음소리와 흩날리는 꽃잎은 영원한 자연을 의미하고 스님이나 나그네는 무상한 인생을 뜻하기도 한다. 이부분은 청각과 시각을 효과적으로 구사하면서 자연과 인간의 대비적 묘를 담고 있다.

변종운의 율시는 위의 시에서 볼 수 있는 바와 같이 교묘한 대우(對偶)가 특징인데, 조탁의 흔적이 드러나지 않으면서도 기발한 아이디어를 보여주는 경우가 많다. 「방산 윤정기가 강가 정자에 찾아오다(尹舫山廷琦來訪江榭)」라는 시도 그러하다.

此日逢君眼忽開	오늘 그대를 보니 눈이 문득 밝아지는데
三旬淹臥大江隈	삼십 일이나 큰 강 옆에 누워 있었지.
病如暗盜防猶入	병은 도둑과 같아 막아도 들어오고
睡似高人請不來	잠은 고인(高人)과 같아 청해도 오지 않네.
遠寺鍾聲衝雨至	먼 절 종소리는 비를 뚫고 울려오고
二陵山色捲潮廻	이릉(二陵)의 산 빛은 파도에 휘말려 돌아오네.

沙鷗知我忘機否　　해오라기는 내가 기심(機心) 잊었음을 아는가?
白首閒情一釣臺　　흰 머리 한가한 마음으로 낚시터에 앉아있네.
　　　－「舫山 尹廷琦가 강가 정자에 찾아오다(尹舫山廷琦來訪江榭)」,

『歠齋詩鈔』권4

변종운은 1855년 전후에 윤정기를 알게 되었으므로 이 시는 65세 이후에 쓴 것임을 알 수 있다. 이 시에는 노년의 삶과 거주지의 풍경이 매우 형상적으로 잘 묘사되어 있다. 3구와 4구의 묘미는 기발한 비유에 있다. 아무리 막으려고 해도 병은 도둑처럼 찾아오고 잠을 자려고 애써 보지만 잠은 고인(高人)과 같이 청해도 오지 않는다. 5구와 6구는 비오는 날 강가의 정경을 그렸다. '이릉(二陵)'은 선릉과 정릉을 가리킨다. 먼 절의 종소리가 비를 뚫고 온다고 하여 종소리에 시각적 효과를 부여하고, 산 빛이 파도에 휘말려 돌아온다고 하여 정적인 경치에 동적인 효과를 주었다. 이 시 역시 기타 시들과 마찬가지로 사물에 대한 자세한 묘사를 진행하고 있지 않으나 시각과 청각, 정적인 이미지와 동적인 효과가 적절하게 어울려 있다. 마지막 두 구는 강가의 해오라기와 흰 머리로 낚시터에 앉아 있는 자신을 병치시켜 기심(機心)을 잊은 한가로운 마음을 잘 드러내었다.

변종운의 시는 "굳세고 힘차다"는 평가를 받기도 했는데, 이런 특징은 주로 전쟁을 묘사한 시에서 찾을 수 있다. 「청천강에서 을지문덕을 생각하며(淸川江有懷乙支文德)」가 그 대표적인 경우라고 생각된다.

一帶淸川一片城　　청천강 하나에 성 하나만 가지고도
乙支猶自大功成　　을지문덕은 오히려 큰 공을 이루었네.
臨江擊鼓魚龍動　　강가에서 북을 치니 물고기와 용이 움직이고
乘夜搴旗鬼魅驚　　밤을 틈타 깃발 뽑아내니 도깨비가 놀라네.
野闊風雲皆陣勢　　벌판 넓어 바람과 구름이 모두 진(陣)이 되고
秋深樹木亦邊聲　　가을 깊으니 나무도 변방의 소리를 내네.

于今西土閒無事　　지금까지 관서 땅은 한가하여 아무 일 없으니
雨露桑麻樂太平　　임금의 은혜가 농작물에까지 미쳐 태평을 즐기네.
　　　　　－「청천강에서 을지문덕을 생각하며(淸川江有懷乙支文德)」,
　　　　　　　　　　　　　　　　『歗齋詩鈔』권4

　청천강의 옛 이름은 살수(薩水)로, 을지문덕이 수양제의 100만 대군을 물리친 곳이다. 변종운은 3구와 4구에서 군사들의 싸움을 묘사하는 대신 물고기와 용, 도깨비의 반응을 그려 치열했던 싸움의 정경을 연상시키고 있다. 이런 수법은 독자의 상상력을 최대한 자극함으로써 직접적인 묘사보다 오히려 더 강한 예술적 효과를 거두고 있다. 5구와 6구에서는 바람과 구름도 진을 이루고 숲 속의 나무까지 변방의 소리를 낸다고 하여 시의 구도(構圖)를 크게 확장시키는 한편, 쓸쓸한 분위기까지 조성하고 있다. 7구와 8구에서는 지금까지 이곳은 중국의 침탈이 없어 태평을 즐기고 있음을 말하면서 다시 을지문덕의 공로를 환기시키고 있다.

　이재원은 변종운의 시를 논하면서 "성정에 따라 지을 뿐이고 글귀를 아름답게 하는 데 힘쓰지 않았으나 그 음운과 격조는 높게 하려고 애쓰지 않아도 스스로 높았다."[42]라고 하였다. 이것은 변종운이 난삽하고 궁벽한 전고와 지나친 조탁을 피하고 자연스럽고 평이(平易)한 풍격을 추구하였으나 개성 있는 어휘와 기발한 사유, 동(動)과 정(靜)의 적절한 배치 등을 통해 생동하고 묘미 있는 작품을 만들어 냈음을 말한 것이다.

　변종운이 이런 높은 문학적 성취를 거둘 수 있었던 것은 그가 좋은 시와 글을 쓰기 위해 부단히 노력했기 때문이다. 한치원은 변종운에 대해 "시를 다듬는 정성은 늙어서도 지칠 줄 모른다."라고 평가했다. 이런 정성이 문학을 통해 후세에 불후를 도모하려는 의지와 깊은 관련이 있음은 말할 필요가 없을 것이다.

---

42) 李載元, 『歗齋集』, 「歗齋集序」, 『한국문집총간』 303, 5면, "詩則性情所發, 不務藻華, 其音韻格調, 不斷高而自高."

제5장. 19세기 중인문학과 변종운 문학의 위상

중인문학의 발생은 대체적으로 17세기로 보는 것이 일반적이다.[1] 선행연구에서 17세기와 18세기 중인문학에 대한 연구는 중인시사의 활동에 대한 고찰을 중심으로 이루어지다가 다시 개별적인 작가에 대한 연구로 확대되는 양상을 보였다. 16세기 말부터 17세기 초반의 중인문학에서는 육가(六家)가 주목을 받았고, 17세기 후반에서 18세기 초반의 중인문학에 대한 연구는 주로 낙사(洛社) 성원들의 활동에 대한 것이었다. 18세기 후반부터 19세기 초반까지 활동한 중인시사인 송석원시사(松石園詩社)에 대해서도 적지 않은 연구가 축적되었다. 17세기 중인문학에 대해서는 신분적 제한에 대한 불만을 운명, 천명에 대한 달관으로 환치시키고 강호자연 속에서의 자유로운 삶을 노래한 것이 특징으로 지적되었으며[2] 18세기 중인문학은 이전의 좁은 세계를 벗어나 사회현실에 대한 비판적

---

[1] 구자균은 평민이 壬辰·丙子 양난을 계기로 하여 자각하고, 서리·중인·서류가 각각 한 사회계층으로 존립하기에 이른 숙종 초에 여항문학이 대두한다고 보았으며『海東遺珠』의 출판에 이르러서야 여항문학이 조선한문학사에서 존재 의의를 자각하게 된다고 보았다. 즉 여항문학의 진정한 발생을『해동유주』의 출판 시기로 본 것이다. 구자균, 앞의 책, 34~35면. 강명관은 여항인을 구성하는 기술직 중인과 경아전이 확고한 신분으로 형성되기 시작한 것을 17세기 후반경으로 추정하였으며, 동시에 경제적, 문화적 능력을 갖춘 사회세력으로 대두한다고 보았다. 강명관, 앞의 책, 33면. 윤재민은 중인문학이 독자적인 흐름을 가지고 형성 대두하기 시작한 것은『六家雜詠』의 시인들이 주로 활동한 17세기 초중엽이라고 보았다. 윤재민, 앞의 책, 98면.
[2] 윤재민, 앞의 책, 338.

관심을 보여주었다는 점에서 높은 평가를 받았다.[3] 19세기 중인문학의 특징으로는 현실주의적 시풍의 소멸[4]과 언어의 심미적 단련을 통한 작품의 문예미적 완성,[5] 골동서화에 대한 취미,[6] 사대부 계층과의 밀접한 유대관계, 중국인과의 교유를 통한 문화교류의 확대 등이 지적되었다.[7] 그 중에서 현실주의적 시풍의 소멸은 선행연구에서 19세기 중인문학의 가장 큰 특징으로 인식된 바 있다.

선행연구에서 지적한 19세기 중인문학의 특징은 18세기와의 비교 속에서 지적된 것으로, 중인문학사의 흐름을 설명하거나 19세기의 대표적 중인 문인인 조수삼, 이상적 등 사람들의 문학을 해석하는 데는 효과적이다. 하지만 19세기 중인문학 전체를 포괄하는 특징을 추출하기 위해서는 중인문학의 틀을 조금 넓혀볼 필요가 있다. 변종운과 같은 경향을 가진 일군의 중인들의 작품에 대한 고찰이 필요한 것은 그 때문이다.

또 선행연구에서는 현실비판의 정도나 주자학에 대한 태도를 기준으로 중인문학을 평가하는 경우가 많았는데, 이런 방법은 사대부 문학과 구별되는 중인문학의 특징을 살피기 위해서는 유효하지만 사대부 문학과 유사해 보이는 또 하나의 중요한 특성을 간과하기가 쉽다. 예를 들면 변종운의 문학에서 드러나는 경세의식과 현실에 대한 관심 같은 것이 그것이다. 변종운의 경세의식은 현실에 대한 비판이라는 용어로는 설명하기

---

3) 강명관, 앞의 책, 316면.

4) 강명관, 앞의 책, 364면.

5) 언어의 심미적 단련을 통한 문예미적 완성은 강명관이 張之琬, 玄錡, 鄭芝潤 등 중인의 문학에 대해 평가한 것이지만 동시기 다른 중인들에게 적용해도 무리가 없어 보인다. 이들에 대한 평가는 강명관, 앞의 책, 373-385면 참조.

6) 골동서화에 대한 취미는 조희룡이나 이상적 등에게서 잘 드러나며, 동시기 다른 중인들 역시 이런 취미를 향유하였던 것으로 보인다. 변종운의 작품 중『藕船秋齋詩』에 실린 일부 시는 골동서화에 대한 취미를 보여주고 있다.

7) 조수삼, 이상적 등 특정 중인과 사대부 계층 간의 깊은 유대 관계에 대해서는 이춘희, 앞의 논문; 김영죽, 앞의 논문 등에서 자세하게 다룬 바 있다. 이상적과 중국인과의 교유에 대해서는 이춘희의 논문에서 자세한 고찰을 진행하였다.

어려운 측면이 있으며 주자학과의 관련만을 가지고 논하기도 적합하지 않은 면이 있다. 19세기 중인문학을 설명하기 위해서는 당시의 문학사적 흐름과 조선의 상황에 대한 인식 등과 결부시켜 고찰할 필요가 있다고 생각된다.

19세기 중인문학의 특징을 설명하기 위해서는 우선 19세기 중인들의 사회, 정치적 위상에 대해 살펴볼 필요가 있다. 19세기에 이르면 청요직으로 진출하는 길은 중인에게 여전히 막혀 있었지만 중인들의 전반적인 처지는 18세기에 비해 많이 개선되었고, 자신들의 신분적 한계를 타파하려는 노력도 진행되었다. 1851년에 시도된 중인통청운동은 주목할 만한 사안인데 이 운동에서 중인들은 자신들은 원래 사대부였다고 하면서 신분의 제한으로 인해 청요직에 오르지 못하는 상황에 대한 억울함을 토로하였다.[8] 이 운동은 비록 실패하였지만 19세기 중인들이 자신이 사대부와 다를 것 없는 존재임에도 불구하고 부당한 차별을 받고 있다고 공개적으로 천명한 것이어서 이 시기 중인의 변화된 자기 인식을 보여준다.

19세기 중인들의 처지가 개선된 것은 사대부들과의 밀접한 유착관계와도 큰 관련이 있다. 대표적인 경우가 장혼(張混)과 홍석주(洪奭周) 가문, 박윤묵(朴允黙)과 서영보(徐榮輔)의 가문, 조수삼(趙秀三)과 조인영(趙寅永) 가문의 관계인데 이들 중인들은 특정 사대부의 후원을 받으면서 일정한 사회적, 경제적 지위를 누릴 수 있었다. 같은 경우는 아니지만 이상적이 문학과 교류 방면에서 거둔 성취가 김정희(金正喜)와의 긴밀한 연결 속에 있었음도 주지하는 사실이다. 이런 상황은 한편으로 신분제에 대한 불만을 일정 정도 해소시켜 주는 동시에 중인들이 자신을 사대부와 비슷한 신분으로 생각하고 원래 사대부들의 영역에 속해 있던 학문이나 일부 문제에 대해 관심을 갖게 하였다고 생각된다.

---

8) 중인통청운동에 대해서는 3장 1절 참조.

일부 중인들의 문학이나 생활에서는 순문예미적 경향이 매우 두드러지게 나타났는데 이상적이나 조수삼의 골동서화에 대한 취미가 그 대표적인 경우이다. 그런데 이런 경향은 사실 이 시기 사대부문학의 영향 하에 있는 것으로 중인문학만의 특징이라고 볼 수 없다. 박학과 다독을 기초로 한 백과사전식 지식경영이나 정보의 수집과 체계화 등의 경향도 이 시기 경화사족의 문학에서 드러나는 특징인데,9) 조수삼의 「외이죽지사(外夷竹枝詞)」 같은 작품도 이런 문학사적 맥락과 무관하지 않다. 선행연구에서 중인문학의 이런 경향은 유흥적 소시민적 삶에 치우쳤다는 평가를 받기도 하였으나 현실인식의 부족과 경세적 지향의 결여가 19세기 경화사족의 한 특징으로 지적되기도 하였던 것을 생각해보면10) 이는 19세기 문학의 한 경향을 대표하는 것이라고 보아야 할 것이다.

순문예미적 경향과 더불어 18세기에 비해서는 약화된 면이 있지만 현실주의 경향은 여전히 19세기 중인문학의 큰 축이었다. 19세기 현실주의 문학에서 큰 성취를 이룬 사람으로는 조수삼을 들 수 있다. 조수삼의 「북행백절(北行百絶)」은 官의 횡포와 무능력, 민중의 비참상 등을 구체적으로 표현하였고 「추재기이(秋齋紀異)」는 18, 19세기 서울의 시정세태를 다채롭게 보여주었다. 변종운은 지방관으로 부임하는 사대들에게 준 글에서 지방관의 학정(虐政)과 백성들의 어려운 삶에 대해 이야기하고 그들이 어진 정사를 펼칠 것을 기대하였다. 사대부에게 준 글이기 때문에 백성들의 어려운 삶에 대한 구체적인 묘사를 진행한 것은 아니지만 백성들의 삶에 대해 깊은 관심을 가지고 관리들이 맡은 바 소임을 다하기를 권장하였다. 하지만 조수삼의 작품과 비교해 볼 때 민란이나 백성들의 삶에

---

9) 정민, 「19세기 경화사족의 기록벽과 정리벽」, 이종묵 편, 『관암 홍경모와 19세기 학술사』, 경인문화사, 2011, 486면.

10) 진재교, 「조선조 후기 풍산 홍씨의 가학 전통과 19세기의 홍경모」, 이종묵 편, 『관암 홍경모와 19세기 학술사』, 경인문화사, 2011, 477면.

대해 쓴 변종운의 글은 그 시각이나 입장에 상당히 차이가 있음을 알 수 있다. 조수삼이 백성들의 삶의 현장을 핍진하게 그려내는 데 치중한 반면 변종운은 백성들의 어려운 상황이 초래된 원인에 대해 사고하고 지방 관리의 각도에서 백성들의 삶을 개선시킬 방안을 고민했다. 또 지방관으로 부임된 사대부들에게 준 글에서 시골 백성들의 삶을 개선할 방법에 대한 생각을 서술하고 그들이 애민(愛民)의 정치를 펼쳐 백성들에게 편안한 삶을 마련해 주기를 희망하였다. 홍경래의 난에 대해 쓴 시에서는 난의 조짐을 미리 알지 못하고, 난이 일어난 뒤에도 제대로 수습하지 못한 관리들을 비판하여 관리의 책임에 대한 고민을 보여주었다.

변종운이 관원의 책임에 대해 고민한 것은 그가 자신을 '사(士)'라고 생각했기 때문이다. 이전시기의 중인들에게 '사'라는 의식 자체가 없었던 것은 아니지만, 적극적으로 관리의 책무를 고민하는 구체적인 사유는 발견되지 않는다. 물론 이전시기의 적지 않은 중인들도 신분적 한계에 대한 불만과 비애를 드러낸 적은 있지만 그들의 비애는 어디까지나 사족(士族)의 신분에 대한 지향에서 오는 것으로, 사대부들과 동등한 대우를 받고 싶은 염원을 보여주는 것이었다. 하지만 변종운의 '사'의식은 천하의 흥망에 대한 강한 책임감을 수반하는 것이라서 단순한 신분상승적 지향과는 다르다. 사대부들이 생각하는 '사'의 함의는 상민, 천민보다 우월한 신분이라는 의미와 천하 대사에 막중한 책임을 갖고 있는 계층이라는 의식 두 가지로 요약할 수 있다. 이전시기의 중인들이 주로 '사'의 첫 번째 의미에 관심을 가졌다면 변종운은 '사'의 두 번째 의미를 추구함으로써 책임감 있는 지식인의 자각을 보여주었다고 할 만 하다. 이 '사'의식은 변종운이 중인의 활동범위에서 벗어나는 국가대사에 대해 큰 관심을 갖는 계기이자 동력이 되었다고 생각된다. 변종운은 이런 '사'의식에서 출발하여 설령 월직(越職)의 혐의가 있더라도 적극적으로 국정에 관심을 가지고 발언을 함으로써 책임을 다하는 것이 바람직하다고 보았던 것이다.

실제로 조선의 국정에 대한 변종운의 관심은 나라의 흥망의 이치와 군신 관계, 국가 제도, 군사, 무비와 지방관의 행정 등 다방면에 걸친 것이었다. 변종운은 진(秦)나라의 멸망과 한(漢)나라의 흥기 등 역사 사실에 대한 논평을 통해 바람직한 군신(君臣)의 상(像)에 대한 자신의 생각을 보여주었다. 변종운이 진(秦)나라의 멸망에서 찾아낸 역사의 교훈은 바른 지배이념인 유교적 질서를 확립해야 한다는 것이었다. 이런 주장은 유교의 지배적 지위가 큰 위협을 받고 있었던 조선의 상황에서 실제로 현실적 의의를 가질 수 있다. 하지만 유교를 중시하는 변종운의 인식은 사대부의 그것과 비교해 볼 때는 분명 일정한 차이가 있다. 사대부들이 주로 명분론과 덕치(德治)의 각도에서 유교를 강조했다면 변종운은 유교의 실제적 효능에 주목했다고 할 수 있다. 변종운은 「진론(秦論)」에서 모든 일은 조짐이 있다고 하면서 진시황이 유생을 파묻었을 때 진나라의 멸망은 이미 시작되었다고 했다. 그런데 19세기 조선의 유교적 질서가 큰 혼란에 빠졌던 것을 상기해 본다면 변종운은 이미 희미하게나마 망국의 조짐을 감지하고 있었던 것이 아닌가 하는 추측도 해 볼 수 있다. 유교의 지위를 나라의 존망과 관련되는 중대한 사안으로 강조한 것은 이런 맥락에서 해석해 볼 때 적지 않은 현실적 의의가 있다.

무비에 대한 강조 역시 조선의 대내외적 상황에 대한 위기의식과 관련이 있다. 변종운은 임진왜란과 병자호란, 청(淸)의 침입과 명나라의 멸망 등 역사 사건을 거론하면서 이적(夷狄)에 대한 불신을 드러냈는데, 이것은 불안한 국제정세에 대한 인식과도 관련이 있을 것으로 보인다. 변종운은 무비에 대한 사대부들의 안일한 의식을 직접적으로 비판하고 변방의 성벽을 보수한 역승의 행적을 기록하며, 새로 편찬된 병서에 이름을 붙이고 서문을 쓰는 등 무비와 군사에 보탬에 될 만한 일에 대해 적극적으로 긍정하고 자신의 글에 그것을 기록하는 면모를 보였다. 또 심지어 진시황의 혹정의 상징으로 여겨지는 장성의 축조에 대해서도 흉노의 침입을 막는데 효과적이었다고 하면서 그 역할을 높이 평가하였는데 이는 조선의 무비의 부실에 대한 부정적 인식과 관련이 크다고 생각된다.

하지만 이런 위기의식이 모든 중인들의 문학에서 감지되는 것은 아니다. 중국을 13회나 다녀왔던 이상적의 경우 고위급 중국 관원들과 깊은 우정을 맺었고 중국의 상황에 대해 잘 알고 있었을 것임에도 불구하고 정작 조선의 대내외적 상황에 대한 위기의식은 거의 보이지 않는다. 만년에 쓴 몇 편의 시에서 천주교와 불교를 남의 나라를 망하게 하는 사악한 종교라고 비판하였으나 이는 청나라의 상황에 대해 논한 것일 뿐 조선의 대내외적 위기에 대한 고민과 연관된 것으로는 보이지 않는다. 조수삼 역시 그러하다. 조수삼은 외국의 풍속이나 인정세태에 대해 깊은 관심을 보였고 중국에도 6회나 다녀왔지만 그의 뜻은 '원유지지(遠遊之志)'의 실현과 중국인과의 교유에 있었을 뿐, 중국의 상황과 조선의 현실을 연결시켜 보려는 의도는 보이지 않는다.

이상적과 조수삼이 해외의 정세라든지 조선의 상황에 대한 깊은 고민을 드러내지 않은 것은 그들이 자신의 신분적 한계를 의식했던 것과 관련이 있을 것이다. 이상적은 온주(溫州) 군수로 임명되었다가 해임된 후 지은 시에서 분수를 달게 여기겠다는 말로 자신을 위로하였고[11] 조수삼은 『추재기이(秋齋紀異)』의 서문에서 "여기에는 사람들의 시빗거리나 나라의 정책과 법령에 관계되는 말은 하나도 없다. 그런 것은 말하려 하지 않았을 뿐만 아니라 이미 잊어버렸기 때문이다."[12]라고 하여 나라의 정치

---

11) 李尙迪, 『恩誦堂集續集』 詩 권10, 「重陽前一日, 解任有作」, 『한국문집총간』 312, 307면, "此中甘守拙, 休道薄浮榮."

12) 趙秀三, 『秋齋集』 권7, 「紀異幷序」, 『한국문집총간』 271, 489면, "而事或關於人之是非, 國之政令, 一不及焉. 非徒不欲言也, 亦已忘故也."

에 관련되는 말은 하지 않겠다고 밝힌 바 있다. 장지완(張之琓)은 「침우담초서(枕雨談草序)」에서 "지금의 정치에 대해 언급하지 않은 것은 나의 위계를 벗어나는 일이라 경계한 것이다."[13]라고 하였는데 이것은 자신이 국가대사를 논할 신분이 아니기 때문에 정치에 관련된 말은 하지 않았음을 직접적으로 밝힌 것이다. 그들의 이런 태도는 사대부들에게 매우 긍정적으로 평가되었다. 중인들의 시사 활동이 활발한 것은 교화(敎化)의 성대함을 드러내는 현상으로 여겨졌으며 그들이 국가대사를 논하지 않은 것은 분수를 지킨 행위로 인정되었다. 그러므로 이상적이나 조수삼, 혹은 장지완 같은 중인들이 국가대사에 대한 발언을 자제하고 교유나 풍속 세태에 대해 관심을 가지는 것은 당시 신분제로 볼 때 중인들이나 양반의 입장에서 매우 바람직하다고 인식되었을 가능성이 크다. 이런 면에서 볼 때 변종운의 '사' 의식과 적극적인 현실참여의 의지는 상당히 독특한 것이며 특별한 것이라고 생각된다. 변종운은 중인문학의 일관된 주제였던 신분상승의식과 사회비판에서 한 걸음 나아가 천하의 흥망에 책임이 있는 사회적 주체로 자신을 인식하고 자신의 역할을 발휘하려 했던 것이다.

또 많지는 않지만 변종운 외에 다른 일부 중인에게도 이런 경향이 보인다는 점은 변종운의 '사'의식이 19세기 중인문학의 새로운 조짐을 보여주고 있음을 시사한다. 중인들 가운데는 경서를 독실하게 읽고 경학에 깊은 조예를 가진 사람들이 적지 않게 있었던 것으로 보이는데, 이는 한편으로 경세에 대한 관심을 입증하는 것이기도 하다. 변종운이 경서를 독실하게 공부하였다는 평가를 받았고 동시기 함진숭(咸鎭崇)이 평생 동안 경학에 침잠하여 경학 관련 서적을 찬술하였던 것이 그 대표적인 예이다. 또 이상적은 『시경(詩經)』을, 조수삼은 『중용(中庸)』을 침잠해 읽었다고 하였다. 변종운은 「유담전(劉曇傳)」에서 유담이 성리학에 몰두하지는 않았지

---

13) 張之琓, 『枕雨堂集』 권3, 「枕雨談草序」, 여항문집총서 5, 60면, "不及時政, 戒出位也."

만 자득한 것이 깊었다고 하였는데 이는 중인들의 학문이 이미 사대부들이 바람직하다고 생각하는 기본적인 소양의 수준을 벗어났음을 보여주는 것이다. 이런 학문의 축적은 평소에는 드러나지 않지만 기회를 만나면 얼마든지 경세적인 능력으로 드러날 가능성이 있다.

최성환(崔星煥)이 바로 그 대표적 경우이다. 최성환은 무과 출신 중인인데『고문비략(顧問備略)』에서 국가의 행정체제, 재정, 관리의 제도, 교육 등 조선의 여러 문제를 세밀히 분석하고 문제점의 근원과 해결 방책을 제시하고 있다.『고문비략』은 국가 체제와 제반 상황에 대한 중인의 인식 수준을 보여주는 대표적 사례라고 할 만 하다. 이 작품은 최성환이 헌종의 명을 받고 구상한 것이기 때문에 개인적인 관심의 차원이었다고 말할 수는 없지만 이 시기 중인의 경세적 역량을 보여준다는 점에서 매우 중요한 의미가 있다. 또한 일개 중인의 능력에 대해 군주가 관심을 가졌다는 것은 이 시기 중인의 학문적 역량이 많은 사람들에게 알려졌고 인정받았음을 보여주는 유력한 증거이기도 하다. 이런 의미에서 변종운과 최성환 등 경세의식과 경세적 역량을 가진 중인들의 존재는 중인문학의 영역을 넓혔고, 그 내용을 확장하는데 매우 중요한 역할을 하였다고 생각된다. 이런 점은 19세기 중인문학이 이전시기 중인문학의 주 기조인 신분적 한계에 대한 비판이나 불합리한 사회현실에 대한 비판 등의 주제에서 일정정도 벗어났음을 보여준다. 또 19세기 중인들이 지식인으로서의 자각을 가지고 국가의 흥망에 대한 책임이 있는 주체로 자신을 인식하기 시작했음을 시사한다. 이런 의미에서 변종운의 문학은 19세기 중인문학의 새로운 경향을 대표하는 것이라고 생각된다.

이밖에 상대적으로 긴장된 대외인식 또한 변종운 문학이 갖는 하나의 특징이다. 중국인과의 문화교류의 확대는 19세기 중인문학 뿐 아니라 이 시기 문학의 전반적인 특징이기도 한데, 중인들, 특히 역관은 사대부보다 중국에 드나들 기회가 더 많았고[14) 중국인들과 소통이 더 쉬웠기에 많은 인연을 맺을 기회가 있었다. 이들의 역할은 조선과 중국 양국의 문화적 교류의 폭을 넓히고 국가의 외교적 문제를 해결하는 데 큰 도움이 되기도 하였다. 이들은 단순한 서신 전달과 통역이 아닌, 문화교류의 일익을 담당하였으며 중국에서의 조선 문인들의 지위를 높이는 데 기여하였다. 이상적이 중국 관리들과의 친분을 이용하여 1864년의 변무사건에서 큰 역할을 한 것[15)이 중요한 사례인데, 이는 역관들이 단순한 문화 교류의 중개자가 아니라 국가대사에 영향을 미칠 수 있는 중요한 역할까지도 맡을 능력이 있었다는 점을 증명한다. 조선 후기에 이르러 변원규가 조선의 무비 문제에 대해 이홍장과 직접 접촉하면서 큰 역할을 한 것도 결국 이런 문화, 사회적 상황에서 가능했던 것이라고 볼 수 있다.

하지만 변종운과 중국인들과의 교유는 사대부의 '천애지기(天涯知己)'의 우정이나 이상적, 조수삼 등 사람들이 중국인들과 맺었던 교유와는 좀 다른 점이 있다. 18세기 홍대용에게서 시작된 천애지기론(天涯知己論)은 당대 지식인들에게 큰 반향을 일으켰고, 세명리(勢名利)의 추구를 떠나 국경을 초월한 우정이 숭상되었다. 이들의 교유는 이전 시기 상우천고로 대변되던 수직적 사고를 당대성과 동시대성에 바탕을 둔 수평적 사고로 전환했다는 평가를 받았다.[16) 하지만 홍대용의 경우 중국 문인에 대한 그의 우정은 명나라 유민의식을 공유하는 것에 기반했던 것이며, 그와 교유했던 중국 문인들은 중화인으로서의 자부심과 자신의 능력을 알아준 지

---

14) 이 시기 역관이 아니면서도 여러 번 사행에 참여한 중인들도 적지 않았다. 조수삼이 대표적인 경우인데, 역관이 아니면서도 중국에 6차례나 다녀왔으며 중국의 문인들과 교유를 맺고 중국과 조선의 문인들을 서로 소개해 주기도 하였다.

15) 정후수, 「1863년 辨誣 解決 過程으로 본 李尙迪의 눈물 : 「孔君顧廬(憲庚), 紀余去年奉使進表辨誣事一冊, 王子梅爲之付梓, 見寄數十部, 志謝有作」를 중심으로」, 『東洋古典硏究』52, 동양고전학회, 2013.

16) 정민, 「18, 19세기 조선 지식인의 병세의식」, 서울대학교 규장각한국학연구원, 『한국문화』54, 2011, 183면.

기에 대한 감격이 토대가 되었다는 지적이 있다.[17] 즉 그들 사이의 진정한 우정을 부정할 수는 없지만 그들이 상대방의 입장을 이해하는 과정에서 어느 정도 오해도 있었다는 해석이 가능하다고 본 것이다. 19세기에 들어와서도 조선 문인과 중국 문인 간의 교유는 계속되었고 우정도 계속 발전하였지만 이런 입장과 오해에서 완전히 탈피하였다고 보기는 어렵다. 조선의 사대부 대부분은 여전히 화이론에 입각한 대청인식에 큰 변화가 없었고, 중화인이라는 중국 문인들의 자부심 또한 달라진 것이 없었을 것이기 때문이다.

이상적, 조수삼과 같은 중인들의 중국인에 대한 인식도 사대부와 별반 다르지 않다. 조선에서 재주에 걸맞는 대우를 받지 못했고, 신분적 차별을 경험했기에 이들과 중국인과의 교유에서는 지기의 존재에 대한 감격과 자기 가치의 확인이라는 점이 더 두드러지게 드러난다. 이들은 중국인들과의 적극적인 교유를 통해 한, 중 교류의 지평을 넓히는데 큰 역할을 하였지만 상대적이고 객관적인 관점으로 긴장감과 경계심을 가지고 중국을 바라보지는 못하였다. 타자 인식이 사라짐으로써 중국을 객관적이고 냉정하게 바라볼 수 있는 계기가 약화된 것이다.

하지만 변종운이 중국을 인식하는 방법은 이들과는 다르다. 일단 조선이 절의를 숭상하는 문명의 나라라는 점에서 중국보다 더 낫다고 하면서[18] 조선인으로서의 자부심을 확실하게 드러내고 있다. 중국인 관리들과 교유하면서 주고받은 대화의 내용을 보면 변종운은 조선의 지리와 풍

---

17) 이철희, 「18세기 한중 지식인 교유와 天涯知己의 조건 : 洪大容의 『乾淨洞筆談』과 嚴誠의 『日下題襟集』의 대비적 고찰을 중심으로」, 『대동문화연구』 85, 성균관대학교 대동문화연구원, 2014, 317면.

18) 이런 인식은 다음 시들에서 잘 드러난다. 『藕船秋齋詩』, 「善竹橋摩挲鄭圃隱血痕」, "死後伯夷曾未錄, 周王猶是愧吾東.";『歗齋詩鈔』 권1, 「杜門洞」, "杜門洞裡草芊芊, 西風殘照一愴然. 當時同歸七十士, 孤節景仰五百年. 假使夷齊遺子孫, 未必世世採薇首陽巓."

토, 인물과 문화가 매우 뛰어남을 설명하고 조선이 중국보다 못하지 않다는 것을 강조하고 있음을 알 수 있다. 그런데 이런 대화의 내용 중 일부는 조선의 실상이나 변종운의 실제 생각과는 다른 것이다. 가령 과거제도에 대한 논의라든지 조선의 풍수나 지리에 대한 생각 같은 것이 그것이다. 변종운은 조선의 과거제도에 대해 매우 비판적이었으나 중국인들에게는 그것을 숨기고 조선의 과거제도가 잘 운영되고 있다고 하였고, 조선의 풍수에 대해 천자를 낼 수 없는 지형이라고 비판하였지만 중국인들에게는 조선이 태양이 가장 먼저 비추고 산천과 지리가 아름다운 문명의 나라임을 강조하였다. 이는 변종운과 중국인의 교유가 단순한 우정에 함몰되지 않는, 팽팽한 긴장감을 갖는 대결의 성격도 갖고 있었음을 보여준다.

뿐만 아니라, 변종운은 늘 과거 전쟁의 역사를 떠올리고 이른바 '이적(夷狄)'들에 대한 불신과 국방 강화의 필요성을 강조하였다. 전통적인 화이(華夷)의 관점으로 이적들에 대한 불신을 표현한 것은 한편으로 편협한 시각이라고 볼 수도 있지만 대외관계에서 항상 긴장감을 갖고 자국을 보호하기 위한 경계심을 유지하는 것은 자국의 안정과 이익을 위해서는 매우 바람직한 자세이기도 하다.

이상의 논의를 종합해 보면, 변종운은 19세기 중인문학의 보편적인 특징 대부분을 가지고 있으면서도 여타 중인 문학에서는 볼 수 없는 독특한 영역을 개척하였다고 평가할 수 있다. 변종운의 문학이 19세기 중인문학에서 갖는 가장 특별한 의미는 나라의 흥망에 책임이 있는 '士' 의식의 자각이라고 생각된다. 이런 '士' 의식을 가짐으로써 변종운은 중인들에게는 금기시되었던 정치나 사회 제도, 군신의 관계 등 제반 문제에 대한 관심을 글에서 표현할 수 있었다. 실제 국정 담당자가 아닌 중인 신분의 특성상 거시적인 시각이나 구체성 면에서 한계를 보이고 있기는 하지만 이런 경세적 문제에 대한 관심은 분명 이 시기 중인문학의 주제를 확장하고 내용을 풍부하게 하는 데 적극적인 역할을 하였다고 평가할 수 있다. 변종운은 진한(秦漢)의 흥망에 대한 논의를 통해 유교의 지배적 지위를 확립하는 것의 중요성을 강조하고, 군사를 중시하고 무비를 강화할 것을 주장하였는데, 이는 조선의 대내외적 상황에 대한 위기감의 발로로 보인다. 조선의 대내외적 위기가 뚜렷하게 드러나기 전에 이런 위기를 민감하게 포착하고 대책을 강구하려고 한 면모는 이 시기 중인의 통찰력과 현 상황에 대한 깊은 인식을 보여준다는 점에서 의미가 있다. 이외에도 조선인으로서의 자부심을 표현하고, 중국에 대해 맹목적인 경도가 아닌, 긴장감과 경계심을 갖고 접근한 점도 높이 평가될 만하다.

결론

본고는 19세기 역관 변종운(卞鍾運, 1790~1866)의 문학에 대한 연구이다. 본 연구는 변종운을 통해 19세기 중인문학의 지평을 넓히고자 하는 의도에서 비롯되었다. 종래의 19세기 중인문학에 대한 연구는 이상적, 조수삼 등 일부 특징적인 작가들에 치우쳐 있어서 중인문학의 전반적인 면모를 반영한다고 보기 어렵다. 변종운의 문학은 장르가 다양할 뿐 아니라 사회와 개인 등 여러 영역에 대한 관점이 두루 반영되어 있어 19세기 중인문학의 다양한 면모를 살펴보는 데 매우 적합하다.

그동안 변종운에 대해서는 다양한 연구가 시도되어 왔으나 변종운의 작품이 실려 있는 문헌 자료들을 제대로 활용하지 못했고 특징적인 일부 작품에 대한 분석에만 치우치는 경향이 있었다. 또 변종운의 생애나 교유 등 기초적인 연구가 매우 부족하였다. 본고에서는 우선 변종운의 작품이 실려 있는 11종의 자료들을 조사하고 연활자본 『소재집(歗齋集)』에 수록되지 않은 작품을 수합하여 총 372수의 시와 77편의 文을 대상으로 변종운의 문학을 본격적으로 고찰할 수 있는 기반을 마련하였다. 또 『일성록(日省錄)』, 『통문관지(通文館志)』 등 역사자료와 『잡과방목(雜科榜目)』 및 동시대 문인들의 문집을 조사하여 변종운의 생애를 재구하고 3차례의 사행시기를 확정지었으며 동시대 조선 및 중국 문인과의 교유관계를 살펴보았다.

2장에서는 변종운 문학의 특징적인 면모를 설명하기 위해 변종운의 '사(士)' 의식에 대해 집중적으로 살피고 변종운의 '사' 의식이 사대부 및 이전시기 중인들의 신분의식과 어떤 차이가 있는지 살펴보았다. 사대부들이 생각하는 '사'는 일반적으로 우월한 신분이라는 의미와 천하의 흥망에 막중한 책임을 갖고 있는 계층이라는 두 가지 함의를 갖고 있으므로 여기에 중인은 포함되지 않는다. 그러나 변종운은 천하의 흥망에 대한 책임을 자각함으로써 중인들이 나라의 대사에 책임이 있는 '사'로써 각성하기 시작하였음을 보여주었다. 이전시기 중인들이 '사'에 대해 이야기할 때 주로 청요직에 오를 수 있는 특권 계층이라는 점에 주목하였던 것에 비교해 볼 때 이는 매우 진전된 의식이며, 책임감 있는 독서인으로서의 자각을 보여준다고 생각된다.

변종운은 국가의 제도와 행정, 문학의 작용 등에 대한 분야에서 '士'의 책임에 대해 논하였다. 인재의 선발과 관련하여 과거제도의 여러 가지 비리에 대해 폭로하고, 비리에 동조하지 않는 청렴한 선비의 행적에 대해 기록하고 찬양하였다. 민란의 발생과 관련해서는 그것이 백성들의 어려운 생활에서 비롯되었음을 지적하고 민란의 조짐을 미리 알지 못하고 민란 이후에도 제때에 진압하지 못하는 관리들에 대한 비판의식을 드러냈다. 또 문학의 기능에 대해서는 시는 세속의 풍화(風化)에 도움이 되어야만 의미가 있다고 하여 교화(敎化) 역할을 할 수 있는 실용적인 문학을 할 것을 주장하였다.

3장에서는 변종운의 역사비평과 현실인식에 대해 살폈다. 변종운의 현실인식은 역사 사건이나 인물에 대한 논평을 통해 드러난 것과 직접적으로 표현한 것 두 부류로 나눌 수 있다. 이상적인 군신상(君臣像)에 대한 논의는 주로 진(秦), 한(漢)의 흥망을 비롯한 역사 인물과 사건에 대한 논평을 통해 진행되었으며 조선의 무비(武備)와 지방관의 행정에 대한 견해는 주로 특정 사건에 대해 기록한 글이나 지방관으로 부임하는 관리들에게 준 글에서 드러난다.

변종운은 강대한 진(秦)나라가 멸망한 원인은 진시황의 장자인 부소(扶蘇)가 왕위를 계승하지 못했기 때문이라고 생각했다. 부소는 유교의 덕목을 구현한 어진 왕자였는데 그가 축출됨으로 인해 진나라가 유교의 덕치(德治)를 실현하는 길로 나아가지 못했다고 보았기 때문이다. 이는 국가의 흥망에 유교의 덕치를 실행할 수 있는 군주의 존재가 가장 중요하다는 생각을 보여준다. 한편으로 이는 유교의 권위가 추락하고 유교적 질서가 무너져 가고 있었던 조선의 상황에 대한 위기의식이 반영된 것이라고 생각된다. 이런 의식과 관련하여 임금의 자질로는 유교적 덕목과 더불어 인재를 다룰 줄 아는 능력을 중요하게 생각했다. 이상적인 군주로는 한고조 유방(劉邦)을 들었는데 이는 유방이 유능한 인재를 다룰 줄 아는 군주였기 때문이다. 이상적인 대신의 전형으로는 한고조의 재상 소하(蕭何)를 들었는데 그것은 소하가 먼 앞날을 내다볼 줄 아는 유능한 신하였을 뿐 아니라 군주의 성격과 마음을 잘 헤아려 국가 대사를 처리할 수 있었기 때문이다. 변종운은 신하된 자로 군주가 잘못이 있을 때는 힘써 간해야 하지만 또한 그 간하는 시기와 방법을 잘 선택하는 것이 중요하다고 보았다. 소하는 유방의 성격을 잘 알고 있었기에 호화로운 미앙궁(未央宮)을 지어 군주의 마음을 장안에 안착시키고 장안의 수도적 지위를 공고히 함으로써 결국 한나라의 기반을 안정시켰다고 보았다. 반면에 진시황의 신하였던 몽염(蒙恬)은 진시황이 부소를 내쫓는 것에 대해 적절한 시기에 간언을 하지 못했기에 진나라의 멸망에 피할 수 없는 책임이 있다고 하였다. 변종운은 또 군주와 신하의 화합을 매우 중요시했다. 군주가 신하의 성격과 능력을 잘 파악하고 적재적소에 그들을 활용하는 것 또한 매우 중요하다고 보았던 것이다. 하지만 군주가 국정 운영에 역할을 발휘하려면 실권이 있어야 가능하다. 이런 의미에서 변종운은 왕권의 강화에 매우 긍정적이었다. 이런 태도를 바탕으로 그는 조선의 현실 속에서 경복궁의 재건에 긍정적인 입장을 취했던 것으로 보인다.

변종운은 나라의 안정을 위해 무비(武備)와 군사를 매우 중시하였다. 무비와 관련해서는 진시황의 폭정을 상징하는 만리장성에 대해서도 흉노의 침입을 막는 데 효과적이었다고 긍정적인 입장을 보였다. 이런 태도는 조선의 무비의 부실에 대한 우려와 깊은 관련이 있다. 변종운은 거산역이 북방의 관문으로 매우 중요한 위치에 있음을 거론하면서 거산역 역승이 사비를 들여 성벽을 보수한 것에 대해 매우 긍정적으로 평가하였는데 이는 무비의 강화에 도움이 된다고 생각했기 때문이다. 변종운은 조선의 군사에 대해서도 우려하는 입장을 보였다. 임진왜란과 병자호란의 역사를 거론하면서, 수가 적을 뿐 아니라 제대로 훈련도 하지 못한 조선의 군대 상황에 대해 비판적인 인식을 보였다. 또 무비와 군사를 논하는 것을 꺼리는 사대부들에 대해 비판하고 윤원서(尹元瑞)라는 이가 쓴 병서에 『필취편(必取編)』이라는 이름을 붙이고 서문을 씀으로써 병서의 편찬에도 긍정적인 태도를 보였다.

지방의 행정과 백성들에 대한 변종운의 관심은 주로 지방관으로 부임하는 사대부에게 준 글들에서 드러난다. 변종운은 이런 글들에서 백성들의 피폐한 삶을 언급하고 수탈을 일삼는 가혹한 관리들을 비판하였다. 또 백성을 자식처럼 아끼는 위민의식을 가진 관리가 나타나 백성들의 삶을 바꿀 수 있기를 기대하였다.

4장에서는 3장에서 논한 변종운의 경세의식이 그의 중인 신분과 충돌하는 양상 및 그러한 충돌을 해결하는 방식에 대해 살펴보았다. 변종운이 추구했던 것은 입공(立功)을 통한 불후(不朽)였으나 이는 신분제가 강고했던 조선사회에서는 실현될 수 없는 것이었다. 이러한 입공(立功)의 좌절은 변종운의 작품에서 뛰어난 재주에 대한 자부심과 불우한 현실에 대한 울울함으로 표현된다. 하지만 변종운은 이런 울울함을 제도에 대한 부정이나 현실비판의 방법을 통해 해소하지 않고 '시운(時運)'이라는 개념으로 풀어냄으로써 안분과 자족의 삶을 지향하는 군자적 삶을 추구하기에 이른다. 이런 방식은 끝까지 제도권 밖으로 나아가지 않고 제도 안에서 '사(士)'의 방식으로 현실적 문제를 해결하려 했던 것이라고 볼 수 있다.

자신의 삶이 불우하다는 인식에 근거하여 변종운은 주변의 불우한 사람들에 대해서도 매우 깊은 관심을 보였다. 이들 중에는 세상에 대한 관심을 끊고 제도권 밖에서 떠도는 길을 택한 홍영(洪伶) 같은 사람도 있고 경서에 대한 탐독과 실천을 통해 제도권 안에서 불완전하게나마 자신의 뜻을 실천한 유담(劉曇)과 같은 인물도 있다. 유담과 같은 유형의 인물로는 어렸을 때 승려가 되었다가 나중에 유가의 책을 읽고 대별산에 은거한 대별산옹, 조실부모하고 승려가 되었으나 유가의 도에 대한 흠모의 마음을 품고 부모에 대한 효도를 실천하고자 했던 철공(澈公) 등이 있다. 변종운은 그들의 재주가 세상에 빛을 발하지 못함을 안타까워하고 그들의 재능과 유교에 대한 추구를 높이 평가하였다. 불우한 사람들에 대한 변종운의 시선은 사회의 가장 최하층에 있었던 노비에게까지 미치는데, 노비에 대해 쓴 작품들에서는 그들의 비참한 처지에 대한 동정과 안타까움, 따뜻한 시선이 잘 드러난다. 「안현의 느릅나무 이야기(鞍峴黃楡樹記)」는 선행연구에서 특히 주목을 많이 받은 작품인데, 변종운은 이 작품을 통해 큰 뜻을 품었던 노비의 불행에 대한 깊은 동정을 보여주고 있다. 변종운이 불우한 사람들에게 깊은 관심을 가진 데에는 자신의 불우한 처지에 촉발된 바가 크지만 동시에 이들의 행적을 작품으로 기록함으로써 민멸되지 않게 해야 한다는 사명의식도 작용했던 것으로 보인다. 자신의 글을 통해 이들이 후세 사람들에게 잊히지 않기를 바랐던 것이다.

한편 변종운 자신의 불우함에 대한 인식은 사회적 제도에 대한 분노나 비판의 방식으로 표출되는 것이 아니라 내면에서 해소되는 양상을 보인다. 이런 비극적 인식의 해소 양상은 100운으로 된 장편 시「술에 취해 붓을 날려 쓰다(醉後放筆)」에서 잘 드러난다. 변종운은 시에서 자신을 역사 속의 뛰어난 인물과 비교하기도 하고 그들의 불우한 처지를 들어 자신을 위로하기도 한다. 반복되는 불만과 위로의 과정을 거쳐 결국 현실의 불우한 상황에 대한 비극적 인식은 안분 의식과 탈속의 지향으로 전환된다. 이런 안분과 탈속의 삶에 의미를 부여하기 위해『장자(莊子)』와「적벽부(赤壁賦)」에서 사용된 바 있던 '텅 비고 가득 차는 이치[盈虛]'를 도입하는데, 세속의 영달과 상관없이 자신의 주체적 가치는 변하지 않는다는 인식을 가져오기에 이른 것이다.

또 변종운은 비록 현실에서는 입공(立功)의 뜻을 이루지 못했지만, 문학을 통해서는 후세에 이름을 남겨 불후(不朽)를 도모하였다. 만년에 본인이 직접 자신이 쓴 글들을 베껴서 모으고 장손인 변춘식에게 그 간행을 부탁한 것은 그가 생전에 문집을 간행하려는 생각을 갖고 있었음을 보여준다. 변종운은 이여림(李汝臨)의 묘갈명에서 자신의 글은 이 고사(高士)의 행적에 힘입어 불후하게 될 것이라고 했는데 이것은 뛰어난 인물의 업적이나 덕행에 대해 기록함으로써 문장 역시 불후하게 될 수 있다는 생각을 드러낸 것이다. 변종운이 30세 때 쓴「서호에서의 뱃놀이(西湖泛舟記)」는 동석한 인물들과 자신이 당대 최고의 문학가와 예술가라는 자부심을 잘 드러내고 있다. 자신의 문학에 대한 이런 자부는 문학을 통해 불후를 도모하는 행동으로 이어졌으므로, 본고에서는 변종운의 대표적인 시 몇 수를 통해 변종운 시의 특징과 예술적 성과를 살펴보았다. 변종운의 시는 지나친 조탁을 피하고 자연스럽고 평이(平易)한 풍격을 추구하였으며, 개성 있는 어휘와 기발한 사유, 동(動)과 정(靜)의 적절한 배치 등을 통해 생동하고 묘미 있는 작품을 만들어 낸 것으로 평가할 수 있다.

5장에서는 중인문학의 전개과정을 고찰하고 19세기 중인문학사에서 변종운이 차지하는 위상에 대해 논하였다. 변종운의 문학이 19세기 중인문학에서 갖는 가장 큰 의의는 나라의 흥망에 책임을 지려는 '사(士)' 의식의 자각을 들 수 있다. 이런 '사' 의식을 가짐으로써 변종운은 중인들에게는 금기시되었던 정치나 사회 제도, 군신의 관계 등 제반 문제에 대한 관심을 글에서 표현할 수 있었다. 변종운을 비롯한 일부 중인들의 경세적인 면모와 책임의식의 자각은 중인문학의 지평을 넓혀 주었으며 19세기 중인문학의 새로운 경향을 보여주고 있다고 생각된다.

본 연구의 의의는 변종운의 생애와 문학에 대한 연구를 통하여 선행 연구에서 미처 조명하지 못했던 중인문학의 경세적인 면모를 밝힘으로써 19세기 중인문학 연구에 일정한 보완 역할을 한 점이라고 생각된다. 하지만 자료의 제한과 필자의 역량의 부족으로 동시대 사대부 및 중인들의 문학과 광범위한 비교를 진행하지는 못하였다. 이 점은 향후의 과제로 남긴다.

참고문헌

1. 원전자료

卞鍾運,『歡齋文鈔』, 국립중앙도서관 소장본, 1890.

卞鍾運,『歡齋文鈔』,『한국문집총간』, 303.

卞鍾運,『歡齋詩鈔』, 국립중앙도서관 소장본, 1890.

卞鍾運,『歡齋詩鈔』,『한국문집총간』, 303.

卞鍾運,『歡齋詩』, 규장각 소장 필사본.

卞鍾運, 醉香山樓 選錄『歡齋集』, 일본 천리대 소장 필사본.

金秉善 편,『華東唱酬集』, 일본 동양문고 소장 필사본.

李慶民 編,『熙朝逸事』, 국립중앙도서관 소장본, 1866.

李琦 輯 · 吳世昌 校,『朝野詩選』, 규장각 소장 필사본.

李尙迪 · 卞鍾運,『諸家詩髓』, 국회도서관 소장 필사본.

李尙迪 · 卞鍾運 · 趙景胤,『藕船秋齋詩』, 규장각 소장 필사본.

李尙迪 · 李廷柱 · 卞鍾運 · 金祖淳,『恩誦堂集鈔』, 규장각 소장 필사본.

趙斗淳 編,『丙辰帖』, 미국의회도서관 소장 친필본.

金奭準,『懷人詩錄』, 국립중앙도서관 소장본, 1869.

羅岐,『碧梧堂遺稿』(『조선후기 여항문학총서』7), 다른 생각, 1991.

南應琛 외,『六家雜詠』(『조선후기 여항문학총서』8), 다른 생각, 1991.

李尙迪,『恩誦堂集』,『한국문집총간』312.

朴允默,『存齋集』,『한국문집총간』292.

朴趾源,『燕巖集』,『한국문집총간』252.

申緯,『警修堂全藁』,『한국문집총간』291.

安鼎福,『順菴集』,『한국문집총간』230.

尹廷琦 著‧李宗鎬 輯,『舫山遺稿』, 국립중앙도서관 소장 필사본, 1893.

尹定鉉,『枕溪遺稿』,『한국문집총간』306.

李裕元,『嘉梧藁略』,『한국문집총간』315.

李瀷,『星湖先生全集』,『한국문집총간』199.

李廷柱,『夢觀詩稿』(『조선후기 여항문학총서』5), 다른 생각, 1991.

張之琬,『枕雨堂集』(『조선후기 여항문학총서』5), 다른 생각, 1991.

丁若鏞,『與猶堂全書』,『한국문집총간』281.

趙斗淳,『心庵遺稿』,『한국문집총간』307.

趙秀三,『秋齋集』,『한국문집총간』271.

韓致元,『冬郞集』, 국립중앙도서관 소장, 1899.

洪敬謨,『外史續編』5, 서울대학교 규장각한국학연구원, 2011.

洪世泰,『柳下集』,『한국문집총간』167.

洪顯普,『量齋漫筆』, 일본 천리대 소장본(국립중앙도서관 소장 국외유출
　　　자료영인본).

洪顯普,『海初詩稿』, 일본 천리대 소장본(국립중앙도서관 소장 국외유출
　　　자료영인본).

洪顯周,『海居溲敎』, 규장각 소장 필사본.

陳用光,『太乙舟詩集』,『續修四庫全書』1493, 集部 : 別集類, 上海古籍出
　　　版社, 2002.

董文煥,『秋懷八首和韻』冊1, 峴嶕山房, 1861.

董文煥 編, 李豫 · 崔永禧 輯校, 『韓客詩存』, 書目文獻出版社, 1996.

黃爵滋, 『仙屛書屋初集』, 『續修四庫全書』集部 : 別集類, 上海古籍出版社,
　　　2002.

黃爵滋 著 · 黃大受 輯, 『黃少司寇(爵滋)奏疏』, 文海出版社, 2004.

司馬遷, 『史記』, 臺彎商務印書館, 1968.

『敎誨先生案』, 미국의회도서관 소장 필사본.

『敎誨廳先生案』, 규장각 소장 필사본.

『承政院日記』 http://sjw.history.go.kr/

申義澈 編著, 『外案考』, 保景文化社, 2002.

安鐘和, 『國朝人物志』, 明文堂, 1983.

『日省錄』, 한국고전번역원 제공.

『雜科榜目』, 동방미디어 제공.

변상철 · 변복연 편집 겸 발행, 『密陽卞氏孝亮公派譜』, 밀양변씨효량공파
　　　파보간행회, 엔코리안, 2011.

卞益洙 편, 『草溪密陽卞氏大同譜』, 草溪密陽卞氏大宗會, 1987.

우봉김씨세보편찬위원회 편찬, 『牛峰金氏世譜』, 우봉김씨세보편찬위원회,
　　　1990.

劉在建, 실시학사 고전문학연구회 옮김, 『異鄕見聞錄』, 글항아리, 2008.

李裕元, 『(국역)林下筆記』, 민족문화추진회, 1999.

崔瑆煥, 김성재 옮김, 『어시재 최성환의 고문비략』, 사람의무늬, 2014.

金指南 撰, 『(국역)통문관지』, 세종대왕기념사업회, 1998.

박희병 · 정길수 편역, 『기인과 협객』, 돌베개, 2010.

이종묵 편역, 『누워서 노니는 산수』, 태학사, 2002.

이종묵 편역,『글로 세상을 호령하다』, 김영사, 2010.

吳世昌 편저 · 洪贊裕 감수, 동양고전학회 역,『(국역)槿域書畵徵』· 별책
　　영인본, 시공사, 1998.

2. 연구 논저

1) 국내 단행본

강명관,『조선후기 여항문학 연구』, 창작과 비평사, 1997.

강순애 외,『虞裳剩馥 천재시인 이언진의 글향기』, 아세아문화사, 2008.

강혜선,『나 홀로 즐기는 삶』, 태학사, 2010.

구자균, 『朝鮮平民文學史』, 文潮社, 1948.

김명호,『환재 박규수 연구』, 창비사, 2008.

민병수,『韓國漢文學散藁』, 태학사, 2001.

박희병 標點 · 校釋,『韓國漢文小說 校合句解』, 소명출판, 2005.

박희병 標點 · 校釋,『저항과 아만』, 돌베개, 2009.

박희병 標點 · 校釋,『나는 골목길 부처다』, 돌베개, 2010.

박희병 標點 · 校釋,『범애와 평등』, 돌베개, 2013.

延世大學校 國學研究院,『韓國 近代移行期 中人研究』, 新書苑, 1999.

윤재민,「朝鮮後期 中人層 漢文學의 研究」, 고려대학교 민족문화연구원,
　　1999.

이덕일,『(조선 최대 갑부) 역관』, 김영사, 2006.

이상각,『조선역관열전』, 서해문집, 2011.

이종묵,『한국 한시의 전통과 문예미』, 태학사, 2002.

이종묵,『조선의 문화공간』3, 휴머니스트, 2006.

이종묵 편저,『관암 홍경모와 19세기 학술사』, 경인문화사, 2011.

이준구 · 강호성 편저,『조선의 화가』, 스타북스, 2007.

이춘희,『(19世紀)韓 · 中 文學交流 : 李尙迪을 중심으로』, 새문사, 2009.

임기중,『연행록 연구』, 일지사, 2002.

임형택 외,『연암 박지원 연구』, 사람의무늬, 2012.

정옥자,『朝鮮後期 文化運動史』, 일조각, 1988.

정옥자,『(조선후기)중인문화 연구』, 일지사, 2003.

정후수,『(朝鮮後期)中人文學研究』, 깊은샘, 1990.

천병식,『朝鮮後期 委巷詩社 研究』, 국학자료원, 1991.

허경진,『조선 위항 문학사』, 태학사, 1997.

2) 국외 단행본

陳平原,『千古文人俠客夢』, 新世界出版社, 2003.

方銘,『期待與墜落 : 秦漢文人心態史』, 河北教育出版社, 2001.

來可泓 撰,『大學直解 · 中庸直解』, 復旦大學出版社, 1998.

嚴迪昌,『清詩史』, 人民文學出版社, 2011.

木下鉄矢,『「清朝考證學」とその時代-清代思想』, 創文社, 1995.

3) 국내논문

강전섭, 「心庵 趙斗淳의 <景福宮營建歌>」에 對하여」,『韓國學報』11, 일지사, 1985.

고순희, 「<경복궁영건가(景福宮營建歌)> 연구」,『고전문학연구』34, 한국고전문학회, 2008.

김대원, 「18세기 民間醫療의 成長」,『韓國史論』39, 서울대학교 인문대학 국사학과, 1998.

김명호, 「董文渙의 『韓客詩存』과 韓中文學交流」, 『韓國漢文學硏究』 26, 한국고전문학회, 2000.

김명호, 「燕巖의 우정론과 西學의 영향 : 마테오 리치의 『交友論』을 중심으로」, 『古典文學硏究』 40, 한국고전문학회, 2011.

김수영, 「角觝少年傳의 敍事 淵源과 주제의식」, 『古典文學硏究』 47, 한국고전문학회, 2015.

김수현, 「卞鍾運의 삶과 詩世界」, 『청계논총』 4, 한국학중앙연구원, 2002.

김양수, 「朝鮮後期 譯官에 대한 一硏究」, 『東方學志』 39, 연세대학교 국학연구원, 1983.

김양수, 「朝鮮後期譯官家門의 硏究 : 金指南·金慶門 등 牛峰金氏家系를 中心으로」, 『白山學報』 32, 백산학회, 1985.

김양수, 「朝鮮後期의 譯官身分에 관한 硏究」, 연세대학교 박사학위논문, 1986.

김양수, 「朝鮮後期의 社會變動과 技術職中人 : 譯官層을 중심으로」, 『東洋學』 20, 단국대학교 동양학연구소, 1990.

김양수, 「朝鮮開港前後 中人의 政治外交 : 譯官 卞元圭 등의 東北亞 및 美國과의 활동을 중심으로」, 『역사와실학』 12, 역사실학회, 1999.

김양수, 「朝鮮後期 譯官들의 軍備講究」, 『역사와실학』 19·20, 역사실학회, 2001.

김양수, 「조선 후기의 敎誨譯官 : 『敎誨廳先生案』의 분석을 중심으로」, 『朝鮮時代史學報』 24, 조선시대사학회, 2003.

김영민, 「적벽부(赤壁賦)와 정치사상」, 『韓國政治硏究』 20, 서울대학교 한국정치연구소, 2011.

김영죽, 「秋齋 趙秀三의 燕行詩와 外夷竹枝詞」, 성균관대학교 박사학위논문, 2008.

김영죽, 「秋齋 趙秀三의 竹枝詞類 創作에 대한 一考察」, 『漢文學報』 21, 우리한문학회, 2009.

김영죽, 「조선 후기 竹枝詞를 통해본 18, 19세기 중인층 지식인의 他者인식 : 조선 후기 胥吏 출신 秋齋 趙秀三의 竹枝詞類 작품 연구를 중심으로」, 『漢文學報』 24, 우리한문학회, 2011.

김영죽, 「19세기 中人層 知識人의 海外體驗 一考 : 碧蘆齋 金進洙의 燕行과 <燕京雜詠>을 중심으로」, 『韓國漢文學硏究』 48, 한국한문학회, 2011.

김영진, 「'華東唱酬集' 연구 : 편찬자 金秉善과 자료의 梗槪 소개」, 『한국학논집』 53, 계명대학교 한국학연구소, 2013.

김용남, 「추재 조수삼의 시세계」, 『개신어문연구』 12, 개신어문학회, 1995.

김용태, 「梣溪 尹定鉉의 문학활동 : 여항·서얼·서북지역 문인과의 교유를 중심으로」, 『韓國漢文學硏究』 30, 한국한문학회, 2002.

김인규, 「橘山 李裕元의 대외인식 : 淸과 日本을 중심으로」, 『東方漢文學』 47, 동방한문학회, 2011.

김지영, 「<蘭西批評>에 드러난 한·중 문인 교유와 문학 비평의 양상」, 『韓國漢文學硏究』 47, 한국한문학회, 2011.

김진생, 「藕船 李尙迪 詩 硏究 : 詩理論을 중심으로」, 성균관대학교 석사학위논문, 1985.

김철범, 「19世紀 古文家의 文學論에 대한 硏究 : 洪奭周·金邁淳·洪吉周를 中心으로」, 성균관대학교 박사학위논문, 1992.

김철범, 「한국고전의 글쓰기 이론과 그 현재적 의미 : 이조후기 古文論을 대상으로」, 『작문연구』 1, 한국작문학회, 2005.

梁伍鎭, 「한국에서의 중국어 역관 양성에 대한 역사적 고찰」, 『중국언어연구』 11, 한국중국언어학회, 2000.

민병수, 「朝鮮後期 中人層의 漢詩 硏究」, 『東洋學』 21, 단국대학교 동양학연구소, 1991.

박종훈, 「19세기 중인들의 국내외적 활동 양상 : 小棠 金奭準의 懷人詩를 중심으로」, 『東方學』 25, 한서대학교 동양고전연구소, 2012.

박희병, 「朝鮮後期 傳의 小說的 性向 硏究」, 서울대학교 박사학위논문, 1991.

백옥경, 「역관(譯官) 김지남의 일본 체험과 일본 인식 : 『동사일록(東槎日錄)』을 중심으로」, 『한국문화연구』 10, 이화여자대학교 한국문학연구원, 2006.

성범중, 「松石園詩社와 그 文學 : 季巷文學 硏究의 一環으로」, 서울대학교 석사학위논문, 1981.

송만오, 「徐慶昌의 인물과 사상 : 특히 그의 生財論과 『種薯方』의 편찬을 중심으로」, 『역사학연구』 19, 전남사학회, 2002.

송호빈, 「『華東唱酬集』 成册과 再生의 一面」, 『진단학보』 123, 2015.

신상필, 「조선후기 역관 아전 계층의 사회와 문화 : 필기 · 야담 자료를 중심으로」, 『東方漢文學』 46, 동방한문학회, 2001.

신해진, 「<角觝少年傳> 해제 및 역주」, 『韓國文學論叢』 46, 한국문학회, 2007.

양오진, 「한국에서의 중국어 역관 양성에 대한 역사적 고찰」, 『중국언어연구』 11, 한국중국언어학회, 2000.

여운필, 「韓國漢詩의 王昭君 故事 受容樣相」, 『한국한시연구』 9, 한국한시학회, 2001.

염호택, 「唐代 韓愈의 道 · 佛排斥과 儒學思想에 관한 考察」, 『동서철학연구』 51, 한국동서철학회, 2009.

유권석, 「嘯齋 卞鍾運의 <角觝少年傳>에 대한 文藝的 考察」, 『우리文學硏究』 19, 우리문학연구회, 2006.

윤재민, 「朝鮮後期 中人層 漢文學의 研究」, 고려대학교 박사학위논문, 1990.

이군선, 「冠巖 洪敬謨의 中國文人과의 交遊와 그 樣相 : 1차 연행을 중심으로」, 『東方漢文學』 23, 동방한문학회, 2002.

이군선, 「冠巖 洪敬謨의 中國文人과의 交遊와 그 樣相 : 2차 연행을 중심으로」, 『퇴계학과 유교문화』 33, 경북대학교 퇴계연구소, 2008.

이군선, 「海居 洪顯周의 서화에 대한 관심과 收藏」, 『漢文敎育研究』 30, 한국한문교육학회, 2008.

이규필, 「18,9세기 과거제 문란과 부정행위 : 『무명자집』의 사례를 중심으로」, 『漢文古典研究』 27, 한국한문고전학회, 2013.

이대형, 「卞鍾運의 산문 연구」, 『동양한문학연구』 23, 동양한문학회, 2006.

이세영, 「19세기 전기 사회경제의 변동」, 『추사와 그의 시대』, 돌베개, 2002.

이수진, 「歗齋 卞鍾運의 詩世界」, 『한국어문학연구』 45, 한국어문학연구학회, 2005.

이우성, 「金秋史 및 中人層의 性靈論」, 『韓國漢文學研究』 5, 한국한문학연구회, 1980.

이종묵, 「<浮休子談論>과 寓言의 양식적 특성」, 『古典文學研究』 5, 한국고전문학회, 1990.

이철희, 「18세기 한중 지식인 교유와 天涯知己의 조건 : 洪大容의 『乾淨洞筆談』과 嚴誠의 『日下題襟集』의 대비적 고찰을 중심으로」, 『大東文化研究』 85, 성균관대학교 대동문화연구원, 2014.

이춘희, 「藕船 李尙迪의 中國體驗 漢詩研究」, 강원대학교 석사학위논문, 1999.

이춘희, 「藕船 李尙迪과 晩淸 文人의 文學交流 研究」, 서울대학교 박사학위논문, 2005.

이현일,「泊翁 李明五 시 연구(1) : 初期詩를 중심으로」,『韓國漢詩研究』 19, 한국한시학회, 2011.

이현일,「東樊 李晚用 詩 研究(1) :『東樊集』所載 七言律詩를 중심으로」, 『韓國漢文學研究』52, 한국한문학회, 2013.

이혜순,「朝鮮朝 後期 使行譯官의 문화적 역할과 문학세계」,『古典文學研究』5, 한국고전문학회, 1990.

임형택,「朴燕巖의 友情論과 倫理意識의 方向 : <馬駔傳>과 <穢德先生傳>의 분석」,『韓國漢文學研究』1, 한국한문학회, 1976.

전윤주,「朝鮮後期 譯官의 身分과 그 役割」, 이화여자대학교 석사학위논문, 1993.

정 민,「18세기 우정론의 맥락에서 본 이용휴의 生誌銘攷」,『동아시아 문화연구』34, 한양대학교 한국학연구소, 2000.

정 민,「18, 19세기 조선 지식인의 병세의식(幷世意識)」,『韓國文化』54, 서울대학교 규장각한국학연구원, 2011.

정병호,「卞鍾運의 傳과 小說」,『大東漢文學』10, 대동한문학회, 1998.

정순희,「趙秀三 傳의 儒家理念的 主題에 대한 재해석」,『한국문학이론과 비평』53, 한국문학이론과 비평학회, 2011.

정형지,「조선시대 기근과 정부의 대책」,『梨花史學研究』30, 이화사학연구소, 2003.

정후수,「譯官의 文學活動 : 朝鮮朝 後期를 중심으로」,『漢城語文學』3, 한성대학교 한성어문학회, 1984.

정후수,「李尙迪의 詩文學 研究」,『漢城語文學』8, 한성대학교 한성어문학회, 1989.

정후수,「1863년 辨誣 解決 過程으로 본 李尙迪의 눈물 :「孔君顧廬(憲庚), 紀余去年奉使進表辨誣事一册, 王子梅爲之付梓, 見寄數十部, 志謝有作」을 중심으로」,『東洋古典研究』52, 동양고전학회, 2013.

조태영, 「전계소설의 역사적 변모과정」, 『고소설사의 제문제』, 집문당, 1993.

채송화, 「『을병연행록』 연구 : 여성 독자와 관련하여」, 서울대학교 석사 학위논문, 2013.

한영우, 「조선후기 「中人」에 대하여 : 哲宗朝 中人通淸運動 자료를 중심 으로」, 『한국학보』 12권 4호, 일지사, 1986.

황재문, 「朝鮮後期 中人文學硏究의 問題點 解決을 위한 試論」, 서울대학 교 석사학위논문, 1993.

4) 국외논문

陳小瓊 · 鍾賢才. 「論黃爵滋的軍事思想」, 『江西敎育學院學報』, 江西敎育 學院, 2000年 04期.

代亮, 「梅曾亮與道鹹年間的宋詩風」, 『山西師大學報(社會科學版)』, 山西 師範大學, 2009年 06期.

董健菲 · 韓東洙(韓) · 全漢宗(韓), 「朝鮮使臣的北京使行參儀活動與皇帝建 築印象 : 康熙到道光年間」, 『華中建築』, 中南建築設計院 湖北土 木建築學會, 2012年 01期.

胡迎建, 「黃爵滋著敍略」, 『文獻』, 文獻雜志編輯部, 2000年 01期.

梁琦秋, 「黃爵滋反對殖民主義經濟侵略的思想」, 『江西敎育學院學報』, 江 西敎育學院, 2001年 02期.

邱美瓊 · 胡建次, 「黃爵滋＜讀山穀詩評＞對黃庭堅詩歌的接受」, 『九江學 院學報(社會科學版)』, 九江學院, 2007年 01期.

부록

부록 1

변종운 작품 수록양상[1]

수록작품 〳 문헌자료	『藕船秋齋詩』	醉香山樓選錄『歠齋集』	『恩誦堂集鈔』	『朝野詩選』	『歠齋詩鈔』
詩					
1 見兒時小青袍有感	○				
2 寄荷山子	○				
3 柴門	○				
4 霍家奴	○				
宿田家	○	○		○	○
5 讀出師表	○				
6 雪後觀兒戲	○				
7 七夕	○				
8 一鼎	○				
江樓別權上舍永佐	○				○
9 小像	○				
10 夷齊廟	○				다른 작품
逃婢	○				○ 몇 자 다름

---

1) 국립중앙도서관 소장본 『諸家詩髓』에는 『歠齋集』에 실린 7언율시 전부가 그대로 실려 있기 때문에 제외하였고 『大東詩選』에 수록된 시 4수도 『소재시초』에 있는 것이기 때문에 제외하였다. 또 동양문고 소장본 『華東唱酬集』에도 변종운의 시가 한 수밖에 실려있지 않고 연활자본에 있는 것이기 때문에 제외하였다. 작품의 제목은 연활자본 『歠齋集』에 없는 작품이 가장 많이 실려 있는 『藕船秋齋詩』를 기준으로 하였으며, 제일 뒤에 『歠齋集』의 수록 여부를 표시하였다. 같은 작품이지만 문집에 없는 정보가 들어있는 경우도 굵은 서체로 표시하였다. 첫 칸에 표시된 숫자는 『歠齋集』에 수록되지 않은 작품의 수를 계산한 것이다. 『丙辰帖』과 『熙朝逸事』에도 文이 한 편씩 실려 있는데 표에는 넣지 않았다.

11	古松流水館道人山水畫障爲燈火所燼	○			
	信步	○			○
	山窓曉起	○			○
	山行	○			○
12	誰家女	○			
	遼野口占	○	○		遼野
	黃金臺	○		○	
	題金檀園宏道畫帖	○	○		
	謝盜	○	○	○	○
13	石村	○			
14	訪白鷗道人不遇	○	○		
15	西窓	○			
	楊子津	○			○
	過石瓊樓	○		○	○
	僧伽寺月夜	○			僧伽寺
	放鶴	○			○
16	長門怨	○			
17	王昭君	○			
18	村童驅馬	○			
19	太和殿元朝	○			
	大凌河	○			○
	到瀋陽付家書	○			○
	路傍馬塚	○			馬塚
20	小詞	○			
	題松岩上人壁	○			○
21	秋窓偶吟	○			
22	午睡	○			
23	讀項籍傳	○			
24	首陽夷齊廟	○			夷齊廟 다른 작품
25	古井	○			
	涉園	○			○

번호	제목					비고
26	草寇起關西	○				
27	賊久未平	○				
	西賊剿平	○				關西剿匪
28	除夕	○				甲子除夕 다른 작품
	送荷山子遊神勒寺	○				○
	贈柳穉文	○				贈柳君煥翼
	華陽山下逢林秋容	○				○
	客問余近況	○	○			○
	江樓送釣鼈子	○	○			江樓送釣鼈子
29	九月雷	○				
	拜先塋	○			○	拜渼陰先塋
30	永嘉道中	○				
31	杏津舟中	○				杏津泛舟 다른 작품
32	哭李丈時升	○				
33	甲午春過平壤	○				
34	仲冬將渡鴨綠, 聞國恤之報. 恩恩成服, 仍向北隕號益切.	○				
	歸路訪白鷗道人	○				○ 부분적으로 다름
	入山海關	○				山海關
35	薊門月夜分韻	○				
	歸路滯雨三流河	○				歸到三叉河滯雨, 成劍橋載詩示排悶詩. 仍次其韵.
	甲辰上元回到灣上	○				○
	秋日百祥樓	○				○
	登三幕寺望海樓	○				○
	武溪洞寓舍有客來訪	○				武溪洞寓舍, 李東樊晚用來訪.
36	雪窓	○				
	古松	○				○

No	題目					備考
37	登龍巖絶頂	○				
	鄭氏別業	○				鄭氏別業, 同鑷香咸丈鑌嵩 拈韻.
38	望白頭山	○				
39	摩雲嶺	○				
40	摩天嶺 2수	○				제2수만 수록.
41	吉州道中	○				
	上元夜登鏡城南樓	○	○			上元夜鏡城南樓
42	會寧途中	○				
43	永平山中	○				
	送秋史金侍郎謫耽羅	○	○		○	
44	無題	○				
45	茅山子來訪供夕飯 仍拈韻	○				
46	方君聖敍來訪	○				
	秋日江樓與諸益共賦	○	○			秋日江樓
47	南溪見訪	○				
48	讀弘齋全書	○				
49	櫻桃	○				
	賞菊南溪宅仍卜其夜	○				南溪宅賞菊 몇 글자 다름.
50	春園	○				
51 53	中秋海門望月 3수	○				
54	襄王陵	○				
55	南溪席上呼韻	○				
56	緩步	○				
57	晚虹	○				
58	苔錢	○				
59	沿溪	○				
60	朴士元來訪	○				
61	送金壽卿之 智島匪所	○				

	鎭國寺	○				○
	箕子廟	○	○			○
62	觀潮	○				
	古寺	○		○	○	○
63	長至日與枕溪共賦	○				
64	桃花洞留別主人翁	○				留贈桃花洞主人 다른 작품
65	江心古鏡	○				
66	花岳寺	○				
67	浮屠	○				
	漢北將台	○	○			○
	舫山翁來訪江樓	○		尹舫山來訪江榭	尹舫山廷琦來訪江榭	尹舫山廷琦來訪江榭
	任處士亭子留宿	○				泠然竟違江上之約, 翌日獨向任處士亭子.
	送雲谿子	○				送雲溪子
	江樓酒熟忽憶白鷗道人	○		○		○
	示訥叟	○				○
	北渚洞	○		○		○
	竹籬爲風雨所倒, 書齋西庭與隣家相通.	○	○	竹籬爲風雨所倒	○	○
68	客中九日	○				
69	省墓歸路	○	○			
70	溪邨	○				
71	秋夜獨坐	○				
	題雪眉上人軸	○				題雪眉上人小像
72	臨海樓次壁上韻	○	臨海樓次壁上韻 다른 작품			
73	病起	○				
	歸來2)	○				感舊

	"二十年前賦遠遊"					"五十年前賦遠遊"
74	東城逢鄭碧山民秀 共入朝陽樓	○				
75	送內弟金伯强專對 赴燕	○				
	松都懷古	○				○
	練光亭	○		○		○
76	安州城下逢李石泉 敬三	○				
77	白馬山城林忠愍廟	○	○			
78	鴨綠江泛舟	○				
79	遼野曉起	○				
	大凌河古碑 시만 있음. 3구와 4 구가 조금 다름.3)	○				大凌河古碑幷序 시와 서
	姜女廟 제6구의 "宸章"이 "皇詩"로 되어 있다.	○				○
	長城	○				○
80	澄海樓	○				
81	寧遠祖氏牌樓	○				
82	李上舍有歎祖大壽 之作仍次	○				
	望洋店	○				○
	永平府 (시만 있고 일부 내용 다름)4)	和陳侍郎 用光永平 府韻 (시만 있음)				和陳侍郎用光永 平府韵幷引
83	沈士明白首鬖鍾長 程駈馳奉贈	○				
84	使臣參宴保和殿	○				
85	薊門有懷望諸君	○				

86	牛山村舍	○				
87	閒事	○				
88	村居	○				
	皇帝塚. 宋徽宗富寧府. 古之五國城.[5]	○				皇帝塚. 富寧府古之五國城, 有宋徽宗塚.
	利原途中	○				○
89	寄尹清之	○				
90	登仁王峰	○				
91	暮春郊行	○				
92	關王廟	○				
	寄南溪	○		東南溪		東南溪
93	過詩人洪滄浪墓	○				
	卽事	○		○		○
94	覽丙子錄追感三學士	○				
95	老矣	○				
96	落花[6]	○				
99	蕉隱花甲病未赴	○				
100	答好古林上舍韻	○				
101	臘月二十日夜同雪翁分韻 2수	○				臘月二十日夜同東樊分韻 1수
103	讀高帝本紀 2수	○				
105	宿鎭國寺 2수	○				
108	燕山途中 3수	○				
110	善竹橋摩挲鄭圃隱血痕 3수	총 3수	善竹橋제1수	善竹橋[7]제2수		善竹橋제2수
111	淸川江有懷乙支文德 3수	총 3수	제1수	淸川江제1수		제1수, 제3수
	春日登南麓			○		○
	憶燕都容瀾止. 容照, 開國功臣阿克敦曾孫, 大學士阿桂孫. 世襲公爵, 出將入相. 今爲大理寺卿. 瀾止, 其	○				寄容少卿照시만 있고 자구의 출입이 있음.[8]

	字也. 家在燕京金魚 衚衕.				
	龍塘夜泊		○		龍壇夜泊
	憑欄		○		凭欄
	鏡		○		和人咏鏡韻
	宿南溪宅		○		○
	菊下獨酌		○		○
117	落花[9]		7수		제1수
	中夜聞琴			○	○
	自笑			○	○
	龍灣旅夜			○	○
	挹清樓月夜			○	○
	寄李滄洲貞友			○	○
	離咸興			○	○
	題花下美人圖			○	○
	贈楊潭				○
	寄金馨汝秀鍾	○			寄金君秀鐘
	遼東管寧祠	○			遼東管寗祠
	題洪生畫虎	○			題西湖洪生畫虎
	杜門洞	○			○
	陶然	○			○
	而已矣	○			○
	朝起簷端有花藥一瓣	○			○
	待人	○			○
	謝盜	○			○
118	柳眼奉和金陵南相國	○			
	早發玉河舘	○			○
	壬戌除夕	○			甲子除夕
	凝碧樓待泠然	○			○
119	岳王精忠廟. 初謁武穆.	○			
	訪南溪老人	○			訪李南溪
	示丁錦圃希瞻大枇	○			示錦圃

	樓頭		○		○
120	崔灉將軍祠堂		○		
	和陳侍郎用光永平府韵		○		和陳侍郎用光永平府韵幷引
	登靜波門樓		○		○
	秋夜登樓		○		徙倚
	古寺		○		○
121	臨海樓次壁上韻	臨海樓次壁上韻 다른 작품	○		
	文				
1	在床琴解		○		
2	維鵲有巢 維鳩居之解		○		
3	與龍仁宰金松右書		○		
4	上石坡閣下		○		
5	答金松右書		○		
6	答金松右書		○		
	讀南華經		○		○
7	哭兟兒文		○		
	與金秀卿祭朴士元文		○		祭朴君 以善 文. 時約金君亨選同祭
8	送洪溪丈人赴日本序		○		
	送魯城宰沈公泰登魯崇序		○		○
	壽金陵南相國序		○		○
9	荷山世稿序		○		
	送樗溪尹侍郎出按海西序		○		○
	謹賀遊觀金相國周甲序		○		○
10	贈谷口鄭子眞序		○		

	泛宅記		○			○
11	薊門萍水雅懷軸跋		○			
12	古松流水舘道人指頭畵幅跋		○			
	知己說		○			○
13	續知己說		○			
14	澄海樓三大白說		○			長城說10)
	濂沱河說		○			○
15	逆旅客話		○			
16	燕都客話		○			
	射虎石銘幷序		○			○

---

2) 『藕船秋齋詩』에는 첫 구가 "二十年前賦遠遊"로 되어 있고, 5구와 6구가 "大澤魚龍秋偃蹇, 平林鳥雀晩喞啾"로 되어 있다.

3) 『藕船秋齋詩』에는 3구와 4구가 "野老耕田鋒刃出, 行人迷路鬼燐明"으로 되어 있다.

4) 『藕船秋齋詩』에는 2구 "至今雄鎭擁堅城"의 "擁"이 "屹"로 되어 있고, 3구가 "田疇不賣盧龍塞"로, 7구와 8구가 "馬闌營外如煙草, 盡時將軍去後生"으로 되어 있다.

5) 『藕船秋齋詩』에는 5구 "烽火斜陽千里信"의 "斜陽"이 "夕陽"으로 되어 있다.

6) 『恩誦堂集鈔』와 『歗齋集』에 실린 「洛花」와 제목만 같고 내용이 다름.

7) 『恩誦堂集鈔』에는 제4구의 "渝"가 "偸"로 되어 있다.

8) 『藕船秋齋詩』에는 서문이 있는 외, 6구의 "梯航都赴北京來"가 "舳航齊赴北京來"로 되어 있고 "白首何當更舉杯"가 "白首何當更泛杯"로 되어 있다.

9) 『藕船秋齋詩』에 실린 「落花」와 제목만 같고 내용이 다름. 『藕船秋齋詩』의 「洛花」는 한 수인데, 『恩誦堂集鈔』의 작품은 첫 수와 마지막 수만 제외하고 가운데 다섯 수 밑에 꽃 이름을 제시하고 있다.

10) 연활자본 『歗齋集』에 실린 「長城說」은 醉香山樓 選錄 『歗齋集』에 수록된 「澄海樓三大白說」의 일부분으로, 첫 번째 이야기이다.

변종운의 교유인물 관련 표(조선인)

<사대부>

성명 생몰년	字 號	본관	관련 작품과 시기	비 고
權永佐 1782~?	자 左衡 호 月亭· 米山	安東	「江樓別權上舍永佐」	순조 22년(1822) 식년시 진사.
金慶淳 1808~?	자 章一	安東	「送金通判赴任大邱序」 1854	1854년 大邱判官.
金在敬 1791~?	자 稚涵 호 水雲	光山	「送水雲金侍郎赴東京尹序」 1859	1859년 3월 刑曹參議. 1859년 5월 慶州府尹에 임 명되었으나 병으로 파면.
金命根 1808~?	자 松右	安東	「送金松右大令命根南歸」 「送松右出宰龍仁序」1854 「黃晩圃錫永卜居記」	1854년 龍仁 수령.
金正喜 1786~1856	자 元春, 호 阮堂· 秋史 등	慶州	「送秋史金侍郎正喜謫耽羅」 1840	병조참판.
金興根 1796~1870	자 起卿 호 游觀	安東	「楊花渡送游觀金尙書興 根謫光陽」1848, 「謹賀游 觀金相國周甲序」1856	1837년 동지부사로 중국 에 다녀옴.
南公轍 1760~1840	자 元平, 호 思穎· 金陵	宜寧	「敬壽金陵南相國公轍序」 1833, 「柳眼奉和金陵南相 國」(『華東唱酬集』)	1807년 동지정사로 연경 에 다녀옴.

李敦宇 1801~1884	초명 敦榮, 자 允若, 호 大陵 · 莘憩	全州	「送大陵李尙書出按嶺南序」 1861	1861년 경상도관찰사.
李龍在 1793~?	자 穉亮 호 安宇		「送李安宇龍在」	1828년 식년시 進士.
李晩用 1792~1863	자 汝成 호 東樊	全州	「武溪洞寓舍. 李東樊晩用 來訪」,「臘月卄夜, 同東樊 分韵」	1844년 진사시. 1858년 戊午別試文科. 奉事 · 右 通禮, 兵曹參知.
李裕元 1814~1888	자 景春 호 橘山 · 默農	慶州	「瓛齋集序」(『瓛齋集』; 『嘉梧藁略』)	1845년 동지사 서장관. 영의정.
李載元 1831~1891	자 舜八	全州	「同李少石學士載元游三 幕寺」,「瓛齋集序」	高宗의 종형. 1853년 정시 문과 병과.
李周甫 1784~?	자 穆如	固城	「淸川江別李君穆如」	1814년 식년시 생원.
林敬洙 1792~?	자 德仲 호 好古	羅州	「酬林好古上舍敬洙」 「答好古林上舍韻」 (『藕船秋齋詩』)	1840년 식년시 진사.
成載詩 1804~1843	자 友書 호 鐵蘭居士	昌寧	「長成說」1834,「歸到三叉 河滯雨. 成劍橋載詩示排 悶詩. 仍次其韵」	1834년 2월 사행 시 동행.
兪漢芝 1760~?	자 德輝 호 綺園	杞溪	「西湖泛舟記」1819	永春縣監.
尹榮遠 1780~?	호 稷山	坡平	「祭尹稷山榮遠」	1836년 歙谷縣令. 1847년 稷山縣監.
尹廷琦 1814~1879	자 景林 호 舫山 · 塞琴	海南	「尹舫山廷琦來訪江樹」, 「質狂說」1855(『瓛齋集』) 「金龍仁松右館共卞瓛翁 鍾運韻得會字」,「瓛翁善	정약용의 외손자.

			飮善詩走筆以示」(尹廷琦, 『舫山遺稿』)	
尹正鎭 1792~?	호 褧堂 자 稚中	坡平	「送尹褧堂出宰伊川序」 1843	校理·執義·獻納 1827년 御使. 1835년 司諫院大司諫. 1843년 伊川府使.
尹定鉉 1793~1874	자 鼎叟 호 梣溪	南原	「送梣溪尹侍郎定鉉出按海西序」1848	1843년 식년시. 1848년 황해도관찰사.
趙斗淳 1796~1870	자 元七 호 心菴/心庵	楊州	「在夕熙皞之世」 (『丙辰帖』)	1834년 동지부사. 司譯院提調를 지냈음.
沈魯崇 1762~1837	자 泰登, 호 夢山居士·孝田	靑松	「送沈魯城魯崇序」1816	沈樂洙의 아들. 1816년 魯城縣 縣監. 刑曹正郎·天安郡守·廣州判官·林川郡守.
韓容德 1815~?	호 雲南 자 明甫(?)	淸州	「韓雲南正言容德歲暮歸里」,「懷雲南」,「夜宿三台洞, 憶雲南.」	1843년 癸卯 식년시 丙科.
韓致元 1821~1881	자 冬郎 호 冬郎	淸州	「偶往西隣, 薄暮而歸. 是日, 卞嘯翁鵬七來舍仲家. 尋餘不見, 與諸詩人賦詩而還矣. 仍次原韻」(韓致元,『冬郎集』)	부호군.
洪敬謨 1774~1851	자 敬修, 호 冠巖·耘石逸民	豊山	「冠巖世兄臺展」 (洪敬謨,『外史續編』5, 紀樹蘗의 편지 원문)	1834년 2월 陳賀兼謝恩使의 正使.
洪顯周 1793~1865	자 世叔, 호 海居齋·約軒	豊山	「送卞嘯齋鍾運入燕」1834 (洪顯周,『海居溲敎』)	정조의 차녀 숙선옹주의 남편.

성명 생몰년	字號	본관	관련정보	관련 작품과 시기
黃基天 1760~1821	자 義圖, 호 菱山· 后晥	昌原		「西湖泛舟記」1819

※ 위 표 마지막 열의 상단 실제 내용: 問事郎·江東縣監 ·正言·持平·宗簿寺正. 1820년 慶尙道都事에 임명되었으나 사퇴.

실제 표 구조:

성명 생몰년	字號	본관	관련정보	관련 작품과 시기
黃基天 1760~1821	자 義圖, 호 菱山· 后晥	昌原	「西湖泛舟記」1819	問事郎·江東縣監 ·正言·持平·宗簿寺正. 1820년 慶尙道都事에 임명되었으나 사퇴.

<중인>

성명 생몰년	字號	본관	관련정보	관련 작품과 시기
慶致學 1790~?	자 聖習	淸州	惠民署訓導. 敎授.	「慶君致學來訪」
金秉善 1830~1891	자 彛軒· 彛賢 호 丹篆· 梅隱 등	靑陽	『華東唱酬集』의 편자.	「感懷八首」(『海客詩鈔』)
金奭準 1831~1915	자 大規	善山	철종 壬子(1852)식년시 한학 역과.	「卞歠齋鍾運」(金奭準, 『懷人詩錄』)
金家淳	자 宜伯 호 竹樓			「和金竹樓家淳南歸韵」, 「竹樓南歸」, 「竹樓阻雨未行」, 「送竹樓南歸序」
金宜鍾	호 恥庵		1864년 誅吉官. 고종 13년 全僉知.	「金恥庵宜鍾乘雪來訪」, 「恥庵約林南下應相來訊. 宋硯農準玉踵至」
金學勉 1802~1859	자 伯强	牛峰	순조 19년(1816) 식년시 역과. 관련 敎誨·僉知·敎授·正·僉正.	「送內弟金伯强專對赴燕」(『藕船秋齋詩』)

金亨選			議藥同參.	「祭朴君以善文. 時約金君亨選 同祭」
羅岐 1828~1874				「同卞歡齋張玉山諸先生續修 契遊鏡山庄」(羅岐,『碧梧堂遺 稿』卷1)
李觀夏				「李青霞觀夏來訪」,「贈雪广上 人序」
李南溪				「訪李南溪」,「南溪幽居」,「東 南溪」,「宿南溪宅」,「南溪見訪」 (『藕船秋齋詩』),「南溪席上呼 韻」(『藕船秋齋詩』),「平楚亭風 雨記」,「柳壜傳」
李明五 1788~?	자 汝直	唐城	순조 을축(1805) 증광시 역과. 漢學聰敏 通政.	「送李君明五赴燕」
李時升 1766~?	자 汝心	金山	정조 丙午(1786) 역과 식 년시. 上通事·教誨·正 ·同知 1793년司譯院前 銜.[11]	「哭李丈時升」(『藕船秋齋詩』)
李聞益 1797~?	자 謙受	泰安	순조 壬申(1812) 증광시 역과. 教誨·知樞·正· 訓導·次上通事.	「滹沱河說」
李宜敎 1792~?	자 誨汝	全州	순조 기사(1819) 증광 시 역과. 한학교회, 숭록 대부.	「贈李君宜敎」
李貞友	호 滄洲			「寄李滄洲貞友」,「贈滄洲」
林熙之 1765~?	자 敬夫, 호 水月堂·	慶州	문인화가. 퉁소를 잘 불 었음. 奉仕를 지냄.	「西湖泛舟記」 1819

	水月軒· 水月道人			
朴允默 1771~1849	자 士執 호 存齋	密陽	平薪僉使.	「憶嘯齋卞鍾運赴燕」 (朴允默,『存齋集』권 17)
朴以善				「朴君以善過訪」,「祭朴君以善 文. 時約金君亨選同祭」
白鷗道人				「歸路訪白鷗道人」,「訪白鷗道 人不遇」(『藕船秋齋詩』)「夜 過白鷗道人」,「江樓酒熟. 忽憶 白鷗道人」(『歠齋集』)「訪白鷗 道人不遇」(『華東唱酬集』)
方禹九 1791~?	자 聖敍	溫陽	순조 丙子(1816) 식년시 의과. 관력 惠民署.	「方君聖敍來訪」(『藕船秋齋詩』)
卞元圭 1837~1896	자 大始 호 吉雲· 蛛舡	密陽	철종 06 乙卯(1855) 식 년시 역과. 관력 敎誨· 正·直長·舊押物	「歠齋集序」
雪翁				「雪翁來訪, 仍卜夜」,「月夜訪 雪翁」,「喜逢雪翁」,「雪翁自江 上來慰余病, 仍留飮.」,「寄雪 翁」,「送雪翁」,「臘月二十日夜 同雪翁分韻」(『藕船秋齋詩』), 「月夜雅集」,「再生說」(1857)
張之琓 1806~1858				「同卞歠齋張玉山諸先生續修 契遊鏡山庄」(羅岐,『碧梧堂遺 稿』卷1)
丁大杙 1810~	호 錦圃	羅州	1864(甲子) 假監改 監司 丁好善 後孫.	「重陽前夕懷丁錦圃監役大杙」, 「示錦圃」,「錦圃來訪」
鄭大重	자 景淑 호 颷翁		吏曹 胥吏.	「江樓送颷翁」,「月夜雅集」

鄭民秀 1768~?	자 奇九 호 碧山	慶州	정조 16 壬子(1792) 식 년시 의과. 관력 惠民署.	「東城逢鄭碧山民秀共入朝陽 樓」(『藕船秋齋詩』)
趙泠然				「送趙泠然之湖中」, 「凝碧樓待 泠然」, 「泠然竟違江上之約. 翌 日獨向任處士亭子」
趙秀三 1762~1849	자 芝園· 子翼, 호 秋齋· 經畹	漢陽		「次趙秋齋秀三平壤韵」
崔必聞 1790~?	호 鏡山 자 聲餘		1806년 籌學.	「癸丑暮春集崔鏡山園亭」 1853
荷山子				「送荷山子遊神勒寺. 曾有同遊 之約, 病不能踐.」, 「細柳店逢 荷山子」, 「贈荷山子」, 「寄荷山 子」(『藕船秋齋詩』)
韓應洪	호 覺軒			「挹淸樓月夜, 與韓覺軒應洪共 賦.」
咸鎭嵩	자 聖中 호 瓣香			「鄭氏別業, 同瓣香咸丈鎭嵩拈 韻.」
洪顯普 1815~?	자 孝仲 호 海初	南陽	憲宗 06(1840) 경자 식 년시 의과. 瓦署別提 久 任 內醫院正. 어의.	「歡齋集序」

---

11) 『일성록』 1793년 9월 5일 기록 참조.

<기타>

성명 생몰년	字號	신분	관련 작품과 시기
柳塽	자 坦雲	은자	「柳塽傳」
石田子	호 大別山翁	은자	「訪大別山翁不遇」 「大別山翁畫像記」 1825
雪眉上人		승려	「題雪眉上人小像」
雪广上人		승려	「贈雪广上人序」 「土窟庵訪雪广上人」
松巖上人		승려	「題松巖上人壁」
澈公	호 花嵒山人	승려	「淸谿惠圓師傳」, 「李敬亭墓碣銘」
惠圓師		승려	「淸谿惠圓師傳」
金永冕	자 周卿 호 丹溪	화가	「楓厓金公畫像贊幷序」
李寅文 1745~?	자 文郁, 호 有春·古松流水館道人·紫煙翁	圖畫署 화원. 僉節制使	「古松流水館道人山水畫障爲燈火所燼」 (『藕船秋齋詩』)
楊如玉		화가로 추정	「贈楊如玉. 如玉善畫松. 余嘗以一幅綾求焉. 久而還, 猶是空幅」
蕉山		화가	「小像」(『藕船秋齋詩』)
洪生		화가	「題西湖洪生畫虎」

欷齋 卞鍾運 年譜

1790년(正祖 14년, 庚戌), 1세
- 1월 9일(이하 음력), 密陽 卞氏 卞得圭와 牛峰 金氏 사이에서 태어나다.
- 자는 朋七, 호는 欷齋이다.

1807년(純祖 7년, 丁卯), 18세
- 9월 21일, 長子 兢淵이 태어나다.

1809년(純祖 9년, 己巳), 20세
- 역과 增廣試에 합격하다.

1811년(純祖 11년, 辛未), 22세
- 洪伶과 바닷가에서 노닐다.
- 홍경래의 난이 일어나자 「草寇起關西」와 「賊久未平」을 지어 민란이 일어난 것을 한탄하다.
- 寫字官 皮宗鼎에게 「送洪溪丈人赴日本序」를 지어 주다.
- 12월 10일, 부친 卞得圭가 별세하다.

1812년(純祖 12년, 壬申), 23세
- 「西賊剿平」을 지어 홍경래의 난이 진압된 것을 축하하다.
- 4월 21일, 종형 卞鍾翕이 사망하다.

1815년(純祖 15년, 乙亥), 26세
- 종형 卞鍾五가 사망하다.

1816년(純祖 16년, 丙子), 27세
- 8월 20일, 伯父 卞復圭가 별세하다.
- 12월, 沈魯崇이 魯城縣 현감으로 부임하게 되자 「送沈魯城魯崇序」를 써 좋은 관리가 될 것을 기대하다.

1819년(純祖 19년, 己卯), 30세
- 3월 9일, 次子 恒淵이 태어나다.
- 7월 16일, 兪漢芝, 林熙之, 黃基天과 함께 한강에서 노닐고 「西湖泛舟記」를 짓다.

1821년(純祖 21년, 辛巳), 32세
- 洪伶과 九龍山에서 만나고 「九龍山逢洪醉可幷序」를 짓다.

1825년(純祖 25년, 乙酉), 36세
- 耕雲齋로 찾아온 처사 石田子를 위해 「大別山翁畵像記」를 짓다.

1826년(純祖 26년, 丙戌), 37세
- 5월 4일, 3남 興淵이 태어나다.

1827년(純祖 27년, 丁亥), 38세
- 司譯院 敎誨가 되다.
- 9월 5일, 모친 김씨가 별세하다.

1831년(純祖 31년, 辛卯), 42세
- 11월 23일, 長孫 春植(競淵의 아들)이 태어나다.

1833년(純祖 33년, 癸巳), 44세
- 南公轍의 생일에 歸恩堂에 가서 남공철의 글을 읽고 찬탄하자 남공

철이 자신도 변종운의 글을 좋아한다고 하며 글을 써 달라고 하다.
돌아와서 「敬壽金陵南相國公轍序」를 짓다.

1834년(純祖 34년, 甲午) 45세
- 2월, 進賀兼謝恩使 일행으로 청나라에 가다. 海居齋 洪顯周에게서
  송별시를 받다.
- 4월, 劍橋 成載詩와 함께 山海關에 들어가다. 함께 澄海樓에 올라가
  술을 마시며 대화를 나누고 함께 紅花店에서 자다. 「澄海樓三大白
  說」을 짓다.
- 여름, 조선으로 돌아오는 길에 永平府에서 더위를 피할 곳을 찾다가
  우연히 射虎石이 있는 곳으로 가게 되다. 지나가던 중국인 陳氏가
  알려줘서 射虎石을 구경하고 「射虎石銘」을 짓다.
- 10월, 冬至兼謝恩使 일행으로 청나라로 출발하다.
- 11월, 압록강을 지나려다가 純祖가 붕어한 소식을 접하고 통곡하다.
  「仲冬將渡鴨綠. 聞國恤之報, 匆匆成服. 仍向北隅號益切」을 짓다.

1835년(憲宗 원년, 乙未), 46세
- 1월 12일, 燕京에서 紀樹㸅를 찾아가 洪敬謨의 서찰을 전달하다. 하
  루 종일 머물면서 즐겁게 이야기를 나누고 돌아가다.

1839년(憲宗 5년, 己亥), 50세
- 봄, 居山驛을 지나다가 驛丞 柳宗謹이 자신의 돈을 들여 성곽을 수
  리한 것을 보고 「居山驛城堞重修紀」를 짓다.
- 堂上譯官이 되다.
- 5월 17일, 사역원 都提調와 提調가 변종운 등이 많은 공로가 있으니
  관례에 따라 가자할 것을 청하여 윤허를 받다.

1840년(憲宗 6년, 庚子), 51세

- 金正喜가 유배지로 떠나기 전날 김정희와 동행할 예정인 鄭文敎를 枇杷書屋에서 전별하고「送鄭君文敎之耽羅幷序」를 짓다.
- 바닷가로 나가 제주도 유배지로 떠나는 金正喜를 배웅하고「送秋史 金侍郎正喜謫耽羅」를 짓다.

1841년(憲宗 7년, 乙巳), 52세

- 12월 25일, 五衛將으로 임명되었으나 병으로 직무를 감당하기 어렵 다고 체직을 청하여 改差되다.

1842년(憲宗 8년, 壬寅), 53세

- 荷山子, 李南溪 등 시사의 동인들과 함께 한강의 三浦에서 배를 타고 平楚亭에 가서 노닐고「平楚亭風雨記」를 짓다.

1843년(憲宗 9년, 癸卯), 54세

- 윤7월, 尹正鎭이 伊川府使로 가게 되자「送尹裝堂出宰伊川序」를 써 주다.
- 10월, 告訃使의 수역으로 청나라에 가다. 兼山 李謙受와 함께 滹沱 河에 이르러 王霸와 光武帝의 계략을 논하고「滹沱河說」을 짓다.
- 薊門의 永豐店에서 婁兟, 陳雲鵬, 樂雲亭 세 중국인을 만나 밤새 술 을 마시고「薊門月會分韻」등의 시를 짓다.

1844년(憲宗 10년, 甲辰), 55세

- 2월, 조선으로 돌아와 임금을 알현하고 수역별단을 바치다.
- 가을, 이전 해에 薊門에서 만난 중국인과의 인연을 추억하면서「薊 門萍水雅懷軸跋」을 쓰다.

1846년(憲宗 12년, 丙午), 57세
■ 9월 12일, 長子 兢淵이 사망하다. 「哭兢兒文」을 짓다.

1847년(憲宗 13년, 丁未), 58세
■ 가을, 비가 와서 집이 물에 잠기자 「泛宅記」를 짓다.

1848년(憲宗 14년, 戊申), 59세
■ 尹定鉉이 黃海道觀察使로 부임하게 되자 「送梣溪尹侍郞定鉉出按海西序」를 지어주다.
■ 金興根이 光陽으로 좌천되자 양화나루에서 송별하고 「楊花渡送游觀金尙書興根謫光陽」을 짓다.
■ 7월 13일, 외삼촌 金漢雋이 사망하다.

1849년(憲宗 15년, 己酉), 60세
■ 둘째 子婦(恒淵의 妻) 金山 李氏가 사망하다.

1850년(哲宗 원년, 庚戌), 61세
■ 副司直의 직함을 가지고 조선에 표류한 청나라 사람들을 육로로 遼東 鳳凰城까지 압송하다.
■ 증손(興淵의 아들) 奉植이 태어나다.

1851년(哲宗 1년, 辛亥), 62세
■ 2월 1일, 부인 淸州 韓氏가 사망하다.
■ 3월 12일, 齎咨官의 직함을 가지고 청나라에 표류한 조선인들을 데리고 온 공로로 은을 상으로 받다.
■ 8월 1일, 3남 興淵이 사망하다.
■ 12월 30일, 齎咨官의 직함을 가지고 청나라에 표류한 조선인들을 데리고 온 공로로 은 30냥을 상으로 받다.

1853년(哲宗 4년, 癸丑), 64세
- 3월 3일, 남산 紫閣峰에서 열린 續修契 모임에 참여하고 「癸丑暮春集崔鏡山必聞園亭」을 짓다.

1854년(哲宗 5년, 甲寅), 65세
- 3월, 龍仁縣令으로 부임하는 金命根에게 「送松右出宰龍仁序」를 써 주다.
- 4월, 大邱判官으로 부임하는 金夔淳에게 「送金通判夔淳赴任大邱序」를 써 주다.
- 重陽節, 시사의 동인들과 함께 臥雲樓에 모여 국화를 감상하고 「重陽登高解」를 짓다.

1855년(哲宗 6년, 乙卯), 66세
- 雙島 옆의 江樓에 머무르다.
- 「質狂說」을 짓다.

1856년(哲宗 7년, 丙辰), 67세
- 金興根의 환갑에 「謹賀遊觀金相國周甲序」를 짓다.
- 趙斗淳의 환갑을 축하하는 글을 짓다.

1857년(哲宗 8년, 丁巳), 68세
- 白石樓로 雪翁을 방문했다가 雪翁의 사위 湖南 李生과 죽은 사람이 다시 살아나는 일에 대해 논하고 「再生說」을 짓다.

1858년(哲宗 9년, 戊午), 69세
- 望海樓에서 승려 永照한테서 李寅門이 그린 指頭畵를 보고 「古松流水舘道人指頭畵幅跋」을 쓰다.

1859년(哲宗 10년, 己未), 70세
- 1월 3일, 외사촌동생 金學勉이 사망하다.
- 5월, 慶州府尹에 임명된 金在敬에게 「送水雲金侍郎赴東京尹序」를 지어 주다.
- 여름, 進士 朱原이 琵琶書屋으로 변종운을 방문하다. 주원과 風水에 대해 논하고 「風水說贈朱進士原」을 쓰다.
- 증손 志學(春植의 아들)이 태어나다.

1860년(哲宗 11년, 庚申), 71세
- 가을, 金永冕을 방문하여 그가 꿈에 金九皐의 부친 楓厓翁을 보고 그린 그림을 보고 「楓厓金公畫像贊幷序」를 짓다.
- 섣달 그믐날, 李晩用과 함께 韻을 나누어 「臘月卄夜同東樊分韵」을 짓다.12)
- 손자 大植(恒淵의 아들)이 태어나다.

1862년(哲宗 13년, 壬辰), 73세
- 1월, 慶尙道觀察使로 부임되어 가는 李敦榮에게 「送大陵李尙書出按嶺南序」를 지어주다.
- 증손 志喆(春植의 아들)이 태어나다.
- 증손 興麟(春植의 아들)이 태어나다.
- 6월, 子婦 남양 洪氏(興淵의 妻)가 사망하다.

1864년(高宗 원년, 甲子), 75세
- 長孫 春植이 역과에 급제하다.

---

12) 『우선추재시』에는 '東樊'이 '雪翁'으로 되어 있다. 본고에서는 『소재집』을 기준으로 하였다.

1865년(高宗 2년, 乙丑), 76세

■ 윤5월 21일, 加資되다.

■ 10월 24일, 同知에 單付되다.

■ 11월 1일, 병으로 직임을 수행하기 어렵다고 체직을 청하여 改差되다.

1866년(高宗 3년, 丙寅), 76세

■ 4월 6일, 별세하다.

1890년(高宗 27년, 庚寅)

■ 長孫 春植이 廣印社에서 『歗齋集』을 간행하다.

찾아보기

ㄱ

ㅈ

ㅎ

亚洲地区汉字文化研究丛书 ②

소재 변종운 문학 연구

초판 1쇄 인쇄일	2020년 4월 12일
초판 1쇄 발행일	2020년 4월 17일

지은이	김홍매
펴낸이	한선희
편집/디자인	우정민 우민지
마케팅	정찬용 정구형
영업관리	최재희 정진이
책임편집	우정민
펴낸곳	국학자료원 새미 (주)

등록일 2005 03 15 제25100-2005-000008호.
경기도 고양시 일산동구 장항동 864-3 하이베라스 4층 405호
Tel 442-4623 Fax 6499-3082
www.kookhak.co.kr
kookhak2001@hanmail.net

ISBN	979-11-88499-19-9 *93810
가격	25,000원

* 저자와의 협의하에 인지는 생략합니다.
  잘못된 책은 구입하신 곳에서 교환하여 드립니다.
  국학자료원 · 새미 · 북치는마을 · LIE는 국학자료원 새미(주)의 브랜드입니다.
* 이 도서의 국립중앙도서관 출판예정도서목록(CIP)은 서지정보유통지원시스템 홈페이지(http://seoji.nl.go.kr)와 국가
  자료공동목록시스템(http://www.nl.go.kr/kolisnet)에서 이용하실 수 있습니다.(CIP제어번호 : CIP2017025356)